KNAUR

Über den Autor:

Toby Faber war Geschäftsführer des britischen Verlags Faber&Faber, bevor er sich ganz dem Schreiben widmete. Er hat zwei preisgekrönte Sachbücher geschrieben. »869 – Die einzige Zeugin« ist sein erster Kriminalroman. Er lebt mit seiner Familie im Norden Londons.

Mehr Infos unter: www.tobyfaber.co.uk

TOBY FABER

869
DIE EINZIGE ZEUGIN

THRILLER

Aus dem Englischen
von Marie-Luise Bezzenberger

KNAUR

Die englische Originalausgabe erschien 2019
unter dem Titel »Close to the Edge« bei Muswell Press, London.

Besuchen Sie uns im Internet:
www.knaur.de

Aus Verantwortung für die Umwelt hat sich die Verlagsgruppe
Droemer Knaur zu einer nachhaltigen Buchproduktion verpflichtet.
Der bewusste Umgang mit unseren Ressourcen, der Schutz unseres
Klimas und der Natur gehören zu unseren obersten Unternehmenszielen.
Gemeinsam mit unseren Partnern und Lieferanten setzen wir uns
für eine klimaneutrale Buchproduktion ein, die den Erwerb von Klima-
zertifikaten zur Kompensation des CO_2-Ausstoßes einschließt.
Weitere Informationen finden Sie unter: www.klimaneutralerverlag.de

MIX
Papier aus verantwortungsvollen Quellen
FSC® C083411

Deutsche Erstausgabe Juni 2020
Knaur Taschenbuch

Ein Imprint der Verlagsgruppe
Droemer Knaur GmbH & Co. KG, München

Redaktion: Kerstin Kubitz
Covergestaltung: ZERO Werbeagentur, München
Coverabbildung: Collage unter Verwendung von Motiven
von plainpicture / Aviation / Mark Wagner und Rekha / Arcangel
Satz: Adobe InDesign im Verlag
Druck und Bindung: CPI books GmbH, Leck
ISBN 978-3-426-52560-9

2 4 5 3 1

Für Matilda, Lucy und Amanda

MONTAG, 27. JULI

2.45 UHR

Kurz vor dem oberen Ende der Rolltreppe ließ Laurie Pauls Hand los. Sie waren aus der Finsternis des U-Bahn-Schachts emporgestiegen, zurück ins Licht der menschenleeren Schalterhalle des U-Bahnhofs Euston. Da hier Überwachungskameras waren, musste sie ihr Gesicht verbergen. Um das Gefühl der Trennung zu mildern, drehte sie sich um und gab ihm einen Kuss – als Erinnerung für sie beide daran, warum sie hier waren –, bevor sie sich ihr Shirt halb über den Kopf zog. Sie lächelten einander an, während sie ihre behelfsmäßigen Kapuzen überstülpten. Laurie ging voran auf die Sperren zu.

Zuerst sah sie nur einen der Männer. Einen Moment lang dachte Laurie, es sei ein Arbeiter, der Nachtschicht hatte, aber dann hätte er bestimmt eine Warnweste getragen und kein Trägerhemd. Alles an ihm drückte Aggression aus: wie er dastand, ein wenig breitbeinig und sprungbereit auf den Fußballen, seine muskulösen, tätowierten Arme. Wie er den Bauch anstarrte, den Laurie durch die Zweckentfremdung ihres Shirts entblößt hatte. Unter seinem Blick fühlte sie sich nackt.

»Also«, hörte sie, »das ist ja ein unerwarteter Bonus.« Die Worte kamen von einem anderen Mann, irgendwo seitlich. Die Vokale wurden fast affektiert in die Länge gezogen, so groß war der Genuss dahinter. Ganz kurz drehte Laurie den Kopf, vom Halsausschnitt ihres T-Shirts mit einem Tunnelblick geschlagen, und suchte verzweifelt nach dem Ursprung der Stimme. Dann übernahm der gesunde Menschenverstand das Kommando. Sie wandte sich zur Flucht.

Paul, der unterhalb von Laurie auf der Rolltreppe stand, konnte den Grund für ihr Erschrecken nicht sehen. »Lauf weg!«, schrie sie angsterfüllt. Und dann, während er die Botschaft sichtlich noch verarbeitete und da sein Körper den logischeren Fluchtweg blockierte, schwang sie sich mit einem Satz auf den gummierten Handlauf der Rolltreppe.

So etwas hatte Laurie schon einmal gesehen, vollführt von einem Mann, der nur wenig älter gewesen war als sie – vielleicht Ende zwanzig – und einen zu viel gekippt hatte. Die Geschwindigkeit des Hinunterrutschens hatte ihn überrascht, und er hatte sich auf halbem Weg nach unten den Anzug zerrissen. Sie wusste wenigstens, was sie zu erwarten hatte.

Von dem Augenblick an, als Laurie zu rutschen begann, war klar, dass zwischen dem Gummi und ihrer Baumwollleggins nur sehr wenig Reibungswiderstand herrschte, doch es dauerte einen Moment, bis sie in Fahrt kam, und während sie langsam an dem noch immer regungslosen Paul vorbeiglitt, schaffte sie es, sich das Shirt vom Kopf zu ziehen, sodass sie die Arme wieder richtig bewegen konnte. Das war auch gut so. Die Taschenlampe in der einen Hand, konnte sie so mit der anderen hinter sich den Handlauf packen, sowohl um die Balance zu halten als auch um zu bremsen. Sie war froh über den Handschuh, der sie vor der allerschlimmsten Reibung schützte, als sie mit vor Angst wild hämmerndem Herzen in die Dunkelheit hinabschlitterte.

Kurz darauf spürte Laurie die Krümmung, die anzeigte, dass der Handlauf zu Ende war. Sie flog ein, zwei Meter nach vorn, ehe ihre Füße mit einem Ruck auf dem Boden aufkamen, den ihre Knie nur mit äußerster Mühe abfangen konnten. Hätte sie nicht solche Angst gehabt, so hätte sie vielleicht versucht, Stand zu gewinnen und sich wieder zu fangen; vielleicht wäre sie auch gestolpert. Stattdessen rannte sie los, nutzte die Geschwindigkeit, die sie beim Hinunterrutschen aufgebaut hatte, und verschwendete keine Zeit darauf, sich umzublicken, obwohl ein Trommelwirbel aus eiligen Trampelschritten ihr verriet, dass ihr Verfolger im Anmarsch war.

Stockfinster, wie er war, versprach der abwärtsführende Treppenschacht Sicherheit. Noch ehe Laurie ihn erreichte, hatte sie sich schon die Handschuhe heruntergerissen und die Taschenlampe von der rechten in die linke Hand genommen, bereit, das Geländer auf der rechten Seite zu packen, von dem sie wusste, dass es da sein würde. Sie nahm immer zwei Stufen auf einmal, blieb dabei in den Knien locker und passte ihren Rhythmus mühelos den Absätzen der sich hinabwindenden Treppe an. Hinunter und rundherum ging es, bis keine Stufen mehr kamen.

Durfte sie es sich jetzt gestatten, die Lampe zu benutzen? Sie musste, wenn sie dieses Tempo halten wollte. Rasch knipste sie sie an. Dort war die T-Kreuzung, mit der sie gerechnet hatte: zu den Zügen in Richtung Süden oder zu denen in Richtung Norden, nach links oder nach rechts. Sie bog nach links ab, flitzte um eine Biegung des Gangs und eine weitere Treppe hinunter.

Jetzt war es ihr Laufgurt, dessentwegen Laurie besorgt war. Die reflektierenden Streifen darauf machten ihn zu einer Gefahr. Im Laufen zog sie mit einer Hand den Reißverschluss auf und tastete nach dem Inhalt: die drei Schlüssel, die sie vorhin von dem Bund gelöst hatte, ihr Handy, ihre Oyster Card und der Schlüssel mit dem nummerierten Anhänger, der die Ursache all dieser Schwierigkeiten war. Sie stopfte alles vorn in ihre Leggins. Warum hatte sie nicht irgendetwas mit Taschen angezogen?

Wieder kam sie an eine T-Kreuzung: nach rechts zur Northern Line oder nach links zur Victoria Line. Der Gurt war inzwischen leer. Da sie kein Geräusch machen wollte, umsichtig in all ihrer Angst, blieb Laurie stehen und legte ihn auf den Boden. Durch das Innehalten konnte sie besser hören. Irgendwo hinter ihr hallten Schritte. Sie hatte keine Zeit zu verlieren.

Wieder nach links, und Laurie kam auf dem Bahnsteig heraus, an dem Ende, wo die Züge aus dem Tunnel kamen. Sie machte die Taschenlampe aus und sprintete lautlos den Bahnsteig entlang, auf das südliche Ende zu, wollte nur weg von ihren Verfolgern. Das Geräusch ihres Atmens füllte ihre Ohren und wetteiferte mit dem Hämmern eines adrenalingetriebenen Herzens.

Sie musste dicht vor dem Ende des Bahnsteigs sein. Laurie wurde langsamer, streckte die Arme vor sich aus, tastete nach der Wand. Da war sie! Wenn sie sich in dem Tunnel verstecken konnte, würden die Typen es vielleicht aufgeben, nach ihr zu suchen. Ein Blick nach hinten: Sie konnte keine Schritte hören, doch sie sah den schwachen Schein einer Taschenlampe in dem Gang schimmern, durch den sie gekommen war. Bestimmt hatten die ihren Laufgurt gefunden: Lass sie nach rechts gehen, lass sie nach rechts gehen.

Plötzlich spürte Laurie etwas ziemlich Ekliges: Ihr Handy rutschte innen im Bein ihrer Leggins hinunter. Doch da war noch etwas anderes: Bevor Laurie reagieren konnte, vernahm sie das Klirren eines Schlüssels, der auf den Boden fiel. Hatten ihre Verfolger das gehört? Noch nie war ihr ein Geräusch so laut vorgekommen. Hektisch hockte sie sich hin und tastete den Boden ab; die Taschenlampe anzumachen, konnte sie jetzt nicht riskieren. Dabei huschte ihr Blick zum anderen Ende des Bahnsteigs hinüber. Wurde der Lichtschein etwa heller?

Endlich fand Lauries Hand den harten Rand von gebogenem Metall, fast ganz am Ende des Bahnsteigs: wieder dieser Schlüssel mit dem Anhänger! Als sie ihn ergriff, wurde aus dem Schein ein klar definierter Lichtstrahl. Sie kamen in diese Richtung. Was sollte sie mit dem Schlüssel machen? Noch immer hielt sie die Taschenlampe in der Linken und musste auch noch das Handy irgendwo auf Höhe ihres Knies bergen; sie hatte nicht genug Hände. Keine Zeit zum Nachdenken. Sie würde den Schlüssel eben loswerden müssen. Konnte man ihn hier irgendwo verstecken? Suchend streckte Laurie die rechte Hand aus.

Ja! Da war eine Art Rost. Das musste reichen. Noch immer in der Hocke, schob Laurie den Schlüssel dort hindurch und griff dann in ihre Leggins nach dem auf Abwege geratenen Handy. Jetzt war am anderen Ende des Bahnsteigs ein eindeutiger Lichtkreis zu sehen. War er stark genug, um sie sichtbar zu machen? Laurie verschwendete keine Zeit damit, das herauszufinden. Sie tastete sich zur Bahnsteigkante vor und rutschte auf das Gleis hinunter. Dabei fiel ihr die Taschenlampe aus der Hand.

Das Scheppern hallte den Bahnsteig hinunter. Es war unmöglich, dass Lauries Verfolger das nicht gehört hatten. Sie scherte sich nicht mehr um den Lärm, den sie machte, und eilte, so schnell sie konnte, in den Tunnel, schob sich am Bahnsteig entlang und ließ sich dabei von den Schienen leiten. Binnen Sekunden erleuchtete ein Taschenlampenstrahl die Wand zu ihrer Linken. Ihr einziger Trost war, dass ihr Schatten nicht darauf erschien. Laurie riskierte einen Blick nach hinten. Ohne es zu merken, war sie in einen Tunnel gelaufen, der nach rechts abbog. Durch die Biegung verbargen die Wände den Bahnsteig. Für jeden dort war sie unsichtbar. Die Taschenlampe verschwand. Sie stand wieder im Finstern.

Dann ein Brüllen. Lauries Magen krampfte sich zusammen. Bestimmt war sie entdeckt worden. Nein, natürlich nicht. Das Gebrüll galt nicht ihr. »Brian. Komm her! Die Northern Line, Richtung Süden.« War das der Mann, dessen Stimme sie vorhin gehört hatte? Sie glaubte es jedenfalls.

Bestimmt hatten die sich getrennt, um ihr zu folgen. Er rief nach Verstärkung, aber warum kam er ihr nicht nach? Er wusste doch sicher, dass sie hier drin war. Jetzt war nicht der richtige Zeitpunkt, abzuwarten und das herauszufinden. Rasch, aber zugleich vorsichtig ging Laurie weiter den Tunnel entlang und zwang ihre Panik nieder, während sie nach ihren Verfolgern lauschte. Vielleicht lohnte es sich ja doch, leise zu sein.

Zum ersten Mal seit sie losgerannt war, hatte Laurie Zeit, sich zu fragen, was wohl aus Paul geworden war. Er konnte nicht weit hinter ihr gewesen sein, als sie das Rolltreppengeländer hinuntergerutscht war, aber er war ihr nicht die Treppe hinunter gefolgt. Sie hätte ihn doch gehört. Hatten sie ihn erwischt? Jäh sah Laurie ihn vor sich, zusammengeschlagen und blutend irgendwo in den Tunneln unter dem Bahnhof. Mit einem Kopfschütteln verscheuchte sie das Bild und zwang sich, rational zu sein: Dann hätte sie doch bestimmt etwas gehört. Vermutlich war er unten an der Rolltreppe entweder nach rechts oder nach links abgebogen und hatte insofern Glück gehabt, als ihm niemand gefolgt war.

Laurie ging weiter. Sie war jetzt schon seit ein paar Minuten hier unten unterwegs, und noch immer war hinter ihr nichts zu hören. Vor ihr jedoch vernahm sie Huschen und ein gelegentliches Quieken. Ratten! Laurie hatte sich nie für zimperlich gehalten, aber die Vorstellung, auf irgendetwas draufzutreten, behagte ihr trotzdem nicht. Konnte sie es riskieren, die Taschenlampe wieder anzumachen? Hinter ihr war es ebenso dunkel wie vor ihr; bestimmt war sie vom Tunneleingang aus nicht mehr zu sehen. Und wie spät war es überhaupt? Rasch schaute sie auf ihr Handy: kurz vor drei, kein Grund, sich besonders zu beeilen, aber was gäbe sie dafür, jetzt zu Hause im Bett zu liegen!

Von hinten war kein Geschrei zu hören, als Laurie die Taschenlampe anknipste, keine eiligen Schritte. Vor ihr jedoch flohen ein halbes Dutzend kleine rote Augen vor dem Lichtstrahl, als wäre es ein Flammenwerfer. Im Lichtschein würde sie schneller vorankommen. Wo sie allerdings hinwollte, wusste sie noch immer nicht genau. Der nächste Bahnhof nach Euston in Richtung Süden war King's Cross – gar nicht weit weg –, aber der war so groß, dass er bestimmt mit vielen Überwachungskameras und abgeschlossenen Türen gesichert war. Das war nicht der richtige Ort, um zu versuchen, aus dem U-Bahn-Netz zu verschwinden.

Und was war mit ihren Verfolgern? Im Nachhinein wunderte sich Laurie nicht, dass sie ihr nicht in den Tunnel hinterhergelaufen waren. Irgendwann war auch ein »unerwarteter Bonus« die Mühe nicht mehr wert. Trotzdem machte sie sich keine Illusionen darüber, was die mit ihr angestellt hätten, wenn sie sie zu fassen bekommen hätten. Jetzt, wo sie anscheinend davongekommen war und das Adrenalin sich verflüchtigte, konnte sie sich gestatten, sich das Schlimmste auszumalen. Wenn sie nun nicht aufgegeben hatten? Wenn sie am Bahnhof King's Cross auf sie warteten? Die Antwort darauf, wurde ihr jäh klar, war, loszurennen.

Doch nach noch nicht einmal einer Minute tauchte im Licht von Lauries Taschenlampe eine Abzweigung auf; ein zweites Gleis stieß von rechts auf dieses. Bei dem Anblick blieb sie abrupt stehen. Was war denn hier los? Zum ersten Mal sah sie sich mit der furchterregenden Möglichkeit konfrontiert, dass sie sich verirrt haben könnte, dass sie vielleicht hier unten festsitzen würde, bis der Fahrbetrieb am Morgen wiederaufgenommen wurde. Das Einzige, was sie tun konnte, war, sich die Abzweigung zu merken und weiterzulaufen. Wenn sie umkehren musste, könnte sie ja versuchen, stattdessen das andere Gleis hinunterzugehen.

Die Erleichterung folgte binnen Sekunden, als der Lichtstrahl einen Ausgang aus dem Tunnel zeigte. Vor Laurie öffnete sich ein Bahnhof. Sie machte die Taschenlampe aus und ging vorsichtig weiter, bis sie merkte, dass vor ihr kein Boden mehr war: die »Selbstmördergrube«, die sich an jedem Bahnsteig entlangzog. Ein Klappern hallte irgendwo zu ihrer Rechten. Es hätte alles Mögliche sein können, doch es zwang sie, eine weitere unerfreuliche Möglichkeit in Betracht zu ziehen. Was, wenn ihre Eile umsonst gewesen war? Wenn sie gerade in einen Hinterhalt hineinlief? In diesem Moment traf sie ihre Entscheidung: Sie würde King's Cross durchqueren und die Gleise beim nächsten Bahnhof – Angel Underground Station – verlassen. Damit würde doch bestimmt kein Verfolger rechnen?

Vorsichtig stieg Laurie in die Selbstmördergrube und tastete sich am Bahnsteig entlang, ließ sich von den Schienen leiten. Am Ende der Grube krabbelte sie hinaus und huschte wieder in den Tunnel; wieder hüllte die beklemmende Atmosphäre sie ein. Nachdem sie ungefähr eine Minute lang vorsichtig einen Schritt vor den anderen gesetzt hatte, machte sie die Lampe erneut an und sah – was? – noch mehr Gleise, noch mehr Tunnel. Doch das bedeutete abermals, dass sie schneller laufen konnte, auf einen Ausweg zu, fort von den Verfolgern. Allmählich wurde sie zuversichtlicher, doch gerade als sie ihre Schritte beschleunigte, ließ ein schwacher Lichtschein vor ihr sie jäh stehen bleiben. Waren da Arbeiter auf den Gleisen? Oder war das der Hinterhalt, den sie fürchtete? Schon hatte Laurie die Taschenlampe ausgemacht und war bereit, zurück zu King's Cross zu fliehen, wenn der Lichtschein stärker wurde. Doch er veränderte sich nicht und war, wie sie bald feststellte, vollkommen lautlos. Was war das?

Unsicher beobachtete Laurie die Situation und wartete ab. Bis jetzt hatte sie trotz der plötzlichen Verwandlung von einer Abenteurerin in einen gejagten Flüchtling und trotz der fast überwältigenden Panik tief im Innern immer gewusst, was sie tat. Dieses Licht jedoch stand viel mehr für das Unbekannte als die Finsternis, die es vertrieb. Sie sehnte sich nach der tröstlichen Vertrautheit der Dunkelheit. Es wäre so leicht, kehrtzumachen. Vielleicht konnte sie ja an King's Cross und an Euston vorbei bis nach Camden zurücklaufen?

Wahnsinn – genau das war es. Was immer auch die Quelle des Lichts dort vorn war, es konnte nicht schlimmer sein, als im Tunnelnetz der U-Bahn herumzustolpern, bis um halb fünf die Stromschienen wieder eingeschaltet wurden. Warum noch länger versuchen, sich zu verstecken? Laurie ergab sich der Tatsache, dass sie entdeckt werden würde, und ging auf das Licht zu. Sie konnte schließlich erklären, wie sie hier unten gelandet war, nicht wahr?

DIENSTAG, 21. JULI

8.30 UHR

Sechs Tage zuvor

Von den zehn Fingern, die sie gespreizt vor sich hinhielt, schien der kleine Finger der rechten Hand wenigstens halbwegs sauber zu sein. Laurie strich sich damit eine Haarsträhne aus den Augen und hakte sie hinters Ohr. Das war jetzt das fünfte Mal auf den letzten drei Kilometern, dass ihr die Fahrradkette abgesprungen war; sie hatte eine Stunde für eine Fahrt gebraucht, die eigentlich zwanzig Minuten dauern sollte.

Es reichte: Mit dem Rad musste irgendwas nicht stimmen, was sich am Straßenrand mit Bordmitteln nicht beheben ließ. Es hatte gestern schon ein bisschen gequietscht. Vielleicht war ja der einsame Ausflug entlang des Parkland Walk am Sonntag zu viel gewesen. Nun, wenigstens hatte sie es fast bis Euston geschafft; sie konnte die U-Bahn bis Green Park nehmen und von dort zum Berkeley Square laufen.

Laurie schob das Fahrrad von der Eversholt Street aus die Stufen hinauf, schloss es vor der Haupthalle an den Fahrradständer an, hakte ihre Satteltasche los, vergewisserte sich, dass sie ihre Oyster Card noch bei sich hatte, und machte sich auf den Weg zum Eingang des Bahnhofs. Sie würde zu spät zur Arbeit kommen, und sie würde mit der U-Bahn fahren, wenn das morgendliche Gedränge am allerschlimmsten war.

An der Schranke für die Toiletten stand ein Kassierer. Laurie überlegte, ob sie erklären sollte, dass sie sich nur die Hände waschen wolle, dass sie mit dem Fahrrad unterwegs gewesen sei und kein Kleingeld habe, doch sie besann sich eines Besseren. Bis sie ins Büro kam, würde ein Feuchttuch genügen müssen.

Auf dem Bahnsteig der Victoria Line war es so schlimm, wie Laurie befürchtet hatte. Pendlermassen säumten die Bahnsteigkante, warteten darauf, sich in den nächsten Zug zu quetschen. Dahinter waren die Dinge mehr im Fluss; Menschen liefen den Bahnsteig entlang auf der vergeblichen Suche nach einer Lücke. Laurie schloss sich dem Strom an, trieb nach und nach auf das andere Ende des Bahnsteigs zu und versuchte, nicht darauf zu achten, wie ihr Fahrradtrikot ihr am Rücken klebte. Es würde ein Segen sein, wenn sie sich endlich umziehen und in das Kleid schlüpfen konnte, das in ihrer Fahrradtasche steckte.

Am Ende des Bahnsteigs, dicht vor dem Tunnel, war es nicht ganz so voll, hier bestand zumindest Aussicht darauf, in den nächsten Zug hineinzukommen. Laurie stellte sich dicht an die Bahnsteigkante und starrte auf die Schienen hinunter. Die Hitze und die Menschenmassen waren nicht nur im physischen Sinne bedrückend, sie spürte die Last auch auf der Seele. Der hilflose Groll, den sie nach ihrer unfreiwillig abgebrochenen Fahrradtour empfunden hatte, wuchs sich zu einer schrecklichen, allumfassenden Mattigkeit aus. Die Verzweiflung, die dicht darauf folgte, war vertraut, jedoch nicht weniger unwillkommen. Wenn sie jetzt einfach loslassen, sich auf diese Schienen fallen lassen, alles hinter sich lassen würde?

Früher, in jenen grauenvollen Monaten nach Mums Tod, hätte Laurie ihrem Impuls vielleicht nachgegeben. Aber jetzt nicht mehr, dieses Verhalten gehörte in die Zeit vor zehn Jahren. Sie riss den Blick von den Gleisen los und schaute sich um, nahm ganz gezielt wieder Kontakt mit der Welt um sich herum auf.

Fast so, als wisse er, was nötig war, lächelte der Mann neben ihr, als sie seinem Blick begegnete. Er war zu alt, als dass es ein Annäherungsversuch hätte sein können, und Laurie spürte, wie sich als Antwort Grübchen in ihren Wangen bildeten. Sie schob den Anflug von Depression beiseite, ehe er sich festsetzen konnte. Der Mann trug einen verblüffend eleganten, aber etwas eigenwilligen Anzug, mit aufgesetzten Taschen und Bundfaltenhose – ein bisschen fehl am Platze inmitten der eher gleichförmigen Aufmachung von Lauries Pendlergenossen und ein scharfer Kontrast zu ihrem eigenen Lycra-Outfit.

Der Mann versuchte, ihr etwas zu sagen; er beugte sich vor und zeigte auf seine Nase. Etwas Blankes hing von seiner Hand herab. Laurie sah es pendeln, während sie den Kopf zu ihm hinüberneigte, sich bemühte, ihn durch die Zugansage hindurch zu verstehen, und dabei als Antwort auf sein Lächeln weiterlächelte. Dann veränderte sich die Stimmung der Menge um sie herum. Das Dröhnen aus dem Tunnel neben ihnen wurde lauter; der nächste Zug näherte sich. Die Menschen gingen in Position, drängelten dorthin, wo sich gleich die Türen öffnen würden.

Der Mann schien von dieser menschlichen Woge überrumpelt zu werden. Laurie bemerkte, wie er seine Haltung änderte, um dem plötzlichen Andrang standzuhalten, und sie sah ihn immer noch an, als er merkte, dass sein einer Fuß nicht mehr auf dem Bahnsteig stand. Sie hatte gerade noch Zeit zu registrieren, wie sich sein Gesichtsausdruck von Freundlichkeit in Entsetzen verwandelte, Zeit zu sehen, wie er im Versuch, das Gleichgewicht wiederzufinden, die Hand ausstreckte. Und Zeit zu schreien – eine unwillkürliche Reaktion auf ihre eigene Hilflosigkeit –, ehe er mit schockierender Plötzlichkeit verschwunden war. Der Zug in Richtung Süden kam aus dem Tunnel, rammte seinen stürzenden Körper und schob ihn erbarmungslos in den Bahnhof hinein, ehe er auf halbem Weg den Bahnsteig entlang mit kreischenden Bremsen vorzeitig zum Stehen kam.

Laurie stand da, ihr Schrei war ebenso schnell verstummt, wie er begonnen hatte. Sie starrte auf den U-Bahn-Wagen, der vor ihr erschienen war, dort, wo nur Augenblicke zuvor der Mann gewesen war. Dort drin sah sie Gesichter, auf denen sich erst Erschrecken und dann Verwirrung malte: So hätte ihr Zug nicht anhalten sollen. Sie sah, wie Pendler ihre Würde wiederfanden, nachdem sie von dem unerwarteten Bremsen gegeneinander geschleudert worden waren. Sie hörte eine Durchsage, dass die Victoria Line aufgrund eines Zwischenfalls in Euston bis auf Weiteres nicht fahren werde. Sie sah, wie die Fahrgäste sich aufrafften und die Wagen verließen, wie diejenigen aus dem hinteren Teil des Zuges, der noch im Tunnel steckte, sich ihnen anschlossen. Der Bahnsteig um sie herum leerte sich allmählich.

Kälte breitete sich von der Kopfhaut her über Laurie aus und ließ eine Taubheit zurück, die eine jähe, überwältigende Woge der Klaustrophobie nur noch mehr verstärkte. Sie musste hier weg, musste der Menge zuvorkommen, draußen an der frischen Luft sein. Sie rannte den Bahnsteig hinunter, widmete den Gaffern, die sich an der Spitze des Zuges versammelt hatten, nur einen flüchtigen Blick und fing an, sich durch die Schlange zu drängen, die sich vor der Rolltreppe gebildet hatte, ohne das Murren um sie herum zu beachten.

Was immer Laurie sich auch wünschen mochte, die Fahrt nach oben verlief qualvoll langsam. Da beide Rolltreppen völlig überfüllt waren, konnte sie nur auf langsam emporsteigenden Stufen stehen und warten, bis sie oben ankam. Zur Regungslosigkeit gezwungen, beruhigte sie sich allmählich. Jetzt war ihr die Panik von vorhin peinlich. Sie sah sich um und überlegte, wie nahe sie wohl denjenigen war, die sie eben noch zur Seite geschubst hatte.

Endlich kam Laurie oben an. Ein neuerliches Wedeln mit ihrer Oyster Card, und sie war in der Schalterhalle. Vierzig Sekunden später stand sie wieder draußen auf dem Platz und blickte zu dem Fahrrad hinüber, das sie erst vor wenigen Minuten dort abgestellt hatte. Nichts hatte sich verändert. Der Himmel war von demselben Tiefblau wie schon seit Tagen. Ein Hubschrauber zog über ihr ein Banner hinter sich her, das für eine Versicherung warb; auch den hatte sie vorhin schon gesehen. Die Leute hasteten noch immer mit jener Aura eiliger Zielstrebigkeit zur Arbeit. Keiner von ihnen sah ihr in die Augen oder lächelte gar, so wie es der Mann dort unten getan hatte.

Die Müdigkeit, die Laurie unten auf dem Bahnsteig verspürt hatte, überkam sie von Neuem, diesmal jedoch folgten ihr keine selbstmörderischen Gedanken. Den Mann vor den Zug fallen zu sehen hatte ihnen irgendwie einen Riegel vorgeschoben. Sie ging zu ihrem Fahrrad hinüber. Mit der nutzlos herabhängenden Kette sah es einsam und verlassen aus, wie ein Pferd, das ein Hufeisen verloren hat. Da gab es nur eins. Laurie holte ihr Handy hervor, wischte mit dem Finger das Muster zum Entsperren und drückte zweimal auf die grüne Taste. »Zuhause« leuchtete auf dem Display auf. Sie konnte es klingeln hören, und dann: »Laurie, Liebling. Was gibt's?« Laurie schaffte es gerade noch bis »Oh, Dad«. Dann brach sie in Tränen aus.

Eigentlich war Dad am Telefon völlig unbrauchbar. Das hatte Laurie auch gewusst, bevor sie ihn angerufen hatte. Doch schon beim Klang seiner Stimme fühlte sie sich besser, und sie musste lächeln, als er sich erbot, zu kommen und sie zu retten, den ganzen Weg von Somerset. Ihr Atem ging allmählich wieder normal, und schließlich war sie in der Lage, einigermaßen beherrscht zu sprechen.

»Ich habe gerade in Euston jemanden vor den Zug fallen sehen.«

Während Laurie die Geschichte erzählte und dabei gerade mal hundert Meter von dort entfernt stand, wo der Unfall passiert war, begann die Spannung in ihrem Innern sich zu lösen. Am Schluss war sie noch immer erschöpft, doch mit der Erschöpfung ging ein Gefühl der Erleichterung einher. Natürlich erzählte sie nichts von den Gedanken, die sie gehabt hatte, kurz bevor der Mann vor den Zug gestürzt war – kein Grund, Dad damit zu belasten. Sie war von zu Hause ausgezogen, sie kam gut zurecht, ehrlich.

Eine Zeit lang antwortete Dad nicht. Laurie spürte das Schweigen durch die Leitung hindurch, und plötzlich wurde ihr klar, was sie getan hatte. Natürlich würde er an Mum denken. Laurie hatte ihren Leichnam nach dem Unfall nicht gesehen, er schon. War das das Bild, das sich jetzt mit Gewalt in seine Gedanken drängte? War es das, was sie über ihn gebracht hatte, als sie, ohne nachzudenken, zu Hause angerufen hatte?

»Dad, es tut mir leid«, begann sie.

»Ist schon gut, Schatz. Ich schaff das schon. Aber ich mache mir trotzdem Sorgen um dich. Warum kommst du nicht her? Ich hol dich vom Zug ab. Ein bisschen frische Luft und so, du weißt schon.«

»Dad, ich bin keine fünfzehn mehr. Ich kann nicht einfach weglaufen, ich brauche diesen Job.«

»Wie, du meinst, du hast trotzdem vor, zur Arbeit zu gehen?«

»Ist das nicht das, was du immer predigst? Wenn man vom Pferd fällt, gleich wieder aufsteigen.«

»Das ist nicht ganz dasselbe. Trotzdem, vielleicht hast du ja recht. Aber du stehst wahrscheinlich unter Schock. Eine ordentliche Portion süßer Tee wäre jetzt genau das Richtige für dich. Renn nicht los, bevor du deinen Blutzucker wieder oben hast. Und natürlich kommst du doch trotzdem dieses Wochenende, oder? Ich nehme mal an, die bei Fitzbillies können dich dann entbehren.«

»Die Firma heißt Fitzalan, Dad. Fitzalan Capital.« Laurie war mehr erheitert als empört, doch sie hatte den flehenden Unterton in seiner Stimme gehört. »Und, ja, natürlich komme ich runter nach Somerset. Ich ruf dich heute Abend an.«

»Gut.« Jetzt klang Dad schon eher so wie sonst. Und als wollte er das beweisen, gab er noch ein paar Ratschläge. »Übrigens, du könntest Zeugin des Unfalls sein. Ich weiß, du hast die Polizei nicht in besonders guter Erinnerung, aber du solltest denen wirklich deinen Namen nennen. Und was dein Fahrrad angeht, hört sich das für mich an, als wäre das Hinterrad nicht richtig justiert. Bestimmt springt die Kette deswegen immer raus.«

»Dad! Das ist Jahre her, und haben die nicht geschworen, dass ich nicht vorbestraft sein würde, solange ich zu diesem Kurs gehe?«

»Tja, das wird dann wohl deine Chance sein, das herauszufinden und zu beweisen, dass du jetzt eine gute, anständige Bürgerin bist.«

Laurie dachte einen Moment nach, nachdem sie das Gespräch beendet hatte. Dann ging sie neben ihrem Fahrrad in die Hocke. Dad hatte recht. Die Achse des Hinterrads lag nicht ganz in der Halterung. Mit einem Schraubenschlüssel würde man das hinkriegen, aber das konnte warten. Sie richtete sich auf, bereit, sich auf den Weg zur Arbeit zu machen – und sofort wurde ihr schwindlig. Da hatte Dad natürlich auch recht gehabt. Süßer Tee reizte sie nicht, aber irgendetwas anderes Leckeres, das wäre genau das Richtige.

Laurie aß mit Schokolade überzogene Paranüsse, als sie durch den Bahnhof zum Büro der British Transport Police ging. Dort gelangte man durch eine Tür, die mit einem Summer geöffnet wurde, in einen Vorraum, der von einem Empfangsschalter mit Panzerglasscheibe beherrscht wurde: ganz und gar nicht so, wie sie das Polizeirevier von Cambridge in Erinnerung hatte. Umso besser. Die Polizistin in der gelben Warnjacke hinter der Scheibe betrachtete skeptisch Lauries Radlerhose und das Trikot, hörte ihr aber zu und schrieb sich ihre Kontaktdaten auf. Wenn eine Untersuchung notwendig würde, versprach sie, würde ein Officer sich melden.

Nachdem das erledigt war, überlegte Laurie, wie sie zur Arbeit kommen sollte. Wieder zur U-Bahn hinunterzugehen, brachte sie nicht über sich: die unvermeidliche Durchsage, dass es »auf der Victoria Line aufgrund eines Zwischenfalls noch zu erheblichen Verspätungen« komme. Noch mehr Menschen als vorher, der Geruch und die Erinnerungen, die er wachrufen würde. Sie würde den Bus nehmen.

10 UHR

»Laurie! Der Lycra-Look ist echt der Hammer an Ihnen. Um mit dem unsterblichen Big Cook zu sprechen, das ist ›heiß, heiß, heiß‹! Haben Sie das für mich angezogen?«

So viel zum Thema, sich unbemerkt hineinschleichen und umziehen zu können, bevor sie jemand sah. Laurie hätte sich denken können, dass Nick hier sein würde. Der verbrachte anscheinend genauso viel Zeit draußen vor der Tür beim Rauchen wie an seinem Schreibtisch. So etwas hätte Laurie sich nie erlauben können, aber mit Mitarbeitern, die der Firma Geld brachten, hatte man immer mehr Nachsicht als mit dem Büropersonal. Wie dem auch sei, sollte sie sich über seine Bemerkung aufregen? Das lohnte sich doch nicht; bestimmt war es besser, in gleicher Münze heimzuzahlen.

»Also, Nick, müssen wir jetzt auch noch eine Vorliebe für Kinderfernsehen zu all Ihren schlechten Angewohnheiten hinzufügen? Sie sind echt abartig.«

Nick lächelte zurück; das Geplänkel machte ihm Spaß. »Na, ich habe doch zwei Kinder, oder? Wie kommt's denn, dass Sie *Big Cook, Little Cook* kennen? Bitte sagen Sie nicht, Sie wären jung genug, um sich das noch selbst angeschaut zu haben.«

»Nein.« Laurie lächelte ebenfalls. »Alt genug wäre passender. Ich koche die Rezepte immer mit meiner Patentochter nach. Wenn Sie wollen, kann ich Ihnen das Titellied vorsingen.«

»Warum einen wunderschönen Moment kaputt machen? Übrigens, wussten Sie, dass Sie Schmiere auf der Nase haben?«

Es war nur gut, dass Laurie gerade an Nick vorbeiging, als er das sagte. Bei seinen Worten tauchte augenblicklich das Bild des Mannes auf dem U-Bahnsteig vor ihr auf, wie er sich kurz vor seinem Sturz vorbeugte, um sie anzusprechen, und dabei auf seine Nase zeigte. So konnte sie nun nach unten gehen, duschen und sich umziehen und dabei darüber nachdenken, dass sie jetzt wenigstens wusste, was er hatte sagen wollen. So gefasst und ruhig wie an jedem anderen Tag fand sie sich an ihrem Schreibtisch ein.

Da Henry und die meisten anderen aus dem Team im Urlaub waren, gab es nur wenig Routinearbeit zu erledigen, und Aussicht auf Überstunden bestand ganz bestimmt nicht. Nur einer von Lauries nominellen Vorgesetzten war im Büro. Michael war jung genug, um es gewöhnt zu sein, seine E-Mails selbst zu tippen, und hatte nie auch nur die geringste Neigung gezeigt, ein Diktiergerät zu benutzen. Tat das überhaupt irgendjemand unter fünfzig? Wie dem auch sei, er knurrte zustimmend, als Laurie sich erbot, seine Ablage zu machen, und schien von der Energie, die sie dabei an den Tag legte, sogar fast ein bisschen beeindruckt zu sein. Interessant war die Arbeit nicht gerade, aber es war besser, als bis zur Mittagspause heimlich durch Instagram zu scrollen.

17.30 UHR

Laurie und die beiden anderen Sekretärinnen standen von ihren Schreibtischen auf und strebten auf die Tür zu, vorbei an Analysten, die noch stundenlang hier sitzen würden. Sie hatte den Arbeitstag erfolgreich überstanden. So weit, so gut. Ins Büro zu gehen war richtig gewesen.

Den Tag bei der Arbeit zu verbringen war das eine; die U-Bahn zu nehmen war etwas anderes. Schon bei dem Gedanken daran erinnerte sie sich augenblicklich an das Gefühl der Hilflosigkeit, während der lächelnde Mann stürzte. Statt mit der U-Bahn fuhr Laurie mit dem Bus zurück nach Euston und marschierte zu den Fahrradständern hinüber, fest entschlossen, den Satz Schraubenschlüssel zum Einsatz zu bringen, den sie sich in der Mittagspause gekauft hatte. Sie kniete sich neben ihrem Rad hin, nahm das Schloss ab und überdachte das Problem, das sie vor sich hatte. Könnte Dad sie per Telefon anleiten, was sie zu tun hatte? Vielleicht konnte sie ja ein YouTube-Video finden.

Gerade wollte Laurie ihr Handy zücken, als sie merkte, dass jemand hinter ihr stand. Sie schaute über die Schulter. Eine dunkle Gestalt hob sich gegen den noch immer blauen Himmel ab. Ihr Herz schlug vor Schreck schneller, doch noch ehe sie Zeit hatte zu reagieren, sagte der Mann: »Kann ich Ihnen helfen?«

Laurie stand auf und sah, dass es sich ebenfalls um einen Radfahrer handelte. Anders als sie hatte der Mann sich jedoch eindeutig nicht die Mühe gemacht, sich nach der Arbeit umzuziehen. Stattdessen ruinierten Fahrradklammern um seine Knöchel den Fall eines blauen Anzugs, unter dem er ein weißes Hemd mit offenem Kragen trug. Der schlanke, muskulöse Hals ließ darauf schließen, dass er ziemlich fit sein musste, doch der Helm machte es schwer, sein Alter zu schätzen. Braune Augen schauten mit freundlicher Anteilnahme in die ihren und hielten ihren Blick fest. Laurie registrierte elegant geschwungene Brauen und Wangen, auf denen ein leichter Bartschatten lag, ehe ihr Blick auf das Fahrrad neben ihm fiel. So blitzblank, dass es durchaus neu sein könnte, aber bloß ein Raleigh, nichts Protziges.

Der Radfahrer lächelte, während er auf Lauries Antwort wartete. Vielleicht hatte sie ihn länger begutachtet, als es der Höflichkeit angemessen war.

»Vielen Dank, das wäre super.«

Der Mann lehnte sein Rad gegen eine Säule, holte einen Schraubenschlüssel aus der kleinen Tasche, die hinter dem Sattel hing, und drehte Lauries Rad um, sodass es auf Lenker und Sattel stand. Binnen Sekunden hatte er das Hinterrad gerade gerichtet; dann vergewisserte er sich, dass es sich frei drehte, ohne an den Bremsbacken zu schleifen, und legte die Kette wieder auf die beiden Zahnkränze, erst auf den am Hinterrad, dann auf den zwischen den Pedalen. Eine kurze Drehung Letzterer mit der Hand stellte sicher, dass die Kette vollständig griff, sodass sie auf das richtige Ritzel der Gangschaltung gleiten konnte. Schließlich drehte er das Fahrrad wieder um und präsentierte es Laurie mit einer ganz kleinen Verbeugung, wie ein Kellner in einem Nobelrestaurant, der das Prestigegericht des Chefkochs serviert.

»Oh, Sie haben doch bestimmt Öl an den Fingern. Ich habe meine den ganzen Tag geschrubbt, aber sie sind immer noch total verschmiert.«

Der Mann hielt beide Hände vor sich und drehte sie hin und her: muskulös und elegant; ein Pianist hätte solche Hände. Und ja, die zwei Finger, mit denen er die Kette gehalten hatte, waren beide ein bisschen ölig.

»Lassen Sie mich das machen«, hörte Laurie sich sagen. Sie holte ein Feuchttuch aus ihrer Fahrradtasche, nahm seine Hand und wischte das Schlimmste weg. Während sie sich um die Finger dieses Fremden bemühte, musste Laurie unwillkürlich an ihr letztes, unbefriedigendes Date denken, vor Monaten, an jenen Kussversuch, der zu nichts geführt hatte, ehe sie ihn abgebrochen hatte. Das hier fühlte sich so viel intimer an, trotz der Unschuld ihres Handelns.

»Probieren Sie das Fahrrad lieber mal aus«, meinte er. »Um sicher zu sein, dass es sich einwandfrei schalten lässt. Ich kann die Gangschaltung jederzeit noch mal nachstellen, wenn's nicht klappt.«

Insgeheim hoffte Laurie, dass sie nicht so hektisch aussah, wie ihr zumute war. Sie stieg aufs Rad, fuhr einmal bis zu den Stufen und zurück und schaltete dabei. Alles lief gut; tatsächlich fuhr sich das Rad jetzt mit einer Leichtigkeit, die es vorher nicht gehabt hatte, da war sie sich sicher. Als sie zurückkam, hielt der Mann ihre Fahrradtasche in der Hand und hängte sie an dem üblichen Platz über dem Hinterrad ein. O Gott! Sie hatte all ihre Sachen bei ihm zurückgelassen. Was hatte sie sich dabei gedacht? Am liebsten wäre Laurie abgestiegen und hätte nachgeschaut, ob auch nichts fehlte. Lediglich die Peinlichkeit, dass das unhöflich wirken könnte, hielt sie zurück.

»Sieht aus, als wäre bei Ihnen alles klar …« Der Mann zögerte. »Sie haben nicht vielleicht Lust, was trinken zu gehen?«

Laurie entspannte sich ein wenig. So etwas hätte er doch bestimmt nicht vorgeschlagen, wenn er wirklich drauf und dran gewesen wäre, sich mit ihrer Handtasche vom Acker zu machen? Trotzdem kam ihre Antwort automatisch: »Tut mir leid; ich bin Ihnen wirklich sehr dankbar, aber ich muss los. Ich bin sowieso schon spät dran.«

»Wichtiges Date?«

»Na ja, so was in der Art«, erwiderte Laurie und bereute ihre Ablehnung augenblicklich. »Es ist nur, Sie wissen schon …« Sie blieb mitten im Satz stecken, wusste nicht recht, wie sie dieses Gespräch fortsetzen sollte. Und wenn sie ihn nach seiner Telefonnummer fragte?

»Okay. Also, fahren Sie vorsichtig.« Der Mann hob die Hand, fast so, als wollte er sie segnen. Dann nahm er sein Fahrrad und fuhr davon.

Laurie starrte ihm nach. Sie war enttäuscht, wusste allerdings nicht recht, ob von ihm oder von sich selbst. Ganz kurz erwog sie, ihm hinterherzufahren, aber sie musste wirklich nach Hause. Ganz abgesehen von allem anderen hatte sie beschlossen zu kochen, und das hieß, Zutaten besorgen. Ein kurzer Blick in die Fahrradtasche zeigte, dass nichts fehlte – der Mann war so vertrauenswürdig gewesen, wie er aussah –, bevor sie sich daranmachte, das Fahrrad zur Straße zu schieben.

Mit der Schulter drückte Laurie die Wohnungstür auf. Jess telefonierte in ihrem Zimmer; zuerst kicherte sie, dann lachte sie, kehlig und aus vollem Halse. Wahrscheinlich sprach sie mit einem der Marks.

In der Küche stellte Laurie ihre Einkäufe ab und machte sich daran, eine Zwiebel zu schälen. Dann holte sie ihr Handy hervor und schaltete es auf Lautsprecher, während sie die Zwiebel klein schnitt.

Es klingelte zweimal am anderen Ende der Leitung, ehe Dad abnahm. Sie stellte sich vor, wie er dasaß und auf ihren Anruf wartete, das Kreuzworträtsel auf dem Schoß.

»Hallo, Schatz. Wie fühlst du dich? Was hat die Polizei gesagt?«

»Viel besser, danke. Die haben sich nur meine Adresse aufgeschrieben. Ich hatte den Eindruck, dass die das eigentlich gar nicht interessiert hat. Jedenfalls bin ich froh, dass ich zur Arbeit gegangen bin. Das hat mich abgelenkt.«

Wie immer fragte Dad nicht nach Details, und Laurie war klug genug, ihm keine zu erzählen.

»Das war gut. Hast du noch weiter über dieses Wochenende nachgedacht?«

Laurie kratzte die geschnittene Zwiebel in die Pfanne, kippte etwas Öl hinein und drehte die Platte an. »Ja. Ich habe versprochen, am Freitag auf Tessa aufzupassen. Ich dachte, ich nehme wahrscheinlich den Mittagszug am Samstag, wenn du mich vielleicht vom Bahnhof abholen könntest. Den, der um zwanzig vor drei ankommt.«

»Klingt gut. Dann bringst du also dein Fahrrad nicht mit? Wie geht's dem übrigens?«

»Prima, danke. Du hattest recht mit dem Hinterrad. Ein netter Mann hat's schließlich für mich in Ordnung gebracht; ich bin gerade damit zurückgefahren. Und, ja, ich fahre morgen wieder mit dem Rad zur Arbeit, aber das Wochenende ist was anderes.«

»Okay, Schatz. Aber sei vorsichtig, ja? Und versuche, dir wegen heute Morgen keinen Kopf zu machen. So etwas passiert einfach.«

»Gut. Ich hab dich lieb, Dad. Bis dann.« Laurie beendete das Gespräch und konzentrierte sich darauf, die Karotte, die sie gerade geschält hatte, in Würfel zu schneiden.

»Wie war das mit dem netten Mann?« Jess war aus ihrem Zimmer gekommen und hatte den letzten Rest des Gesprächs mit angehört.

»Bloß ein Mann in Euston. Hat mir mein Rad repariert.«

Jess zog die Brauen hoch, und Laurie war verblüfft zu spüren, wie sie als Antwort darauf errötete. »Wenn du's genau wissen willst, er hat mich eingeladen, mit ihm was trinken zu gehen, aber ich habe natürlich Nein gesagt.«

»Natürlich.« Jess verzog ironisch den Mund, was nahelegte, dass sie wohl anders gehandelt hätte. »Laurie, ich werde nicht versuchen, dir zu sagen, dass du öfter ausgehen sollst. Weil, das letzte Mal, als ich das getan habe, hast du gedacht, es stört mich, wenn du in der Wohnung rumhängst, und so hatte ich das überhaupt nicht gemeint. Aber ein bisschen ein Risiko musst du schon eingehen, weißt du? London ist eine tolle Stadt für junge Leute. Gib ihr einfach mal eine Chance.«

Laurie versuchte gar nicht erst, zu protestieren. Sie wusste, dass Jess recht hatte. Das hatte sie schon gewusst, als sie dem Mann auf seinem Fahrrad nachgeschaut hatte.

Jess lächelte. »Alles klar, der Vortrag ist zu Ende. Wer bin ich denn überhaupt, dir was zu erzählen? Hier sitze ich, mit über vierzig und niemand Besonderem in meinem Leben, und muss jüngere Cousinen schröpfen, um meine Hypothek abzuzahlen.« Sie warf einen Blick auf die Pfanne. »Wie kommt's?«

Laurie überlegte, was sie sagen sollte. Dass sie auf dem Bahnsteig von Euston aus einem Moment der Verzweiflung gerettet worden war, und zwar durch die Freundlichkeit eines Mannes, der gleich darauf unter einen Zug gestürzt war? Und dass sie beschlossen hatte, Kochen wäre das Beste, um sich abzulenken?

»Weiß ich auch nicht. Mir war einfach so. Ist reichlich da, wenn du was abhaben willst.«

»Super. Hier, ein Glas Wein für dich. Bewahre mich davor, eine einsame Alkoholikerin zu werden.«

MITTWOCH, 22. JULI

7.30 UHR

Das Aufstehen fiel ihr so schwer wie immer, trotzdem war Laurie dankbar für den Wecker. Er rettete sie aus einem Traum von Mum, gefühlt dem ersten seit Jahren: Mum, die flehend die Arme ausstreckte, deren Hände um irgendetwas baten – um was? Hilfe? Erbarmen? Vergebung? Und wie kam ihr Auto auf den U-Bahnhof?

Das Sonnenlicht, das hinter dem Rollo hervordrang, hob Lauries Stimmung. Sie reckte sich, rieb sich den Schlaf aus den Augen und tappte im Schlafanzug in die Küche.

Vierzig Minuten später rollte Laurie die Fortess Road hinunter. Die Ampel am Ende der Straße war rot, und sie bremste, für den Fall, dass ein Fußgänger hinüberwollte. Anhalten würde sie ganz sicher nicht. Gestern Morgen war die Fahrradkette bereits zweimal abgesprungen, bis sie hier angekommen war. Jetzt fühlte es sich an, als führe sie nur zum Vergnügen, ohne festes Ziel. Sie schlängelte sich zwischen den Autos hindurch und freute sich darüber, dass die jetzt diejenigen waren, die sich ärgerten.

Euston war ihr einen zweiten Blick wert, als Laurie vorbeiflitzte. Dann kam die Kreuzung mit der Hauptstraße. Der Verkehr hier war so heftig wie immer. Diese Ampel würde nur ein Verrückter bei Rot überfahren. Laurie hielt an und stützte sich mit dem linken Fuß auf dem Gehsteig ab. Doch Sekunden später bremste ein zweiter Radfahrer neben ihr, und sie hörte eine bekannte Stimme sagen: »Und, wie war Ihr Date?«

Ja, es war der Mann vom Bahnhof! Lauries Herz machte einen kleinen Satz. Nur vor Schreck? Wie groß war die Wahrscheinlichkeit, dass das passierte? Und warum grinste sie so dämlich? Sie verbarg ihre Verlegenheit. »Sind Sie darauf spezialisiert, sich an andere Leute heranzuschleichen?«

Jetzt war die Ampel grün. Der Mann zog nach links, um die Autos vorbeizulassen. Zugleich verstellte er Laurie so den Weg. Das störte sie nicht. Außerdem schuldete sie ihm eine Antwort. »Nicht dass Sie das etwas angeht, aber eigentlich war's gar kein Date. Ich musste nur zu Hause anrufen.«

Laurie war sich darüber klar, wie dürftig sich das anhörte, doch man musste es dem Mann zugutehalten, dass er nicht weiter nachbohrte. »Sie haben recht, ich war ganz schön neugierig. Und um Ihre Frage zu beantworten, nein, ich bin nicht darauf spezialisiert, mich an andere ranzuschleichen. Ich habe bloß Ihre Fahrradklamotten wiedererkannt.«

Die Ampel zeigte wieder Rot. Laurie richtete sich auf, saß gerade auf dem Sattel, unterstrich damit, dass sie es mit dem Losfahren nicht besonders eilig hatte. Sie spürte den Blick des Mannes. Dann sagte er noch etwas. »Also, wenn Sie schon nicht trinken, wie wär's dann mit einem Kaffee?«

Er hieß Paul – Paul Collingwood.

Sie schlossen ihre Fahrräder dort an, wo sie sich am Vorabend begegnet waren, und gingen in den Bahnhof. Dort teilten sie sich einen Brownie. Sie sagte, sie könne nicht lange bleiben. Er sagte, er auch nicht.

Laurie betrachtete den Mann, der ihr gegenübersaß. Sie trank einen Cappuccino, er einen Espresso. Jetzt, wo er den Helm abgenommen hatte, konnte sie sein Haar sehen: kurz geschnitten, dunkel – fast schwarz –, genau richtig zum Streicheln. Ein paar graue Strähnen betonten irgendwie den Kontrast zu seinen Farben – bei Haaren und Augenbrauen natürlich, vor allem aber bei seinen Wimpern. Wieso waren ihr die bisher noch nicht aufgefallen? Sie verliehen seinen Augen etwas Sanftes, das fast feminin hätte sein können, wäre nicht die markante Gesichtsform gewesen. Was konnte ein Mann mit solchen Augen alles ausrichten? Sogar die Barista war etwas durcheinander gewesen und ein bisschen errötet, als sie das Wechselgeld für den Kaffee herausgegeben hatte. Das erinnerte Laurie an ihre eigenen kleinen Schwärmereien – die natürlich nie erwidert worden waren – während der zwei Jahre, in denen sie sich in Wells von einem Job als Kellnerin zum nächsten hatte treiben lassen.

Sie unterhielten sich übers Fahrradfahren in London, über Lastwagen, die abbogen, ohne zu blinken, über Touristen, die in die falsche Richtung schauten, wenn sie über die Straße gingen, darüber, dass man den Wind erst bemerkt, wenn er einem entgegenbläst.

»Sind Sie schon immer Fahrrad gefahren?« Das schien ihn aufrichtig zu interessieren.

»Na ja, ich bin in Cambridge aufgewachsen, und da fährt jeder Rad – ist wohl eine Mischung aus armen Akademikern, die sich kein Auto leisten können, und der Tatsache, dass es dort keine Hügel gibt.«

»Und Ihr Dad ist auch so einer? Ein Akademiker?«

»Ja, na ja, jetzt ist er halb im Ruhestand. Er ist mit mir wieder nach Somerset gezogen nach Mums Tod.« Eigentlich hatte Laurie gar nicht so viel preisgeben wollen, doch jetzt, wo sie in Schwung war, wollte sie gar nicht mehr aufhören. Paul hatte etwas an sich, das es einem leicht machte, mit ihm zu reden: wie er ihr eindeutig seine volle Aufmerksamkeit widmete, das Verständnis, das in den Blicken lag, die sie wechselten. Vielleicht war es auch leichter, weil er ein Fremder war, nur kam er ihr gar nicht vor wie ein Fremder.

»Sie war krank, aber es ging ihr allmählich besser, sie hat sich darauf gefreut, wieder zu arbeiten. Sie hat auch in Cambridge gearbeitet, beim MRC – Medical Research Council. Sie war mit dem Auto auf dem Heimweg von einem Hausbesuch und ist mit dem Fuß von der Bremse abgerutscht. Offenbar ist es sehr schnell gegangen.«

Laurie hielt inne und dachte daran, wie Dad gekommen war und sie aus der Schule abgeholt hatte. Wie er versuchte hatte, es ihr zu erklären, wie er genau dieselben Worte benutzt hatte, wie er versucht hatte, ihre Wut und ihre Trauer zu lindern. Von der ungeklärten Todesursache erzählte sie Paul nichts, von der Andeutung, dass vielleicht ihre Antidepressiva schuld gewesen sein könnten. Es war doch ein Unfall, nicht wahr? Das hätte Mum nie getan, so krank sie auch war.

»Das tut mir leid. Ich kann mir so etwas gar nicht vorstellen. Ist es immer noch sehr schlimm?«

»Na ja, es ist fast zehn Jahre her, aber sie fehlt mir immer noch, wenn Sie das meinen. Und direkt danach ging's mir ziemlich mies. Deswegen ist Dad mit mir auch nach Somerset gezogen, um von Cambridge wegzukommen und von all den Erinnerungen. Mann, was haben wir uns deswegen gezofft, aber er hatte recht. Jetzt geht's mir so viel besser als damals. Er war toll. Er ist toll.«

Paul lächelte. »Das ist gut. Väter bekommen nicht immer die Anerkennung, die sie verdienen.« Er stockte, als überlege er, ob er mehr sagen sollte, ehe er Laurie mit einem Themenwechsel überraschte. »Was ist Ihre schönste Erinnerung an Ihre Mutter?«

Laurie war verdutzt, musste aber trotzdem lächeln. Das war die perfekte Frage. »Sie einfach nur lachen zu hören – bevor sie krank war. Sie hat unheimlich auf so alte Stummfilme gestanden. Wir haben uns immer zusammen aufs Sofa gekuschelt und uns die angeschaut.«

Das brachte sie zum Vergleich Buster Keaton – Charlie Chaplin und dann zu der Frage, wie oft man *Und täglich grüßt das*

Murmeltier sehen musste, um voll zu erfassen, wie genial das war. Sie unterhielten sich über ihre Lieblingsstadtteile von London. Er meinte, ein Spaziergang durch den Hampstead Heath sei genauso toll wie alles, was man außerhalb von London machen könne. Sie prahlte mit ihren Erkundungen entlang des Treidelwegs.

Paul sah sie an. Warum hatte sie das Gefühl, bewertet zu werden? Und warum machte es ihr nichts aus? »Und was machen Sie beruflich, dass Sie morgens um Viertel nach acht mit dem Fahrrad an Euston vorbeifahren?«, fragte er.

Die Frage holte Laurie in die Wirklichkeit zurück. Es war schon nach neun. Sie konnte von Glück sagen, wenn sie es vor halb zehn nach Mayfair schaffte. »Scheiße, jetzt komme ich den zweiten Tag hintereinander zu spät. Also, es war echt schön, aber ich muss wirklich los. Wie wär's, wenn wir es heute Abend mal mit dem Drink versuchen? Treffen beim Fahrradständer – gleiche Stelle, um halb sieben?«

Paul nickte lächelnd und stand auf, als Laurie sich zum Gehen anschickte, dann beugte er sich vor und gab ihr einen Abschiedskuss auf die Wange. Zumindest hatte er das bestimmt vorgehabt, doch einen elektrisierenden Moment lang trafen sich ihre Mundwinkel. Laurie raffte ihre Sachen zusammen und eilte hinaus. Was war da gerade passiert?

Es war nur gut, dass Laurie an diesem Vormittag nicht viel zu tun hatte. Immer wieder dachte sie an die Stunde, die sie mit Paul verbracht hatte, und wie sich seine Lippen auf ihren angefühlt hatten. Was bedeutete das Grau in seinem Haar? Er musste mindestens Mitte dreißig sein. Ihr Treffen heute Abend war doch vermutlich ein Date? Könnte das der Anfang von etwas sein? Wie wäre es wohl, mit einem älteren Mann zusammen zu sein? Nun, damit konnte sie sich befassen, wenn es so weit war.

Im Augenblick war es einfach schön, dass sie jemanden kennengelernt hatte, mit dem sie reden konnte.

Und warum hatte sie so einen albernen Treffpunkt vorgeschlagen? Wenn das ein Date war, dann konnte sie doch nicht wieder in Fahrradklamotten auftauchen. Und – das würde Jess gefallen – sie wollte, dass es ein Date war. Sie musste ihr Fahrrad also vor dem Büro stehen lassen und mit den öffentlichen Verkehrsmitteln bis Euston fahren.

Das löste aber das Problem nicht, was sie anziehen sollte. Das Kleid, in das Laurie nach ihrer Ankunft in der Firma geschlüpft war, hatte zwei Tage im Büro hinter sich. Es fühlte sich wie eine Arbeitskluft an, und das war nicht richtig. Ein Ausflug in die Oxford Street in der Mittagspause stand an.

Ein Kleid im Schaufenster von French Connection fiel Laurie ins Auge. Es war schwarz, hatte einen V-Ausschnitt und reichte bis knapp übers Knie, und es hatte so etwas Kultiviertes, das sich irgendwie genau richtig anfühlte. Sie ging damit in die Umkleide und begutachtete sich dann im Spiegel davor. Sah sie aus, als würde sie sich zu viel Mühe geben? Hätte sie doch nur irgendjemanden mitgenommen, um eine zweite Meinung zu hören. Irgendjemanden? Wem machte sie hier etwas vor? Außer Jess – und was die sagen würde, wusste sie – gab es nur Lizzie, die ihre Mittagspause niemals mit Shoppen zubringen würde.

»Sieht toll aus. Ich wünschte, ich hätte die Figur dafür.«

Laurie wusste, dass die Verkäuferin nur ihren Job machte; trotzdem war sie dankbar, und sie nahm gern weitere Ratschläge an, als sie sich zu dem Kleid noch ein besticktes Abendtäschchen aussuchte.

Auf dem Rückweg zum Büro betrachtete Laurie ihre Schuhe. Schwarze Ballerinas. Zu dem Kleid sah das okay aus, aber eben auch nur okay, und sie hatte schon seit Wochen darüber nachgedacht, sich ein Paar Sandalen zu kaufen – Riemchensandalen mit ganz leichtem Absatz. Das Schuhgeschäft war gleich da drüben. Laurie sah genau das, was sie im Kopf gehabt hatte, störte zwei in ein Gespräch vertiefte Verkäuferinnen und brachte die weniger mürrische von beiden dazu, ihr ein Paar in Größe 39 zu bringen. Ein paar Minuten später zückte sie an der Kasse ihre Kreditkarte.

Zurück am Schreibtisch, dachte Laurie schuldbewusst über die Leichtigkeit nach, mit der sie in einer Stunde das Überstundengehalt von zwei Wochen ausgegeben hatte. Das hatte sie ja alles gut von den Gedanken an den Mann auf dem U-Bahnhof abgelenkt, aber so viel würde Dad in zwei Jahren nicht für Klamotten ausgeben. Nun ja, zumindest konnte sie zu Hause anrufen, wenn auch nur, um ihm zu sagen, dass sie sich heute Abend nicht noch mal melden würde. Das machte ihn natürlich neugierig, doch er war klug genug, nicht weiter nachzufragen. Das nächste Gespräch – mit Jess – war etwas schwieriger.

»Na ja, ich sollte mich wahrscheinlich freuen, dass du meinen Rat so schnell beherzigst, aber ganz ehrlich, Schätzchen. Ihr trefft euch ausgerechnet bei Euston? Und alles, was du über den Typen weißt, ist, dass er Paul Collingwood heißt und irgendwo im Norden von London wohnt und sich mit Fahrrädern auskennt. Hat jemand deinen gesunden Menschenverstand ausgeknipst?«

»Also, ich bin doch ganz vernünftig; deswegen sage ich dir ja, wie er heißt. Wenn wir uns gerade eben erst auf Tinder kennengelernt hätten, wüsste ich doch auch nicht mehr über ihn. Merk dir einfach den Namen, okay?«

»Stimmt, da ist was dran. Aber sag mir wenigstens, dass du ihn gegoogelt hast.«

»Na ja, schon. Aber das hat nicht viel gebracht. Es gibt einen Kricketspieler namens Paul Collingwood. Der ist wohl ziemlich bekannt, er war nämlich der Einzige, den ich finden konnte. Jedenfalls, der ist es nicht.«

»Schön, schön. Paul Collingwood, aber nicht der berühmte. Viel Spaß heute Abend. Schick mir zwischendurch ’ne SMS, damit ich weiß, dass es dir gut geht. Und schau, dass du diesmal seine Telefonnummer kriegst. Und tu nichts, was ich nicht auch tun würde.« Dieser letzte Rat ging mit einem dröhnenden Auflachen einher, was bedeutete, dass dem Ganzen nicht gerade enge Grenzen gesetzt waren. Nicht zum ersten Mal fragte sich Laurie, was die Arbeitgeber ihrer Cousine im Barbican Centre, dem größten Kultur- und Konferenzzentrum von London, wohl von der Leiterin ihrer Presseabteilung hielten.

Als Laurie auflegte, sah sie, dass Michael sie beobachtete. Wie viel hatte er mitbekommen? Welche Regeln galten bei Fitzalan Capital für private Telefonate? Von ihrer Einführung letztes Jahr her erinnerte sich Laurie vage an ziemlich drakonische Vorschriften. Michael mochte ja genau wie sie Henry unterstellt sein, doch als Analyst stand er in der Hierarchie zweifellos über ihr. Ängstlich bemüht, seinem Blick auszuweichen, schaute sie rasch wieder auf die Schreibtischplatte hinunter.

Doch als Michael sie ansprach, erwähnte er das, was er gehört hatte, nur indirekt. »Wenn Sie gerade nicht besonders viel zu tun haben, dann könnten Sie mir vielleicht hierbei helfen. Wie gut kennen Sie sich mit Excel aus?«

Laurie ließ ihre Dankbarkeit für seine Diskretion in ihrem Eifer aufblitzen. »Das war ein Modul bei meiner Ausbildung. Damit mache ich immer Henrys Spesenabrechnung. Wenn ich kann, helfe ich gern.«

Michaels Seufzer zeigte die Enttäuschung, die zu verbergen es ihm an Takt mangelte. »Na, versuchen kann man’s ja mal«, sagte er mehr zu sich selbst, dann blickte er auf und sah Laurie an. »Okay, ich muss da eine heikle Analyse für mein Modell machen. Überprüfen, wie es unter verschiedenen Voraussetzungen funktioniert. Bis jetzt alles klar?«

Laurie nickte. Ermutigt fuhr Michael fort: »Ich habe vier Variablen. Anleihen-Rendite bei einem, bei fünf, bei zehn und bei zwanzig Jahren Laufzeit. Wo die jeweils nach einem Jahr stehen, wirkt sich auf den Erfolg dieser Handelsstrategie aus. Ich muss es auf Zuwächse von null Komma eins Prozent testen, von null bis zwei Komma fünf Prozent.«

Inzwischen schien Michael gleichermaßen mit sich selbst wie mit Laurie zu reden, anscheinend überzeugte er sich gerade selbst, dass das wirklich nötig war. Er wirkte ein wenig überrascht, als Laurie antwortete: »Das sind dann also sechsundzwanzig Möglichkeiten für jede Variable. Davon haben Sie vier. Da müssen Sie das Testverfahren unheimlich oft durchführen.«

»Sechsundzwanzig mal vier«, bestätigte Michael mit der niedergeschlagenen Miene eines Mannes, dem klar ist, dass er in nächster Zeit keinerlei Aussicht hat, das Büro vor Mitternacht zu verlassen. »Jetzt wissen Sie, warum ich Hilfe brauche. Wenn Sie eins von den Szenarios von null bis ein Prozent testen könnten, und ich mache den Rest? Sie müssten Ihre Resultate irgendwie tabellarisch dokumentieren.«

Laurie war klar, dass ihr eigentlich gar nichts anderes übrig blieb. »Okay, ich versuch's mal. Wann ist denn Ihre Deadline? Es ist nur, ich bin heute Abend verabredet.«

»Ich weiß.« War das die Andeutung eines Lächelns? Laurie hatte Michael noch nie lächeln sehen. Dann wurde er wieder geschäftsmäßiger. »Ich muss Henry etwas vorlegen können, wenn er aus dem Urlaub zurückkommt. Ich maile Ihnen das Modell heute und erkläre Ihnen, wie es funktioniert. Dann können Sie morgen richtig loslegen.«

17.30 UHR

Fix und fertig umgezogen, marschierte Laurie zum Oxford Circus. Es bestand kein Zweifel daran, dass sie mit der U-Bahn am besten nach Euston kam, doch sie hatte nicht darüber nachgedacht, was das bedeuten würde. Der vertraute Anblick der in den Bahnhof hinabtauchenden Menschenmassen beschwor ungebeten das Bild des stürzenden Mannes herauf, nur war es jetzt Mum, die flehend die Hände nach ihr ausstreckte. Lauries Handflächen begannen zu kribbeln, sie konnte das Blut in ihren Ohren pochen hören und merkte, dass sie zitterte. Passanten betrachteten sie besorgt. Es gelang ihr gerade noch, zum Treppengeländer am Bahnhofseingang zu stolpern und sich darauf zu stützen, während sie nach Luft rang.

Noch immer an das Geländer geklammert, drehte Laurie sich um. Sie musste sich zusammenreißen, also versuchte sie, sich auf alles Vertraute zu konzentrieren, das es in der Oxford Street zu sehen gab: die Schaufensterpuppe in Unterwäsche, deren Scharlachrot sich heftig mit dem Quietschrosa des »Sonderangebot«-Schildes auf der Glasscheibe davor biss. Die beiden Mädchen, die aufgeregt in ihre Handys plapperten. Ein Rucksacktourist, der den Fußgängerstau hinter sich gar nicht bemerkte. Allmählich ging ihr Atem wieder normal, doch ihre Zuversicht von eben war verschwunden. Wie lange würde es dauern, bis sie den Gedanken wieder ertragen konnte, in einen U-Bahnhof hinabzusteigen? Es war erst wenig mehr als einen Tag her, dass sie Zeugin des Unfalls geworden war. Was konnte man da anderes erwarten?

Laurie ging im Kopf ihre Optionen durch. Die Vorstellung, fast anderthalb Kilometer zu Fuß zu gehen, gefiel ihr nicht. Verschwitzt und mit schmerzenden Füßen, so fing ein Date nicht gut an. In regelmäßigen Abständen fuhren Busse vorbei, doch der Verkehr auf der Oxford Street machte eine Busfahrt zu einer

Lotterie: eine Strecke, für die zehn Minuten reichten, konnte auch eine halbe Stunde dauern. Eigentlich ging es ihr gegen den Strich, doch der Gedanke an eine Uber-Fahrt erschien plötzlich sehr reizvoll.

»Hassan« war allem Anschein nach nur drei Minuten entfernt; die Karte auf ihrem Handy zeigte, dass er die Harley Street herunterkam. Jetzt wartete er am Abholpunkt, den sie vorgeschlagen hatte, in der Great Castle Street. Sie machte sich auf den Weg dorthin. Doch gleich darauf war Hassan auf mysteriöse Weise nicht mehr verfügbar. Kein Problem, ein anderer Fahrer konnte in fünf Minuten da sein, allerdings war der Preis um zwanzig Prozent in die Höhe gegangen.

Laurie schürzte die Lippen, blickte auf und sah ein einsames orangegelbes Taxi-Licht von Westen her auf sich zukommen. Ja! Sie eilte darauf zu, stellte sich bereits den Komfort der breiten Ledersitze vor, doch das Taxi wurde ihr von einem Frauentrio in mittleren Jahren weggeschnappt, das mit Einkaufstüten beladen war. Dahinter jedoch war ein Bus. Laurie ergab sich in ihr Schicksal. Sie würde mit dem Bus bis Euston fahren, und sie würde zu spät kommen.

Als Laurie in Euston Station ankam, hatte sie alles konsumiert, was Facebook und Twitter zu sagen hatten, bevor sie sich jede Seite der kostenlosen Zeitung vorgenommen hatte, die sie auf ihrem Platz gefunden hatte. Sie war froh über die Ablenkung gewesen, während der Bus die Oxford Street und dann die Tottenham Court Road hinunterkroch. Trotzdem hatte sie während der Fahrt bestimmt hundertmal auf die Zeitanzeige ihres Handys geschaut und sich dafür verflucht, dass sie Paul nicht nach seiner Telefonnummer gefragt hatte. Wie groß war die Chance, dass er noch da sein würde, eine halbe Stunde nach der verabredeten Zeit?

So schnell, wie Kleid und Absätze es zuließen, rannte Laurie zu den Fahrradständern und suchte an jeder Männergestalt, die sie erblickte, nach etwas Vertrautem. Er war nicht da. Sie blieb stehen, und alle Hoffnung schwand. Jetzt kamen die Emotionen, die sie im Bus unterdrückt hatte, hervor. Scham, das war es, was sie am meisten verspürte. Scham, dass sie nicht imstande gewesen war, die U-Bahn zu nehmen, dass sie ganz umsonst so viel Geld für Klamotten ausgegeben hatte, dass sie Jess die ganze Pleite würde beichten müssen. Scham über das, was sie in den Augen der vorbeigehenden Pendler zu sehen glaubte, die sie dort stehen sahen, vergeblich aufgetakelt.

»Na, Sie wissen jedenfalls, wie man einen Mann warten lässt.«

Laurie fuhr herum. Da stand Paul, noch immer in demselben blauen Anzug; er hatte in der Mittagspause keine Shoppingtour gemacht. Wie hatte sie ihn übersehen können? Sie konnte spüren, wie sich das Lächeln auf ihrem Gesicht breitmachte, und musste sehr an sich halten, um ihm nicht um den Hals zu fallen.

»Paul, es tut mir ja so leid. Ich erklär's gleich, aber geben Sie mir bitte zuerst Ihre Handynummer, damit das nicht noch mal passiert.«

»Ich sag Ihnen was, geben Sie mir Ihre, dann schicke ich Ihnen eine SMS.« Paul holte sein Handy hervor und tippte die Nummer ein, die sie ihm nannte. »Okay, gehen wir was essen? Haben Sie schon mal südindisch gegessen? Hier gibt's gleich um die Ecke ein paar ganz tolle Restaurants.«

Normalerweise hätte Laurie sich daran gestört, wie Paul hier die Kontrolle übernahm, heute jedoch war sie dankbar für die Chance, jemand anders entscheiden zu lassen. Binnen weniger Minuten hatte er sie in ein Restaurant gelotst, das er anscheinend gut kannte, wenngleich auch nicht so gut, dass die Kellner ihm mehr als den üblichen Respekt erwiesen hätten. Sie quetschten sich an einen Tisch in der Ecke, die Ellenbogen auf der Resopalplatte; ihre Knie berührten sich. Um sie herum riefen größere, hemmungslose Menschengruppen, darunter auch ein paar Familien, fröhlich den Kellnern alles Mögliche zu. Der Geruch von Curry lag in der Luft, doch es roch fast blumig, ganz anders als das Essen von dem Imbiss in der Nähe von Tufnell Park. Paul bestellte Bier für sie beide und noch etwas anderes, das Laurie nicht verstand.

Die ganze Zeit über war Paul sehr aufmerksam, als merkte er, wie angespannt Laurie war. Er stellte keine Fragen und beschränkte seine eigenen Äußerungen auf Allgemeinheiten und Anweisungen. Erst als sie richtig zur Ruhe gekommen waren und jeder ein Glas Bier in der Hand hielt, ließ er dem Gespräch seinen Lauf. »Das klingt jetzt abgedroschen, und Sie kriegen das auch bestimmt andauernd zu hören, aber darf ich sagen, dass Sie fantastisch aussehen? Das Kleid steht Ihnen wirklich unheimlich gut.«

»Wirklich?« Laurie strich das Kleid über ihren Schenkeln glatt. »Danke. Das ist mehr, als ich verdiene, nachdem ich Sie habe warten lassen. Ich würde Ihnen gern erzählen, warum.«

Paul sagte nichts. Das gefiel Laurie.

»Eigentlich hätte ich es pünktlich schaffen können. Um sechs war ich am Oxford Circus, und dann habe ich gemerkt, dass ich nicht zum U-Bahnhof runterkonnte. Der war nicht geschlossen oder so, ich konnte einfach nicht da runtergehen.«

Paul trank einen Schluck Bier. »Ich würde ja sagen, da haben Sie nichts verpasst. Ich bin seit fast zehn Jahren nicht mehr mit der U-Bahn gefahren. Aber ich nehme an, das wäre im Moment kein großer Trost für Sie. Ist Ihnen so was schon mal passiert?«

»Nein. Das ist es ja gerade. Und ich weiß auch, warum das passiert ist. Gestern Morgen war ich hier, auf dem Bahnsteig von der Victoria Line, und ich habe einen Mann vor den Zug fallen sehen, genau neben mir.«

Paul runzelte mitfühlend die Stirn. »Gott, das muss ja schrecklich gewesen sein. War er tot? Sind Sie sicher, dass er gefallen ist?«

»Ich bin mir ziemlich sicher, dass er tot ist. Der Zug war noch ganz schön schnell, als er ihn erwischt hat. Ich habe mich bei der Polizei gemeldet, als Zeugin, habe aber noch nichts gehört. Und ja, er ist gefallen, da bin ich mir sicher.«

Paul sah aus, als würde er am liebsten die Hand nach ihr ausstrecken. Laurie wusste nicht genau, wie sie reagiert hätte, wenn er es getan hätte. Schließlich beschränkte er seine Antwort auf einen trockenen Kommentar: »Na ja, dagegen war mein Tag jedenfalls harmlos.«

Wie sich herausstellte, war er Manager eines Fitnessstudios. Zumindest war das sein offizieller Titel. Doch als Paul davon erzählte, was er machte, wurde klar, dass er zwar auf dem Weg zur und von der Arbeit einen Anzug tragen mochte, im Grunde jedoch ein Personal Trainier war, bei dem die Stammkunden des Studios Termine buchten. Sie hatte also recht gehabt, als sie gedacht hatte, dass er sehr fit aussah. Gott, es war schön, jemanden kennenzulernen, der nicht als Erstes fragte: »Und wo hast du studiert?«

Ihr Essen kam: *Dhosas*. Paul ließ Laurie raten, woraus sie gemacht waren. Die Hauptzutaten der würzigen Kartoffelfüllung erkannte sie mit Leichtigkeit, doch sie wäre nie darauf gekommen, dass die Fladen, in die sie gewickelt war, aus Linsen bestanden. Sie musste lachen, als Paul schilderte, wie er einmal versucht hatte, sie selbst zu machen: die eklige Pampe aus »blubbernden Hülsenfrüchten«, die er tagelang hatte stehen lassen, während sie zu einem Teig fermentierten, und das endgültige Resultat – Fetzen verbrannten Leders ohne jegliche Ähnlichkeit mit etwas Essbarem. Was sie jetzt aß, war allerdings köstlich; die knusprigen Fladen bildeten den perfekten Kontrast zur weichen

Wärme der Kartoffeln: Seelenfutter für Vegetarier. Laurie verspürte ein freudiges Kribbeln bei dieser neuen Erfahrung.

Sie sah den Mann an, der ihr gegenübersaß. Er aß ordentlich und systematisch, kaute jeden Bissen zu Ende, ehe er etwas sagte, hatte die Ellenbogen nicht auf dem Tisch, sondern neben dem Körper. Das hätte Mum gefallen. Laurie bremste sich. Es war doch bestimmt zu früh, so etwas zu denken. Aber er sah gut aus und war auch noch nett, so viel konnte sie bereits sagen. Sie wollte mehr darüber herausfinden, was noch alles in diesem Anzug steckte.

Paul erwiderte ihren Blick. Konnte er ihre Gedanken lesen? Was er sagte, war jedoch vollkommen ernst. »Ich habe gerade darüber nachgedacht, was Sie gesagt haben. Wie können Sie so sicher sein, dass der Mann gefallen ist? Man hört doch ständig davon, dass sich Leute vor den Zug werfen.«

»Er war mir genauso nahe wie Sie jetzt. Und er wollte gerade etwas zu mir sagen, als er das Gleichgewicht verloren hat. Der Zug kam einfach im falschen Moment.«

»Aber er hat nicht tatsächlich was zu Ihnen gesagt?«

»Nein. Ich glaube, er wollte mir nur sagen, dass ich Dreck auf der Nase hatte. Irgendwie muss ich immer an die ganze Verkettung von Umständen denken, die dazu geführt hat, dass ich mit schmutzigem Gesicht neben ihm gestanden habe. Und dass er noch leben würde, wenn irgendetwas davon nicht passiert wäre.«

»Hey«, erwiderte Paul scharf. »Reden Sie nicht so. Wenn Sie es nicht gewesen wären, dann wär's eben jemand anders gewesen. Für so etwas können Sie sich doch keine Vorwürfe machen. Da würden Sie ja wahnsinnig werden.«

So ganz erschloss sich Laurie Pauls Logik nicht, aber sie fand es nett, dass er versuchte, sie zu trösten. Das wurde in ihrer Antwort allerdings nicht deutlich. »Sie klingen wie mein Dad.«

Gleich darauf kam ihr in den Sinn, wie sich das, was sie gerade gesagt hatte, anhören musste. »Keine Angst, das ist ein Kompliment.«

Pauls Antwort ließ Laurie glauben, dass auch er dachte, hier könne sich vielleicht etwas anbahnen. »Hm. Also, versprechen Sie mir, dass Sie mich anrufen, wenn Sie noch ein bisschen mehr darüber reden wollen. Ich behaupte nicht, dass ich großartig Ahnung von Psychologie habe, aber so was sollte man nicht in sich hineinfressen.«

Dankbar, dass er nicht versuchte hatte, eine Parallele zu dem zu ziehen, was mit Mum passiert war, nickte Laurie. Sie traute sich nicht, zu sprechen. Dann fuhr Paul fort: »Da gibt's noch was, das Sie über mich wissen sollten. Ich bin wirklich schon Vater: zwei Kinder, Aidan und Mia. Ihre Mum und ich sind geschieden. Sie leben jetzt in Oxfordshire.«

»Oh.« Laurie hatte das Gefühl, sie sollte irgendetwas fragen, während sie noch versuchte, diese Information zu verarbeiten. »Wie oft sehen Sie sie?«

»Jedes zweite Wochenende und ein bisschen in den Ferien. Ich bin also morgen bis Sonntagabend weg – ich fahre mit den beiden zu meiner Mum.«

»Sind sie noch klein?«

»Sechs und vier. Wir haben uns vor zwei Jahren getrennt.«

Also noch ganz klein! Laurie versuchte, sich vorzustellen, wie sie sich gefühlt hätte, wenn Dad ausgezogen wäre, als sie zwei war. Sie spürte, wie ihre Augen vor Mitleid kribbelten. »Ach, Paul, das tut mir leid.«

Paul war ein bisschen rot geworden. Er schaute auf seinen Schoß hinunter, als er weitersprach. »Es war meine Schuld. Ich habe mich zu eng mit einer Kundin eingelassen. Bethany hat immer gesagt, ein Mal, und du bist raus. Also war ich raus. Wünschte, ich könnte die Uhr zurückdrehen. Ich kann das, was passiert ist, für die Kinder nicht wiedergutmachen, aber ich gebe mir Mühe, jetzt für sie da zu sein.«

Eine ganze Serie Bilder wetteiferten in Lauries Kopf um ihre Aufmerksamkeit: Bilder davon, wie Paul sich »zu eng« mit irgendeinem Fitnesshäschen einließ, von einer zornigen Szene mit einer gesichtslosen Ehefrau, von Kindern, die ihrem Vater nachweinten. Das Schweigen dauerte an, denn sie traute sich nicht recht, etwas zu sagen. Bestimmt sollte ihr Mitgefühl doch der betrogenen Ehefrau gelten und nicht Paul?

Anscheinend gab es nicht mehr viel zu sagen. Paul bat um die Rechnung und bestand darauf zu bezahlen. Draußen war es noch hell. Sie gingen zu Fuß zum Bahnhof zurück, und keiner machte einen Versuch, den anderen zu berühren. Dabei sprachen sie über Belanglosigkeiten – wann die Hitzewelle endlich nachlassen würde, ob das ein Zeichen für die Erderwärmung sei. Paul wartete, bis der näher kommende Bus hielt, um dann noch ein letztes Mal zu mahnen: »Ich hab's ernst gemeint. Rufen Sie mich an, wenn Sie noch mal über den Unfall reden wollen.«

Der Trost, den Laurie aus dieser Vorstellung zog, bestätigte, was sie bereits wusste: Sie wollte ihn wiedersehen. Sie drehte sich zu ihm um, wollte Auf Wiedersehen sagen. Bildete sie sich nur ein, dass sein Lächeln ein bisschen traurig war? Damit war es für sie entschieden. Als sie sich diesmal zu ihm hinüberbeugte, wurde ein richtiger Kuss daraus.

Nach dem elektrisierenden Augenblick von heute Morgen war die Berührung von Pauls Lippen alles, was Laurie sich erhofft hatte. Sie wollte in dem Kuss verweilen, doch sie löste sich von ihm, bevor mehr daraus werden konnte. Dafür war sie noch nicht bereit. Sie wahrte wenigstens ein wenig die Fassung, als sie sich umdrehte und in den Bus stieg.

Laurie ging nach oben und setzte sich auf ihren Lieblingsplatz ganz vorn. Ihre Lippen kribbelten noch immer. Sie starrte zum

Fenster hinaus und versuchte, ihre Gefühle für einen Mann zu analysieren, den sie kaum länger als einen Tag kannte. Sollte sie sich von seiner Untreue-Beichte abschrecken lassen? Irgendwie erschien das neben der Neuigkeit, dass er verheiratet gewesen war und Kinder hatte, unwichtig. Doch das sollte ja eigentlich auch nicht weiter überraschend sein; er war mindestens zehn Jahre älter als sie. Sie konnte doch wohl kaum erwarten, dass er die ganze Zeit Single gewesen war.

Jess sah sich eine uralte Wiederholung von *Sex and the City* an, als Laurie hereinkam, doch sie machte den Fernseher aus, um sie von oben bis unten zu mustern und dabei die Augenbrauen hochzuziehen. »Schickes Outfit«, stellte sie fest, »ich versuche gar nicht erst, zu raten, was das alles gekostet hat, aber ich nehme doch an, es hat sich gelohnt. Du hast mir übrigens keine SMS geschickt, aber andererseits kommst du ja auch nicht so spät, dass ich angefangen hätte, mir Sorgen zu machen. Wie war's?«

»Es ist ein bisschen kompliziert«, antwortete Laurie. »Er ist toll, aber er hat zwei Kinder, und den Rest der Woche ist er nicht da. Ich würde ihn gern wiedersehen, glaube ich. Fantastischer Body.« Sie lächelte Jess an.

»Na, wenn du auf ihn stehst, dann ist doch die erste Hürde schon mal genommen. Denk dran, abservieren kannst du ihn später immer noch. Du musst 'ne Menge Frösche küssen, bevor du deinen Prinzen findest. Schick ihm gleich eine SMS, um ihn dir warmzuhalten, das würde ich dir raten.«

»Gute Idee.« Laurie holte ihr Handy hervor, um Pauls SMS aufzurufen, damit sie antworten konnte. Es war keine da. »Das verstehe ich nicht. Ich habe doch gesehen, wie er mir eine SMS geschrieben hat.«

»Na ja, manchmal dauert's eine Weile, bis die durchkommen.«

Das kam ihr nicht sehr wahrscheinlich vor, doch Laurie war trotzdem dankbar für die Erklärung. Plötzlich war sie zu müde für das übliche Geplänkel. »Ich weiß zwar nicht, was los ist, aber ich weiß, dass ich nicht mehr klar denken kann. Ich gehe ins Bett.«

Es war eine windstille, warme Nacht. Laurie strampelte die Daunendecke weg und lag in ihrem Secondhand-T-Shirt auf der bloßen Matratze. Unwillkürlich dachte sie an Paul. Sie erinnerte sich daran, wie sich seine Lippen angefühlt hatten, und stellte sich die Berührung seiner Fingerspitzen vor. War sie da nicht ein bisschen voreilig? Die Bedeutung der fehlenden SMS war doch sehr klar; wahrscheinlich würden sie sich nie wieder begegnen.

Und so träumte Laurie, als sie schließlich einschlief, wieder von Mum, von Zügen und von Tunneln und ausgestreckten Händen.

DONNERSTAG, 23. JULI

9 UHR

Auf Facebook gab es achtzig Paul Collingwoods. Doch von den knapp vierzig mit Foto war keiner der Mann, nach dem Laurie suchte. So um die vierzig andere waren nur als Icon sichtbar, und mindestens zwanzig davon wohnten möglicherweise in London. Auf keinen Fall würde Laurie denen allen eine Freundschaftsanfrage senden, und ohne die würde jede Mail im Spamfilter stecken bleiben.

Die British-Telecommunications-Website war da schon hilfreicher. Dort gab es siebzehn Collingwoods mit Londoner Telefonnummer; eine verblüffend große Anzahl – acht – hatte das Initial »P«, doch nur zwei davon wohnten im Norden Londons. Laurie schrieb sich die Nummern auf. Sie würde da heute Abend anrufen, ohne die Büro-Lauscher. Dann fiel es ihr wieder ein: Paul hatte gesagt, er würde den Rest der Woche nicht in London sein; er fuhr mit seinen Kindern zu seiner Mutter. Na schön. Vielleicht waren ja ein paar Tage Zwangstrennung gar nicht schlecht. Wenn sie Montag immer noch Lust hatte, ihn ausfindig zu machen, dann würde sie wissen, dass es ernst war. Im Moment schien der Montag noch weit weg zu sein.

Laurie richtete sich auf ihrem Stuhl auf. Das waren sehr unproduktive erste zwanzig Minuten ihres Arbeitstages gewesen. Zeit, sich Michaels Modell wieder vorzunehmen. Seit sie ins Büro gekommen war, hatte er in mehr oder weniger derselben Haltung an seinem Schreibtisch gesessen wie gestern, als sie gegangen war. Über die Tastatur gekrümmt, das Gesicht durch den

Widerschein seines Bildschirms noch blasser. Nur das andere Muster seines Hemds zeigte, dass er nicht die ganze Nacht durchgemacht hatte. Bestimmt erwartete er, dass sie sich jetzt an die Arbeit machte und mit ihm Schritt hielt, während sie methodisch die Variablen wechselte und jedes Mal die Resultate dokumentierte. Es war ein so langweiliger, eintöniger Vorgang – sogar Michael hatte ganz glasige Augen –, doch es ging nicht anders. Sie versenkte sich in ihre Arbeit.

Die Routine, das musste Laurie zugeben, hatte etwas Befriedigendes. Sie beschäftigte sie genug, dass ihre Gedanken nicht abschweiften, erforderte jedoch keine intellektuellen Höchstleistungen. Spaß war ein zu starker Begriff, doch es gab ihr eine gewisse Sicherheit zu wissen, dass sie genau das tat, worum Michael sie gebeten hatte. Daher war das Klingeln ihres Handys eine verblüffend unwillkommene Ablenkung. Weder Laurie noch ihr Handy kannten die Nummer des Anrufers. Könnte das Paul sein? Laurie wagte es kaum zu hoffen, als sie auf die grüne Taste drückte.

Doch am anderen Ende war eine Frauenstimme. »Spreche ich mit Miss Lauren Bateman? Hier ist Sergeant Atkins, British Transport Police, Euston Station. Man hat mir gesagt, Sie haben Ihren Namen hier angegeben, als Zeugin eines Vorfalls am Morgen des 21. Juli.«

»Ja, das stimmt.«

Michael blickte von seinem Computer auf, deshalb hatte Laurie keine Lust, mehr preiszugeben.

»Wir möchten, dass Sie herkommen und Ihre Aussage zu Protokoll geben, wenn es Ihnen keine Umstände macht.« Am Ende des Satzes stand kein unsichtbares Fragezeichen. Die zweite Hälfte war nur der Form halber darangehängt worden.

Mit Bedauern schaute Laurie auf ihren Bildschirm. War es wirklich schon halb vier? Sie musste die Mittagspause durchgearbeitet haben, ohne es zu merken. Ihr Seufzer war vollkommen unbeabsichtigt, aber trotzdem am anderen Ende der Leitung zu vernehmen.

»Es tut mir leid, wenn Ihnen das Mühe macht.« Sergeant Atkins' Stimme ließ sehr deutlich erkennen, dass es ihr nicht im Mindesten leidtat. »Aber Sie werden verstehen, es hat einen Todesfall gegeben, und wir müssen die Umstände so genau wie möglich ermitteln.«

Laurie fügte sich in ihr Schicksal. »Selbstverständlich, wann soll ich denn kommen?«

Anscheinend hoffte Sergeant Atkins, ihren Papierkram noch heute Abend zu erledigen. Sie gab klar zu verstehen, dass sie Laurie vorher erwartete, um genau zu sein, so bald wie möglich. Warum sie erst jetzt anrief und nicht früher oder sogar gestern, wurde nicht erläutert. Laurie wagte nicht zu fragen, geschweige denn anzudeuten, dass sie gern ein bisschen rechtzeitiger informiert worden wäre. Vielleicht war ihre Aussage ja notwendig, damit der Leichnam den Angehörigen übergeben werden konnte.

Laurie notierte sich, wie weit sie mit Michaels Variablen gekommen war, und erhob sich. Wie mit einer unsichtbaren Schnur verbunden, hob sich auch Michaels Kinn. Laurie sah ihn an und seufzte. »Tut mir leid. Ist eine lange Geschichte, aber ich war vor ein paar Tagen Zeugin bei einem Unfall, und die Polizei will meine Aussage aufnehmen. Ich beeile mich.«

Sie zog sich um, und während sie mit dem Fahrrad nach Euston strampelte, versuchte Laurie, sich rational zu erklären, warum sie ein schlechtes Gewissen hatte, Michael einfach so sitzen zu lassen. Schließlich musste sie ja nicht für ihn an seinem verdammten Modell arbeiten, das stand nicht in ihrer Stellenbeschreibung.

Hinter der Glasscheibe der Polizeidienststelle in Euston Station saß ein Mann. Er ließ sich Lauries Namen und Adresse sagen, notierte, dass sie Sergeant Atkins sprechen wollte, und bedeutete ihr, auf einem der drei Stühle Platz zu nehmen, die an der Wand standen.

Laurie entschied sich für den Stuhl, der der Glasscheibe am nächsten war. Es war sonst niemand im Raum, aber wenn jemand kam, wollte sie sichergehen, dass sie die Erste in einer eventuellen Warteschlange war. Der Stuhl quietschte leise, als sie sich hinsetzte. Plakate an der Wand ließen sie wissen, was die Crimestoppers waren, dass man verdächtige oder unbeaufsichtigte Gepäckstücke immer melden solle und wann man welche Notrufnummer wählen müsse. Das alles fühlte sich so anders an als bei Lauries letztem Aufenthalt auf einem Polizeirevier. Damals war Langeweile ihr kleinstes Problem gewesen.

Laurie schaute auf ihr Handy: kein Netz, keine Möglichkeit, sich irgendwie abzulenken. Einen Moment lang wünschte sie, sie hätte Candy Crush nicht deinstalliert. Sogar die Gratiszeitung wäre besser als nichts.

Ein Mann und eine Frau betraten den Warteraum. Laurie machte sich bereit, zu kommunizieren, sich über irgendwelche Gefühle auszutauschen, wenn sie sich zu ihr auf die Stühle setzten, doch sie gingen einfach weiter, vorbei an dem Glaskabuff, ohne sie auch nur anzusehen.

Halb fünf: Laurie wartete seit zwanzig Minuten. Allem Anschein nach sorgten die speziell geschulten Mitarbeiter der Crimestoppers dafür, dass Verbrechensmeldungen keinerlei Informationen enthielten, anhand derer man identifiziert werden konnte. Jedes Mal wenn Laurie sich bewegte, quietschte ihr Stuhl mitleidig, und die Enge des kleinen Raums verstärkte das Geräusch noch. Sollte sie zu dem Mann hinter der Scheibe gehen und fragen, ob es okay wäre, wenn sie sich draußen schnell eine Zeitung holte? Laurie stand auf und stellte fest, dass sie nunmehr allein im Warteraum war. Vermutlich kam der Mann nur, wenn der Türsummer ertönte, und hatte ansonsten Besseres zu tun.

Es dauerte noch einmal zehn Minuten, bis die Tür neben dem Glaskabuff sich öffnete, diesmal von innen. Eine körperlose Frauenstimme sagte: »Lauren Bateman.« Laurie stand auf und war schon fast an der Tür, bevor sie die Sprecherin zu Gesicht bekam. »Sergeant Atkins.«

Laurie hatte sich selbst nie für besonders groß gehalten, daher war es befremdlich festzustellen, dass die Polizistin ihr gerade bis ans Kinn reichte. Gab es bei der Polizei nicht so etwas wie eine Mindestgröße? Bedeutete die Tatsache, dass die Beamtin keine Uniform trug, dass sie Zivilfahnderin war? Laurie überlegte, ob sie fragen sollte, doch irgendetwas an Atkins' Auftreten – dass sie noch immer keinen Blickkontakt hergestellt hatte, der beabsichtigte Anschein, dass sie bei wichtigen Angelegenheiten gestört worden war – hielt sie davon ab, es mit Small Talk zu versuchen. Das großzügige »Kein Problem«, mit dem Laurie auf eine Entschuldigung wegen des langen Wartens hatte antworten wollen, erwies sich als vollkommen überflüssig.

Und dann hörte jegliches Nachdenken über soziale Feinheiten auf. Weiter hinten im Korridor öffnete sich eine Tür, und ein junger Mann in der Standard-Touristenkluft aus T-Shirt und Shorts erschien. Ohne auch nur zu versuchen, sein Aussehen zu analysieren, sah Laurie sofort, dass er schön war; es gab kein anderes Wort dafür. Ein Polizist in Uniform hinter ihm hielt ihn am Ellenbogen fest. Die beiden standen so im Korridor, dass Laurie sie von der Seite sah, bevor der junge Mann sich nach links drehte und ihr direkt ins Gesicht schaute. In diesem Moment stellte er seine Kalkulation an. Was als Nächstes geschah, schien unerträglich langsam abzulaufen, obwohl Laurie trotzdem keine Zeit hatte aufzuschreien. Mit einer einzigen Bewegung riss der Mann seinen Ellenbogen los, fuhr herum und rammte dem Polizisten mit hörbarem Knacken den Schädel gegen die Nase und gleichzeitig das Knie in den Unterleib. Dann sprintete er auf Laurie zu, wollte offenkundig zu der Tür, durch die sie gerade hereingekommen war, solange diese noch einen Spaltbreit offen stand.

Sergeant Atkins stand mit dem Rücken zum Korridor. Der Mann erledigte sie, noch ehe sie begriffen hatte, dass es hier ein Problem gab, stieß sie mit geradezu lachhafter Leichtigkeit zu Boden. Dann erreichte er Laurie. Der Stoß gegen ihren Brustkorb ließ sie zurücktaumeln, ihm aus dem Weg. Was erlaubte der sich! Instinktiv streckte Laurie den Fuß vor und brachte den Mann zum Stolpern, als dieser auf die Tür zuhielt.

»Miststück!« Der Mann fuhr herum und versetzte ihr einen heftigen Schlag gegen den Oberkörper, bei dem ihr die Luft wegblieb. Es tat so weh, da musste eine Rippe gebrochen sein. Sie kauerte sich hin, die Arme um den Brustkorb geklammert, rang verzweifelt nach Luft, unfähig, sich vor den Schlägen zu schützen, die jetzt bestimmt folgen würden.

Es kamen keine. Stattdessen fiel eine so laute Alarmsirene über Laurie her, dass sie sich die Ohren zuhalten musste. Sie öffnete gerade noch rechtzeitig die Augen, um Sergeant Atkins und einen anderen Polizisten vorbeistürmen zu sehen, hinaus in den Bahnhof. Vermutlich verfolgten sie den Mann, der jetzt verschwunden war.

Langsam strömte wieder Luft in Lauries Lunge. Der Schmerz ließ nach. Sie erhob sich, wusste nicht recht, was sie als Nächstes tun sollte. Dann tauchte der Mann vor ihr auf, den sie vorhin am Empfang gesehen hatte. Er musste mindestens fünfzig sein, begriff Laurie, mit so viel Bauch, dass er nirgendwo hinrennen würde. Ein Gespräch war unmöglich, doch er winkte Laurie, ihm weiter den Korridor hinunter zu folgen. Der Polizist, dessen Nase sie hatte brechen hören, war noch da, saß zusammengesunken an der Wand. Bestimmt hatte er zu viel mit sich selbst zu tun gehabt, um mitzubekommen, was Laurie passiert war; jetzt betrachtete er sie über ein blutiges Papiertaschentuch hinweg, das er sich gegen das Gesicht drückte. Der Mann, der sich ihrer angenommen hatte, sah ihn an, überlegte offensichtlich, was er jetzt tun sollte. Dann öffnete er die Tür neben sich, die, aus der sie die beiden Männer hatte kommen sehen – war das wirklich erst vor ungefähr einer Minute gewesen? –, bedeutete Laurie einzutreten und machte die Tür hinter ihr zu.

Der Alarm schrillte weiter, verhinderte jeglichen Gedanken, beherrschte Lauries Bewusstsein.

Und dann verstummte er. Jetzt war es die Stille, die überwältigend war. Laurie schloss die Augen und konzentrierte sich darauf, wieder normal zu atmen. Was hatte sie sich bloß dabei gedacht? Das Einzige, was sie über den Mann wusste, war, dass er zu extremer Gewalt fähig war. Und sie hatte versucht, ihm ein Bein zu stellen. Es war reines Glück, dass sein Bedürfnis zu fliehen alle Rachegelüste überwogen hatte. Nie kämpfen, wenn man fliehen kann. Hatte man ihnen das nicht in den Selbstverteidigungskursen in der Schule eingetrichtert? Nächstes Mal würde sie daran denken.

Ihr Puls ging jetzt langsamer, und Laurie sah sich in dem Raum um, in den sie getreten war. Er war fensterlos, mit Leuchtröhren in der Decke. Zwei Stühle standen einander zu beiden Seiten eines Tisches gegenüber. Laurie setzte sich auf einen davon und merkte, dass er am Boden fixiert war. Der Tisch auch. Sie blickte hoch; eine Überwachungskamera schien genau auf ihr Gesicht gerichtet zu sein. Noch eine Entdeckung: Auf dieser Seite der Tür gab es keine Klinke. Hätte Laurie ihren Adrenalinvorrat nicht bereits aufgebraucht, so wäre dies ein geeigneter Zeitpunkt gewesen, um in Panik zu geraten, von Klaustrophobie überwältigt zu werden. So, wie die Dinge lagen, konnte sie ihre Umgebung nur mit Wiedererkennen begrüßen. Sie saß nicht in einem Albtraum fest. Dies hier war ein Vernehmungszimmer, ganz ähnlich wie das, in dem sie in Cambridge gesessen hatte, das, in dem sie weniger vernommen worden war, als dass sie sich einen Vortrag über die Gefahren von Drogen und frühem Alkoholkonsum hatte anhören müssen. Damals hatte der Polizist, der sie verhaftet hatte, den Eindruck gemacht, dass sie ihm wichtig sei, selbst als man ihre Fingerabdrücke genommen und sie fotografiert hatte und sie darauf gewartet hatte, dass Dad sie aus der Arrestzelle abholte. Natürlich war sie da erst fünfzehn gewesen und hatte ihre Angst mit Coolness überspielt.

Als Sergeant Atkins zwanzig Minuten später hereinkam, wurde Lauries Restschock über das Vorgefallene von einem Gefühl des Wohlwollens gegenüber der Polizei überlagert. Außerdem war sie nervös, jene Nervosität, die sie bei Begegnungen mit einer Autoritätsperson immer empfand. Sie musste den Impuls unterdrücken, beim Eintreten der Polizistin aufzustehen, und dachte dabei an ihre ehemalige Schuldirektorin (»Steht gefälligst auf, wenn ich hereinkomme!«).

Sergeant Atkins nahm Laurie gegenüber Platz. Zum ersten Mal schauten sie einander direkt ins Gesicht. Laurie sah eine Frau, die ein paar Jahre älter war als sie selbst: schulterlanges braunes Haar, kein sichtbares Make-up. Die Polizistin nickte ganz leicht mit dem Kopf, als erkenne sie sie wieder (das Polizeifoto von damals war doch bestimmt vernichtet worden?), zog ihr Notizbuch zurate und begann: »Sie sind Lauren Miranda Bateman?«

»Ja«, bestätigte Laurie und fuhr dann, noch immer bestrebt zu gefallen, fort: »Wie geht es Ihrem Kollegen? Wissen Sie, ich habe das Ganze gesehen. Möchten Sie dazu auch eine Aussage?« Sie hielt inne, überlegte, ob sie erwähnen sollte, dass der Kerl sie auch geschlagen hatte. War das relevant?

»Ich notiere Ihre Daten in der Akte, für den Fall, dass sich der ermittelnde Beamte bei Ihnen melden will. Fürs Erste wäre ich Ihnen dankbar, wenn wir uns auf das konzentrieren könnten, weswegen Sie hier sind. Am 21. Juli haben Sie sich als Zeugin eines Zwischenfalls auf dem Bahnsteig der Victoria Line in Richtung Süden hier auf dem Bahnhof Euston gemeldet. Ist das korrekt?«

Und so begann die Befragung. In einer Hinsicht war das Ganze relativ unspektakulär. Sergeant Atkins war die ganze Zeit unfreundlich, fast streng. Bildete Laurie sich bloß ein, dass sie geprüft und für mangelhaft befunden worden war? Ganz sicher gab es keinerlei Verständnis dafür, dass es sie verstört haben könnte, wie eine zufällige Begegnung, ausgelöst durch Freundlichkeit, mit einem Todesfall geendet hatte, keinen Versuch, Laurie irgendwie näher kennenzulernen. Stattdessen bestand das Anliegen der Polizistin darin zu ergründen, warum Laurie so sicher war, dass der Tod des Mannes ein Unfall gewesen war. Sie ließ sie die Ereignisse, die zu seinem Sturz geführt hatten, mindestens dreimal rekapitulieren. Dachte Laurie wirklich, er hätte versucht, ihr zu sagen, dass sie Schmutz auf der Nase hatte? Der Unglaube, mit dem sie Lauries Deutung behandelte, schien in Verachtung zu gründen.

Der letzte Teil des Gesprächs lieferte eine Erklärung für Sergeant Atkins' Verhalten. Laurie hatte gerade gesagt: »Einen Moment lang habe ich mich nicht gerührt, aber dann bin ich so schnell wie möglich nach oben an die frische Luft«, als sie sah, dass die Polizistin nickte. Da wurde es ihr klar. »Das konnten Sie wahrscheinlich auf den Videoaufnahmen vom Bahnsteig sehen, oder?«

Laurie wurde rot beim Gedanken an jenen Augenblick der Panik, als sie jegliche Rücksicht hatte fahren lassen und sich zur Rolltreppe durchgedrängt hatte. Alles, was sie sagen konnte, war: »So bin ich normalerweise nicht.«

Und alles, was Sergeant Atkins darauf zu antworten bereit war, war: »Sie verstehen sicher, dass es Gründe dafür gibt, dass die Fahrgäste gebeten werden, den Bahnsteig ruhig und geordnet zu verlassen.«

Nach der Befragung musste Sergeant Atkins Lauries Aussage noch in ein Formular übertragen, damit sie sie unterschreiben konnte. In Amtssprache übersetzt, hatte das Resultat wenig Ähnlichkeit mit Lauries Schilderung und versuchte gar nicht erst, ihre Gefühle wiederzugeben, doch das Ganze war zumindest eine akkurate Zusammenfassung dessen, was sie gesehen hatte. Etliche weitere Formulare dokumentierten Lauries persönliche Angaben, von der Adresse bis zur ethnischen Zugehörigkeit. Eine letzte Ermahnung wirkte besonders heftig: »Wenn Sie aufgefordert werden, bei der Anhörung anwesend zu sein, dann muss ich Sie warnen, dass es strafbar ist, dem nicht Folge zu leisten, und dass der Untersuchungsrichter dafür eine Geld- oder eine Freiheitsstrafe verhängen kann.«

Laurie war vernünftig genug zu erkennen, dass dies nicht der richtige Moment war, um die Beherrschung zu verlieren. »Ich verstehe«, sagte sie. »Haben Sie eine Ahnung, wann das sein wird?«

Sergeant Atkins' Antwort war sachlich, aber verblüffend. »Meine Ermittlungen sind beinahe abgeschlossen, aber psychiatrische Gutachten dauern normalerweise mindestens drei Monate.«

»Psychiatrische Gutachten? Heißt das, Sie glauben, er hat sich umgebracht? Aber ich weiß, dass es ein Unfall war. Ich habe ihn doch fallen sehen.«

»Ihre Aussage wird an den Untersuchungsrichter weitergeleitet, zusammen mit dem anderen Beweismaterial.«

Das Gespräch endete unbefriedigend. Draußen auf dem Korridor wies nichts darauf hin, dass etwas Unerwünschtes vorgefallen war. Laurie überlegte, ob sie Sergeant Atkins noch einmal fragen sollte. Hatten sie den Mann erwischt? Warum hatte sie nicht einmal gefragt, wie es Laurie ging? Wusste sie überhaupt, dass Laurie ebenfalls angegriffen worden war? Laurie war sich immer noch nicht schlüssig geworden, als sie die Tür zum Warteraum erreichten, und dort verließ Sergeant Atkins sie mit einem Händedruck, der so überraschend und so fehl am Platze war, dass er nur aus einem Handbuch stammen konnte.

Draußen im Bahnhofsgebäude hatte die Rushhour ihren Höhepunkt erreicht. Pendler eilten an Laurie vorbei, auf dem Weg zu Zügen, die sie aus London hinausbringen würden. Niemand würdigte sie eines Blickes, und das war auch gut so. Was hätte sie sonst getan? Wie viele von ihnen waren zu solcher Brutalität fähig, wie sie sie gerade erlebt hatte? Wo war der Mann? Wenn er entkommen war, war er jetzt doch bestimmt sehr weit weg, oder?

Lauries Weg zu ihrem Fahrrad führte an den Rolltreppen vorbei, die in die Schalterhalle der U-Bahn hinunterführten. Auf ihrem Weg zu der Befragung musste sie, ohne nachzudenken, daran vorbeigegangen sein. Jetzt konnte sie sich eines kleinen Schauderns nicht erwehren. War es Euston Station an sich, das gefährlich war? Die Menschen um sie herum schienen das nicht zu denken. Oder war es nur so, dass potenzielle Schrecken überall lauerten?

Keiner dieser Gedanken schien draußen in der Abendsonne noch große Macht zu haben. Laurie schaute auf ihr Handy: sieben Uhr. Vielleicht sollte sie zur Arbeit zurückfahren? Sie stellte sich Michael vor, wie er dasaß und vor sich hin tippte, während sich um ihn herum die Schreibtische langsam leerten. Er konnte keine Überstunden genehmigen, aber er wäre bestimmt angenehm überrascht, sie zu sehen. Die Routine, die sie sich im Laufe des Nachmittags geschaffen hatte, wäre eine gute Möglichkeit, in die Realität zurückzukehren. Laurie schüttelte den Kopf und lächelte. Das Letzte, was sie jetzt wollte, war, im Büro festzusitzen. Sie schob das Fahrrad zur Eversholt Street und fuhr los in Richtung Tufnell Park.

SAMSTAG, 25. JULI

17 UHR

Laurie legte die Knie fest an den Sattel und trieb mit den Waden. Noch immer, nach all den Jahren, verspürte sie ein Aufwallen freudiger Erregung bei diesem Gefühl verborgener Kraft, die nur auf den Weckruf wartete. Roxanne musste eigentlich gar nicht angetrieben werden; sie trabte sofort an. Laurie ließ das Heben und Senken des Sattels unter sich zu, hob und senkte sich im selben Rhythmus, als sie um die Ecke auf den Hauptteil der Weide einbogen. Sie war leer; Laurie hatte den richtigen Zeitpunkt gewählt. Die Kühe waren alle zum Melken drinnen. Zehn Hektar Weideland erstreckten sich vor ihr, stiegen sanft zum Hügelkamm hin an. Deutlich gelber als noch vor zwei Wochen, aber deswegen kein schlechteres Ausreitgelände.

Ein kleiner Schenkeldruck hinter dem Gurt, und Roxanne sprang fließend im Kurzgalopp an. Laurie tat nicht viel mehr, als auf das Tor in der gegenüberliegenden Ecke der Weide zuzuhalten, und entspannte sich kurz in der ruhigen, geschmeidigen Bewegung des Ritts. Doch sie wollte mehr als Entspannung. Jetzt benutzte sie zum ersten Mal die Gerte, tippte Roxannes Schulter an, um sie den Hügel hinaufzutreiben, zuerst im Arbeits- und dann, als das Gelände flacher wurde, im gestreckten Galopp. Laurie beugte sich vor; ihr Oberkörper war fast parallel zum Pferdehals, während Roxanne immer schneller wurde. Das beharrliche Trommeln der Hufe vibrierte Lauries Beine hinauf bis in ihren Körper hinein, übertönte den Rhythmus ihres Herzens, sodass es schien, als pumpe der Galopp das Blut, das sie in Ohren und Fingerspitzen fühlen konnte, durch die Adern.

Sie näherten sich dem Tor. Als Laurie Roxanne vorhin gesattelt hatte, hatte sie nicht vorgehabt, den Sprung zu wagen, jetzt jedoch spürte sie ein Drängen im Lauf des Pferdes. Es war, als erinnere sich Roxanne genauso gut an ihren letzten verhängnisvollen Versuch wie sie und sei ebenso erpicht darauf, diese Erinnerung zu tilgen. Laurie achtete nicht auf das plötzliche schmerzhafte Ziehen an ihrem Schlüsselbein; sie machte keinen Versuch, das Pferd zurückzuhalten. Stattdessen war es Roxanne, die kurz verhielt, sich sammelte und ohne jeglichen Unwillen aus freien Stücken glatt auf die andere Seite hinübersetzte.

Auf einer zweiten leeren Weide jenseits des Tores konnten sie weitergaloppieren. Dann kam der Reitweg oben auf dem Hügelkamm, und Laurie war gezwungen, langsamer zu werden. Von dieser Aussicht bekam sie niemals genug: Nebelschwaden, aufgestiegen aus dem Vale of Avalon, umwaberten den Glastonbury Tor. Wären die Brombeeren an den Hecken reif gewesen, wäre es ein perfekter Ausritt gewesen.

Auf dem Rückweg lehnte Laurie sich im Sattel ganz leicht nach hinten, um das Gefälle zu kompensieren. Am Fuß des Hügels konnte sie das Cottage sehen. Eigentlich machte es ja nicht viel her, ganz bestimmt war es nichts, wofür sich Wochenendausflügler interessieren würden. Die Pferdebox, die Dad an die eine Mauer angebaut hatte, trug nicht dazu bei, den Gesamteindruck zu verbessern, und dass er aus dem größten Teil des Gartens einen Auslauf gemacht hatte, ebenfalls nicht. Der Rest diente als Gemüsegarten. Nun, Roxanne wog das alles auf.

Dad wartete im Hof auf sie. »Habe ich da gerade ein bisschen Vergangenheitsbewältigung gesehen?«

Laurie grinste. »Das war mehr Roxanne als ich. Ich habe sie einfach machen lassen.«

Dad gab sich Mühe, streng zu klingen, doch Laurie merkte, dass er sich ebenso freute wie sie. »Ich hätte ja gedacht, ein gebrochenes Schlüsselbein reicht. Und überhaupt, sie wird zu alt für so was, auch wenn das auf dich nicht zutrifft.«

»Dad«, schalt Laurie ihn. »Das ist Jahre her. Du weißt doch, ich hätte sie nie springen lassen, wenn ich mir nicht sicher gewesen wäre, dass sie diesmal nicht verweigert. Wie auch immer, du hast recht. Die Vergangenheit ist bewältigt. Einmal reicht. Ich glaube nicht, dass ich noch mal über dieses Tor springen muss. Und ich habe das Gefühl, Roxanne geht's genauso.«

Damit schwang Laurie ein Bein über den Pferdehals, glitt aus dem Sattel und umarmte das Pferd kurz, ehe sie es an einem Ring festband, der in die Mauer des Cottages eingelassen war. Roxanne schnupperte an ihren Taschen, sie konnte die Pfefferminzbonbons riechen, irgendwo da drinnen. »Natürlich hast du dir eins verdient, mein Schatz«, flüsterte Laurie und steckte ihr erst eins und dann ein zweites zu, ehe sie sich das dritte selbst in den Mund schob.

»Und was ist mit mir?« Dad hatte sie beobachtet.

»Hier, das letzte.« Von der zweiten Rolle in ihrer Tasche sagte Laurie nichts. Sie löste den Sattelgurt und hängte Sattel und Trense über die untere Türhälfte der Box. Putzen würde sie sie später. Im Augenblick galt ihre Hauptsorge dem Pferd. Roxannes Hals war schweißnass, und zum ersten Mal machte Laurie sich Gedanken wegen der Hitze. Bestimmt hatte die Stute Durst, aber erst musste sie sich abkühlen. Laurie spritzte sie mit dem Schlauch ab und bearbeitete ihr Fell anschließend mit dem Schweißmesser. Erst dann holte sie einen Eimer Wasser und stellte ihn in Reichweite des Pferdemauls, während sie Roxanne zum Abschluss mit einem Handtuch abrubbelte und ihr dabei die ganze Zeit Koseworte zuflüsterte.

Inzwischen machte sich Dad daran, die Box auszumisten. Mit der Forke häufte er die schmutzige Einstreu in eine Schubkarre und streute dann von dem kleinen Strohballenstapel nach, der gleich neben der Box abgedeckt an der Wand stand. »Ich habe sie tagsüber drin gelassen, damit sie's kühl hat. Ist das zu glauben? Auf dem Auslauf war es dermaßen heiß. Aber du kannst sie ruhig rausstellen, wenn du fertig bist, jetzt, wo die Sonne nicht mehr so hoch steht. Aber schau, ob ihre Raufe voll ist, ja?«

Dad war in der Küche, als Laurie schließlich ins Haus zurückkehrte. Die war zu seinem natürlichen Habitat geworden, seit Mum krank geworden war, obwohl er vorher so gut wie nie gekocht hatte. Jetzt widmete er dem Essen dieselbe Sorgfalt, mit der er, wie Laurie sich vorstellte, früher wohl seine Physikexperimente durchgeführt hatte, tat sein Bestes, alte Leibgerichte aus ihrer Kindheit nachzukochen. Er schaute von seinem Schneidebrett auf. »In ungefähr einer halben Stunde gibt's Abendessen. Ich habe deine Tasche raufgebracht und dir ein Bad eingelassen. Nimm dir ein Glas Wein mit.«

Es dauerte eher eine ganze als eine halbe Stunde, bis Laurie in dem Morgenmantel, der hinter ihrer Zimmertür hing, zum Essen erschien, ein Handtuch um die Haare gewickelt. Dad saß am Tisch, löste Kreuzworträtsel und hörte Radio. Auf dem Tisch stand ein Reissalat. Das war ein Gericht, das Dad, kurz nachdem sie hierhergezogen waren, rekonstruiert und dann vervollkommnet hatte. Er hatte die Zutaten belassen, die den Salat zu Mums Zeiten zu etwas Besonderem gemacht hatten – die Walnüsse zum Beispiel und das frische Basilikum –, hatte jedoch das Dressing verbessert und Avocado hinzugefügt. Auf dem Land zu leben war natürlich hilfreich. Laurie merkte, dass die Bohnen aus eigenem Anbau stammten, sobald sie in eine hineinbiss, und sie war sich sicher, dass das auch für die Tomaten und die Gurken galt.

Eine Zeit lang aßen sie in geselligem Schweigen. Als sie schließlich anfingen, sich zu unterhalten, ging es um nichts besonders Wichtiges. Dad berichtete Laurie von seinem neuen Nebenjob, nämlich für das übrige Dorf Hühnerställe zu bauen. Sie beschrieb den Abend zuvor in West Hampstead. Josh und Lizzie waren ausgegangen und hatten Laurie die komplette Patentanten-Nummer abziehen lassen: vom Kinderfernsehen über die Aufsicht bei einem Bad, bei dem sie vor lauter Spielzeug kaum das Wasser hatte sehen können, bis zur Gutenachtgeschichte, die sie Tessa dreimal hintereinander vorgelesen hatte, immer dieselbe. Laurie war froh, Dad so etwas erzählen zu können; das bewahrte sie davor, all die Abende zu beichten, die sie allein verbrachte. Er hörte gern von Lizzie, auch wenn er sich wie üblich schockiert zeigte, dass ein Mädchen, das immer zum Spielen herübergekommen war, als die beiden auf der Grundschule gewesen waren, jetzt selbst Mutter war.

»Sie ist ja auch die Einzige, mit der ich noch Kontakt habe«, sinnierte Laurie. »Und das auch nur, weil sie sich darum bemüht hat, als sie zum Studium nach Bristol gekommen ist, zur selben Zeit, als ich dort auf dem College war.«

Dad schwieg. Laurie merkte, dass er im Geist wieder die alten Streitereien durchlebte: ihre Vorwürfe, dass er ihr das Leben versaute, indem er davonlief und sie an den Arsch der Welt verschleppte, seine eigenen Standardantworten, dass es für sie beide besser so sei. Es wurde Zeit, etwas zu sagen.

»Du weißt doch, dass es mir nichts ausmacht, oder? Jetzt nicht mehr. Wer weiß, was aus mir geworden wäre, wenn wir in Cambridge geblieben wären.«

Dad interessierte sich plötzlich sehr für seinen Salat. Ein oder zwei Minuten lang herrschte erneut Schweigen.

»Und du?« Laurie war plötzlich ein Gedanke gekommen.

»Was?«

»Bereust du es, hergekommen zu sein? Ich meine, du hattest dort doch ein schönes Leben, nicht wahr?«

Dad schüttelte den Kopf und lächelte. »Laurie, wir sind doch jetzt beide viel glücklicher. Wie könnte ich das bereuen? Du weißt ja, ich war auch nicht in besonders toller Verfassung. Mums Krankheit war schlimm genug; ich hatte seit drei Jahren nichts mehr publiziert. Und dann war sie tot. Ich hatte so viel Hoffnung gehabt, es schien doch wirklich besser zu werden, und dann – nichts. Du warst alles, was ich hatte. Die Studenten haben mir Angst gemacht. Und die Vorstellung, ein Stipendium zu beantragen, auch. Ich habe dich hergebracht, weil ich wusste, wenn du in Cambridge geblieben wärst, wäre es nur schlimmer geworden, aber es war genauso meiner psychischen Gesundheit zuliebe wie deiner.«

Laurie war wie vor den Kopf geschlagen – und sie schämte sich. Natürlich hätte sie gleich nach Mums Unfall nicht mitbekommen, dass Dad es auch schwer hatte. So, wie sie damals drauf gewesen war, hatte sie gar nichts mitbekommen, aber es hätte nicht fast zehn Jahre dauern dürfen, bis sie es merkte. Sie dachte an den Dad zurück, an den sie sich von ihrer Kindheit her erinnerte: an den Dad, der den Zauberwürfel in drei Tagen geknackt hatte, während er Lauries Versuche abgeschmettert hatte, ihm die ganzen Tricks zu zeigen. Der den Boiler selbst installiert hatte, entweder weil es ihm widerstrebte, einen Klempner dafür zu bezahlen, oder weil er selbst der Einzige war, dem er zutraute, das richtig hinzukriegen – wahrscheinlich traf beides zu. Er hatte stets alles gekonnt. Das war doch immer noch so, oder?

Dad wechselte das Thema. »Also, erzähl mal von deiner Woche.«

Laurie wusste genau, worauf er hinauswollte. »Na ja, also, mit der U-Bahn bin ich nicht wieder gefahren, und ich habe Albträume. Ich komme immer noch nicht über den Gedanken weg, dass der Mann noch am Leben wäre, wenn mein Fahrrad nicht gesponnen hätte, wenn ich keinen Dreck auf der Nase gehabt hätte, wenn ich nicht bis ganz ans Ende vom Bahnsteig gegangen wäre, wenn ich nicht zurückgelächelt hätte, Herrgott noch mal.«

Dad antwortete nicht. Das Schweigen währte so lange, dass Laurie schon überlegte, ob sie ihm mehr erzählen sollte: worüber sie nachgedacht hatte, als der Mann sie angelächelt hatte, dass sie nicht aufhören konnte, an ihn zu denken. Dann begann Dad zögernd: »Ist schon eine Weile her, dass wir von Mum gesprochen haben, oder? Bei dieser Geschichte musst du doch bestimmt an sie denken?«

»Dad. Ich denke ständig an sie.«

Daraufhin sah Dad Laurie in die Augen und bedachte sie mit einem Lächeln so voller Wärme, voller Glück sogar, dass sie sich abermals dafür schämte, dass er sich etwas von ihr anhören musste, das doch eigentlich so offensichtlich hätte sein müssen. Dann rettete er sie mit einem kleinen Themenschwenk. »Gut. Das hat sie auch verdient. Aber ich habe mir wohl eher Sorgen gemacht, dass du dabei wieder daran denken musst, wie sie ums Leben gekommen ist.«

»Stimmt«, gab Laurie mit einem kleinen Seufzer zu. »Du auch?«

Dad nickte, und Laurie sprach weiter. »Ich meine, ich weiß, sie war mit dem Auto unterwegs, nicht mit der U-Bahn, und ich weiß, das war vor zehn Jahren, aber irgendwas hat sich da in meinem Unterbewusstsein festgesetzt. Ich denke viel an den Mann, aber oft habe ich das Gefühl, sie ist diejenige, die ich in meinen Träumen sehe.«

»Wenigstens weißt du, was mit ihm passiert ist – du weißt, dass es ein Unfall war. Bei Mum wussten wir das nie so ganz.« Dad klang fast grüblerisch.

»Du meinst die ungeklärte Todesursache?«, fragte Laurie. »Na ja, schon, aber das Schreckliche ist, ich habe das Gefühl, die Polizei tendiert bei dem Mann auch in diese Richtung – die reden von psychiatrischen Gutachten und so. Dabei habe ich ihn doch fallen sehen.«

»Nun ja, wenigstens konntest du denen sagen, was du gesehen hast. Bei Mum hatte ich diese Gewissheit nicht.«

»Dad!«, stieß Laurie hervor. »Du glaubst doch nicht wirklich, dass Mum sich umgebracht hat, oder?«

Dad blinzelte, offenkundig verblüfft über ihre Heftigkeit. »Laurie, ich bin mir ziemlich sicher, dass Mum – die Mum, die wir gekannt haben – nie etwas getan hätte, was uns wehtut. Und ihr Tod hat uns weiß Gott beiden wehgetan. Aber sie war krank. Die Feststellung einer ungeklärten Todesursache war das Beste, worauf wir hätten hoffen können. Soweit es die Polizei betraf, gab es da nur sehr wenige Zweifel.«

Mit weit offenen Augen lag Laurie im Bett und analysierte das Gespräch dieses Abends; sie bereute es, dass sie es so schnell abgebrochen hatte. Warum redeten sie nicht öfter so miteinander? Aber das würde wahrscheinlich nichts nützen. Mum war tot. Warum die Vergangenheit wieder aufwühlen?

Laurie dachte an ihre Teenagerzeit zurück, an das schwarze Loch, in dem sie sich nach Mums Tod wiedergefunden hatte. An ihre Versuche, die Trauer mit allem zu bekämpfen, was sie in die Finger bekam. Die Welt hätte es ja so logisch gefunden, wenn sie sich damals umgebracht hätte, so kurz nachdem ihre Mutter anscheinend dasselbe getan hatte, nicht wahr? Nun, hatte Laurie aber nicht. Sie war immer noch da.

Mit inzwischen geschlossenen Augen dachte Laurie an Mum – die regelmäßige Überprüfung, ob sie sich noch an ihr Gesicht erinnern konnte, an ihr Haar, an ihren Geruch. Doch neuere Bilder drängten sich in ihre Gedanken: der Ausritt heute Nachmittag, der tolle Sprung über das Tor im Gegensatz zu damals, als sie aus Roxannes Sattel geschleudert worden war. Und dann war es nicht mehr sie, die fiel, sondern der Mann auf dem Bahnstieg, der verzweifelt in die Luft griff.

Also, das war eine Erinnerung, die nicht weggehen wollte. Dad hatte recht, wenigstens wusste sie, was passiert war, konnte sich absolut sicher sein, dass es ein Unfall gewesen war. Das war doch bestimmt etwas, wofür sie kämpfen konnte? Würde irgendetwas die Polizei überzeugen?

Laurie begann, die Ereignisse vor dem Unfall vor ihrem geistigen Auge von Neuem ablaufen zu lassen. Da war der Mann, durch die Magie von Lauries Erinnerung ins Leben zurückgeholt, elegant, mit einem Lächeln, das Laurie ansteckend fand. Er beugte sich herüber, um sie anzusprechen, deutete auf seine Nase. Laurie hatte seine Hand als Faust in Erinnerung, aus der nur der Zeigefinger hervorragte. Warum sollte das einen bleibenden Eindruck hinterlassen haben? Zeigen Menschen nicht immer so? Ah, ja, er hielt etwas in der Hand, etwas, an dem eine kleine Messingscheibe hing.

Laurie wusste, was als Nächstes kam. Sie musste sich zwingen weiterzumachen, die Erinnerung zu töten, die sie gerade heraufbeschworen hatte. Der Tunnel dröhnte, die Menge drängte vor. Irgendwie wurde der Mann aus dem Gleichgewicht gebracht. Wie? Enthielten Lauries Erinnerungen irgendwelche Hinweise? Nein. Sie sah sein Gesicht – sah jene furchtbare Abfolge von Überraschung, Begreifen und Panik – und seine Hand, ihr entgegengestreckt, seine letzte Hoffnung auf Rettung.

Dann fiel es Laurie wieder ein. Die Hand des Mannes war offen – flehend, griff in die leere Luft –, aber sie war auch leer. Es war dieselbe Hand, die den Bruchteil einer Sekunde zuvor auf seine Nase gezeigt hatte. Da war Laurie sich sicher. Da war etwas drin gewesen, und jetzt war nichts mehr da. Was auch immer es gewesen war, er konnte es nur bei seinem Sturz fallen gelassen haben.

SONNTAG, 26. JULI

9 UHR

Dad machte gerade Frühstück, als Laurie herunterkam. Das gehörte zu ihrer beider üblichen Routine. Er zog immer das volle Programm durch: Röstbrot, gebratene Tomaten und Würstchen mit Rührei. Sie sagte ihm immer, er solle nicht so viel Zeit mit etwas verschwenden, das sie nie aufessen könnte; dann machte er es trotzdem, und sie aß alles auf. Der Gedanke, dass sie nach dem Gespräch gestern Abend zur Normalität zurückkehren konnte, war tröstlich. Er blickte sich um, als sie hereinkam, und stellte die Pfanne mit den Eiern auf den Herd. Laurie setzte sich. Jetzt war nicht der richtige Moment, etwas zu sagen.

Zwei Minuten später saßen sie einander gegenüber; ihre Teller dampften sachte.

»Es tut mir leid«, fing Dad an.

»Nein, mir tut es leid«, unterbrach Laurie ihn. »Ich hätte nicht einfach so abhauen sollen. Ganz abgesehen von allem anderen habe ich dich auch noch mit dem Abwasch sitzen lassen.«

Dad lächelte – sie hatten schon immer denselben Sinn für Humor gehabt –, doch er hatte noch mehr zu sagen. »Vielleicht hätte ich das Thema nicht ansprechen sollen.«

»Ist schon okay. Irgendwann mussten wir ja mal darüber reden. Bist du wirklich sicher, dass es nichts genützt hätte, die ungeklärte Todesursache anzufechten?«

Dad schwieg so lange, dass Laurie schließlich begriff: Es gab für ihn keine gute Art und Weise, ihre Frage zu beantworten. Es war an der Zeit, das Thema zu wechseln. Wenn sie sich an ihre üblichen Gepflogenheiten hielt, würde sie sich jetzt erkundigen, wo das, was sie auf dem Teller hatte, herkam. Stattdessen versuchte sie es mit etwas anderem. »Ich habe überlegt, dass ich vielleicht einen früheren Zug nehme – den um halb zwölf, wenn dir das recht ist.«

»Oh, ja, gut.«

Laurie konnte die Enttäuschung in Dads Stimme hören. Er hatte das Recht auf eine Erklärung. »Es ist nur, nachdem wir gestern Abend geredet haben, habe ich noch mal über das nachgedacht, was ich bei dem Unfall gesehen habe. Dabei ist mir etwas klar geworden, und das würde ich gern überprüfen.«

Dad war so behutsam wie eh und je. »Laurie, du weißt doch, du bist diesem Mann nichts schuldig.«

Laurie dachte daran, wie das Lächeln des Mannes sie wieder in die Welt zurückgeholt hatte. Sie war ihm sehr wohl etwas schuldig, doch das würde sie Dad nicht sagen. »Es ist genauso wegen mir wie wegen ihm. Die von der Polizei haben mir praktisch ins Gesicht gesagt, dass sie glauben, er hat sich umgebracht, dabei weiß ich, dass es nicht so war. Dir haben sie über Mum so ziemlich dasselbe erzählt. Ich kann das einfach nicht so stehen lassen.«

Dad starrte so lange auf seinen Teller, dass Laurie es bereute, Mum schon wieder erwähnt zu haben. Warum machte sie das? Was dachte er wohl gerade? Doch als er schließlich antwortete, lag nicht der Hauch eines Vorwurfs in seiner Stimme. »Na dann. Halb zwölf, da hast du ja noch Zeit, noch mal mit Roxanne loszuziehen. Ich gehe in den Garten, damit du was zum Mitnehmen hast.«

Laurie saß im Zug, der aus Castle Cary abfuhr. Die Erfahrung hatte sie gelehrt, damit zu rechnen, dass sie auf dem Rückweg von zu Hause mehr zu schleppen hatte als auf dem Hinweg, vor allem jetzt im Hochsommer. In dem großen Rollkoffer, den sie leer aus London mitgenommen hatte, waren jetzt ein Dutzend Eier (sorgfältig in alte Eierschachteln verpackt und in Zeitungspapier gewickelt), sechs reife Tomaten, drei Rote Beten, knackig, aber noch voller Erde, ein dickes Büschel Stangenbohnen, eine Tüte Schnittbohnen, vier Zuckermaiskolben, eine Tüte mit neuen Kartoffeln, eine große Pappschale mit Himbeeren und eine Knoblauchknolle.

Letztere war offenbar ein nachträglicher Einfall gewesen; Dad hatte Laurie die Knolle kurz vor ihrem Aufbruch gezeigt und sie dann in den Koffer gestopft, »für den Fall, dass dir im Zug irgendwelche Vampire begegnen«. Laurie war sich ziemlich sicher, dass Dad stolz darauf war, wie dick und rund seine Knoblauchknollen waren – die hatte er zum ersten Mal gezogen –, und dass er sie auf seine eigene, zurückhaltende Art darauf aufmerksam machen wollte. Sie hatte so viel Anerkennung in ihre pragmatische Antwort gelegt, wie sie es gewagt hatte: »Die riecht ja genauso toll, wie sie aussieht. Ich wickle die lieber mal ein, bevor alles andere den Geruch annimmt.«

All das entsprach den Traditionen, die Dad und Laurie eingeführt hatten, seit sie vor einem Jahr von zu Hause ausgezogen war. Die Normalität war zurückgekehrt. Trotzdem fühlte sich für Laurie alles anders an, und Dad ging es wohl genauso. Wie immer hatte er darauf bestanden, ihr den Koffer in den Zug zu tragen, dann stieg er aus und winkte ihr durchs Fenster zu. Als der Zug diesmal anfuhr und Laurie zusah, wie seine Gestalt immer kleiner wurde, ertappte sie sich dabei, wie sie überlegte, was er wohl jetzt tun würde. Wie verbrachte er seine Zeit, wenn sie nicht da war? Der Garten, Roxanne und die Hühnerställe, das war ja alles sehr schön, ganz zu schweigen von dem Nachhilfeunterricht für Abiturienten, doch Laurie wurde den Gedanken nicht los, dass Dad bestimmt oft einsam war. Der Umzug nach Somerset hatte seinen Zweck erfüllt, das war ihr jetzt klarer als je zuvor, aber er hatte Dads Leben auch auf eine Art und Weise begrenzt, die er sich wohl kaum hätte vorstellen können, als er ein brillanter Physiker gewesen war und die akademische Welt ihm zu Füßen gelegen hatte. Und was hatte es ihn gekostet, sie zu dem Umzug nach London zu ermutigen, als Jess mit diesem unerwarteten Vorschlag angekommen war?

Laurie holte ihr Buch aus der Umhängetasche. Das war ein wichtiger Bestandteil ihres Plans, wie sie ihre erste U-Bahnfahrt seit dem Unfall bewältigen wollte. Sie brauchte etwas, was sie noch nicht gelesen hatte, von dem sie aber ziemlich sicher sein konnte, dass sie es spannend finden würde. Im Bücherregal in Dads Schlafzimmer hatte das perfekte Buch gestanden: *Skandal im Ballsaal.* Georgette Heyer war erst Mums Lieblingsschriftstellerin gewesen und dann Dads, und in den letzten Jahren auch Lauries, als sie erwachsen geworden war und das Mädchen, das sie früher gewesen war, hinter sich gelassen hatte.

Als der Zug in Paddington ankam, war sie völlig in ihr Buch vertieft. Sylvester, der Duke von Salford, bemerkte allmählich, dass an der stillen, unscheinbaren Phoebe mehr dran war, als er gedacht hatte. Laurie musste sich mit Gewalt vom England des 18. Jahrhunderts losreißen, um auszusteigen. Sie war gerade an der Tür, als ein Mann auf sie zutrat. Augenblicklich war sie wieder auf dem Polizeirevier in Euston Station und erlebte einen schockierenden Gewaltausbruch. Sie schreckte zurück, doch noch ehe sie ihre Angst irgendwie anderweitig in die Tat umsetzen konnte, streckte er die Hand nach ihrem Koffer aus, hob ihn aus dem Zug und stellte ihn auf den Bahnsteig. Er hatte ihr nur helfen wollen. Laurie fasste sich wieder, stellte sich vor, sie sei eine Jungfer aus der Zeit King Georges IV., und bedachte ihn mit einem angemessen dankbaren Lächeln, während sie sich bemühte, nicht auf das Hämmern in ihrer Brust zu achten.

Von dort, wo Laurie ausgestiegen war, war es ein Leichtes, den Koffer die Rampe zur Fußgängerbrücke über die Gleise hinaufzuziehen, zu den Fahrkartenschaltern über der Hammersmith Line und der City Line hinüberzugehen und von dort zum Bahnsteig der U-Bahn in Richtung Osten hinunterzufahren. Sie war wieder im U-Bahn-Netz angekommen, und abgesehen von jenem einen wackligen Moment eben war alles in Ordnung – tatsächlich war sie sogar sehr zufrieden mit sich. So weit westlich verliefen die Hammersmith und die City Line oberirdisch; sie hatte ihrem Körper vorgegaukelt, dass sie bloß in einen anderen Zug umsteigen würde. Bald saß sie in einem U-Bahn-Wagen und war von Neuem vollauf mit Phoebes misslicher Lage beschäftigt.

Laurie verlor sich nicht vollkommen in ihrem Buch. Ihr war bewusst, dass der Zug in einen Tunnel einfuhr, kurz nachdem er Paddington verlassen hatte, und sie registrierte auch die Reihe der U-Bahnhöfe, die darauf folgten. Doch sie kam sich vor, als verfolgte sie die Fahrt, fast ebenso wie die Gespräche zwischen Sylvester und Phoebe, als Beobachterin, nicht als aktiv Beteiligte. Erst als sie im Bahnhof King's Cross ankam, übernahm sie wieder die Kontrolle, zerrte ihren Koffer aus dem Zug, ein paar Stufen hinauf und dann zu der Rolltreppe hinüber, die zur Victoria Line hinunterführte.

Laurie hatte Angst gehabt, dass es hier schwierig für sie werden könnte. Sie war zwar bereits unter der Erde, hier jedoch musste sie richtig tief hinab. Sie holte ihr Buch hervor, schlug die richtige Seite auf und hielt es sich mit der rechten Hand vors Gesicht, während die linke den Ausziehgriff ihres Rollkoffers umklammerte. Noch ein paar Schritte, und sie war auf der Rolltreppe und sank rasch abwärts.

Die Metallzinken am Fuß der Rolltreppe hebelten Lauries Füße von den sich abflachenden Stufen herunter. Sie war wieder sechs Jahre alt und wurde von Mum ausgeschimpft, weil sie ihre Zehen riskierte. Ehe sie einen Stau verursachen konnte, setzte sie sich in Bewegung.

Das Gute daran, dies hier an einem Sonntagnachmittag zu machen, war, dass die U-Bahn nicht überfüllt war. Die wenigen Leute, die hier unterwegs waren, schritten gemächlich dahin und hatten nichts Eiliges an sich. Selbst jetzt, unten auf dem Bahnsteig und nur eine Station von der Unfallstelle entfernt, konnte Laurie sich jenes Gefühl des Unbeteiligtseins bewahren. Dass ein beträchtlicher Teil ihres Gehirns von Sylvesters und Phoebes Reise auf einer verschneiten Straße von Marlborough nach Newbury in Anspruch genommen wurde, half ebenfalls. Trotzdem achtete sie darauf, gebührenden Abstand zur Bahnsteigkante zu halten, während sie auf den Zug in Richtung Süden wartete.

Laurie setzte sich in dem Zug, der schließlich kam, gar nicht erst hin. Es war ganz leicht, sich im Stehen an der Stange festzuhalten und das Buch weiterzulesen, den Koffer zwischen der Hüfte und der Wand des Zuges eingeklemmt. Keine Minute später spürte sie das Abbremsen, das anzeigte, dass der Zug in den nächsten Bahnhof einfuhr, hörte an dem veränderten Motorengeräusch, dass er aus dem Tunnel herausgekommen war, und blickte schließlich auf, um den Bahnsteig vorbeiziehen zu sehen, bis der Zug langsam zum Stehen kam. Laurie verstaute das Buch, zog den Griff des Rollkoffers erneut aus und trat durch die Tür hinaus. Sie befand sich wieder auf dem Bahnsteig der Victoria Line in Richtung Süden in Euston.

Jetzt war es an der Zeit für Laurie, sich zu konzentrieren. Den Rollkoffer im Schlepptau, ging sie den Bahnsteig hinunter bis ganz zum Ende, in die andere Richtung als die wenigen aussteigenden Fahrgäste. Als der Zug wieder losfuhr, war sie, soweit sie es erkennen konnte, an Ort und Stelle, stand am Rand des Bahnsteigs, genau dort, wo sie vor fast einer Woche gestanden hatte.

Von dem Unfall war nichts mehr zu sehen. Laurie war klar, dass damit auch nicht zu rechnen war – ganz bestimmt nicht so etwas wie jene traurige Ansammlung von Blumen, Kerzen und Gedichten, die sie gelegentlich an Laternenpfählen im Tufnell Park sah. Trotzdem fand sie den Gedanken merkwürdig, dass hier niemand außer ihr auch nur den leisesten Schimmer hatte, dass dies der Schauplatz einer Tragödie war. Wäre sie religiös, so wäre dies vielleicht der richtige Moment für ein Gebet gewesen. Laurie dachte an das Lächeln des Mannes. Sie war froh, dass sie das hier für ihn tun konnte.

Rasch schaute sie zum Zuganzeiger hinauf: noch drei Minuten bis zur nächsten U-Bahn nach Brixton. Ein kurzer Blick auf die Gleise wäre ein guter Anfang. Um direkt in die Grube unter dem Gleis schauen zu können, musste Laurie sich ein bisschen über die Bahnsteigkante beugen und sich gleichzeitig so wenig wie möglich bücken. Sie lief dabei in keinem Moment Gefahr, das Gleichgewicht zu verlieren, aber sie war trotzdem verblüfft, wie ausgeliefert sie sich vorkam. Ein Glück, dass nur so wenige Leute hier waren. Hätte auch nur das geringste Risiko bestanden, angerempelt zu werden, dann hätte sie das nicht fertiggebracht.

Es gab nichts zu sehen – bloß Chipstüten, eine weggeworfene Fahrkarte, ein paar Gummibänder; nichts, was das hätte sein können, das Laurie zu finden hoffte. Sie ging den Bahnsteig entlang, schaute aus verschiedenen Blickwinkeln in die Grube, hielt Ausschau nach irgendetwas Auffälligem. Dann, aufgeschreckt durch das Dröhnen im Tunnel, blickte sie zum Zuganzeiger hinauf und sah, dass die drei Minuten um waren. *Zug fährt ein,* blinkte es jetzt mit vorgetäuschter Dringlichkeit von der Anzeige.

Laurie trat zurück, sah zu, wie der Zug aus dem Tunnel kam, und erinnerte sich nur zu gut daran, wie sie das letzte Mal auf diesem Bahnsteig gestanden hatte. Sie suchte in ihrem Gedächtnis. Es gab keinen Zweifel. Der Mann hatte etwas in der Hand gehabt, als sie ihn neben sich erblickt hatte, und als er auf die Gleise gefallen war, hatte er nichts mehr in der Hand gehalten. Bei jener letzten verzweifelten Pirouette musste er es fallen gelassen haben, was auch immer es gewesen sein mochte. Wenn dem so war, konnte es so ziemlich überall hingeflogen sein, höchstwahrscheinlich jedoch eher weg vom Bahnsteig als darauf zu. Was war mit der dritten Schiene – mit der Stromschiene, die ganz hinten an der Wand entlang verlief, am weitesten von der Bahnsteigkante entfernt? Könnte etwas dahinter stecken geblieben sein?

Jetzt vermochte Laurie ihre Ungeduld kaum noch zu zügeln, während sie darauf wartete, dass der Zug losfuhr. Als er es endlich tat und mit einer Langsamkeit Fahrt aufnahm, von der sie sicher war, dass es Absicht war, wurde wenigstens der Teil des Gleises, der sie interessierte, als Erstes frei. Dort war die Stromschiene, doch dahinter zu schauen war fast unmöglich. Das Beste, was Laurie nach einigem Experimentieren zustande brachte, war, sich so weit über die Bahnsteigkante zu beugen, wie sie es wagte, und die Gleise entlangzuspähen. Durch den schrägen Blickwinkel konnte sie wenigstens einen Teil des Bereichs überblicken, der ihr bisher verborgen geblieben war. Sie musste mehrmals die Position ändern, suchte jedes Mal einen anderen Teil mit dem Blick ab. Und dann sah sie es plötzlich, direkt neben einer der weißen Keramikhalterungen der Stromschiene: ein kleines, kreisrundes Stück Messing.

Das war es! Laurie war sich ganz sicher. Die Frage war nur, was jetzt? Sie wusste ja noch nicht einmal, was sie da gesichtet hatte. Warum mochte ein gut angezogener Mann am Dienstagmorgen in Euston ein kreisrundes Stück Metall in der Hand gehalten haben? War das irgendeine Wertmarke? Ein Roulette-

Chip? Eins war sicher, Laurie kam nicht an das Ding heran. Selbst wenn sie mutig genug gewesen wäre, zwischen zwei Zügen auf das Gleis hinunterzuspringen – und das war sie nicht –, bedeuteten die Keramikhalterungen mit an Sicherheit grenzender Wahrscheinlichkeit, dass die Schiene Strom führte. Ein tödlicher Stromschlag, das war ein zu großes Risiko. Außerdem würde es dann einen solchen Aufruhr geben, dass das Personal sich bestimmt dafür interessieren würde. Am Ende würde sie verhaftet werden, und das, was da lag, was auch immer es war, würde konfisziert werden.

Irgendwie fand Laurie diesen letzten Gedanken am schlimmsten. Das hier war ihre Entdeckung. Irgendwann würde sie natürlich der Polizei davon erzählen müssen, aber bis dahin würde es doch nicht schaden, wenn sie versuchte herauszufinden, wie man an das Ding herankommen könnte.

15 UHR

Die Wohnung fühlte sich mehr denn je an wie ein sicherer Hafen. Laurie war froh, sie leer vorzufinden. Wenn Jess da gewesen wäre, wäre sie nie dazu gekommen, so draufloszugoogeln, wie sie es jetzt beabsichtigte. Sie setzte sich an den alten Computer in ihrem Zimmer. Im Vergleich zu den superschnellen Rechnern bei Fitzalan Capital mochte er langsam sein, aber zumindest erfüllte er seinen Zweck.

Die aufschlussreichsten Beiträge waren die, die mit »Ich bin ja kein Trainspotter, aber …« oder etwas Ähnlichem begannen. Nach ein paar Minuten wusste Laurie, dass die Schiene direkt an der Wand tatsächlich unter Strom stand und die in der Mitte zwischen den beiden Laufschienen auch. Darunter zog sich an jedem Bahnsteig die Selbstmördergrube entlang: Sie sollte dafür sorgen, dass Züge über Personen, die sich vor sie warfen, hinwegrollen konnten, ohne Schaden anzurichten. Was hatte der Mann für ein Pech gehabt, dass er genau in dem Moment von der Bahnsteigkante fiel, als der Zug einfuhr, sodass er ihn erfasste. Nun ja, auch ein Stromschlag hätte ihn töten können.

Andererseits gab es hier jede Menge Fotos von Menschen, die in den Tunneln herumliefen, wenn die Züge nicht fuhren. Bestimmt gab es einen Zeitraum, in dem der Strom abgestellt wurde, aber geschah das jede Nacht? Eine Website führte zur nächsten, mit jedem Klick geriet Laurie tiefer hinein. Endlich lieferte eine »Fallstudie für Auftraggeber« die Antwort. Sie war von der Firma verfasst worden, die das neue Steuerungssystem der U-Bahn eingebaut hatte. Eines seiner Vorteile bestand anscheinend in kürzeren Vorlaufzeiten, was bedeutete, dass »Techniker, die nachts, wenn der Strom abgestellt ist (zwischen 1.00 und 4.30 Uhr), auf den Gleisen arbeiten«, früher anfangen konnten. Es war nur so ein Gedanke, sagte sich Laurie, aber wenn sich jemand auf die Gleise wagen wollte, dann gab es ein Zeitfenster dafür: dreieinhalb Stunden würden doch bestimmt reichen.

Wofür reichen? In Euston kam man so gut wie sicher nicht hinein. Würde jemand auf die Gleise gelangen wollen, so würde er das von woanders aus versuchen müssen, von einem weniger gut gesicherten Bahnhof her. Irgendwo auf der Victoria Line zum Beispiel. Das wäre vielleicht der naheliegende Ausgangspunkt, aber es gab keinen ersichtlichen Zugang: King's Cross im Norden war bestimmt genauso uneinnehmbar wie Euston, und beim Bahnhof Warren Street im Süden würde es auch nicht besser aussehen – überall Kameras. Aber was war mit der Northern Line? Es gab da einen komischen kleinen Bahnhof, Mornington Crescent, nur einen Halt von Euston entfernt. Das Ganze war ein Hirngespinst, das war Laurie klar, als sie eine andere Website anklickte, aber käme man da vielleicht auf die U-Bahn-Gleise?

Laurie surfte weiter und wandte sich dem U-Bahn-Netz an sich zu. Sie konnte sich an einige etwas beunruhigende Momente erinnern, wenn sie U-Bahn gefahren war und aus dem Fenster gestarrt hatte, um mit niemandem Blickkontakt aufnehmen zu müssen, und die Tunnelwand, die auf der anderen Seite der Glasscheibe vorbeirauschte, plötzlich verschwunden war. Manchmal sah man dann einen anderen Zug, und die verdutzten Mienen der Fahrgäste darin spiegelten ihre eigene wider, öfter jedoch sah man nur ein leeres Gleis. Bestimmt gab es dort unten Kreuzungen und Abzweigungen, und das hieß, es war möglich, sich zu verirren. Aus dem Hirngespinst konnte rasch ein Albtraum werden.

Eine Website handelte die Geschichte der verschiedenen Unternehmen ab, die schließlich zur Northern Line verschmolzen waren. Es wurde erklärt, warum sowohl der Charing-Cross- als auch der Northern-City-Zweig über Euston verliefen und warum ihre Bahnsteige so weit auseinanderlagen. Dann gab es da noch eine Reihe tiefer liegender Tunnel, die ursprünglich für eine Expressroute von Belsize Park nach Clapham South geplant gewesen waren, im Krieg zu Luftschutzbunkern umfunktioniert und jetzt aufgegeben worden waren oder als Depot für Dokumente genutzt wurden. Allmählich verstand Laurie, warum »London under London« eine solche Faszination auf so viele Menschen ausübte.

Langsam fügten sich die Puzzleteile aneinander. All diese unterirdischen Knotenpunkte befanden sich, wie sich herausstellte, auf der City-Zweiglinie – das Resultat der Umgestaltung von Euston Station, als die Victoria Line gebaut worden war. Laurie gefiel die Vorstellung einer Gleisschleife, was bedeutete, dass ein Zug bei King's Cross von der Piccadilly Line abfahren und sich bei Euston in die Northern Line wieder einfädeln konnte, auch wenn diese Schleife heute für Personenzüge nicht mehr benutzt wurde. Dann war da noch das Nebengleis, das anscheinend am Ende des Bahnsteigs für die Züge in Richtung Süden endete. Die Charing-Cross-Zweiglinie dagegen war schlicht und einfach. Sie verlief von Mornington Crescent direkt nach Euston: ein paar Hundert Meter ohne Weichen, absolut machbar. Mutig geworden durch das Gefühl, dass eine Lösung, wie weit hergeholt auch immer, allmählich in Sicht war, beschloss Laurie, einen kleinen Ausflug zu machen, um ganz sicher zu sein.

Auf der Zuganzeige auf der Straße beim Bahnhof Tufnell Park stand, dass der nächste Zug nach Süden über Charing Cross fuhr. Mit *Skandal im Ballsaal* bewaffnet, stieg Laurie in den Fahrstuhl und ließ sich nach unten tragen. Als die Türen sich öffneten, schaute sie von dem Buch auf und trat aus dem Aufzug, ansonsten jedoch blieb sie mit voller Absicht in die Geschichte vertieft, während sie eine weitere Treppe hinunterging und erst auf den Bahnsteig und dann, nach kurzem Warten, in den Zug trat.

Drei Stationen lang schaute Laurie nicht von dem Buch auf; erst als der Zug aus Mornington Crescent abfuhr, steckte sie es weg und starrte zum Fenster hinaus, gestattete sich, mit dem Blick den Kabeln zu folgen, die sich an der Tunnelwand entlangzogen. Das hatte etwas Hypnotisches an sich. Sie musste sich gerade genug konzentrieren, um scharf sehen zu können, aber nicht so sehr, dass sie wieder die Kontrolle über ihre Augen übernehmen musste. Es war eine Erleichterung, als der Zug nach nur einer Minute Fahrt in Euston einfuhr. Laurie war schwindlig, sie war fast desorientiert, doch sie hatte erreicht, was sie wollte. Sie war sich sicher, dass die Kabel sich ohne Unterbrechung von einem Bahnhof zum anderen zogen. Sie ging auf den Bahnsteig der Züge in Richtung Norden hinüber und wiederholte das Ganze, mit demselben Ergebnis. Noch einmal hin und her, mit Blick aus dem Fenster auf der anderen Seite, und Laurie war sich sicher:

Hier gab es wirklich keine Abzweigung. Wenn jemand tatsächlich auf den Gleisen von Mornington Crescent nach Euston ging, konnte er sich im Finstern unmöglich verirren.

Laurie brach die zweite der beiden Fahrten ab, um sich mit den räumlichen Gegebenheiten von Euston vertraut zu machen. Sie war schon unzählige Male von hier abgefahren oder hier angekommen, war dabei aber immer nur den Schildern gefolgt, ohne sich richtig bewusst zu sein, wo sie entlangging. Diesmal zwang sie sich, wirklich darauf zu achten, wie hier alles zusammenhing: darauf, dass die Linie, auf der sie von Mornington Crescent gekommen war, sich an einem Ende des Bahnhofs befand, auf die kurze Treppe, die von diesem Bahnsteig zum Hauptumsteigebereich hinaufführte, und auf die Gänge, die zu den Gleisen der Northern und der Victoria Line führten – je eines in Richtung Süden und in Richtung Norden. Sie fuhr die Rolltreppen hinauf und hinunter, die vom Umsteigebereich zu den Gleisen führten, und registrierte, dass man auch auf einer Wendeltreppe dorthin gelangen konnte, die zwischen ihnen verlief. War sie allmählich besessen von einem Hirngespinst? Nun, wenigstens gewöhnte sie sich so wieder daran, auf einem U-Bahnhof zu sein, und das war ja nicht verkehrt.

Auf dem Bahnhof Mornington Crescent war alles viel einfacher – nur die Bahnsteige und ein Fahrkartenschalter, beides über Fahrstühle und eine Treppe miteinander verbunden. Laurie stieg die Treppe hinauf; die Metallstufen dröhnten unter ihren Füßen. Sie war zufrieden, dass sie eine Lösung für ihr theoretisches Problem gefunden hatte. Es war erstaunlich, wie gut sich das anfühlte.

Ihr Handy piepte. Sie hatte eine Sprachnachricht: »Hi, Laurie. Wollte nur wissen, ob alles in Ordnung ist. Ruf mich doch irgendwann mal an, es wäre schön, dich wiederzusehen. Mach's … Oh, hier ist übrigens Paul, Paul Collingwood.«

Paul! Laurie merkte, dass sie beim Klang seiner Stimme lächelte. Gleichzeitig wurde ihr klar, dass sie gerade zum ersten Mal an diesem Tag an ihn gedacht hatte. Natürlich, es war Sonntag, vermutlich war er nach dem Besuch bei seinen Kindern jetzt wieder in London. Ja, gestand Laurie sich ein, sie würde ihn gern wiedersehen. Plötzlich schien die kleine runde Messingscheibe nicht mehr so wichtig zu sein. Das Sprachnachrichten-Verzeichnis hatte seine Nummer gespeichert. Sekunden später konnte sie es am anderen Ende der Leitung klingeln hören.

Nach so freudiger Erwartung war es ein bisschen enttäuschend, bei der Mailbox zu landen. »Hallo, hier ist Paul. Es tut mir leid, dass ich Ihren Anruf nicht persönlich entgegennehmen kann, aber wenn Sie nach dem Signalton eine Nachricht hinterlassen, rufe ich Sie zurück.«

»Hi, hier ist Laurie. Hab gerade deine Nachricht bekommen. Ich bin jetzt wieder oberirdisch unterwegs. Es wäre toll, mit dir zu reden. Ruf mich zurück.« Sie drückte auf das Auflegen-Icon. Oh Gott, hatte das übereifrig geklungen? Hätte sie auflegen sollen, ohne eine Nachricht zu hinterlassen? Oder hätte sie wenigstens noch mal anrufen sollen, wenn sie Zeit gehabt hätte, sich etwas auszudenken, bei dem sie sich nicht anhörte wie ein atemloser Teenager? Wenn er jetzt nicht zurückrief.

Obgleich sie wusste, dass das lächerlich war, dass sie nach Hause fahren sollte, dass er, wenn er bis jetzt noch nicht angerufen hatte, wahrscheinlich gerade zu beschäftigt war oder sein Handy nicht bei sich hatte, starrte sie ihr Telefon an und wünschte sich mit aller Kraft, dass es klingeln möge.

Und es klingelte tatsächlich!

Auf dem Display stand eine Nummer ohne Namen. Laurie war sich ziemlich sicher, dass es Pauls war. Sie hob das Handy ans Ohr.

»Laurie, bist du das jetzt selbst? Ich hatte schon Angst, wir müssten einander den ganzen Abend hinterhertelefonieren.«

»Paul!« Klang das zu atemlos? Es konnte doch bestimmt nicht schaden, ihn wissen zu lassen, dass sie sich freute, von ihm zu hören. »Weißt du, dass ich bis eben deine Nummer nicht hatte?«

»Da bin ich auch gerade drauf gekommen. Ich habe mich gewundert, dass du dich nicht gemeldet hast, also habe ich mir die SMS noch mal angeschaut, die ich Dienstag geschickt hatte, und habe festgestellt, dass die gar nicht rausgegangen ist.«

»Tja, jetzt habe ich deine Nummer ja wohl. Wie geht's dir?«

»Es war superschön, vielen Dank. Die Kinder scheinen immer viel entspannter zu sein, wenn wir bei meinen Eltern sind. Und wie geht's dir? In deiner Nachricht hast du was davon gesagt, dass du wieder oberirdisch wärst. Heißt das, du warst in der U-Bahn?«

Laurie hatte Mühe, sich den Triumph nicht anmerken zu lassen. »Genau das heißt es. Mir ist noch was zu dem Unfall eingefallen, und das habe ich überprüft.«

»Klingt ja interessant. Du hast wohl nicht gerade Zeit, einen Happen essen zu gehen?«

Laurie konnte nicht mehr auf cool machen. »Doch, habe ich. Woran hattest du denn gedacht?«

Das Romantische an Pauls Vorschlag, sich oben auf dem Parliament Hill zu treffen, gefiel Laurie. Um acht? Auch das hörte sich gut an. Erst als sie aufgelegt hatte, wurde Laurie klar, dass es schon sieben war. Sie hatte mehr als zwei Stunden in U-Bahnen und auf U-Bahnhöfen zugebracht und war alles andere als in der richtigen Verfassung für das entscheidende zweite Date.

Zum Glück fuhren die Züge pünktlich, als Laurie wieder nach unten eilte. Es dauerte keine vierzig Minuten, in die Wohnung zurückzukehren und zu duschen. Danach schlüpfte sie in das Baumwollkleid, das sie sich im vorvorletzten Sommer in Bristol gekauft hatte, zog Sandalen an und legte ein bisschen Lippenstift auf; für mehr war keine Zeit. O Gott, ihre Haare waren ja noch nass. Zwei Minuten föhnen würden reichen müssen. Laurie band das Haar zum Pferdeschwanz und war um acht Uhr zur Tür hinaus.

Fünf Minuten später schloss sie ihr Fahrrad an das Geländer bei dem Café an und ging rasch den Hügel hinauf. Wenn sie es schaffte, weniger als zehn Minuten zu spät zu kommen, dann wäre es nicht so schlimm. In der Abendsonne waren noch immer viele Menschen unterwegs: Jogger, Leute, die ihren Hund ausführten, Tennisspieler, die von einem Match zurückkamen, sogar noch ein paar Kinderwagen. Es war gut, solche Beweise des normalen Lebens zu sehen, Menschen, die vielleicht schon seit Jahren in London lebten, ohne je ein solches Grauen mitbekommen zu haben wie sie diese Woche. Sie sollte wirklich öfter hierherkommen.

Als Laurie den Treffpunkt erreichte, sah sie Paul sofort, trotz all der Menschen, die um ihn herumwimmelten. Er stand ganz oben auf dem Hügel und schaute auf die Stadt hinunter, die sich vor ihm erstreckte. Im Profil betrachtet, die Augen auf den Horizont gerichtet, sah er besser aus denn je. Es war weniger sein Aussehen als vielmehr eine Aura der Tüchtigkeit; nichts konnte ihn aus der Fassung bringen.

Wie um ihren Gedanken zu bestätigen, drehte Paul sich um, als Laurie auf ihn zuging – keine Chance, ihn zu überraschen. Wieso fand sie das nicht irritierend? Vielleicht, weil er sich so offenkundig freute, sie zu sehen; er lächelte breit, als er sich vorbeugte, um sie auf die Wange zu küssen. Seine Haut fühlte sich ein bisschen rau an. Wenn Paul auch nach Hause gehastet war, um sich für das Date fertig zu machen, dann hatte Rasieren nicht zu seinen Vorbereitungen gehört. Er ließ die Hand kurz auf Lauries Taille liegen, lange genug, dass sie sie dort spürte. Dann sagte er: »Ich bin froh, dass du's geschafft hast. Ich glaube, an Tagen wie diesen gibt es keinen schöneren Ort. Schau mal, diese Aussicht!«

Laurie schaute. Es war schön, hoch oben zu sein und auf die Stadt hinabzublicken, nach den Stunden, die sie im Untergrund verbracht hatte. Dort war The Shard, das am leichtesten zu erkennende Gebäude der Stadt. Die St. Paul's Cathedral direkt davor sah im Vergleich plump und untersetzt aus. War die wirklich so nahe? Eine andere Ansammlung von Gebäuden links davon musste Canary Wharf sein, aber auch die schienen so nahe zu sein. Als Laurie sich an den Größenmaßstab gewöhnt hatte, machte sie im Westen noch weitere Gebäude aus: Centrepoint, den Telecom Tower, irgendeinen Turm am fernen Horizont.

Unwillkürlich verspürte Laurie ein Aufwallen des Stolzes auf ihre Wahlheimat. In gewisser Weise war die Stadt genauso schön wie der Blick auf Glastonbury vom Hügel hinter Dads Haus. Paul hatte recht. Es war schon irre, dass sie seit fast einem Jahr beinahe um die Ecke wohnte und noch nie hier gewesen war. Jetzt wusste sie, dass sie oft hierher zurückkehren würde, dass sie ihre Freunde mitschleifen und sich durch die Fähigkeit, die einzelnen Landmarken zu benennen, die Stadt zu eigen machen würde. Sie musste aufhören, London in Gedanken als einen düsteren Ort voller Gewalt zu sehen. »Wo ist das Eye?«, fragte sie plötzlich neugierig.

»Was?« Paul hatte sie betrachtet, begriff sie, nicht die Aussicht.

»Das London Eye. Du weißt schon, das große Riesenrad neben den Houses of Parliament. Ich wundere mich, dass man es von hier aus nicht sehen kann.«

»Ich weiß nicht genau. Vielleicht hinter dem Baum da?« Paul zeigte auf eine dicht belaubte Buche, die im Vordergrund stand und den rechten Rahmen des Panoramas darstellte. »Wie wär's denn mit unserem Picknick?«

Jetzt erst fiel Laurie die Tüte zu Pauls Füßen auf. Er hob sie auf, und sie gingen zusammen den Hügel hinunter und hielten

Ausschau nach einer Stelle, wo es nicht so voll war. Während sie sich umsahen, tauchte das Eye hinter einem Hochhaus auf, fast genau vor ihnen. Die Buche, auf die Paul gezeigt hatte, verbarg, wie sich herausstellte, das Kraftwerk Battersea. Es war seltsam, wie unterschiedliche Blickwinkel einem die Perspektive durcheinanderbrachten.

Paul ging voraus, zu dem Hang oberhalb der Joggingstrecke hinunter; das war immer noch hoch genug, um die Aussicht zu genießen, und sie setzten sich auf das trockene Gras. Laurie sah zu, wie Paul etliche abgepackte Delikatessen aus der Tüte holte, und merkte dabei, wie hungrig sie war. Das Frühstück schien schon so lange her zu sein. Einen Moment lang dachte sie an die Riesenmenge frisches Gemüse, die zu Hause in der Wohnung im Kühlschrank lag. Dann tröstete sie sich mit dem Gedanken, dass das alles morgen auch noch da sein würde, wickelte eine Plastikgabel aus und machte sich über das Essen her.

Inzwischen förderte Paul eine Flasche Prosecco und zwei Gläser zutage, mit derselben schwungvollen Geste wie damals, als er bei ihrer ersten Begegnung Lauries Fahrrad repariert hatte. Sie aßen und tranken, während die Schatten länger wurden, und bewunderten die goldenen Spiegelungen der Sonne an den Gebäuden unter ihnen.

Irgendwann wurde Laurie kalt. Gänsehaut überzog ihre Arme. Paul hörte nicht auf ihren halbherzigen Einspruch – er hatte wenigstens ein langärmeliges Shirt an – und legte ihr sein Jackett um die Schultern. Es war nur aus Leinen, aber besser als nichts. Dann legten sie sich beide hin, die Köpfe nebeneinander, und schauten zum immer dunkler werdenden Himmel hinauf. Keiner berührte den anderen, doch Laurie war sich sicher, dass Paul ihre Nähe ebenso spürte wie sie die seine.

Das Schweigen zog sich in die Länge. Eben war es noch so leicht gewesen, sich zu unterhalten. Wo war das hin? Laurie wurde das Gefühl nicht los, dass jeder darauf wartete, dass der andere sich über irgendeine Brücke wagte, irgendetwas tat, um die wachsende Spannung zu brechen. »Woran …«, fing sie an, und Paul sagte im selben Moment: »Laurie …«

Es fühlte sich schön an, mit ihm zu lachen. »Du zuerst«, sagte Paul einen Sekundenbruchteil vor Laurie.

»Ach, ich wollte bloß fragen, woran du denkst, wenn du Flugzeuge über dich wegfliegen siehst, ob du dann Lust bekommst zu reisen. Wenn ich die Streifen da oben am Himmel sehe, dann frage ich mich immer, wo das Flugzeug wohl hinfliegt, und wünsche mir, ich säße da drin. So was eben.«

»Ich weiß, was du meinst«, antwortete Paul. »Einfach losfliegen, das erscheint so verlockend. Und dann denke ich, nein, ich könnt's nicht ertragen, meine Kinder nie wiederzusehen. Die sorgen dafür, dass ich mit den Füßen schön fest auf dem Boden bleibe. Ich kann nicht einfach abhauen, zumindest nicht, solange sie noch klein sind.«

Wieder senkte sich Schweigen herab. Laurie versuchte, sich die Verantwortung vorzustellen, die Kinder zu haben unweigerlich mit sich brachte. Sie dachte an Dad und daran, wie er sich um sie sorgte, während er sich die ganze Zeit unbekümmert gab.

»Entschuldige«, unterbrach Paul ihre Gedanken. »War das jetzt ein bisschen pathetisch?«

»Nein, gar nicht«, beteuerte Laurie und verstummte dann wieder. Dann sagte sie: »Du bist dran.«

»Womit?«

»Du wolltest doch gerade was sagen, als wir uns gegenseitig so rüde unterbrochen haben.«

»Ach ja.« Paul hielt kurz inne, als überlege er es sich noch einmal. Dann holte er tief Luft. »Na ja, ich wollte dich fragen, ob ich dich küssen darf.«

Laurie brauchte bloß den Kopf zu drehen, damit ihre Lippen den seinen begegneten. Sie konnte den Prosecco auf seiner Zunge schmecken, deren Spitze sich gegen die ihre presste, fühlte seine Arme um sie herum, die sie zu ihm zogen. Die pure Freude, die sie dabei empfand, war völlig überraschend; sie war schon viel zu lange allein gewesen.

Das Schweigen hatte nichts Unangenehmes mehr. Paul ging neben Laurie her, als sie ihr Fahrrad zum Tufnell Park zurückschob. Mit ihm an ihrer Seite brauchte sie keine Angst vor den Schatten zu haben, die immer dunkler wurden.

In der Wohnung ließ Paul sich auf dem Sofa nieder, während Laurie Gläser aus der Küche holte und sich dann neben ihn setzte. Sie kam nicht dazu, den letzten Prosecco einzuschenken. Jetzt küsste Paul sie auf die Lippen, auf die Nase, auf die Augenlider und die Ohrläppchen und lächelte, als sie lachen musste, bis Laurie aufstand und ihn in ihr Zimmer führte.

Mit dem Kopf auf Pauls Schulter lag Laurie da; er hatte den Arm um sie gelegt und hielt sie ganz fest. Sie hatte recht gehabt, als sie ihn als nett eingeschätzt hatte. Ein Gefühl der Zufriedenheit hüllte sie ein.

»Also«, fragte Paul durch ein Gähnen hindurch, »was wolltest du mir denn jetzt über den Unfall erzählen?«

Der Unfall! Die Ereignisse der letzten Stunden hatte das alles so sehr aus Lauries Gedanken verdrängt, dass sie einen Moment brauchte, um zu begreifen, wovon er redete. Es war anstrengend, sich erneut darauf zu konzentrieren, doch dann fiel ihr wieder ein, wie sie den Nachmittag verbracht hatte und wie froh sie über ihre Entdeckung gewesen war. Sie wollte Paul davon erzählen.

»Gestern Abend ist mir eingefallen, dass der Mann etwas in der Hand gehalten hat, als er vor den Zug gefallen ist.«

Laurie beendete ihre Schilderung. Sie hatte Paul von ihren Erlebnissen bei der Polizei in Euston Station erzählt und wie sie sich das Ganze noch einmal vergegenwärtigt hatte, um sich zu vergewissern, dass es wirklich ein Unfall gewesen war, und wie sie an dem Detail der leeren Hand hängen geblieben war. Sie hatte ihre heutige Fahrt nach London beschrieben und wie sie sich wieder in die U-Bahn gewagt hatte. Und jetzt hatte sie gerade verkündet, dass sie in Euston tatsächlich etwas auf den Gleisen der Victoria Line entdeckt hatte.

»Ich bin echt beeindruckt. Du bist also weiterhin sicher, dass es ein Unfall war?«

»Was? Ja, bin ich. Der ist nicht gesprungen, da bin ich mir ganz sicher. Sonst hätte er mich nicht so angesehen. Und wenn man sich vor den Zug werfen will, dann hält man dabei doch nichts in der Hand, oder?«

»Nicht? Und was ist, wenn das das Letzte war, was er von seiner großen Liebe bekommen hat, bevor sie gestorben ist? Oder das letzte Geldstück, das er noch besessen hat? Hast du irgendeine Ahnung, was es sein könnte?«

»Nein, alles, was ich auf den Gleisen erkennen konnte, war so ein Stück Messing.«

»Und, hast du der Polizei davon erzählt?«

»Noch nicht. Stattdessen – nicht lachen – habe ich den Nachmittag damit zugebracht auszuknobeln, wie man sich das Ding holen könnte, wenn über Nacht der Strom abgestellt wird.«

»Was?«

»War eigentlich nur so eine Spinnerei. Ich glaube, man könnte ganz leicht an die Victoria Line in Euston rankommen, indem man in den Bahnhof Mornington Crescent einsteigt. Allerdings bin ich mir nicht ganz sicher, wie man das anstellen würde. Aber ist ja eigentlich auch egal; wahrscheinlich sage ich es der Polizei irgendwann doch.«

»Glaubst du, die nehmen davon irgendwie Notiz?« Paul hatte sich herumgedreht, sodass er Laurie jetzt direkt in die Augen sah.

»Nein.« Sie seufzte. »Aber eine echte Alternative gibt es doch nicht, oder?«

Pauls prüfender Blick ruhte weiter auf Lauries Gesicht, als wägte er ab, was er als Nächstes sagen wollte, und als überlegte er, wie sie wohl reagieren würde. »Na ja, wenn du wirklich glaubst, dass wir's von Mornington Crescent nach Euston schaffen können, dann bin ich mir ziemlich sicher, dass ich dafür sorgen kann, dass wir bei Mornington Crescent zumindest ins Bahnhofsgebäude reinkommen. Das wäre mal ein Abenteuer.«

Wir! Laurie lachte über den Irrwitz dieses Vorschlags laut los, während sich in ihrem Bauch ein Kribbeln der Erregung meldete. Die Angst, die dieses Kribbeln begleitete, war belebend – war sogar ein Wahnsinnskick. Allein wäre sie nie dort hinuntergegangen, aber mit Paul? Das war etwas anderes. Das wäre, wie er gesagt hatte, ein Abenteuer. Sie legte ihm den Arm um den Hals und zog ihn zu sich heran, um das Ganze mit einem Kuss zu besiegeln. Und als sie das tat, wusste sie, wenn sie das wirklich durchziehen wollten, wenn sie keine kalten Füße kriegen wollte, dann musste es heute Nacht sein.

MONTAG, 27. JULI

2 UHR

Laurie stand wieder vor dem U-Bahnhof Mornington Crescent und schloss ihr Fahrrad an. Die Schlüssel verstaute sie in ihrem Laufgurt, neben der Taschenlampe. Sie trug Schwarz – Leggins und ein langärmeliges T-Shirt mit Reißverschlusskragen. Dazu dunkle Turnschuhe mit Gummisohlen.

Paul war schon da und wartete am Eingang; er trug einen Trainingsanzug, den er sich bestimmt im Fitnessstudio besorgt hatte. Allerdings wurde der Action-Man-Look durch die auffälligen gelben Gummihandschuhe verdorben, die ihm halb bis zu den Ellenbogen reichten. Er holte ein zweites Paar für Laurie aus der Tasche. Darauf hatten sie sich geeinigt. Wie sie selbst gesagt hatte: »Ich verlass mich zwar darauf, dass der Strom abgestellt ist, aber es wäre doch echt übel, sich da zu irren.«

Paul hatte keine Taschenlampe in der Hand, doch Laurie wusste, dass er bestimmt eine in einer anderen Tasche hatte. Dafür hielt er ein bedrohliches Gerät in den Händen, das sie irrtümlich für eine Gartenschere mit langen Griffen gehalten hätte, wenn sie nicht gewusst hätte, womit sie rechnen musste. Ein Glück, dachte sie, dass zur Sicherheitsausstattung in Pauls Fitnessstudio auch ein Bolzenschneider gehörte. »Für den Fall, dass wir mal ganz schnell die Kabel an einer von den Maschinen durchschneiden müssen.« Trotz ihrer Kürze hatte Pauls lakonische Erklärung sofort das Bild eines verschwitzten, nicht mehr ganz jungen Geschäftsmannes heraufbeschworen, der sich die Finger in einem Flaschenzug eingeklemmt hatte und vor Schmerz brüllte.

Jetzt bemerkte er nur: »Du bist aber pünktlich.«

Laurie nahm das Kompliment schweigend entgegen. Er würde nichts von der halben Stunde erfahren, die sie damit verbracht hatte, in der Wohnung auf und ab zu tigern, nachdem er gegangen war, und zu überlegen, ob sie den Mut hatte, das wirklich durchzuziehen.

»Kannst du mal Schmiere stehen und dich ein bisschen vor mich stellen, während ich mich um das Ding hier kümmere?«, fuhr Paul fort und zeigte auf das Vorhängeschloss, mit dem das Gitter vor dem Bahnhofseingang gesichert war.

Als wäre das hier das Natürlichste der Welt, gehorchte Laurie. Sie drehte sich um. Fünfzig Meter entfernt stützten ein Mann und eine Frau, beide offenkundig sternhagelvoll, sich gegenseitig, während sie die Camden High Street hinunterwankten. In südlicher Richtung warteten ein paar Autos darauf, dass die Ampel grün wurde. In der Ferne konnte sie eine Polizeisirene hören. Die war kilometerweit weg, sagte sie sich. Und schließlich hatten sie ja auch nichts getan – noch nicht.

Hinter sich hörte Laurie ein Knacken. »Das wär's«, meldete Paul. »Ist die Luft rein?«

Das betrunkene Pärchen schwankte jetzt von ihnen weg. Die Ampel war immer noch rot. Das Sirenengeheul wurde schwächer. »Noch etwa zehn Sekunden«, antwortete Laurie.

»Na, wenn das so ist …«, brummte Paul. Als Laurie sich wieder zu ihm umdrehte, zog er das Gitter auf und hielt es erwartungsvoll fest. Jetzt galt es: Dies war Lauries letzte Chance, sich zu weigern und zuzugeben, was für ein lächerliches Unterfangen das hier war. Sie sah Paul an, war bereit, den Mund aufzumachen, und tat es dann irgendwie doch nicht. Alles an ihm strahlte Zuversicht aus; sie musste zeigen, dass sie genauso entschlossen war wie er. Also trat sie durch die Lücke. Paul folgte ihr rasch, dann schoss er das Gitter und hängte das kaputte Schloss wieder ein. Als die Autos vorbeifuhren, hatten sie sich beide in den Schatten des Bahnhofs zurückgezogen und waren den Blicken der Insassen verborgen.

Dank der Straßenlaterne draußen konnte man in der Halle mit dem Fahrkartenschalter gut sehen. Paul versteckte den Bolzenschneider in einer Ecke, ging voran und kletterte über die Sperre. Von oben sah das Treppenhaus aus wie eine pechschwarze Grube, doch als sie die erste Treppenflucht hinunterstiegen und dann nach links in einen Gang einbogen, fiel von oben genug Licht herein, dass sie die Haupttreppe sehen konnten, die in mehreren Kehren nach unten führte. Beide packten mit einer Hand im Gummihandschuh das Geländer und nutzten es auf ihrem Weg hinab als Orientierung.

Nach zwei Kehren blieb Paul stehen; Laurie hörte es mehr, als dass sie es sah. Sogar seine Handschuhe waren unsichtbar, stellte sie jetzt fest, doch sie konnte ihn deutlich flüstern hören: »Ich glaube, jetzt können wir ein bisschen Licht riskieren.«

Sie tastete nach ihrer Taschenlampe und zog sorgfältig den Reißverschluss ihres Laufgurts wieder zu: Das hier wäre alles andere als ein guter Ort oder Zeitpunkt, um ihre Schlüssel zu verlieren. Ein Lichtstrahl zuckte vor Paul auf, zwei Stufen unter ihr, fast genau gleichzeitig mit ihrem eigenen. Halb rechnete Laurie damit, einen Aufschrei zu hören, einen Ruf der Überraschung oder des Schreckens. Doch nein, alles blieb still.

Paul ging weiter, immer noch vorneweg, und leuchtete mit seiner Lampe auf die Stufen vor sich. Als Laurie dasselbe tat, fiel ihr auf, dass seine Schuhe reflektierten, unheimliche Leuchtflecken in der Düsternis. Vermutlich sollte das bei nächtlichem Joggen für Sicherheit sorgen. Das brachte sie auf einen Gedanken. Sie blieb stehen, zog die Tasche ihres Laufgurts nach vorn und leuchtet ihn an. Jawohl – Reflektorstreifen strahlten ihr entgegen, machten sich lustig über ihre sonstigen Bemühungen, sich zu tarnen. Und wenn schon. Wahrscheinlich würde das gar keine Rolle spielen. Sie drehte die Tasche wieder nach hinten und eilte hinter Paul her.

Es waren nur dreiundsechzig Stufen bis nach unten – nicht dass Laurie mitgezählt hätte, doch das Schild oben an der Treppe war ihr noch vom Nachmittag her in Erinnerung geblieben. Ein kurzer Fußweg an den Fahrstühlen vorbei und ein paar weitere Stufen, und sie kamen zwischen den beiden Bahnsteigen heraus. Paul machte Anstalten, nach rechts abzubiegen, dorthin, wo die Züge nach Süden fuhren, doch Lauries Hand auf seinem Arm ließ ihn innehalten. »Lass uns auf der Nordseite nach Süden gehen. Die haben so batteriebetriebene Reinigungszüge; wenn einer von denen auf den Gleisen unterwegs ist, würde ich ihn lieber kommen sehen, als dass er uns von hinten überrascht.«

Also nach links, und dann noch einmal nach links bis zum südlichen Ende des Bahnsteigs. Dort standen sie dann beide und leuchteten mit den Taschenlampen auf die Gleise, als könnte das bestätigen, dass der Strom wirklich abgestellt war. Natürlich sollte das der Fall sein, das wusste Laurie von ihren Recherchen her, doch jetzt, wo sie hier unten waren, war es unerwartet schwer, diese Gewissheit in Aktion umzusetzen. Sie überdachte das Problem. »Du hast wohl nicht irgendwas aus Metall dabei, das du auf die Stromschiene schmeißen könntest?«

Nein, jetzt, wo Paul den Bolzenschneider verstaut hatte, hatte er so wenig bei sich wie sie. Laurie dachte an die Reißverschlüsse an seiner Jacke, dann an ihre Schlüssel: Und wenn die Schiene doch unter Strom stand? Ihre Schlüssel konnte sie ja wohl schlecht riskieren, aber der Schlüsselring, also, das war etwas anderes.

Paul hatte die kräftigeren Finger. Laurie leuchtete auf seine Hände, während er die drei Schlüssel von dem Ring löste. Dann beugte er sich vor und hielt den Ring über die mittlere Schiene, über jene, die, würden die Züge fahren, eine Spannung von 630 Volt hätte. Von der Seite her bestätigte Laurie ihm, dass er richtig zielte. Der Ring schlug mit einem befriedigenden *Ping* auf der Schiene auf und prallte von dort in die Selbstmördergrube darunter. Es gab keine Funken, kein weiteres Geräusch.

Das genügte Laurie. Sie setzte sich auf die Bahnsteigkante und tastete mit den Füßen nach der nächsten Laufschiene, stellte sich kurz darauf und beugte dann das linke Knie, während sich ihr rechter Fuß nach dem Boden unter den Gleisen streckte. Es war eine anmutige, fast schon kunstturnerische Bewegung, und sie ertappte sich dabei, wie sie hoffte, dass Paul das aufgefallen war. Sie griff nach unten, hob den Schlüsselring auf und steckte ihn zurück zu den losen Schlüsseln in die Tasche ihres Laufgurts. Dann zog sie den Fuß wieder auf die Laufschiene und trat in den Tunnel.

Paul hatte seine Taschenlampe inzwischen wieder eingeschaltet, doch er hatte sich nicht vom Bahnsteig weggerührt. Hatte er Zweifel bekommen? Das könnte Laurie verstehen, ihr ging es nicht anders. Dann setzte ihr Mund ihren Verstand außer Kraft. »Komm, wir rennen«, flüsterte sie und machte sich damit selbst Mut.

Laurie lief im Gleisbett, den Blick fest auf den Lichtfleck gerichtet, der vor ihr auf und ab tanzte. Hin und wieder sah sie auch den Lichtstrahl von Pauls Taschenlampe, wenn er beim Rhythmus seiner Laufschritte vor ihr auf den Boden traf. Jenseits dieser Bezugspunkte war nur Finsternis. Die Tunnelwände waren unsichtbar. Wäre die beengte Atmosphäre nicht gewesen, die Laurie rings um sich herum spürte, hätte sie sich im Freien befinden können. Sie hatte keine Ahnung, wie schnell sie vorankam. Ihrer Erfahrung nach hatte man im Dunkeln immer den Eindruck, schneller zu sein, als man war. Außer Atem war sie jedenfalls nicht, und sie lief jetzt bestimmt schon – wie lange? – drei Minuten? Fünf? Es war fast, als wäre sie in Trance.

Halt! Ohne Vorwarnung fiel das Licht ihrer Taschenlampe ins Nichts. Der Boden war weg. Das konnte nur der Anfang der Selbstmördergrube von Euston sein. Laurie blieb mit einem Ruck stehen und leuchtete die Wände ab. Dort, zur Linken, verschwand auch die Wand. Sie waren da.

»Super.« Paul hielt kurz inne, um Luft zu holen. »Dann mal rauf auf den Bahnsteig.«

Laurie trat auf die linke Laufschiene, balancierte darauf bis ans Ende der Wand und kletterte auf den Bahnsteig hinauf. Gleich darauf stand Paul neben ihr.

Laurie leuchtete nach links. Die Treppe, die zur Umsteigeebene hinaufführte, war direkt neben ihnen. Sie waren fast am Ziel. Das flüsterte sie Paul zu. »Es ist besser, wenn du jetzt hinter mir hergehst. Wir müssen zur Victoria Line – da rauf, rüber und dann wieder runter.«

Damit hatte Paul kein Problem, allerdings lag vielleicht ein Hauch von Ironie in seiner prompten Antwort: »Na dann los. Ich gebe mich vertrauensvoll in deine Hand.«

Die Luft schien oben am Ende der Treppe ein wenig frischer zu sein, obgleich sie sich immer noch zwei Stockwerke unter der Bahnhofshalle befanden. Ein schwacher Schein fiel aus der Schalterhalle über ihnen herab. Dort gab es offenkundig eine reduzierte Nachtbeleuchtung. Energisch strebte Laurie auf den Gang zu, der zu den anderen Linien führte, und blieb dann verwirrt stehen.

Im Licht ihrer Taschenlampe kamen plötzlich die Stäbe eines Gitters in Sicht, mit dem der Zutritt zu dem Gang versperrt war. Es war mit einem ganz ähnlichen Vorhängeschloss gesichert wie das, das Paul am Bahnhof Mornington Crescent so geschickt geknackt hatte. Jetzt jedoch hatten sie keinen Bolzenschneider dabei. Laurie schämte sich. Wie hatte sie dieses Gitter gestern Nachmittag übersehen können? Und es war natürlich auch notwendig. Abends, kurz bevor der Betrieb eingestellt wurde, würde nur noch eine Linie fahren. Dieses Gitter verhinderte, dass die Leute zum falschen Bahnsteig gingen, nachdem dort kein Zug mehr fuhr. Laurie seufzte.

Paul war neben ihr. Er inspizierte das Vorhängeschloss. »Ich fürchte, das wird nichts. Wir können ja morgen wiederkommen und dann den Bolzenschneider mitnehmen.«

Laurie fand es wunderbar, wie locker Paul anbot, noch einmal herzukommen, doch sie wusste bereits, dass sie es niemals schaffen würde, das hier noch einmal zu machen. Gab es irgendeine Alternative? Von dort aus, wo sie standen, nur eine: eine der beiden Rolltreppen neben ihnen in die Schalterhalle hinaufzusteigen.

Würde das etwas nützen? Laurie versuchte, sich zu erinnern, wie es oben weiterging. Die Treppe abwärts brachte einen dorthin, wo sie jetzt waren, aber wie kam man wieder hinauf? Laurie erinnerte sich nur allzu gut an ihre wilde Flucht am letzten Dienstag. Die Rolltreppe hinauf, die über der Victoria Line begann. Sie konnten das Gitter umgehen, indem sie die Schalterhalle durchquerten.

Natürlich gab es keine Garantie, dass nicht noch weitere Gitter auftauchen und ihnen den Weg versperren würden, aber zumindest war es möglich. In leisem, drängendem Flüsterton erklärte sie Paul ihren Plan; die Erregung siegte über die Nervosität. Doch seine Reaktion dämpfte ihre Begeisterung.

»Ich weiß nicht, ob das eine gute Idee ist. Da oben könnten Leute sein. Und sobald wir da oben sind, im Licht, erwischen uns wahrscheinlich die Kameras.«

Das mit den Kameras stimmte. Das Letzte, was Laurie wollte, war, dass dieser Besuch für die Nachwelt festgehalten wurde, vor allem wenn die Chance bestand, dass Sergeant Atkins morgen früh Dienst hatte. Sie hätten Mützen aufsetzen sollen. So, wie die Dinge lagen, würde Laurie mit ihrem Shirt improvisieren müssen. Sie experimentierte damit herum, zog es sich über den Kopf, sodass sie durch den Kragen hinausschaute. Bequem war das nicht, und stylish war es ganz sicher auch nicht, aber zumindest verbarg das Shirt ihr Gesicht, und sie würde es ja auch nur die zehn Sekunden lang so lassen müssen, die sie oben im Licht waren.

Was die Möglichkeit betraf, dass dort oben jemand war, so bezweifelte Laurie das. Doch um sicherzugehen, standen sie und Paul ganz still und lauschten, ob sich oben irgendetwas rührte. Alle möglichen Geräusche hallten von den Tunneln unter ihnen herauf: seltsames Scheppern und Kreischen, Hinweise darauf, dass irgendwo im U-Bahn-Netz Aktivität herrschte. Von oben jedoch war kein Laut zu hören.

Laurie zählte bis hundert, ehe sie flüsterte: »Ich gehe dann mal.« Ohne auf eine Antwort zu warten, machte sie sich an den Aufstieg die Rolltreppe hinauf. Auf halber Höhe schaltete sie ihre Taschenlampe aus, da der Lichtschein von oben immer stärker wurde. Rasch drehte sie sich um, um sich zu vergewissern, dass Paul dasselbe tat. Auch er war gerade stehen geblieben und leuchtete in die Düsternis hinunter, doch als Laurie ihn am Arm berührte, machte er die Taschenlampe aus und folgte ihr weiter, mit einer geflüsterten Erklärung: »Ich dachte, ich hätte was gehört.« Laurie konnte seine Nervosität nachvollziehen, antwortete jedoch nicht.

Ein paar Stufen vom Treppenende entfernt zog sich Laurie das Shirt über den Kopf und sah zu, wie Paul es ihr nachmachte und sich in einen kopflosen Buckligen verwandelte. Das T-Shirt, das er unter seiner Jacke trug, rutschte dabei ein wenig hoch und entblößte seinen flachen, im Fitnessstudio gestählten Bauch.

Als sie in die Schalterhalle kamen, schaute Laurie sich rasch um und drehte dabei den Kopf, während sie durch den Tunnel ihres Kragens spähte. Obwohl im Vergleich zu der Finsternis hinter ihnen hell erleuchtet, war die Halle verwaist. Ein paar Meter vor ihr waren die Schranken und warteten darauf, dass sie ihre Oyster Card vor das Lesegerät hielt. Dahinter glühten die roten LED-Leuchten der Fahrkartenautomaten, schlaflos trotz der fehlenden Kundschaft. Verglichen mit dem üblichen Trubel, der sonst hier herrschte – um nicht »kaum kontrollierbares Chaos« zu sagen –, war die Stille unheimlich. Auf jeden Fall verspürte Laurie keine Lust, sich lange hier aufzuhalten. Rasch ging sie nach links, zu den anderen Rolltreppen hinüber. Sekunden später stiegen sie zur Victoria Line hinab.

Nach ein paar Stufen blieb Laurie stehen und ließ ihr Shirt wieder an seinen normalen Platz rutschen. Sie beugte sich vor und löste ihren Pferdeschwanz, schüttelte kurz den Kopf und raffte ihr Haar mit einer einzigen schnellen Bewegung nach hinten. So war es besser. Sie hob ihre Lampe auf und machte sich wieder an den Abstieg.

Als Laurie und Paul unten ankamen, waren ihre Taschenlampen wieder notwendig geworden. Laurie konnte nicht umhin, an die Panik zu denken, die sie vor ein paar Tagen überkommen hatte. Genau hier, zwischen den beiden Rolltreppen, hatte sie sich allmählich wieder beruhigt, von der Unbeweglichkeit der Menschenmassen zur Geduld gezwungen. Jetzt waren sie von Leere und von einem Gefühl der Regungslosigkeit umgeben, das fast noch beklemmender war als die Dunkelheit.

Falls Paul Lauries Zögern wahrnahm, so ließ er es sich nicht anmerken. Der Strahl seiner Lampe fand die oberste Stufe der Treppe, die noch weiter nach unten führte. »Ist das die, die wir suchen?«

Laurie schüttelte den Kopf, begriff jedoch im nächsten Moment, dass er das ja unmöglich sehen konnte. »Auf den Rolltreppen geht's leichter«, flüsterte sie. »Komm mit.« Ein kurzes Stück nach links einen Gang hinunter, und sie waren wieder auf vertrautem Gelände; Laurie ging denselben Weg, den sie am Morgen des Unfalls genommen hatte. Den, den sie am Vorabend noch einmal im Kopf durchgespielt hatte, und zugleich die Route, die sie gestern Nachmittag erkundet hatte: die kurze Rolltreppe hinunter, direkt auf den Bahnsteig der Victoria Line und – soweit sie es beurteilen konnte – zu der Stelle direkt gegenüber von dort, wo das runde Messingstück lag.

Diesmal jedoch verschwendete Laurie keine Zeit damit, das Ding vom Bahnsteig aus ausfindig zu machen. Stattdessen leuchtete sie auf die Laufschiene, die ihr am nächsten war, und stieg darauf. Ein fast genauso vorsichtiger Schritt, und sie stand in der Grube. Dann tastete sie nach der mittleren Schiene und schwang erst das eine Bein darüber und dann das andere. Jetzt stand sie vor den beiden Schienen auf der anderen Seite des Gleises. Sie beugte sich vor und leuchtete hinter die vierte Schiene.

Eine gefühlte Ewigkeit lang konnte Laurie nichts finden. Sie leuchtete die ganze Rückseite der Stromschiene ab, während ihre Unsicherheit wuchs. War das Messingplättchen schon gefunden worden? Hatte es überhaupt jemals existiert? Was würde Paul denken, wenn sich herausstellte, dass sie diese ganze Nummer völlig umsonst abgezogen hatten? Laurie weigerte sich, in Panik zu geraten; sie schritt das Gleis entlang und beleuchtete systematisch jede weiße Keramikhalterung, an der sie vorbeikam. Oben auf dem Bahnsteig hielt Paul mit ihr Schritt, richtete den Strahl seiner Lampe so aus, dass er sich mit ihrem überschnitt, und schwieg.

Es war das Schimmern von Metall, das der Suche ein Ende machte. Laurie hatte im Dunkeln die Entfernungen falsch eingeschätzt. Da lag das Plättchen, ungefähr zehn Meter von da entfernt, wo sie zu suchen begonnen hatte. Und daran befestigt war ein Schlüssel – vom Bahnsteig aus nicht zu sehen; jetzt jedoch warf er das Licht ihrer Taschenlampe zurück.

Mehr hätte Laurie sich kaum erhoffen können. Hier war alles, was sie an Rechtfertigung für dieses verrückte Unterfangen brauchte – ein echter Fund. Gleich darauf hatte sie die Hand im Gummihandschuh ausgestreckt und den Schlüssel aus seinem Versteck herausgefischt. Das Messingplättchen, erkannte sie jetzt, war ein Schlüsselanhänger. Darauf standen die Ziffern *869*.

»Hast du was gefunden?«, kam Pauls Stimme aus der Dunkelheit und ließ Laurie zusammenfahren. Er verdiente es, Bescheid zu wissen. »Ja. Sieht aus wie ein Schlüssel zu einem Schließfach.« War es absurd, sich so über den Fund zu freuen?

In Pauls Antwort schwang angemessene Anerkennung mit, doch sie erinnerte Laurie auch daran, dass das hier erst ein Anfang war. »Du bist echt der Hammer. Kann man an irgendwas erkennen, wozu das Ding gehört?«

»Ich glaube nicht – bloß eine Nummer. Schauen wir's uns näher an, wenn wir wieder irgendwo im Licht sind.« Damit verstaute sie den Schlüssel sorgfältig in ihrem Laufgurt, stieg wieder über die mittlere Schiene und ergriff Pauls ausgestreckte Hand, um sich zurück auf den Bahnsteig hinaufhelfen zu lassen.

»Danke, dass du mich überredet hast, das hier durchzuziehen«, sagte sie schlicht. Dann gingen sie Hand in Hand – wie ein Pärchen auf einem Abendspaziergang, aber noch immer mit Gummihandschuhen –, den Bahnsteig entlang und die Rolltreppe hinauf, die sie gerade heruntergekommen waren. In zehn Minuten würden sie wieder auf dem Bahnhof Mornington Crescent sein. Mission erfüllt. Laurie hatte sich ihren Ängsten gestellt und triumphiert.

Kurz vor dem oberen Ende der Rolltreppe ließ Laurie Pauls Hand los. Sie waren aus der Finsternis des U-Bahn-Schachts emporgestiegen, zurück ins Licht der menschenleeren Schalterhalle der Euston Station. Da hier Überwachungskameras waren, musste sie ihr Gesicht verbergen. Um das Gefühl der Trennung zu mildern, drehte sie sich um und gab ihm einen Kuss – als Erinnerung für sie beide daran, warum sie hier waren –, bevor sie sich ihr Shirt halb über den Kopf zog. Sie lächelten einander an, während sie ihre behelfsmäßigen Kapuzen überstülpten. Laurie ging voran auf die Sperren zu.

Dann sah sie die Männer.

3.05 UHR

Der vertraute Moment mit Paul erschien ihr wie eine ferne Erinnerung; dabei war er erst zwanzig Minuten her. Jetzt, nach ihrer panischen Flucht, befand sich Laurie tiefer unter der Erde als je zuvor. Die Lichter vor ihr verharrten regungslos, warteten darauf, dass Laurie zu ihnen kam. Sie versuchte, sich in einen U-Bahn-Arbeiter auf Nachtschicht hineinzuversetzen. Wie würde sie reagieren, wenn eine Frau hier in den Tunneln herumspazierte? Bestimmt gab es Vorschriften, wie mit Personen zu verfahren war, die sich unbefugt auf den Gleisen aufhielten. Vermutlich spielte die Polizei dabei eine Rolle; würde Sergeant Atkins es schaffen, da irgendwie mitzumischen? War eine Anklage unausweichlich? Die von Fitzalan Capital wären bei so etwas ziemlich verstimmt.

Trotzdem, besser Sergeant Atkins als Freunde der beiden Schläger von eben. Laurie wog ihre Taschenlampe in der Hand. Könnte die als Waffe dienen?

Das Licht wurde jetzt stärker; nur die leichte Biegung des Tunnels verbarg die Lichtquelle. Laurie hielt den Atem an und ging weiter, um die Biegung herum; sie blinzelte in der gleißenden Helligkeit, als sie aus der Dunkelheit herauskam. Einen Moment lang war sie geblendet, doch ihre Augen passten sich so schnell an das Licht an, dass ihr sogleich klar wurde, dass das Licht selbst eigentlich gar nicht besonders hell war. Es war an der Wand befestigt und schien dort hinzugehören – es hatte nichts mit Gleisarbeiten zu tun oder mit irgendeinem Hinterhalt. Ein Stück dahinter, das sah Laurie jetzt, war eine zweite Lampe, und hinter dieser noch eine. Insgesamt zählte sie sechs Stück. In regelmäßigen Abständen an der linken Tunnelwand angebracht, beleuchteten sie die Gleise, die sich sanft bogen und in der Ferne verschwanden.

Laurie sah sich um. Sie war genauso allein wie zuvor, so viel war klar. Und mehr noch, der Tunnel war breiter und offener. Als wäre sie an einem Bahnhof angekommen, aber das hier war anders als jeder U-Bahnhof, in dem Laurie je gewesen war. Zur Rechten, wo sie einen Bahnsteig erwartet hätte, waren nur Schutt und hier und da ein Stück Metall von längst verschrotteten Maschinen zu sehen. Vor ihr war keine Selbstmördergrube: Hier brauchte man keine Angst zu haben, dass sich irgendwelche Irren vor einen Zug warfen. Wände und Decken waren weiß gestrichen, aber da und dort war die Farbe abgeblättert, und man sah den vertrauten Glanz alter roter Fliesen darunter.

Natürlich! Das musste ein stillgelegter Bahnhof sein. Laurie versuchte, sich die Strecke zwischen King's Cross und Angel zu vergegenwärtigen. Oberirdisch verlief sie ziemlich geradeaus, die Pentonville Road hinunter. Gab es da ein Gebäude, wo vielleicht einmal eine alte Schalterhalle gewesen sein könnte? Was auch immer das hier war, bestimmt gab es irgendwo einen Ausgang.

Laurie ließ den Blick an der rechten Wand entlangwandern. Es dauerte nicht lange, die Stelle zu finden, wo früher einmal der Eingang gewesen war. Dort befand sich eine Wand aus Spanplatten, aber es gab eine Tür darin, auf Höhe des damaligen Bahnsteigs. Ein paar Stufen mit einem Geländer führten zu ihr hinauf.

Natürlich war die Tür abgeschlossen, doch Laurie war nicht bis hier gekommen, um sich von so etwas aufhalten zu lassen. Sie war fast hundert Meter tief unter der Erde, der Himmel allein wusste, wie weit vom nächsten menschlichen Wesen entfernt, und außer Reichweite irgendwelcher Überwachungskameras. Jetzt war nicht der richtige Zeitpunkt, Hemmungen zu haben. Mit einem der Metallstücke würde es wahrscheinlich gehen.

Laurie machte sich auf die Suche und fand das perfekte Werkzeug. Vor langer Zeit, wahrscheinlich als das Interesse daran erlahmt war, den Schutt von dem ehemaligen Bahnsteig zu räumen, hatte jemand hier einen Spaten zurückgelassen. Jetzt war er so stumpf, dass man damit nicht einmal lockere Erde hätte umgraben können, aber das Blatt war noch immer dünn genug, um es zwischen Tür und Rahmen zu schieben. Danach brauchte Laurie sich nur noch gegen den Spatenstiel zu lehnen.

So stabil das Schloss auch sein mochte, der Rahmen war für eine solche Behandlung nicht gemacht. Er gab nach; ein splitterndes Geräusch ertönte, und die Tür schwang auf. Den Spaten noch in der Hand, trat Laurie durch die Türöffnung und schaute sich um. Sie war sich nicht sicher, was sie zu erwarten hatte: vielleicht das Gefühl, aus der Zeit gefallen zu sein, oder wenigstens einen Hinweis darauf, dass dies hier einst ein belebter Bahnhof gewesen war. Was ihr jedoch sofort auffiel, war der Gestank. Eine Mischung aus Urin und Feuchtigkeit – von vielen anderen Stellen des U-Bahn-Netzes her vertraut, hier aber, wo keine anderen Gerüche damit wetteiferten, irgendwie verstärkt. Lange sollte man sich hier nicht aufhalten.

Laurie stand in einem kurzen Korridor, der in demselben schmuddeligen Weiß gestrichen war wie der Tunnel, aus dem sie gerade gekommen war. Am anderen Ende traf das Licht ihrer Taschenlampe auf eine zweite Spanplattenwand mit Tür; vermutlich ging es dort zum anderen Bahnsteig. Auf halber Strecke versperrte ein altes Gitter den Zugang zu einem Fahrstuhl, der wahrscheinlich in den letzten fünfzig Jahren nicht mehr gewartet worden war. Davor jedoch, nur zwei Schritte entfernt, befand sich noch eine Öffnung, offensichtlich der Anfang einer Treppe. Das müsste der Weg sein, auf dem sie wieder zur Straße hinaufkam.

Laurie stieg vorsichtig die Treppe hinauf, folgte dem Taschenlampenstrahl, der sie aufwärts führte. Einmal beleuchtete er einen großen Haufen, der nur aus menschlichen Exkrementen bestehen konnte, etwas eingetrocknet, aber noch frisch genug, um sie denken zu lassen, dass sie vielleicht selbst jetzt nicht allein war. Sie machte einen Bogen darum und stieg weiter die Stufen hinauf, froh über den Spaten, den sie noch immer in der Hand hielt.

Oben endete die Treppe vor einer zweiten verschlossenen Tür. Gerade wollte Laurie den Spaten abermals zum Einsatz bringen, als ein Brummen im Schritt sie kurz erschrocken aufschreien ließ. Sie holte ihr Handy hervor. Zum zweiten Mal in vierundzwanzig Stunden hatte ihr das Auftauchen aus dem Untergrund eine Nachricht von Paul beschert. Diesmal war es eine SMS – *Alles ok?* Also musste er auch wieder oben sein, und vermutlich unversehrt. Lauries Stimmung hob sich; eine Last war von ihr abgefallen, derer sie sich bis eben gar nicht bewusst gewesen war. Doch hier war nicht der richtige Ort, um eine Antwort zu verfassen. Sie klemmte das Handy wieder hinter den Hosenbund und machte sich mit dem Spaten über die Tür her.

Doch die ging nach außen auf. Ihr Rahmen ließ sich nicht mit der Brechstangen-Nummer knacken, die Laurie bei ihrer Vorgängerin angewandt hatte. Nirgends konnte sie einen Hebel ansetzen. Sie war eingesperrt.

Physik und Beharrlichkeit; beides hatte seine Zeit. Laurie legte den Inhalt ihrer Leggins auf den Boden und die Taschenlampe daneben, sodass sie die Tür anleuchtete. Dann ging sie bis zur Treppe zurück, rannte los und legte ihr volles Gewicht in einen Tritt, der direkt unter der Türklinke landete. Die Gummisohle ihres Turnschuhs federte den Aufprall ein wenig ab, trotzdem fühlte sie ihn bis ins Becken hinein. Sie nahm abermals Anlauf und wiederholte das Manöver. Mit schweren Stiefeln wäre sie sofort draußen gewesen, da war sie sich sicher. Wenigstens machten ihre Attacken nicht allzu viel Krach – dumpfes Krachen auf Holz, kein Scheppern von Metall. Bestimmt lohnte es sich weiterzumachen. Schlimmstenfalls konnte sie ja immer noch Paul anrufen und versuchen, ihn zur anderen Seite dieser Tür zu lotsen, es würde ihm sicher nicht schwerfallen, in einen zweiten U-Bahnhof einzubrechen.

Dieser Gedanke hielt Laurie aufrecht, während sie immer wieder Anlauf nahm und zutrat. Sie stellte sich vor, wie sie Paul beschrieb, wo sie war, und seine Optionen dabei immer mehr eingrenzte, bis nur noch die Tür zwischen ihnen beiden stand. Damit lenkte sie sich ab, während sie immer schön im Rhythmus blieb: Anlauf nehmen, losrennen, abspringen, zutreten. Anlauf nehmen, losrennen, abspringen, zutreten.

Und dann gab das Schloss ohne jede Vorwarnung plötzlich nach. Laurie konnte sich mitten im Sprung nicht mehr fangen und spürte, wie ihre Beine dort wegrutschten, wo sie auf Widerstand hätten treffen sollen. Sie landete schwer auf dem Hinterteil und quetschte sich dabei die Hand, mit der sie den Sturz instinktiv abzufangen versuchte. Das Handgelenk tat ihr weh, und morgen früh würde sie einen saftigen blauen Fleck am Hintern haben. Wenigstens war niemand da, der diese peinliche Nummer mit angesehen hatte. Und was noch wichtiger war, sie war durch die Tür durch.

Hingestreckt auf dem Rücken in der Türöffnung, erlaubte Laurie sich einen Augenblick Zeit, um sich zu orientieren. Sie musste in der alten Schalterhalle sein. Eine ferne Straßenlaterne, durch große Bogenfenster zu beiden Seiten des Raums sichtbar, bestätigte ihr, dass sie endlich wieder über der Erde angekommen war. Allerdings erhellte die Laterne den Raum nicht sehr. Das erinnerte Laurie daran, dass ihre Taschenlampe noch immer hinter ihr auf dem Boden lag. Sie raffte sich auf und ging sie holen, zusammen mit ihren anderen Sachen.

Als sie mit dem dünnen Lichtstrahl in dem großen Raum mit der gewölbten Decke umherleuchtete, konnte Laurie erkennen, dass er jetzt eine Art Lagerraum war; Büromöbel stapelten sich vom Boden bis zur Decke. Schreibtische, die in den Siebzigern bestimmt hochmodern gewesen waren, drängten sich neben Aktenschränken und Drehstühlen. Es war genug Platz, dass Laurie herumlaufen konnte, doch da die Taschenlampe lediglich einen schwachen Schein verbreitete, fühlte sie sich wie in einer Art Labyrinth, überall Sackgassen und Winkel, während sie sich langsam zu der Wand mit den Fenstern vorarbeitete.

Laurie konzentrierte sich so sehr darauf, die Wand zu erreichen, die sie für die Vorderseite des Gebäudes hielt und wo es ganz bestimmt einen Eingang geben würde, dass sie beinahe die Seitentür übersehen hätte. Dann fielen ihr zwei riesige Türme aus Stapelstühlen auf. Sie standen vielleicht einen Meter voneinander entfernt, aber durch irgendeinen merkwürdigen Zufall hatten sie sich so geneigt, dass sie einander oben berührten und ein ganzes Stück über Lauries Kopf einen spitzen Winkel bildeten. Dieser gotische Spitzbogen umrahmte die Tür. Was Laurie jedoch am meisten ins Auge stach, war, dass die Tür anscheinend kein Schloss hatte, sondern stattdessen zwei große Riegel, einen oben und einen unten. Sekunden später hatte Laurie sie zurückgeschoben und ihren Ausgang gefunden.

Draußen war es nicht besonders kalt. Selbst jetzt noch, kurz vor der Morgendämmerung, hielt sich ein Rest Wärme vom Vorabend. Aber die Luft war frisch. Zum ersten Mal wurde Laurie sich des Gestanks bewusst, den sie hinter sich ließ. Hatte sie sich am Vormittag noch mit Georgette Heyer ablenken müssen, um zur U-Bahn hinabsteigen zu können, hatte sie jetzt Stunden dort zugebracht. Das war eine bemerkenswerte Willensanstrengung gewesen, und jetzt rebellierte ihr Körper. Ein heftiges Zittern breitete sich vom Herzen bis zum Kopf aus, gefolgt von einem Engegefühl im Magen und dem plötzlichen, panischen Bedürfnis, die Gesäßmuskeln ganz fest anzuspannen. Galle stieg ihr in die Kehle, erzeugte einen bitteren, ekligen Geschmack. Unverhofft wurde ihr schwindlig; Laurie ließ sich auf alle viere fallen und übergab sich. Sie war müde, schrecklich müde.

Irgendetwas stimmte hier nicht. Auf der Pentonville Road würde Verkehr herrschen, auch um diese Zeit. Hier jedoch war es still. Sie konnte die üblichen Hintergrundgeräusche einer Londoner Nacht hören, aber weit weg, als befände sie sich in einer Nebenstraße. Vorsichtig hockte sie sich auf die Fersen und sah sich um.

Anscheinend befand sie sich auf einem freien Platz, aber es war kein Park – sie kniete auf Beton. Rechts konnte sie vor dem Nachthimmel die Umrisse von Gebäuden erkennen. Ungefähr zwanzig Meter vor ihr war ein Zaun und dahinter eine Straße, schwach erhellt von der Straßenlaterne, die sie in der Schalterhalle gesehen hatte. Es war unheimlich still, doch eine Bushaltestelle war ein Hinweis auf Normalität – darauf, dass hier zumindest tagsüber Autos fahren würden. Laurie kam auf die Beine, wartete einen Moment, bis der Schwindel vorüber war, und ging auf das Licht zu.

Im Bus, der glücklicherweise ganz kurz nach ihr an der Haltestelle angekommen war, schaffte sie es gerade eben noch, wach zu bleiben. Beim Einsteigen schaute sie zu dem verlassenen U-Bahnhof hinüber, durch den sie entwischt war. Stolz stand er inmitten eines Geländes, das nicht viel mehr als eine Brache war; die Bogenfenster und die braunroten Fliesen, die sie überall in London in der U-Bahn gesehen hatte, verkündeten seinen Daseinszweck.

Der Name des Bahnhofs stand über den Fenstern: *York Road.* Das reichte Laurie, um auszuknobeln, wo sie war: im York Way, vielleicht anderthalb Kilometer von dort entfernt, wo sie hatte sein wollen. Diese Erkenntnis war beschämend – wie hatte sie sich so irren können? Sie führte ihr den Irrsinn ihres Entschlusses vor Augen, überhaupt in die Tunnel hinabzusteigen. Sie hätte sich leicht verirren und sich schließlich einen tödlichen Stromschlag holen können. Der einzige Trost war, dass sie sich nicht weit weg von zu Hause befand. Keine fünf Minuten später hielt der Bus in Tufnell Park. Noch länger, und sie wäre mit Sicherheit eingeschlafen.

Als Laurie in ihre Straße kam, spürte sie mehr, als dass sie es sah, wie sich ein Schatten von einem Baum löste. Sie wollte schon kehrtmachen und davonrennen, nur war sie wirklich zu müde, um überhaupt irgendetwas zu tun. Dann sprach der Schatten sie an. »Entschuldige, ich muss mir echt abgewöhnen, mich dauernd an dich ranzuschleichen.«

»Paul!« Laurie lehnte die Stirn gegen seine Brust, und als sich seine Arme um sie legten, fühlte sie, wie sie sich zum ersten Mal seit Stunden richtig entspannte. Sie versuchte zu sagen, dass es ihr leidtat, einfach so getürmt zu sein, dass sie Angst um ihn gehabt hatte, dass sie sich verlaufen hatte und dass es ihr auch leidtäte, dass sie seine SMS nicht beantwortet hatte. Aber ihre Worte waren so zusammenhanglos, dass anscheinend nichts so herauskam, wie sie es gemeint hatte.

Schließlich sagte Paul wieder etwas. »Mach dir deswegen jetzt keine Gedanken. Uns ist nichts passiert. Schaffen wir dich mal ins Bett, dann können wir später am Tag reden. Okay?« Er hielt sie weiter fest, bis sie nickte, dann ließ er sie los.

Laurie ging auf die Haustür zu. Dabei fiel ihr wieder ein, wo sie ihren Hausschlüssel hingesteckt hatte. Paul war direkt hinter ihr, und wenn sie nicht so müde gewesen wäre, hätte sie sich geniert. So griff sie einfach vorn in ihre Leggins und bekam den Schlüssel auch gleich beim ersten Versuch zu fassen. Sie warf einen nervösen Blick über die Schulter, als sie ihn herauszog, aber das war auch alles.

Laurie fühlte sich in Pauls Gegenwart sicher, als sie die Treppe hinaufstiegen. Noch ein Schlüssel und noch eine Tür: Auf der Schwelle zögerte Paul, doch Laurie hatte zumindest noch genug Energie, um ihn hinter sich her durch die Tür zu ziehen.

Und dann küsste er sie, drängende, leidenschaftliche Küsse, die von ihren Lippen an ihrer Kinnlinie entlang und den Hals hinunterwanderten. Er zog den Reißverschluss ihres Shirts nach unten und küsste weiter abwärts, drückte den Mund sanft auf die Wölbung ihrer Brüste über dem BH. Seine Hände legten sich um ihr Gesäß und zogen sie gegen ihn, waren überall.

Laurie versuchte, seine Leidenschaft zu erwidern, dieselbe Hingabe in sich hervorzurufen, die sie bei ihm spüren konnte. Aber sie war müde, so müde. Immer noch hatte sie den Geschmack von Erbrochenem im Mund. Alles, was sie wollte, war, sich die Zähne putzen und ins Bett gehen. Sanft legte sie die Hände gegen seine Brust und ließ sie dort, bis sie seine Aufmerksamkeit hatte. »Es tut mir leid, Paul, ich glaube, im Moment hättest du nicht viel von mir. Aber bitte bleib hier.« Sie führte ihn in ihr Zimmer und setzte ihn aufs Bett, dann legte sie all die Sachen aus ihrer Leggins auf den Nachttisch. Als sie zehn Minuten später aus dem Badezimmer kam, lag er bereits unter der Decke und schlief. Laurie löste das Handtuch, in das sie sich nach dem Duschen gewickelt hatte, und stieg neben ihm ins Bett. Sie hatte gerade noch Zeit zu denken, dass sie aufpassen musste, ihn nicht zu wecken, bevor sie selbst einschlief.

9.40 UHR

Laurie hatte den Wecker nicht gestellt. Sie wurde davon wach, dass Paul, der neben ihr auf dem Bett saß, ihr übers Haar strich. »Hey, du. Ich glaube, wir haben beide verpennt. Hab meinem Chef gerade eine SMS geschickt, dass ich heute nicht komme.«

Laurie gefiel der Gedanke, dass Paul jetzt den ganzen Tag frei hatte; es wäre schön, die Zeit mit ihm zu verbringen. Sie könnte ja einen der Urlaubstage nehmen, die sie angespart hatte.

Paul trug noch immer das T-Shirt und die Boxershorts, in denen er geschlafen hatte. Die Erinnerung daran, wie er letzte Nacht gewesen war, kam in einem Schwall zurück. Laurie lächelte und zog ihn zu sich herunter.

Einige Zeit später bemerkte Paul mit einem trägen Lächeln: »Das war sehr schön, aber auch auf die Gefahr hin, dass es unromantisch ist, sollte ich wohl darauf hinweisen, dass es schon nach zehn ist.«

Scheiße! Laurie schnappte sich ihr Handy aus dem Haufen auf ihrem Nachttisch und tippte die Nummer der Firma ein, während sie eilig überlegte, was sie sagen sollte: dass sie sich nachts übergeben hätte und erst um vier wieder eingeschlafen sei. Dass sie es für das Beste hielt, wenn sie heute freinehmen und dann morgen richtig erholt wieder zur Arbeit kommen würde. Nichts davon war nötig. Die Büroleiterin Linda hatte nicht vor, wegen einer verspäteten Bitte um einen freien Tag einen Aufstand zu machen, schon gar nicht, wenn sowieso die halbe Belegschaft im

Urlaub war. Bei dem Gedanken daran, was Michael für ein Gesicht machen würde, wenn er erfuhr, dass sie nicht zur Arbeit kommen würde, verspürte Laurie ganz kurz Gewissensbisse. Dann drehte sie sich wieder zu Paul um. Er lag auf der Seite und sah sie an. »Also, wo ist der Schlüssel?«, erkundigte er sich.

Der Schlüssel! Der eigentliche Grund für das ganze Unternehmen. Erschrocken stellte Laurie fest, dass sie seit dem Aufwachen nicht an ihn gedacht hatte, und es war ihr peinlich, zuzugeben, dass sie ihn hatte zurücklassen müssen. Sie konnte Paul den kurzen Anflug von Gereiztheit nicht übel nehmen, der jedoch rasch verschwand, als sie ihm versicherte, dass sie den Schlüssel auch ohne eine zweite nächtliche Expedition wiederfinden könnte.

Sie erzählten sich gegenseitig, was gestern Nacht passiert war. Paul war so sehr damit beschäftigt gewesen, Laurie zu folgen, dass er die zwei Männer nur ganz flüchtig gesehen hatte. Als er Laurie am Fuß der Treppe aus den Augen verloren hatte, hatte er sich im Schatten versteckt, bis die beiden an ihm vorbeigerannt waren, jeder in eine andere Richtung. Ihr Gebrüll hatte bald deutlich gemacht, dass sie ihnen entwischt war, und er hatte die Chance genutzt, wieder nach oben zu gehen und den Rückweg nach Mornington Crescent anzutreten.

»Was glaubst du, wer die waren?«, fragte Laurie.

»Ich weiß es nicht. Erst habe ich gedacht, die arbeiten da, aber so haben sie sich nicht benommen, finde ich. Zufall? Ich glaube, wir hatten einfach Pech.«

»Oder Glück«, meinte Laurie nachdenklich. »Hast du gehört, wie die gesagt haben, ich wäre ›ein unerwarteter Bonus‹?«

Paul verstummte. Wie wäre er damit umgegangen, wenn die sie erwischt hätten? Laurie war froh, dass keiner von ihnen beiden das jemals würde herausfinden müssen. Sie wechselte das Thema. »Ich habe dir noch gar nicht erzählt, wo ich wieder rausgekommen bin – an irgendeinem stillgelegten Bahnhof nördlich von King's Cross. War irgendwie komisch. Das Ganze kommt mir so unwirklich vor. Sag mir, dass ich das nicht alles geträumt habe.«

Paul fand seine Haltung wieder. »Du hast nicht geträumt. Lass uns später den Schlüssel holen gehen, als Beweis.«

Paul machte Pfannkuchen zum Frühstück. Obwohl er Laurie überreden wollte, im Bett zu bleiben, bestand sie darauf aufzustehen. Ihre Ausrede war, dass er doch nicht wüsste, wo alles war, was er brauchte; in Wahrheit wollte sie ihn einfach nur weiter ansehen. Sie wurde nicht enttäuscht. Mit unaufgeregter Kompetenz hantierte er in Jess' Küche herum und präsentierte ohne große Mühe vollendete Pfannkuchen. Sogar den Abwasch machte er selbst und wehrte Lauries Angebot, ihm zu helfen, mit einer fast schon philosophischen Bemerkung ab: »Ich bringe immer gern zu Ende, was ich angefangen habe.«

Laurie dachte, sie würden danach vielleicht wieder ins Bett gehen, doch Paul hatte jetzt etwas Zielstrebiges an sich. Das gemeinsame Duschen war schön, aber kurz. Wenig später waren sie angezogen und auf dem Weg zum Bahnhof Tufnell Park. Paul musste sich eine Fahrkarte kaufen; das zeigte Laurie wieder, wie selten er die U-Bahn benutzte.

Der erste Zug fuhr über Bank nach Morden; am anderen Ende würden sie nicht weit laufen müssen. In zehn Minuten waren sie wieder in Euston Station. Stunden zuvor war Laurie diesen Bahnsteig im Stockfinstern entlanggehastet. Ein paar Tage davor war sie Zeugin geworden, wie ein Mann von einem anderen Bahnsteig nur zwanzig Meter entfernt vor einen Zug gestürzt war. Es war erstaunlich, wie anders es sich jetzt anfühlte, im Hellen und mit Paul an ihrer Seite. In einer Woche oder so ging es ihr bestimmt wieder gut.

Da war der Rost, durch den Laurie den Schlüssel geschoben hatte. Selbst bei Licht, stellte sie zufrieden fest, war es sehr schwer, zwischen den schräg stehenden Stäben hindurchzusehen. Ein besseres Versteck hätte sie sich nicht aussuchen können. Paul stand neben ihr und schirmte sie mit seinem Körper vor eventuellen Überwachungskameras ab, als sie sich hinhockte, mit der Hand über den untersten Schlitz in dem Rost fuhr und fast sofort auf das Messingplättchen stieß. Sie musste mit den Fingern ein bisschen daran rütteln, um es herauszubekommen; dann stand sie wieder aufrecht neben Paul, und beide betrachteten den Schlüssel mit seinem nummerierten Anhänger, der auf ihrer Handfläche lag.

»Also, was meinst du?«, fragte Paul.

Laurie fand, das sei doch ganz offensichtlich. »Ich dachte, das könnte ein Schlüssel für ein Schließfach sein. So was muss es hier doch geben. Damit sollten wir anfangen.«

Paul nickte zustimmend.

Oben im Bahnhofsgebäude sah Laurie sich suchend um, bis sie das Schild mit der Aufschrift »Gepäckaufbewahrung« fand. Sie machte Paul ein Zeichen, ihr zu folgen, doch der schaute gerade auf sein Handy. Als er aufblickte, sah sie ihm an, was er gleich sagen würde. »Tut mir leid, im Fitnessstudio gibt's eine kleine Krise. Die Heizung vom Swimmingpool ist ausgefallen. Ich soll mich darum kümmern.«

»Na, dann komm her.« Laurie schlang die Arme um ihn und gab ihm einen Abschiedskuss, einen richtigen, wünschte sich, dass er es ihr gleichtun würde, wollte die Erinnerung daran heraufbeschwören, wie sie den Morgen verbracht hatten. Paul jedoch ließ den Mund fest geschlossen. Er hielt sie zwar weiter fest, bog sich jedoch zurück und sagte lächelnd: »Ich muss jetzt wirklich los. Lass mich wissen, wie du weiterkommst, dann können wir heute Abend reden.«

Laurie ließ die Arme sinken. Paul trat zurück, beugte sich noch einmal für ein kleines Küsschen vor und machte auf dem Absatz kehrt. Sie sah ihm nach, als er den Bahnhof verließ und dabei noch einmal winkte. Sogar von hinten sah er sexy aus. Laurie hatte schon öfter gehört, dass Männer Frauen »mit den Blicken auszogen«, jetzt jedoch wurde ihr klar, dass sie dasselbe tat. Natürlich half es, wenn man die betreffende Person schon einmal nackt gesehen hatte. Sie ging zur Gepäckaufbewahrung.

Schon bevor Laurie dort ankam, war mehr oder weniger klar, dass sie hier falsch war. Es gab einen Tresen, dahinter einen Mann und hinter diesem reihenweise Metallregale voller Koffer und Rucksäcke. Nicht ein Schließfach weit und breit. »Gibt's hier nicht«, antwortete der Mann auf Lauries Frage. »Und auch in keinem anderen Londoner U-Bahnhof«, fügte er noch hinzu.

Nun ja, zumindest ersparte ihr diese letzte Information eine nutzlose Fahrt nach King's Cross. Was jetzt? Versuchsweise zeigte sie dem Mann den Schlüssel, um zu sehen, ob ihm dazu etwas einfiel.

»Gefunden, wie?« Er grunzte etwas Unverständliches. »Den sollten Sie abgeben, die Polizei ist gleich da drüben.« Damit zeigte er nach links.

Laurie dankte ihm und ging in die angegebene Richtung, marschierte jedoch am Polizeirevier und den unerfreulichen Erinnerungen, die es beherbergte, vorbei. Nach all der Mühe, die sie und Paul sich gemacht hatten, um des Schlüssels habhaft zu werden, war es das Letzte, was sie wollte, ihn der Polizei auszuhändigen. Als der Mann von der Gepäckaufbewahrung sie nicht mehr sehen konnte, verließ sie das Bahnhofsgebäude durch eine Seitentür, die auf einen kleinen Parkplatz hinausführte. Zwei Bahnangestellte und ein Polizist standen dort; sie rauchten und genossen die zwanglose Verbundenheit, die ein gemeinsames Laster mit sich bringt. Die drei konnte sie jedenfalls nicht wegen des Schlüssels fragen.

Laurie ging um den Bahnhof herum zurück zur Vorderseite und überlegte, welche Optionen ihr blieben. Wo hatten Leute heutzutage Schließfächer oder Spinde? In Schulen? In Fitnessstudios? Sie dachte an Paul. Das war doch bestimmt zumindest einer Überlegung wert.

Er meldete sich fast sofort. »Hi. Das ging ja schnell. Was gefunden?«

»Nein, und anscheinend gibt es auf keinem Londoner U-Bahnhof Schließfächer. Ich habe überlegt, vielleicht irgendein Fitnessstudio.«

»Gute Idee«, meinte Paul. »Aber nicht unseres. Wir haben auf Zahlenschlösser umgestellt, aber ich bin mir ziemlich sicher, dass sie bei PureGym und bei Virgin immer noch Schlüssel haben. Da könntest du es ja mal versuchen. Muss jetzt Schluss machen. Bis dann.«

Hmm. Wie viele Fitnessstudios gab es in London? Zumindest Pauls konnte sie ausschließen – nur wusste Laurie natürlich nicht, in welchem Paul arbeitete. Sie rief ihn noch einmal an, um das herauszufinden, doch diesmal sprang sofort die Mailbox an. Sie hatte keine Lust, eine Nachricht zu hinterlassen.

Vielleicht konnte sie ihre Suche ja eingrenzen. Laurie öffnete den Internet-Browser auf ihrem Handy und startete eine Suche. Es dauerte nicht lange herauszufinden, dass es im Umkreis von fünf Gehminuten rund um Euston Station ein halbes Dutzend Fitnessstudios gab. Sie rief bei dem ersten auf der Liste an.

Sie hätte einen Spindschlüssel auf der Straße gefunden, von dem sie glaubte, er könnte einer von ihren sein. Hätten ihre Spinde und Schließfächer noch Schlüssel? Ja? Vielleicht könnte sie den Schlüssel, den sie gefunden hatte, ja kurz beschreiben?

Nur ein Telefonat war nötig, damit Laurie klar wurde, dass sie wahrscheinlich nicht viel Glück haben würde. Bei PureGym hatten die Schließfächer zwar Schlüssel, doch die waren an Armbändern befestigt, damit sie während des Trainings getragen werden konnten, und Anhänger aus Messing hatten sie auch nicht. Dasselbe traf auf Virgin Active, TriYoga und Gymbox zu. Anscheinend war Paul so an Zahlenschlösser gewöhnt, dass er nicht bedacht hatte, was die Alternative bedeutete. Damit würde sie ihn aufziehen können, wenn sie sich das nächste Mal trafen.

Laurie hatte vielleicht nicht herausgefunden, woher der Schlüssel stammte, doch sie hatte das Gefühl, Fortschritte gemacht zu haben. Nicht so sehr, weil sie sowohl den Bahnhof als auch Fitnessstudios als mögliche Kandidaten ausgeschlossen hatte, das hatte an sich ja nicht viel zu bedeuten. Sondern eher, weil sie instinktiv ahnte, dass sie recht damit hatte, nach irgendetwas in der Nähe von Euston Ausschau zu halten. Der Mann hatte den Schlüssel in der Hand gehabt, als er auf dem Bahnsteig gestanden hatte. Bestimmt hatte er an jenem Morgen irgendetwas in dem Schließfach verstaut und war dann zur U-Bahn gegangen. Wenn sie jemanden finden wollte, der den Schlüssel wiedererkannte, dann konnte sie kaum irgendwo besser herumfragen als hier vor dem Bahnhof.

Die Leute, die über den Euston Square hasteten, nützten ihr nichts. Die hatten es eilig und waren durch den jahrelangen Umgang mit Londoner Bettlern darauf konditioniert, Blickkontakt mit Fremden, die auf sie zukamen, zu meiden. Laurie konnte es ihnen nicht verdenken; erst vor ein paar Monaten, als sie noch recht neu in London gewesen war, hatte eine elegant gekleidete Frau sie hereingelegt, der »von einem Taschendieb das Portemonnaie gestohlen worden war« und die »zehn Pfund fürs Taxi« gebraucht hatte. Sie brauchte Leute, die zuhören würden, mit denen sie wenigstens ins Gespräch kommen konnte.

Die Bushaltestelle war der richtige Ort dafür, doch selbst dort fand Laurie es erstaunlich schwer, mit jemandem ins Gespräch zu kommen. Schließlich hatte sie Erfolg bei jemandem, den sie im Stillen nur als »kleine alte Oma« bezeichnen konnte: über achtzig, mit einem altmodischen Einkaufsrolli auf dem Heimweg von irgendwoher und vermutlich froh über Gesellschaft.

»Oh, hallo. Was ist denn das? Den haben Sie gefunden, sagen Sie? Sieht ja ziemlich wichtig aus, nicht wahr? Den vermisst bestimmt jemand. Und der ist Ihnen sicher dankbar, dass Sie sich all die Mühe machen. Nein, hab leider keine Ahnung. Wenn ich Sie wäre, würde ich damit zur Polizei gehen. Habe ich auch mal gemacht. Hab mal einen Fünf-Pfund-Schein auf dem Gehsteig gefunden. Also, das war vor vierzig Jahren, da waren fünf Pfund noch was wert. Bin damit zur Polizei gegangen. Die haben gesagt, wenn den nach sechs Wochen keiner abgeholt hat, kriege ich ihn wieder. Und wissen Sie was? Keiner hat ihn abgeholt. Nach sechs Wochen bin ich wieder hin, und er war noch da. Habe meinem Cyril ein schönes Steak gekauft, zum Abendessen. Sie hätten sein Gesicht sehen sollen! Oh, da kommt mein Bus, Liebes. An Ihrer Stelle würde ich damit zur Polizei gehen.«

Es war der Mann hinter der kleinen alten Oma, der Laurie zum Durchbruch verhalf. Genau wie der Rest der Wartenden hatte er das Gespräch notgedrungen mit angehört und war auf den Schlüssel aufmerksam geworden. Ehe er in den Bus stieg, lächelte er Laurie an und sagte: »Der könnte aus der British Library sein. Da gibt's Schließfächer im Keller, mit genau solchen Schlüsselanhängern, und das ist gleich die Straße hoch.«

Die British Library? Laurie dachte an den Mann, der den Schlüssel hatte fallen lassen, an seinen grauen Leinenanzug und seine unauffällige Eleganz. Konnte sie sich ihn als Intellektuellen vorstellen, der in Bücherregalen herumstöberte? Warum nicht? Nicht jeder brillante Kopfmensch sah aus wie Dad. Und außerdem, einen besseren Tipp hatte sie nicht, und allmählich war sie es leid, sich sagen zu lassen, dass sie den Schlüssel zur Polizei bringen sollte. Vielleicht würde sie das tun, wenn sich die British Library als Fehlanzeige erwies. Sie konnte ja sagen, sie hätte den Schlüssel in der U-Bahn gefunden, und es dabei bewenden lassen, allerdings würde sie das natürlich zuerst mit Paul besprechen.

Laurie war sich vage bewusst, dass sie an der British Library vorbeigekommen war, wenn sie – was selten der Fall gewesen war – mit dem Bus nach Tufnell Park zurückgefahren war. Bisher jedoch hatte sie nie einen Grund gehabt, das Gebäude zu betreten. Bibliotheken gehörten zu dem Leben, das sie geführt hatte, bevor Mum ums Leben gekommen war. Sie würde dort fehl am Platze sein, das wusste sie.

Dennoch sprach niemand sie an, als sie durch den Eingang an der Euston Road ging. Wie sie kurz darauf begriff, war das auch nicht weiter überraschend, denn dieser Eingang führte lediglich auf einen mit rotem Backstein gepflasterten Platz. Überall liefen Menschen herum; manche genossen einfach nur den Sonnenschein, manche bewunderten die gewaltige Skulptur eines Mannes, der über einem geometrischen Instrument kauerte, andere marschierten zielstrebig auf die Gebäude in der gegenüberliegenden Ecke zu. Laurie schloss sich ihnen an und versuchte, so auszusehen, als wisse sie genau, wo sie hinwollte.

An den Glastüren, die von dem Platz ins Gebäude führten, hingen Schilder, die verkündeten, dass Taschen aus Sicherheitsgründen überprüft würden, doch selbst hier konnte Laurie einfach durchgehen und kam in ein Atrium, das zumindest nach außen hin ebenso für Besucher wie für Gelehrte gedacht war: Ausstellungsräume zur Linken, die prachtvolle Skulptur eines offenen Buches – groß genug, um als Sitzbank zu dienen – unmittelbar rechts von ihr und direkt vor ihr Rolltreppen, die zu einem gigantischen Bücherstapel in einem Glaskasten hinaufführten. Vielleicht wäre dies ja doch gar kein so schlechter Ort, um ihren unverhofften freien Tag zu verbringen. Doch Touristin zu spielen konnte warten; Laurie hatte im Untergeschoss etwas zu erledigen.

Der Weg nach unten war leicht zu finden, gleich rechts von einem großen Informationsstand. Laurie folgte den Schildern zu den Schließfächern und warf dabei einen kurzen Blick auf ein nichtssagendes Bild, auf dem Bücherregale waren. Dann blieb sie stehen, verwirrt von dem, was sie gerade gesehen hatte. Die Regale auf dem Bild schienen sich zu biegen und ihrem Weg zu folgen, als sie vorbeiging. Trotz der Dringlichkeit ihres Anliegens musste sie sich das genauer anschauen. Erst als sie direkt neben dem Bild stand, konnte sie erkennen, was da los war. Es war in Reliefs gemalt, mit Erhebungen, die so mit den Enden der Regale korrespondierten, dass es die Perspektive veränderte. Laurie trat zurück und stand still; wieder hatte sie ein scheinbar ganz gewöhnliches Bild vor sich. Es war die beste optische Täuschung, die sie je gesehen hatte. Dann ging sie weiter, milde erfreut über die Überraschung, die sie gerade erlebt hatte.

Es waren noch ein paar andere Leute in dem Raum mit den Schließfächern, als Laurie dort ankam. Alle waren vor geöffneten Türen beschäftigt, stopften Laptops und Schreibmaterial in durchsichtige Plastiktüten. Wieder überkam Laurie das Gefühl, dass sie nicht hierhergehörte, doch die Anhänger, die sie an den paar Schlüsseln in den Türen der unbenutzten Fächer hängen sehen konnte, sahen tatsächlich so aus wie der an dem Schlüssel, den sie in der Hand hielt, und die Schilder am Ende jedes Gangs verrieten ihr, dass die Schließfachnummern über die 900 hinausgingen. Laurie versuchte, ganz locker zu wirken, als sie auf Fach Nummer 869 zustrebte.

Da war es. Das Schlüsselloch lockte. Gerade wollte Laurie den Schlüssel dort hineinstecken, als sie sah, dass die Tür bereits offen und das Fach leer war. War es das jetzt? Das Ende dieses ganzen Irrsinns? Warum war sie nicht enttäuschter? Die beginnende Beziehung mit Paul relativierte irgendwie alles. Warum war es ihr immer noch wichtig, was irgendein namenloser Mann in der British Library hinterlassen hatte, bevor er vor einen Zug gestürzt war?

Aber sie hatte ihn sterben sehen; auf irgendeine Weise war sie für seinen Tod verantwortlich gewesen. Es war ihr wichtig. Sie war es ihm schuldig. War das Schließfach aufgebrochen worden? Geschah das, wenn man ein Schließfach in der British Library eine Woche lang unbeachtet ließ? Es war schwer, sich einen der Akademiker um sie herum als Dieb vorzustellen, aber schließlich konnte ja hier jeder einfach hereinspazieren. Das hatte sie doch eben auch getan.

Laurie sah sich um. Direkt über ihr war eine Halbkugel aus Glas an der Decke angebracht; dahinter war bestimmt eine Kamera. Jeder, der versuchte, ein Schließfach zu knacken, würde ein enormes Risiko eingehen. Außerdem, überlegte Laurie, hielt die British Library wahrscheinlich nicht viel davon, dass irgendwelches Zeug über Nacht in den Schließfächern gelassen wurde. Tatsächlich hing da ein Zettel an der Wand, auf dem genau das stand. Was würde also mit dem Inhalt eines Schließfachs passieren, wenn das Fach von einem Mitarbeiter geleert worden war und nicht von einem Dieb?

Der Wachmann, der gerade Dienst hatte, war sehr freundlich. Betroffen hörte er sich Lauries Geschichte von einer plötzlichen Erkrankung an, dass sie eine Woche nicht zu ihrem Schließfach hätte kommen können und es heute Morgen leer vorgefunden hätte: Hatte der Sicherheitsdienst die Fächer geleert?

»Wir notieren uns die Schließfachnummern nicht«, meinte der Wachmann, während er einen Aktenordner hervorholte, »aber alles, was gefunden wird, sollte hier drin verzeichnet sein. Was fehlt Ihnen denn?«

Laurie fand ihre Antwort absolut glaubhaft. »Eine Fahrradtasche und mein Fahrradhelm.«

Der Mann blätterte den Ordner durch und fuhr mit einem Stift eine Liste hinab. »Ich kann nichts finden. Wann war das noch mal?«

»Letzten Dienstag, am 21.«

»Hm.« Der Wachmann zeigte Laurie die entsprechende Seite. »Da ist den ganzen Tag nichts abgegeben worden. Sind Sie sicher, dass Sie die Sachen im Schließfach gelassen haben? Dann füllen Sie wohl mal lieber ein Formular aus.«

Brav füllte Laurie das Formular aus, das der Mann für sie ausdruckte, und tröstete sich mit dem Gedanken, dass der Bericht über ihre frei erfundenen verlorenen Habseligkeiten abgeheftet und vergessen werden würde, sobald sie den Raum verließ. Um wirklich glaubwürdig zu sein, dachte sie bei sich, müsste sie sich jetzt eigentlich beschweren, vielleicht sogar ein bisschen herumschimpfen, wegen des laxen Umgangs mit den Fächern, der zu diesem Verlust geführt hatte. Doch auf solche Schauspielerei hatte sie keine Lust. Stattdessen brachte sie ein klägliches Lächeln und ein genuscheltes »Nächstes Mal passe ich besser auf« zustande, woraufhin der Wachmann wenigstens mitfühlend die Augenbrauen hochzog, als sie ging.

Draußen fiel Lauries Blick abermals auf das Bild, das sie vor ein paar Minuten so faszinierend gefunden hatte. Obgleich der rationale Teil ihres Gehirns genau wusste, wie das Bild funktionierte, schienen sich die Bücherregale noch immer zu biegen und ihr zu folgen.

Das eigentliche Problem war natürlich, was sie Paul sagen sollte. Einerseits freute sich Laurie darüber, dass sie die Herkunft des Schlüssels so schnell ermittelt hatte. Andererseits war sie enttäuscht, dass dieses Wissen zu nichts geführt hatte. Wie würde

Paul reagieren? Würde er sie aufbauen? Laurie glaubte, ihn gut genug zu kennen, um das zu hoffen. Sie rief ihn an, um es ihm zu erzählen, beschloss aber, ihm nicht auf die Mailbox zu sprechen. Das konnte bis heute Abend warten.

Wie sollte sie derweil den Rest des Tages verbringen? Die Ausstellungsräume dort drüben waren erstaunlich verlockend, aber ein Nachmittag darin würde ihr nicht helfen herauszufinden, warum der Mann einen Schlüssel der British Library gehabt hatte.

Es musste eine Möglichkeit geben, mehr über ihn in Erfahrung zu bringen. Laurie dachte an seine sorgfältige Kleidung, an den Anzug, durch den er sich von den anderen Pendlern auf dem Bahnsteig unterschieden hatte. Sie wusste noch nicht einmal seinen Namen. Aber es musste doch möglich sein, den herauszufinden.

Zuerst jedoch könnte sie ihr Fahrrad holen. Laurie marschierte von der British Library zum Bahnhof Mornington Crescent und genoss dabei den Sonnenschein. Sie nahm eine Abkürzung durch ein kleines Labyrinth aus Straßen und schäbigen Wohnsiedlungen.

Selbst am südlichen Ende der Camden High Street, weit weg von den Märkten, war eine Menge los. Alles war so anders als gestern Nacht, dadurch kam ihr die ganze Episode noch mehr wie ein Traum vor. Das Gitter vor dem Bahnhofseingang war zur Seite geschoben, von dem Bolzenschneider, den Paul zu Beginn ihres Abenteuers dahinter versteckt hatte, war nichts zu sehen. Vermutlich hatte er ihn mitgenommen, als er hier herausgekommen war. Wenn sie sich das nächste Mal sahen, musste sie ihn fragen, was er damit gemacht hatte.

Das Fahrrad war noch dort, wo Laurie es gestern Nacht angeschlossen hatte, und sie war in zehn Minuten zu Hause. Die nächste Stunde jedoch war nicht zufriedenstellend. Trotz all ihres Geschicks als Internetsurferin konnte Laurie nichts über den Mann in Erfahrung bringen, den sie vor den Zug hatte fallen sehen. Es gab keine Website, auf der Untersuchungen zu solchen Fällen aufgelistet waren, und auch keine Nachrichtenartikel über einen Mann, der unter einen Zug geraten war. Auf jede Anfrage, die ihr einfiel, wurden Hunderttausende Links angeboten, doch keiner davon schien auch nur annähernd relevant zu sein. Um zwei Uhr war sie bereit, sich geschlagen zu geben.

Es gab noch etwas Nützliches, was Laurie mit ihrer Zeit anfangen könnte. Die Arbeit, die sie für Michael machte, war so öde, immer das Gleiche; es gab doch bestimmt eine Möglichkeit, den Computer dazu zu bringen, das für sie zu erledigen. Natürlich konnte sie zu Hause nicht an dem eigentlichen Modell arbeiten – das verstieß gegen die Unternehmensvorschriften –, aber wenigstens konnte sie das tun, was sie sich im Büro nie traute, und ein bisschen mehr darüber herausfinden, wozu Excel fähig war. Genau so etwas konnte das Internet doch gut.

Sechs Uhr. Wann würde Paul anrufen? Vielleicht würde er es ja schaffen, zum Abendessen zu kommen. Jedenfalls musste Laurie dringend etwas mit dem ganzen Gemüse anstellen. Suppe schien die beste Antwort zu sein. Wie wäre es mit einer aus Roten Beten, Lauch und Tomaten? Ob Paul etwas gegen ein Essen ohne Fleisch hätte? Nein, natürlich nicht. Ihr erstes Date hatte doch in einem vegetarischen Restaurant stattgefunden. Wenn sie es recht bedachte, hatte sie ihn noch nie Fleisch essen sehen. Da war natürlich das Sushi von gestern Abend gewesen. Vielleicht war er ja Vegetarier, aß aber Fisch? Sie würde ihn fragen müssen, was er mochte.

Jess machte sich bemerkbar, sobald sie zur Tür hereinkam. »Irgendwas riecht hier total lecker. Ist das etwa für mich?«

Laurie seufzte. Schon sieben Uhr, und Paul hatte immer noch nicht angerufen.

DIENSTAG, 28. JULI

8.30 UHR

Erst als Laurie im Büro ankam, gestand sie sich ihre Enttäuschung ein. Auf dem Weg zur Arbeit mit dem Fahrrad war von Paul weit und breit nichts zu sehen gewesen. Wie groß war die Chance, dass sie sich noch einmal so über den Weg liefen? Wahrscheinlich wäre es gar nicht so schwer, das einzufädeln. Die Kreuzung, wo die Eversholt Street auf die Euston Road stieß – da, wo sie sich letzte Woche zum zweiten Mal begegnet waren –, das wäre die beste Stelle. War es vertretbar, dort zu warten? Oder verwandelte sie sich gerade in eine durchgeknallte Stalkerin? Was hinderte sie denn daran, ihn einfach anzurufen?

Michael saß bereits an seinem Schreibtisch und sah – wenn das überhaupt möglich war – noch blasser aus als vor dem Wochenende. Er würdigte Laurie kaum eines Blickes, doch eine Aura der Panik umgab ihn: die Aura eines Menschen, der nicht in Stimmung war, sich von einer Sekretärin vorschlagen zu lassen, wie man es anders machen könnte. Wahrscheinlich war es am besten, wenn sie ihm einfach zeigte, wie es ging.

Also dachte Laurie nicht mehr an Paul, an Schlüssel, an Männer unter Zügen und konzentrierte sich auf die Arbeit – darauf, ihr Gehirn zu benutzen, wie Dad es ausdrücken würde. Wann hatte sie zum letzten Mal mehr getan, als absolut notwendig war? Vor Mums Tod natürlich. Danach hatte sie aufgehört, sich Mühe zu geben. Trotz des wenig fordernden Lebens, das sie die letzten Jahre mit voller Absicht geführt hatte, musste Laurie sich unwillkürlich eingestehen, dass es etwas durchaus Befriedigendes hatte, sich Mühe zu geben.

»Wissen Sie, dass Sie gerade schon zum zweiten Mal innerhalb einer Woche die Mittagspause durchmachen?«

Peinlich berührt schaute Laurie auf und sah, dass Linda neben ihr stand. Das stimmte, wurde ihr klar. Nie hatte sie eine der anderen Sekretärinnen so etwas tun sehen. Verstieß sie hier gegen irgendeine ungeschriebene Regel? »Es ist nur …«, setzte sie an und verstummte dann. Wenn sie etwas falsch gemacht hatte, würde alles, was sie sagte, es nur noch schlimmer machen. Außerdem, wenn es schon so spät war, könnte sie einen Anruf von Paul verpasst haben. Sie holte ihr Handy hervor – nichts – und merkte dann, dass Linda immer noch dastand. Das war jetzt unhöflich; Laurie spürte, wie sie rot wurde.

Doch Linda lächelte. »Keine Angst. Ich bin nur hier, um Ihnen das hier zu geben.«

»Das hier« war ein rückwirkender Antrag für einen Urlaubstag für gestern. Linda reichte ihn ihr mit einem guten Rat: »Sie hätten sich einfach krankmelden sollen. Weniger Papierkrieg, solang es nicht mehr als drei Tage sind. Stört niemanden. Ist ja nicht so, als würden Sie sich so was zur Gewohnheit machen.«

»Danke.«

Laurie nahm das Formular und hätte sich wieder ihrem Computer zugewandt, doch Linda hatte offensichtlich noch mehr zu sagen. »Ich habe auch noch nicht zu Mittag gegessen. Haben Sie Lust mitzukommen?«

Laurie schaute zu Michael hinüber, der sie immer noch ignorierte, wie schon den ganzen Vormittag. Dann blickte sie zu Linda auf. »Klar«, antwortete sie. »Das wäre prima.«

Bei einer Pizza erfuhr Laurie einiges über Lindas Leben; dass jetzt, wo die Kinder in der Schule waren, alles ein bisschen leichter sei. Sie nahm um halb acht den Zug in die Stadt, aber Steve konnte die beiden beim Schulfrühstück absetzen, ehe er selbst zur Arbeit bei der Gemeindeverwaltung fuhr. Dann machten sie nach dem Unterricht in der Schule Hausaufgaben. Das ging bis halb sieben, deswegen verließ Linda immer um Punkt halb sechs das Büro, um sie abzuholen. Wenn ihr Zug Verspätung hatte, musste sie Steve anrufen, und der musste die Zeit dann an einem anderen Tag nacharbeiten. Natürlich entgingen ihr so Überstunden, und sie brauchte Laurie nicht zu sagen, dass man mit Überstunden richtig Geld machte, doch sie verdiente immer noch genug, sodass es den langen Weg zur Arbeit rechtfertigte. Seit fünf Jahren machte sie das jetzt – nur sechs Leute im Büro waren länger dort.

»Aber die Kinder haben doch im Moment Ferien, oder? Wie kriegen Sie das hin?«

»Wem sagen Sie das? Sechs Wochen. Es ist toll, sie mehr um mich zu haben, und sie brauchen die Ferien auch, die armen Kleinen, aber das alles zu organisieren ist die Hölle. Meine Mum hilft uns ein bisschen, Steve und ich nehmen uns nacheinander frei. Und dann fahren wir alle zusammen eine Woche nach Spanien. Ich kann's kaum erwarten.«

»Und wie haben Sie Steve kennengelernt?« Laurie hoffte, dass sie mit dieser Frage nicht eine inakzeptable Grenze zur plumpen Vertraulichkeit überschritt.

»Im Salsa-Kurs!« Linda lachte. »Also, wenn ich jetzt Single wäre, würde ich's wahrscheinlich mit Partnersuche übers Internet versuchen, aber vor zehn Jahren, ich glaube, da hatte ich davon noch nie gehört. Damals habe ich bei BarCap gearbeitet, war Team-Assistentin im Bereich Unternehmensfinanzierung und habe gut verdient. Da konnte ich natürlich ordentlich Überstunden machen. Abends war ich meistens nicht vor neun zu Hause; ich habe noch bei Mum und Dad gewohnt. Jedenfalls, kennengelernt habe ich da niemanden. Die Jungs in der Bank hatten kein Interesse. Oder vielmehr, Interesse schon, aber immer nur an dem einen, wenn Sie verstehen, was ich meine. Ich habe bald gemerkt, dass das schwachsinnig war, also habe ich mich da ausgeklinkt, bevor ich den falschen Ruf weghatte. Und dann habe ich einen Salsa-Kurs gemacht, um Leute kennenzulernen. Erste Tanzstunde – und da war Steve. Tanzen war nicht gerade seine Stärke, das kann ich Ihnen sagen. Er war aus demselben Grund da. Wir haben angefangen, uns zu unterhalten, und eins hat zum anderen geführt. Zur zweiten Stunde sind wir gar nicht mehr hingegangen. Und den Kurs haben wir auch nicht bezahlt!« Linda lachte abermals. »Also, haben Sie einen Freund, einen Lebensgefährten oder was auch immer?«

»Nein … na ja, vielleicht. Ich meine, ich weiß es nicht.« Laurie konnte die Hitze bis in die Kopfhaut fühlen, als ihre Antwort stockend erstarb. Sie war ja selber schuld, das wusste sie, weil sie das Thema angeschnitten hatte.

Linda war betreten, aber nur ganz kurz. »Entschuldigung – persönliche Frage, geht mich nichts an. Ich finde es gut, dass Sie im Büro für sich bleiben. In Ihrem Alter war ich nicht zurückhaltend, das kann ich Ihnen sagen.«

Laurie sah Linda an. Wollte die sie ärgern? Sollte sie einfach mitspielen? In dem freundlichen, prüfenden Blick, mit dem die Ältere sie musterte, lag nichts Hinterlistiges.

»Es ist nur, na ja, ich schließe nicht leicht Freundschaften; oder ich habe jedenfalls keine geschlossen, seit ich nach London gezogen bin. Am Wochenende fahre ich meistens zurück nach Somerset und besuche meinen Dad. Vielleicht sollte ich's ja mal mit einem Salsa-Kurs versuchen.« Laurie lächelte, froh, ihre Beichte durch einen Scherz entschärft zu haben.

»Ist ja auch eine Riesenstadt.« Linda nickte. »Nicht, dass ich jemals in London gewohnt hätte, natürlich. Auf jeden Fall würde ich mich nie trauen, hier Fahrrad zu fahren. Ganz schön beeindruckend, wie gut Sie sich hier anscheinend auskennen. Wie lange wohnen Sie jetzt schon hier? Noch kein Jahr?«

Laurie nickte.

»Also, hört sich für mich an, als bräuchten Sie sich keine Sorgen zu machen. Und außerdem – und das ist jetzt keine Neugier –, wenn Sie einen Freund haben, dann ist das doch eine prima Methode, Ihrem Soziallleben auf die Sprünge zu helfen. Sie brauchen keinen Salsa-Kurs. Rufen Sie ihn an! Schleifen Sie ihn durch die Clubs!«

Zurück im Büro, dachte Laurie darüber nach, was Linda gesagt hatte. Sollte sie Paul anrufen, jetzt gleich? Der Gedanke war ungeheuer reizvoll: Sie sollte lieber erst darüber nachdenken. Außerdem saß Michael immer noch da und tippte vor sich hin. Egal, wie beharrlich er ihrem Blick im Moment auswich, er würde trotzdem kaum verhindern können, das Gespräch mitzuhören. Und außerdem kam sie mit ihren Excel-Makros allmählich voran. Mit ein bisschen Glück würde sie ihm in ein paar Stunden etwas zeigen können.

FREITAG, 31. JULI

18 UHR

Okay«, sagte Michael, »ich habe Henry gerade das Modell gemailt, es wird also in seinem Posteingang sein, wenn er landet. Ich könnte mir vorstellen, dass er am Montag mit uns darüber reden will. Bis dahin haben wir alles getan, was wir konnten. Danke für Ihre Hilfe, Laurie, das war wirklich toll von Ihnen. Und jetzt gehe ich nach Hause. Ich würde Ihnen raten, dasselbe zu tun. War eine lange Woche.«

Laurie hörte auf, in den Sensitivitätsberechnungen ihrer Tabellenkalkulation herumzuklicken – in den letzten paar Tagen hatte sie angefangen, ihr gemeinsames Projekt so zu nennen –, und warf einen Blick auf die Uhr ihres Computers: gleich halb sieben. Sie schaute gerade noch rechtzeitig hoch, um Michael von der Tür her ein letztes Mal winken zu sehen. Bisher war sie noch nie hier gewesen, wenn er gegangen war. Die Schreibtische um sie herum waren praktisch verwaist. Es hatte keinen Sinn, länger zu bleiben. Aber was sollte sie jetzt tun?

Jess würde heute Abend wahrscheinlich nicht zu Hause sein. Laurie erinnerte sich an ihre kurze Begegnung im Flur vor ein paar Tagen: gerade lange genug, dass Jess sie hatte drücken und ihr erzählen können, dass sie auf einer Vernissage diesen »tollen Mann« kennengelernt hätte, und fragen, ob alles okay sei. Aber nicht lange genug, dass Laurie diese Frage hätte beantworten können. Jess hatte eine Reisetasche dabeigehabt; offensichtlich hatte sie nicht vor, allzu bald zurückzukommen. Josh und Lizzie waren mit ein paar anderen Paaren aus ihrer Elterngruppe verabredet; darauf hatten sie sich schon gefreut, als Laurie sie vor einer Woche gesehen hatte. An jedem bisherigen Freitag hätte die Antwort gelautet: nach Hause fahren. Dad würde es nichts ausmachen, dass sie sich so kurzfristig ansagte. Heute jedoch bestand kein Zweifel daran, was sie wollte: sich mit Paul treffen.

Nun, jetzt konnte Laurie tun, was sie sich schon die ganze Woche vorgenommen hatte. Sie würde ihn anrufen, und diesmal würde sie ihm auf die Mailbox sprechen.

Auch nachdem sie sie im Laufe der Woche so oft gehört hatte, ließ Pauls Stimme Lauries Herz immer noch rasen, als er ihr mitteilte, dass er gerade nicht da sei. Trotzdem ließ sie sich durch die Ansage nicht davon abhalten, ihre vorformulierte Nachricht aufzusprechen. »Hi, Paul, hier ist Laurie. Ich hoffe, du hattest eine schöne Woche. Meine neueste Nachricht ist, dass ich das Schließfach gefunden habe, zu dem der Schlüssel passt. Ruf mich an, dann erzähl ich's dir.«

Es war fast sieben, als Laurie nach Hause kam. Auf dem Rückweg fuhr sie immer langsamer als auf dem Hinweg, und diesmal hatte sie noch weniger Lust gehabt als sonst, sich zu verausgaben; sie hatte die ganze Zeit auf einen Anruf gelauscht, der sie vielleicht in die Stadt zurückbeordern könnte. Sie stellte die Fahrradtasche ab und schaute auf ihr Handy. Nein, sie hatte nichts verpasst. Ihre Nachricht war wirklich nicht beantwortet worden – zumindest bis jetzt nicht. Es brachte doch nichts, hier herumzuhängen und auf einen Anruf zu warten, der vielleicht gar nicht kommen würde. Zeit für eine abendliche Laufrunde.

War es die Erinnerung an Paul, die Lauries Füße zum Hampstead Heath lenkte? Es erschien ihr ganz natürlich, nach rechts abzubiegen und in diese Richtung zu joggen. Sie kam bei den Tennisplätzen in den Park, legte an Tempo zu und lief in Richtung Norden, zog an Leuten mit Hunden vorbei und überholte andere Läufer. Eine Zeit lang hielt sie mit einem Radfahrer mit, der hier gar nicht hätte fahren dürfen, bevor sie zwischen zwei Teichen davonflitzte. Dies alles war neu für sie, und ihr gefiel der Gedanke, unbekanntes Terrain zu erforschen, sich in einer Millionenstadt zu verlieren. Sie überquerte eine Straße und kam in einen Teil des Heath, von dessen Existenz sie gar nicht gewusst hatte. Nur die zwischen den Bäumen sichtbaren Häuserrückseiten und das allgegenwärtige Hintergrundtosen des Verkehrs zeigten ihr, dass sie in einem Park war und nicht in einem uralten Wald. Ein Teich, ganz grün vor Entengrütze, strahlte Stille aus. Die Abendsonne fiel schräg durch das Laubdach.

Laurie hatte die Einsamkeit gefunden, die sie suchte, doch mit dieser Einsamkeit kam auch ein deutliches Gefühl der Bedrohung. Sie erinnerte sich an die Geschichten, die sie gehört hatte, darüber, was in der Abenddämmerung in manchen Teilen des Parks geschah. Ihr Nacken prickelte vor Angst. War das dort der Schatten eines Menschen? Die Bäume schienen einen Tunnel zu bilden, hielten das Licht fern, weckten Erinnerungen an die U-Bahn. Laurie wurde schneller und rannte weiter, zurück zum Hauptteil des Heath. Sie gelangte auf einen breiten Weg, eben genug, dass sie sprinten konnte, und mit einem ganz leichten Gefälle, das eine Wohltat für ihre müden Muskeln war. Der Weg führte sie eine Allee aus Buchen und Eichen entlang, über eine Überführung, vorbei an bei ihrem Abendfutter aufgeschreckten Kaninchen und an einer Wiese, wo eine Gruppe Frisbee-Spieler den länger werdenden Schatten trotzte. Jetzt wurde sie wieder langsamer, joggte locker weiter und sog tief die Luft ein, die eben nicht nötig gewesen zu sein schien, als sie ihren Beinen das Äußerste abverlangt hatte. Noch ein leichter Trab bis auf den Hügel, und dann konnte sie bergab trotten, zurück zu den Teichen und dem Trost der Menschenmassen.

Laurie bog gerade in ihre Straße ein, als ein lauter Ruf erschallte: »Hey!« Wie konnte ein einziges Wort so viel Aggression enthalten? Aufs Neue verunsichert, ging Laurie schneller, hoffte, dass der Ruf nicht ihr galt. Es war fast dunkel. Nicht der richtige Zeitpunkt, um unerwünschte Aufmerksamkeit zu erregen.

»Hey!« Schon wieder. »Sehen Sie, was Ihr Scheißköter da gerade gemacht hat?« Laurie entspannte sich. Das hatte nichts mit ihr zu tun. Verstohlen schaute sie über die Straße und suchte nach dem Ursprung der Stimme.

Der Mann sah aus, als wäre er um die fünfzig; er trug ein schmutziges T-Shirt und Nylonhosen, deren Glanz von jahrelangem Tragen zeugte. Er brüllte eine Frau an, die so gut gekleidet war, dass der Kontrast beinahe komisch war: das Einzige, was sie gemeinsam hatten, war, dass sie vielleicht im selben Alter waren. Das Haar der Frau sah frisch frisiert aus, und ihr Sommermantel war ein wunderschöner Farbenwirbel, darunter ein Smaragdgrün, das zu ihrer Tasche und ihren Sandalen passte. Jetzt jedoch gab sie sich alle Mühe, möglichst wenig aufzufallen; mit gesenktem Kopf ignorierte sie sowohl das Gebrüll als auch den Border Terrier, der ohne Leine neben ihr hertrottete.

»Hey!«, schrie der Mann abermals. »'n Scheißriesenhaufen K-vier-c-k-e mitten auf dem Scheißgehsteig? Machen Sie das jetzt vielleicht mal weg, oder was?«

Als Antwort beschleunigte die Frau ihre Schritte. Was würde der Mann jetzt tun? Ihr nachlaufen? Sie zurückzerren? Den Hund einfangen und ihn kidnappen, bis sie ihrer Bürgerpflicht genügt hatte? Gewalt lag in der Luft. Der Mann drehte sich um und begegnete Lauries Blick; sie schaute rasch weg, wollte da nicht hineingezogen werden. Dann holte er mit einem schweren Seufzer und unter halblautem Grummeln einen kleinen grünen Plastikbeutel aus der Tasche, hob mit einer verblüffend geschickten Bewegung die Hinterlassenschaft des Terriers auf und warf sie in einen nahen Mülleimer.

Das war also doch kein Schlägertyp. Die Tatsache, dass er so eine Tüte bei sich hatte, wies ihn als Hundebesitzer aus, der wütend auf seine weniger verantwortungsbewusste Kollegin war, weil sie ihn und seinesgleichen in Verruf brachte. Laurie schämte sich ein bisschen für ihren unwürdigen Verdacht, der lediglich auf – was beruht hatte? Auf schmuddeligen Klamotten und einem aggressiven Tonfall. Aber nicht einmal das stimmte, ging ihr plötzlich auf. Der Mann fluchte nur einfach viel.

Zwei Minuten später war Laurie im Haus. Es war nach zehn. Sie wusste, dass sie duschen sollte, doch sie schaffte es nur noch, sich die Zähne zu putzen, ihre Kleider abzustreifen, auf denen der Schweiß getrocknet war, und in ein leeres Bett zu kriechen.

SAMSTAG, 1. AUGUST

10 UHR

Jess' Abwesenheit hatte den Vorteil, dass Laurie sich in der Badewanne aalen konnte, ohne befürchten zu müssen, dass sie ihrer Cousine in die Quere kam. Sie hatte gerade zum dritten Mal heißes Wasser nachlaufen lassen, als sie die Türklingel hörte.

»Scheiße!« Laurie lag in der Wanne und wünschte sich mit aller Kraft, dass der oder die Betreffende sich vom Acker machte, ganz gleich, wer es war.

Es klingelte abermals. Höchstwahrscheinlich war es Jess, die ihren Schlüssel vergessen hatte. Laurie erhob sich aus dem Wasser, schlang ein Handtuch um sich, um das allerschlimmste Tropfen aufzufangen, und tappte, eine nasse Spur hinter sich zurücklassend, in den Flur. Mehr aus Hoffnung denn aus Erwartung heraus drückte sie den Hörer der Gegensprechanlage ans Ohr: Stille. Die Leitung war so tot wie eh und je. Jess war immer noch nicht dazu gekommen, das Ding reparieren zu lassen. Nun, dies war eine Gelegenheit, sie daran zu erinnern.

Gerade wollte Laurie auf den Knopf drücken, um die Haustür zu entriegeln, als Zugluft ihr über den nassen Nacken strich. Das unwillkürliche Frösteln ließ sie innehalten: Sie wusste doch gar nicht, ob es Jess war; vielleicht war es ja an der Zeit, vernünftig zu sein.

Also ging sie ins Wohnzimmer und streckte den Kopf aus dem Fenster, um auf die Straße zu schauen. »Jess?«, rief sie.

Eine Gestalt mit einem Fahrradhelm trat von der Haustür weg auf den Gehsteig und blickte zu ihr herauf. Nein, das war nicht Jess. Es war Paul. Er hatte eine Papiertüte in der Hand.

»Entschuldige. Ich hätte vorher anrufen sollen, aber ich habe deine Nachricht abgehört und dachte, ich komm einfach mal vorbei. Lust auf ein Croissant?«

Nur Lauries Kopf war sichtbar; Paul konnte nicht wissen, dass sie lediglich mit einem Handtuch bekleidet war, oder? Wieso fühlte sie sich dann plötzlich so nackt? Sie ließ sich einen Moment Zeit mit der Antwort. »Ja, du hättest vorher anrufen sollen. Und ich weiß nicht genau, ob das mit Croissants wirklich wiedergutzumachen ist. Aber danke fürs Vorbeikommen. Moment, ich mach dir gleich auf.«

Laurie machte den Kaffee. Sie hatte Paul draußen warten lassen, während sie sich etwas anzog, war sich seines Blickes jedoch trotzdem immer noch sehr bewusst, als er da am Küchentisch saß. Sie war stolz auf ihre Fertigkeit im Milchaufschäumen – verlorene Liebesmüh bei dem Espresso-Trinker Paul, doch einen Cappuccino für sich selbst zuzubereiten hieß zumindest, dass sie sich mit irgendetwas beschäftigen konnte, während sie sich darauf konzentrierte, Small Talk zu machen. »Mir ist gerade klar geworden, dass ich immer noch nicht weiß, wo du wohnst. Hier in der Nähe?«

»Na, weit ist es nicht gerade«, antwortete Paul. »Hinter Finsbury Park. Ist nicht so hübsch wie hier – das ist leider eine der Auswirkungen meiner Scheidung.«

Oh, gut, das eröffnete jede Menge Möglichkeiten. Dankbar ergriff Laurie eine davon beim Schopf, während sie die Kaffeetassen zum Tisch brachte und eine vor ihn hinstellte. »Wie geht's den Kindern? Hast du sie noch mal gesehen?«

»Nein, letzte Woche war's das fürs Erste. Einmal Telefonieren vor ein paar Tagen, das ist alles. Bei der Arbeit war's ein bisschen irre. Du weißt doch noch, wie ich Montag plötzlich losmusste?«

Laurie konnte nur nicken. Natürlich wusste sie das noch!

»Na ja«, fuhr Paul fort, »im Fitnessstudio hat es eine Überschwemmung gegeben. Ich habe die ganze Woche damit verbracht, Geräte woanders hinzustellen, Ersatzteile zu bestellen, mich mit Kunden rumzuschlagen und Schadensmeldungen für die Versicherung zu schreiben. War der helle Wahnsinn.«

Beim Erzählen trank Paul seinen Kaffee. Bei aller Eleganz waren seine Hände doch groß genug, dass die Tasse darin winzig aussah, wie etwas, das in einem Puppenhaus nicht fehl am Platze wäre. Laurie riss die Tüte auf, die zwischen ihnen auf dem Tisch lag. »Lass mal sehen, was du mitgebracht hast.«

»Na ja, ich dachte, für Brownies ist es zu früh, aber ich habe ein Schokocroissant geholt, falls du so was magst. Ich mag ja Mandelcroissants am liebsten, aber die machen unheimlich satt. Wenn du magst, teile ich es mit dir. Und zur Not ist da auch noch ein ganz normales Croissant.«

Sie kamen überein, sich das Mandelcroissant zu teilen. Paul holte ein Messer und schnitt es so akkurat in zwei Hälften, dass sein »Ich teile, du suchst aus« vollkommen unnötig war. Er wusste offenbar genau, wo er sich sein Gebäck holen musste; das Croissant war köstlich.

»Und, wie war deine Woche?«, wollte Paul wissen. »In deiner Nachricht hast du was davon gesagt, dass du wüsstest, wo der Schlüssel her ist?«

»Ja«, fing Laurie an. Dann hielt sie inne. Paul hatte einen Krümel im Mundwinkel; er hatte ihn nicht bemerkt. Anstatt ihn darauf aufmerksam zu machen, beugte sie sich vor, um ihn mit dem Daumen wegzuwischen. Ihre Hand verweilte an seinem Unterkiefer, spürte den Kontrast zwischen seinen weichen Lippen und der ein klein wenig rauen Haut rund um seinen Mund. Paul lächelte und hob die Hand, um die ihre festzuhalten. Dann zog er sie zu sich heran und küsste sie.

Laurie schob die Zunge zwischen seine Lippen und hielt ihn ganz fest. Sie erhob keinen Einspruch, als er sie hochhob und sie nach nebenan zum Bett trug. Sie lösten sich kurz voneinander, als jeder sich das Oberteil vom Leib riss und mit seiner Hose kämpfte. Dann kamen sie von Neuem zusammen, Haut auf Haut; sie schlang ihm die Arme um den Hals, schmeckte seinen Schweiß.

Später lagen sie einander gegenüber unter der Daunendecke, zwischen ihren Körpern kaum ein Zentimeter Abstand. Paul sagte als Erster etwas. »Was denkst du?«

»Hast du immer Kondome dabei?«

»Ja, aber nicht, weil ich ständig Sex habe. Es ist nur … na ja … eine Sache weniger, um die man sich Gedanken machen muss. Stört dich das?«

»Nein, natürlich nicht. Das ist doch sehr aufmerksam.«

»Jedenfalls, danke, dass du nicht sauer auf mich bist, weil ich mich die Woche nicht gemeldet habe.«

»Wer sagt denn, dass ich nicht sauer bin?«, konterte Laurie. »Es ist zu spät für dich rauszufinden, was ich tun würde, wenn ich's nicht wäre.«

»Na ja, so oder so, du bist außerdem wunderbar. Und jetzt erzähl von dem Schlüssel.«

»Später«, sagte Laurie entschieden und lächelte.

Laurie ließ Paul vorwegfahren. Der Treidelweg war wirklich zu schmal, um ungefährdet zu zweit nebeneinanderher zufahren. Und obwohl sie dem Namen nach die Anführerin dieser Expedition war und Paul einen Teil von London zeigen wollte, den er noch nie gesehen hatte, konnte er hier ja nicht falsch abbiegen. Sie schaute gern von hinten zu, wie er sich zwischen entgegenkommenden Radfahrern hindurchwand, überraschte Fußgänger überholte und seine Beine mit lockerer Effizienz arbeiteten. Noch ein paar Brücken, dann würde sie die Führung übernehmen, ihn zur British Library lotsen, ihm zeigen, dass der Schlüssel, den sie in ihre Fahrradtasche gesteckt hatte, zu den anderen dort passte, und beides mit ihm teilen, Triumph und Enttäuschung. Es war erst drei Uhr; ein gemeinsames Wochenende erstreckte sich vor ihnen. Was würden sie heute Abend unternehmen? Würde Jess dann wieder da sein? Hoffentlich nicht; ihr gefiel der Gedanke, mit Paul in der Wohnung allein zu sein.

Sie hielten jetzt auf den Granary Square zu; dort würden bestimmt viele Menschen sein. Hier jedoch, auf einem kurzen Wegstück, waren sie allein. Paul hatte angehalten. Er lächelte und zeigte auf eine Blesshuhnfamilie – drei Kleine hinter einem Großen, das war bestimmt die Mutter –, die vor ihnen den Weg kreuzte. Laurie bremste neben ihm, bereit, die Freude an alldem tief einzuatmen.

Warum war sie drangegangen, als ihr Handy geklingelt hatte? Diese Frage würde sie sich im Lauf der nächsten paar Stunden noch oft stellen. Und jedes Mal würde sie sich halbherzig dasselbe einreden: *Die hätten mich ja doch irgendwann zu fassen gekriegt.*

»Hallo, Laurie, hier ist Michael.« Die Erschöpfung, die durch die Leitung schwappte, war unverkennbar. »Ich bin im Büro. Henry will noch ein paar Sachen an dem Modell verfeinern. Er hat Überstunden für Sie genehmigt. Könnten Sie vielleicht herkommen?«

»Was, jetzt?«

»Ich fürchte ja.« Und dann als Erklärung: »Er will damit am Montag zum Investitionsausschuss.«

Zum Investitionsausschuss? Das hieß, Henry fand das Modell gut, oder? Laurie schaute zu Paul hinüber, der allem Anschein nach geduldig wartete. Sie könnte sagen, nein, sie hätte zu tun, doch irgendetwas regte sich in ihrem Innern, etwas, das sie schon seit einer ganzen Weile nicht mehr verspürt hatte. War das Ehrgeiz? Dies war ihre Chance, sich vor Henry hervorzutun. Und die Überstunden konnte sie auch nicht einfach so abtun. »Okay«, hörte sie sich antworten. »Ich kann in einer halben Stunde da sein.«

»Super. Bis dann.«

Aus einer Laune heraus streckte Laurie ihr Handy nicht gleich wieder ein. Stattdessen machte sie damit ein Foto von Paul, der sich auf sein Fahrrad stützte, die Sonne voll im Gesicht. Er zuckte zusammen, als er das Klicken hörte, hob die Hand wie ein Promi, der sich vor den Paparazzi schützt. Dann sagte sie es ihm. »Tut mir leid, sieht aus, als wären wir vom Pech verfolgt. Ich muss ins Büro. Ich ruf dich an, sobald ich dazu komme. Bist du den Rest des Wochenendes erreichbar?«

Paul sah ziemlich pikiert aus. »Na ja, wenn nicht, kannst du mir ja auf die Mailbox sprechen. Du hast mir immer noch nicht gesagt, was du über den Schlüssel rausgefunden hast. Und was wollen die denn jetzt von dir? Ist das normal bei euch? Zahlen die dir genug?«

Diese letzte Frage war ein bisschen merkwürdig. Ging Lauries Gehalt Paul etwas an?

Wollte er damit andeuten, sie sei nicht wichtig genug, um am Wochenende gebraucht zu werden? Irgendwie machte das die Trennung leichter.

»Es tut mir leid«, wiederholte sie. »Ich ruf dich heute Abend an.« Dann drehte sie ihr Fahrrad um und fuhr zurück. In einer sanften Biegung schaute sie sich um und sah Paul mit seinem Fahrrad noch immer unschlüssig dort stehen, wo sie ihn zurückgelassen hatte. Er antwortete mit einem halbherzigen Salutieren auf ihr Winken. Dann blickte sie wieder nach vorn. Ein Wind schien wie aus dem Nichts aufgekommen zu sein und wehte ihr genau ins Gesicht, als sie in die Düsternis unter den Brücken hineinfuhr.

15.40 UHR

Laurie hatte Michael bisher noch nie als jung betrachtet, jetzt jedoch, da er etwas anderes anhatte als einen Anzug, ging ihr auf, dass er nicht viel älter sein konnte als sie. Nicht, dass Freizeitklamotten bei ihm mehr ausrichteten als das; vor allem die kurzen Ärmel seines Poloshirts betonten, wie mickrig seine Arme waren. Der Kontrast zu Paul war allzu augenfällig.

Er freute sich, sie zu sehen, seine Begrüßung machte das deutlich. »Laurie, hi. Danke, dass Sie so schnell gekommen sind. Henry hat mich heute Morgen angerufen, er will ein paar Veränderungen an dem Modell. Die habe ich gemacht, aber jetzt kriege ich Ihre Makros nicht mehr zum Laufen. Er kommt später auch noch.«

So fing es an. Sie arbeiteten vier Stunden lang zusammen, bis Henry eintraf, in Polohemd und Bundfaltenhose auffallend ähnlich wie Michael gekleidet. War das eine Art Uniform? Ganz kurz war Laurie froh, dass sie für ihre Fahrradtour mit Paul ein Kleid angezogen hatte und nicht ihre übliche Fahrradmontur. Anders als Michael war Henry jedoch sonnengebräunt. Seine Arme waren braun bis zum Ärmelrand, unter dem leuchtend bleiche Haut sichtbar wurde, als er die Hand nach dem Papierbündel ausstreckte, das Michael ihm reichte. Die beiden gingen in Henrys Büro. Laurie konnte sie durch die Glaswand sehen; sie beugten sich über die Unterlagen auf dem Schreibtisch. Henry redete, und Michael antwortete. Einmal schauten sie beide zu ihr herüber. Sofort wandte Laurie sich wieder ihrem Computer zu; es war ihr peinlich, beim Nichtstun ertappt worden zu sein. Der Computer hatte zu ihrem Bildschirmschoner gewechselt, dem Foto von Dad und Roxanne, das sie gemacht hatte, bevor sie nach London gezogen war. Aus einem Impuls heraus ersetzte sie es durch das Bild, das sie vorhin von Paul geschossen hatte.

Damit machte sie eine eindeutige Aussage, wurde ihr gleich darauf klar. Nun, warum nicht?

Die Tür zu Henrys Büro öffnete sich. Er sprach weiter. »Okay, warum nehmen Sie's nicht auch fürs wöchentliche Trading, nicht nur fürs tägliche? Ich habe den Eindruck, Sie würden dabei nicht viel verlieren, und das wäre doch so viel einfacher. Feine Sache das. Ich komme später wieder, sobald die Kinder im Bett sind.«

Laurie riskierte es, von ihrem Bildschirm aufzublicken, und begegnete sofort Henrys Blick. Er betrachtete sie neugierig. »Michael sagt, Sie waren eine große Hilfe. Feine Sache das.« Dann war er fort.

Als Henry wiederkam, hatte er noch ein paar weitere Anordnungen, die als Fragen getarnt waren, allerdings meinte er auch, es sei an der Zeit, dass sie etwas äßen. Es war natürlich Lauries Job, zuerst beim Chinesen um die Ecke anzurufen und dann loszugehen und das Essen abzuholen.

Das Essen war noch nicht fertig. Laurie nahm die Cola light an, die ihr angeboten wurde, während sie an der Bar wartete. Es waren noch zwei Frauen da; beide saßen auf hohen Barhockern, sahen aber unfassbar elegant aus. Die eine glitt von ihrem Hocker, als Laurie an die Bar kam, und schlenderte zur anderen Seite des Raums hinüber. Ihre Hüften schwangen unter dem Seidenkleid, die Füße hielten vollendet das Gleichgewicht auf Absätzen, die in einem weicheren Boden Spuren hinterlassen hätten. Fasziniert sah Laurie ihr zu, dann schaute sie weg und stellte fest, dass die andere Frau sie ihrerseits beobachtete. Ein Ausdruck der Belustigung – oder war es Geringschätzung – spielte auf ihren Zügen. Laurie war froh, kurz darauf zwei schwere Plastiktüten in Empfang nehmen und sich davonmachen zu können.

Es war eine Riesenmenge Essen für drei Leute. Sie aßen zusammen in einem der Konferenzräume. Henry und Michael schaufelten sich das Essen vom Teller in den Mund und hantierten mit den Essstäbchen, als hätten sie das von Geburt an getan. Laurie, die sich mit dem unvertrauten Essgerät schwerer tat, war merklich langsamer. Wahrscheinlich war das ganz gut so, auch wenn das Croissant schon zwölf Stunden her war. Wie schaffte Michael es nur, so dünn zu bleiben?

Schließlich brach Henry das Schweigen. »Schön, ich fange dann mal an, die Kurzfassung zu schreiben. Die Lücken können wir morgen füllen. Gut, dass Sie hier sind, Laurie. In einer Stunde oder so sollte ich was Diktiertes für Sie haben.«

»Eine Stunde oder so« erwies sich als zweieinhalb Stunden, hauptsächlich in Diskussionen mit Michael verbracht, der danach herauskam und wie wild zu arbeiten anfing, während Henry in ein Diktiergerät sprach. Bald darauf überreichte er Laurie eine Kassette, zusammen mit zwei Anordnungen, die offenbar für Michael bestimmt waren: »Nehmen Sie das als groben Entwurf. Morgen um zehn treffen wir uns wieder.« Dann wandte er sich direkt an Laurie: »Meinen Sie, Sie könnten mir ein Taxi rufen und mir auch gleich noch eins für morgen früh bestellen?« Fünf Minuten später verließ er das Büro.

Michael sah Laurie an. »Ich fürchte, wenn Henry morgen um zehn hier ist, müssen wir um acht kommen. Viel Schlaf gibt's heute nicht.«

Es war fast drei, als Laurie nach Hause kam. Sie hatte sich mit dem Taxifahrer angeregt über Arsenals Chancen in der kommenden Saison unterhalten, und er wünschte ihr fröhlich Gute Nacht und wartete, bis sie wohlbehalten im Haus war. Keine fünf Minuten später lag sie im Bett.

SONNTAG, 2. AUGUST

6.30 UHR

Laurie verfluchte das Pflichtbewusstsein, mit dem sie den Wecker gestellt hatte. Das Taxi kam doch erst in einer Stunde. Sie nutzte die Zeit zum Duschen und Frühstücken. Jess war eindeutig zu Hause gewesen – ihre Tasche stand im Flur, und im Wohnzimmer lagen Bücher herum –, doch jetzt war nichts von ihr zu sehen. Nun ja, sie könnte sich mit Aufräumen beschäftigen, bevor das Taxi kam.

Eigentlich war sie ja selbst schuld. Sie sah das Taxi am Bordstein warten und eilte direkt darauf zu. Laurie hätte nie eine Straße überquert, ohne nach rechts und links zu schauen, und wie sie später dachte, traf so ziemlich dasselbe auch auf Londoner Gehsteige zu. Der Jogger rannte geradewegs in sie hinein und riss ihr dabei die Tasche von der Schulter, sodass der Inhalt herausflog. Doch er wehrte ihre Entschuldigung mit einem Achselzucken und ein paar genuschelten Worten ab, ehe er wieder losrannte, den Kopf in der Kapuze gesenkt und in einem Tempo, das für Laurie etwas mehr als bloß Joggen war. Vielleicht war es also doch nicht ganz allein ihre Schuld.

Der Taxifahrer war eindeutig nicht dieser Ansicht. »Kam total aus dem Nichts, der Kerl, nicht wahr? Alles okay bei Ihnen?«

»Ja«, antwortete Laurie. »Eigentlich bloß erschrocken.« Das stimmte, merkte sie. Der Schreck hatte ihr ein bisschen den Atem verschlagen. Sie musste sich wieder beruhigen. »Wenn es Sie nicht stört, mache ich kurz mal die Augen zu. Sie wissen, wo ich hinwill?«

»Da wären wir.« Von dem Taxifahrer geweckt, war Laurie einen Moment lang durcheinander. Sie fühlte sich eher ausgelaugt als erfrischt, als wäre ihr Nickerchen gerade lang genug gewesen, um sie daran zu erinnern, wie müde sie war, nicht mehr. Heute, wurde ihr klar, würde ein Kaffeetag sein.

Michael war gerade dabei, sich an seinem Schreibtisch niederzulassen, als sie hereinkam. »Morgen. Ich habe nachgedacht. Es hilft vielleicht, wenn wir unsere Resultate grafisch darstellen. Könnten Sie sich damit befassen?«

Nun, das war besser, als zu versuchen, aus Henrys Diktat schlau zu werden. Laurie rief bei Google die Betriebsanleitung für Excel auf und machte sich an die Arbeit.

Michaels Idee war gut, keine Frage, aber sie bedeutete, dass Laurie und er unvermeidlich ein bisschen Panik schoben, um alles fertig zu haben, wenn Henry kam. Am Ende ließen sie die Tabellen in der Präsentation, wo sie schon vorher gewesen waren, und hängten die grafischen Darstellungen als Appendix dran. Das Ganze sah gut aus; Laurie war sehr zufrieden mit der Rolle, die sie dabei gespielt hatte.

Als Henry diesmal mit der Präsentation in sein Büro ging, schlug Michael vor, dass Laurie auch mitkommen sollte. »Sie hat wirklich viel mitgeholfen«, beharrte er. »Sie hat die ganzen Excel-Sachen gemacht, und die … also … Es ist echt beeindruckend.«

Also war Laurie dabei und hörte, wie Henry mehrere Male »Feine Sache das!« sagte, während er das überarbeitete Dokument durchlas. Doch zu dem darauffolgenden Gespräch trug sie nicht viel bei; sie überließ es Michael, die wie aus einem Maschinengewehr abgefeuerten Fragen zu beantworten. Schließlich verkündete Henry: »Schön, ein paar Kleinigkeiten ändere ich noch, nicht viel. Warum nutzen Sie beide nicht die Gelegenheit und gehen ein bisschen frische Luft schnappen? Seien Sie um zwölf Uhr wieder hier.«

Michael schaute auf die Uhr, als sie zu ihren Schreibtischen zurückkehrten. »Wir haben eine Stunde. Ich gehe ins Fitnessstudio. Da esse ich auch was. Ich würde vorschlagen, Sie holen sich auch was, später kommen wir wahrscheinlich nicht mehr dazu.«

Die Sonne draußen erinnerte sie sofort schmerzlich daran, wie viele bessere Möglichkeiten es gab, das Wochenende zu verbringen. Warum in aller Welt tagte der Investitionsausschuss am Montag? Könnte sie Michael das fragen? Aber der wusste es wahrscheinlich auch nicht.

Laurie ging die paar Hundert Meter zum Berkeley Square. Hier war es schön. Es gefiel ihr, dass die Bäume höher zu sein schienen als die umstehenden Gebäude – grüne Wipfel über Londons Dächern, nur für einen vorbeifliegenden Vogel sichtbar.

Doch die Gegend fühlte sich auch fremdartig an, Teil einer Welt, in der es keinen Platz für Laurie gab. Hier wohnten keine realen Menschen. Sogar Henry, der sich sicher eine Wohnung in Mayfair hätte leisten können, wenn er wollte, brauchte ein Taxi, um nach Hause zu kommen.

Mittagessen war ja schön und gut, aber zuerst würde sie Paul anrufen. Sie konnte es kaum erwarten, seine Stimme zu hören. Bestimmt fragte er sich schon, was mit ihr los war. Sie griff nach ihrer Handtasche.

Das Handy war nicht da, zumindest nicht in seiner üblichen Seitentasche. Laurie spähte in die Handtasche: Schlüssel, Portemonnaie, Lippenstift, Puderdose, ein paar Tampons, aber kein Handy. In wachsender Panik kippte sie alles auf den Boden, sah nach, ob die Tasche leer war, und legte dann einen Gegenstand nach dem anderen wieder hinein. Mit Ausnahme ihrer Oyster Card konnte sie der ersten Inventur nichts hinzufügen.

Hektisch überlegte Laurie. Könnte sie das Handy in der Wohnung liegen gelassen haben? Nein. Sie hatte es hervorgeholt, als sie die Treppe hinuntergegangen war. Sie hatte nachgeschaut, ob eine Nachricht von Paul gekommen war, aber dann hatte sie den Zusammenstoß mit dem Jogger gehabt. Natürlich! Warum hatte sie da nicht nachgesehen, ob auch nichts fehlte? Großer Gott, hinterher war man ja immer schlauer. Ob das Handy wohl immer noch auf dem Gehsteig lag? Jetzt konnte sie nicht hinfahren und danach suchen. Und überhaupt, nun, wo sie darüber nachdachte … der Mann war doch in einem Höllentempo davongerannt. Scheiße!

Laurie kramte in ihrem Gedächtnis, kam jedoch schnell zu der Erkenntnis, dass Pauls Nummer darin nirgends hinterlegt war. Sie hatte sie nie wählen müssen. Die Nummer existierte nur in ihrem Handy. Wie waren sie verblieben? Bestimmt würde er doch anrufen, wenn er nichts von ihr hörte? Aber was nützte ihr das, wenn sie seine Anrufe nicht bekam? Sie musste sich ein Ersatzhandy besorgen – mitsamt SIM-Karte –, und zwar so schnell wie möglich. Und das war nur einer von mehreren Anrufen, die sie dringend tätigen musste. Das Mittagessen war vergessen. Laurie machte sich auf den Rückweg zum Büro.

Als sie wieder am Schreibtisch saß, fing Laurie damit an, dass sie ihre eigene Handynummer anrief, doch sie landete sofort bei der Mailbox. Das half ihr nicht weiter. Dann Jess: Wenn die zu Hause war, hatte sie bestimmt nichts dagegen, rauszugehen und nach dem Handy zu suchen. Die Nummer wusste Laurie auswendig, doch der Anruf lieferte ein ganz ähnliches Resultat: »Hi. Danke für Ihren Anruf. Hinterlassen Sie eine Nachricht.« Laurie tat wie geheißen, sie erzählte, was passiert war, und bat Jess, sie im Büro zurückzurufen. Dann versuchte sie es mit der Festnetznummer der Wohnung und brüllte schließlich in den Anrufbeantworter: »Jess, ich bin's – wenn du da bist, geh bitte ran!« Doch umsonst.

Als Nächstes Dad: Er musste nur Bescheid wissen, damit er sich keine Sorgen machte, obwohl das eine eher vergebliche

Hoffnung war. Laurie hatte einige Schwierigkeiten, ihn zu überzeugen, dass sie nicht überfallen und ausgeraubt worden war, dass ihr ganz sicher nichts passiert war und dass es wirklich keinen Sinn hatte, den Verlust der Polizei zu melden. Das Handy hatte einen Wiederverkaufswert von bestenfalls zwanzig Pfund. Ja, stimmte Laurie zu, es sei gut, dass sie nicht dazu gekommen sei, sich ein iPhone anzuschaffen.

Und schließlich bei O_2: Es mochte ja Sonntag sein, doch bei der Hotline für verlorene Telefone versicherte man ihr, nein, der Räuber habe die letzten zwei Stunden nicht damit verbracht, mit Südamerika zu telefonieren. Tatsächlich war das Handy überhaupt nicht benutzt worden. Laurie fing wieder an, sich Sorgen zu machen, vielleicht hatte sie es ja doch nur verlegt? Aber eine weitere Durchsuchung ihrer Handtasche und der näheren Umgebung ihres Schreibtischs erbrachte nichts. Also biss Laurie in den sauren Apfel, meldete Handy und SIM-Karte ab und bestellte Ersatz, der am Dienstag gegen zwei Uhr mittags im Büro eintreffen sollte.

Als sie gerade das letzte Telefonat beendete, war Michael wieder da. Er hatte offensichtlich geduscht, doch sein gerötetes Gesicht und der Schweiß auf seiner Stirn zeigten, dass sein Körper nach dem Training noch nicht abgekühlt war. In der Hand hielt er eine McDonald's-Tüte – ziemlich verdruckst, wie Laurie fand, obgleich ihr schon beim Gedanken an Pommes der Magen knurrte. Sie war sich nicht sicher, ob sie enttäuscht oder erleichtert sein sollte, als er die Tüte öffnete und einen Salat und einen Getränkebehälter hervorholte.

»Sie wissen schon, dass da fast genauso viele Kalorien drin sind wie in einem Big Mac?«

»Ja.« Michael brachte ein seltenes Lächeln zustande. »Und das ist mir egal.«

Das war das gesamte Ausmaß ihres Small Talks für den Rest des Nachmittags. Gerade als Michael den letzten Salatfetzen aus dem Plastikbehälter fischte, kam Henry aus dem Büro. Er hatte ihre Präsentation dabei, und Laurie konnte schon von Weitem sehen, dass sie total vollgekritzelt war.

Es wurde Mitternacht, bis Henry schließlich verkündete, er sei zufrieden. »Feine Sache das. Dann bis morgen um acht.«

Laurie war froh über das Taxi nach Hause, doch sie war zu müde, um mit dem Fahrer zu plaudern. Großer Gott, ihr Bett war wunderbar.

MONTAG, 3. AUGUST

7 UHR

Jetzt gab es keinen Zweifel mehr, dass Jess wieder da war. So viel war Laurie von dem Moment an klar, als der Wecker sie aufschreckte. Bedauerlicherweise deutete das Stöhnen, das sie durch die Wand hören konnte, darauf hin, dass ihre Mitbewohnerin bis auf Weiteres anderweitig beschäftigt sein und Laurie zumindest in den nächsten paar Wochen nicht zur Verfügung stehen würde. Nur gut, dass sie Paul kennengelernt hatte – nicht dass sie dahingehend irgendetwas unternehmen konnte, bis morgen ihr neues Handy kam. In der Zwischenzeit musste sie mit der U-Bahn zur Arbeit fahren, da ihr Fahrrad ja noch vor dem Büro stand. Also keine Zeit, im Bett zu liegen und schönen Gedanken nachzuhängen. Widerstrebend schlurfte Laurie unter die Dusche. Als sie die Wohnung verließ, verrieten die gedämpften Geräusche hinter Jess' Zimmertür, dass sie und – wie hieß er doch gleich? Nigel? – noch immer zugange waren. Der Mann hatte eindeutig enormes Stehvermögen.

Als sie auf dem Bahnhof Tufnell Park in den Fahrstuhl stieg, fiel Laurie ein, dass sie *Skandal im Ballsaal* immer noch nicht zu Ende gelesen hatte. Wo hatte sie das Buch gelassen? Dad würde nicht erfreut sein, wenn es weg war. Die Fahrt mit der U-Bahn war so unangenehm wie immer – das Gedränge erinnerte sie daran, warum sie angefangen hatte, Fahrrad zu fahren. Nun, heute Abend sollte sie früh genug Schluss machen können, um mit dem Rad nach Hause zu fahren.

Es war fünf nach acht, als Laurie an ihrem Schreibtisch ankam, doch Michael war bereits in Henrys Büro. Er blickte von den Unterlagen auf, die Henry und er studierten – vermutlich die Präsentation –, und fing ihren Blick auf, deutete aber durch nichts an, dass sie sich zu ihnen gesellen sollte.

Der Investitionsausschuss tagte um halb neun; das war alle zwei Wochen ein unantastbares Ritual, selbst mitten in den Sommerferien. Es wurde in dem Konferenzsaal abgehalten, wo sie vorgestern Abend zu dritt chinesisches Essen verdrückt hatten.

Henry und Michael gingen zu der Besprechung, zusammen mit den vier anderen Partnern von Fitzalan Capital, die noch im Büro waren. Nach einer halben Stunde kam Michael heraus und trat an ihren Schreibtisch. »Ich glaube, es ist gut gelaufen, aber das ist schwer zu sagen, die machen immer so auf Pokerface.«

»Und was passiert jetzt?«, wollte Laurie wissen und war sich der Tatsache bewusst, dass sie sich zum ersten Mal dafür interessierte, was hinter dieser Tür geschah.

»Sie diskutieren das Modell und entscheiden, ob sie es genehmigen oder nicht. Wir waren heute der einzige Tagesordnungspunkt, es sollte also nicht lange dauern.«

Michael hatte recht. Die Besprechung des Ausschusses endete nur zehn Minuten später. Henry winkte Michael zu sich, der daraufhin mit hochgezogenen Brauen Laurie ansah. War das eine Einladung, ihm in Henrys Büro zu folgen? Laurie dachte daran, wie überflüssig sie sich vorgekommen war, als sie das letzte Mal mitgekommen war, und schüttelte den Kopf. Michael insistierte nicht, und es dauerte auch gar nicht lange, bis er wieder herauskam. Er lächelte, wirkte aber merkwürdig emotionslos, als er berichtete, was Henry ihm gerade gesagt hatte. »Zweihundert Millionen; Überprüfung nach dem ersten Quartal.«

»Ist das gut?« Es hörte sich so an, doch Michaels Verhalten gab Anlass zu Zweifeln.

»Das ist das Maximum, was sie bei einem Erstinvestment in die Hand nehmen. Also, ja. Ich bin bloß ein bisschen müde, das ist alles. Henry hat mich für den Rest des Tages nach Hause geschickt. Jetzt möchte er Sie sprechen.« Mit diesen Worten fuhr Michael seinen Computer herunter und machte sich zum Aufbruch bereit. Jetzt, wo er es laut ausgesprochen hatte, konnte Laurie sehen, dass Michael total fertig aussah, als hätte er die letzten Tage ausschließlich von Adrenalin gelebt. Interessant, dass Henry das auch gemerkt hatte. Sah sie nach einem Wochenende im Büro auch so aus? Würde Henry sie auch nach Hause schicken?

Henry blickte von seinem Schreibtisch auf, als Laurie hereinkam, allerdings nicht, um ihren Teint auf Anzeichen von Blässe zu überprüfen. »Laurie. Danke für Ihre Hilfe gestern. Haben Sie meinen Terminkalender dabei? Dann gehen wir doch mal den Rest der Woche durch.«

17.30 UHR

Laurie verließ das Büro und schaute zu ihrem Fahrrad hinüber, das noch immer angeschlossen dort stand, wo sie es vor zwei Tagen abgestellt hatte. In fast jedem anderen Stadtteil Londons, überlegte sie, wäre inzwischen das Vorderrad weg. Es hatte doch seine Vorteile, in Mayfair zu arbeiten, so seelenlos der Bezirk auch war. Schaffte sie es, nach Hause zu strampeln? Entweder das oder die U-Bahn. Jawohl, es war Zeit, wieder auf dem Sattel zu sitzen. Dass sie fürs Büro angezogen war, war egal, solange sie sich so auf den Rock ihres Kleides setzte, dass der nicht hochgeweht wurde. Sie würde es eben langsam angehen lassen müssen.

Letzten Endes fand Laurie die Fahrt richtig belebend. Die Straßen waren dank der Sommerferien leer, und es wehte genug Wind, um die Sonnenwärme abzumildern. Mit einem Gefühl der Frische kam sie zu Hause an; ihr war, als gäbe es plötzlich viele neue Möglichkeiten, auch wenn ihr das Kleid am Rücken klebte. London musste doch kein Ort der Gewalt sein, nicht wahr?

Die Luft hinter der Wohnungstür war stickig. Heiß, reglos und feucht, als hätte Jess die Heizung angelassen. Laurie ging durch den Flur ins Wohnzimmer, um nach dem Thermostat zu sehen und ein bisschen Luft hereinzulassen. Dann bemerkte sie noch etwas anderes: einen beißenden, stechenden Geruch, fast wie nach Katzen. Sie sah im Bad nach. Nein, Jess hatte nicht vergessen zu spülen. Vielleicht kam das aus der Küche.

Als sie auf dem Weg dorthin durchs Wohnzimmer ging, bemerkte Laurie, dass hier alles noch ganz genauso war, wie sie es gestern Morgen hinterlassen hatte. Und es deutete auch nichts darauf hin, dass Jess in der Küche gewesen war: keine Teller, die darauf warteten, abgespült zu werden, und die Milch ungeöffnet im Kühlschrank. Der Geruch musste woanders herkommen.

Laurie stand vor Jess' Tür. Konnte sie irgendetwas aus dem Zimmer hören? War Nigel immer noch bei ihr? Sie klopfte an, zuerst zaghaft, dann fester. War das ein Summen, was sie da hörte? Ein Stöhnen? Die beiden konnten doch nicht den ganzen Tag da drin verbracht haben. Sie klopfte noch einmal.

»Hmmm hmmm.« Der Doppel-Grunzlaut hatte etwas seltsam Dringliches an sich, doch es war kein Laut der Ekstase. »HMMM HMMM«, ertönte es abermals. Laurie fasste einen Entschluss. Wenn alles gut war – sozusagen –, konnte sie die Tür ja einfach wieder zumachen und hoffen, dass die zwei sie nicht bemerkt hatten. Was war das Schlimmste, das passieren könnte? Behutsam öffnete sie die Tür und schickte sich an hineinzuspähen.

Noch bevor sie irgendetwas gesehen hatte, wusste Laurie, dass sie das Richtige getan hatte. Der Uringestank, der ihr entgegenschlug, als sie die Tür öffnete, war so schlimm, dass sie würgen musste. Und die Hitze! Schweiß prickelte auf ihrer Stirn und zwischen ihren Schulterblättern. Am liebsten hätte sie die Luft angehalten, hätte gemacht, dass sie hier rauskam, und die Tür zugeknallt – nur weg. So, wie die Dinge lagen, konnte sie nicht anders, als zuerst zum Fenster zu eilen und es aufzureißen, um kühle, frische Luft hereinzulassen.

Die Vorhänge jedoch zog Laurie nicht auf. Jess' Fenster ging auf die Straße hinaus, und gegenüber waren noch andere Häuser. Sie wollte nicht, dass jemand Jess' Bett sehen konnte, den Anblick, der sich ihr beim Eintreten geboten hatte und den sie selbst jetzt noch kaum als wahr anerkennen konnte.

Jess lag auf dem Bett. Bis auf ihren Slip war sie praktisch nackt. Ihr Kleid war von oben bis unten aufgerissen und klemmte jetzt zusammengeknüllt unter ihrem Körper, hing nur an den Schultern noch an ihr, wo es sich in ihrem BH verheddert hatte, der vorn aufgeschnitten worden war. Ihr Kopf war nicht zu sehen; ein lose unter dem Kinn zugebundener Schuhbeutel umhüllte ihn. Ihre Arme waren über dem Kopf ausgestreckt, als hätte Laurie sie dabei ertappt, wie sie sich ordentlich gereckt hatte. Nur konnten diese Arme sich nicht von der Stelle rühren. Etwas war am Kopfteil des Bettes festgemacht und fesselte Jess' Hände aneinander, hielt ihren ganzen Körper in dieser Position fest.

»HMMM HMMM!«, machte Jess immer noch.

»Ich bin's!«, antwortete Laurie und eilte zum Bett. Jetzt konnte sie das ganze Grauen sehen. Jess war mit einem Paar Handschellen ans Bett gefesselt worden. Ihre Arme waren bis zur Daumenwurzel hinauf wund und blutig, die Hände sahen geschwollen und leblos aus. Der Gestank nach angetrocknetem Urin war beinahe überwältigend.

Laurie riss sich zusammen. Das war nicht der richtige Moment, sich zu übergeben. Jess brauchte Hilfe. Sie sollte mit ihr sprechen, ihr versichern, dass alles gut werden würde.

»Keine Angst«, sagte sie, »ich mach nur schnell den Beutel hier ab.« Die Zugschnur des Schuhbeutels war unglaublicherweise zu einer Schleife gebunden worden. Trotz ihrer zitternden Hände hatte Laurie keine Mühe, sie aufzuziehen und Jess die behelfsmäßige Kapuze vom Kopf zu streifen.

Jetzt sah sie auch den Grund für die seltsamen Laute, die Jess von sich gab. Ein breiter Streifen Plastikklebeband war ihr von einem Ohr zum anderen über den Mund gepappt worden. Er verwandelte sie in ein fremdartiges Objekt ohne Stimme und Mimik. Da sie die Hände nicht benutzen konnte, hatte Jess keine Chance gehabt, das Klebeband zu lösen. Laurie griff danach, bereit, es so behutsam wie möglich abzuziehen, doch mit einem heftigen Kopfrucken machte Jess deutlich, dass sie das nicht wollte. Ihre Augen, blutunterlaufen und wässrig in einem ansonsten papiertrockenen, dehydrierten Gesicht, schossen von einer Seite zur anderen und starrte dann wieder Laurie an, wollten sie zwingen zu verstehen.

»Huh, hmm, hmm, huhhhh.« Wieder schnellte Jess' Blick zur Seite. Laurie versuchte, ihm zu folgen. Was versuchte sie ihr zu sagen?

»Die Nachttischschublade? Soll ich in die Nachttischschublade schauen?«

Jess nickte so nachdrücklich, wie ihre überstreckte Haltung es zuließ, dann sackte sie zusammen, erschöpft von der Anstrengung, sich verständlich zu machen.

Der Dildo war wahrlich keine große Überraschung. Dafür kannte Laurie Jess gut genug, aber den wollte sie doch wohl ganz bestimmt nicht. Was war hier noch alles drin? Zwei Schachteln Kondome, die eine noch eingeschweißt, ein Päckchen Feuchttücher, eine Tube Gleitcreme. Vielleicht dachte Jess ja, damit würden ihre Handgelenke glitschig genug werden, um aus den Handschellen zu schlüpfen? Zweifelnd nahm Laurie die Tube zur Hand, und dabei kam noch etwas zum Vorschein – ein kleiner silberner Schlüssel, einer, der tatsächlich zu Handschellen passen könnte.

Wenn Jess wusste, dass der Schlüssel dort drin war, dann gehörten die Handschellen vermutlich ihr. Bis jetzt war Laurie davon ausgegangen, dass ihre nächste Amtshandlung darin bestehen würde, die Polizei zu rufen oder vielleicht einen Krankenwagen. Jetzt erkannte sie, dass das Ganze etwas komplizierter war. Doch Fragen konnten warten. Sie steckte den Schlüssel ins Schloss und befreite erst Jess' rechte Hand, dann die linke. Beide Arme blieben, wo sie waren, als könne ihre Besitzerin noch nicht ganz glauben, dass sie frei waren. So sanft sie konnte, nahm Laurie einen Arm nach dem anderen und brachte ihn in eine natürlichere Position neben Jess' Körper. »Also«, meinte sie dann, »was ist jetzt mit dem Klebeband?«

Wieder schüttelte Jess den Kopf, jedoch nicht mit derselben Dringlichkeit, die Lauries ersten Versuch vereitelt hatte. Ihre Augen blieben geschlossen, Tränen quollen unter den Lidern hervor. Einen Moment lang lag sie da, und es war unmöglich, ihre Gefühle zu erraten. Dann rollte sie sich langsam und entschlossen auf die Seite. Laurie konnte sich ungefähr vorstellen, was das für eine Erleichterung war, als sie Jess' Rücken sah. Waren das Druckstellen? Und diese flächige, heftige Rötung, war das so etwas wie ein Windelausschlag? Der neuerliche Uringestank, der von der Matratze aufstieg, schien jedenfalls dafür zu sprechen.

Zusammengekrümmt lag Jess in Embryonalstellung da, die Hände vor dem Mund, und zupfte sachte an dem Klebeband. Laurie wollte ihr helfen und wurde abermals mit einer Geste daran gehindert. Warum auch immer, aber dies war etwas, das Jess allein tun musste. Endlich bekam sie den einen Mundwinkel frei. Laurie konnte hören, wie die Luft hinein- und wieder herauspfiff, während ihre Cousine ihre Kräfte zusammennahm. Endlich war auch ein schmerzvolles Flüstern zu vernehmen. »Ich glaube, du musst mir ins Bad helfen.«

Um halb acht lag Jess in Lauries Bett; einen anderen Platz für sie gab es nicht. Die Matratze in ihrem Zimmer würde eindeutig entsorgt werden müssen, und Lauries Vorschlag, ein Krankenhaus aufzusuchen, hatte sie entschieden abgelehnt. In dem Bad, das Laurie ihr eingelassen hatte, hatte sie sich als Erstes herumgedreht, das Gesicht unter Wasser getaucht und das Klebeband über ihrem Mund gelockert, sodass es sich schließlich relativ leicht abschälen ließ. Die Haut darunter war weiß – fast schon durchsichtig –, und ihre Lippen waren so aufgesprungen und rissig, dass Laurie sofort verstand, warum sie so darauf bestanden hatte, das Klebeband ganz vorsichtig abzulösen.

Seitdem hatte Jess fünf Gläser Wasser getrunken, immer einen behutsamen kleinen Schluck nach dem anderen, und qualvoll langsam den größten Teil einer Banane gegessen. Doch bis auf eine gelegentliche Anweisung hatte sie kaum ein Wort gesagt. Laurie hatte nach besten Kräften als Krankenschwester fungiert – hatte ihr das zerfetzte Kleid vom Leib gezogen, ihr ins Bad hinein- und wieder herausgeholfen, behutsam Jess' schmerzende Arme abgeseift und ihr den alten Schlafanzug angezogen, den sie ganz unten in ihrer Kommode gefunden hatte. Die meiste Zeit jedoch hatte Laurie einfach nur ihre Hand gehalten – oder es vielmehr zugelassen, dass ihre Hand gehalten wurde. Abgesehen von ihren kurzen Abstechern in die Küche hatte Jess sie nur aus den Augen gelassen, als Laurie ihr – nach dem dritten Glas Wasser – aus der Wanne und aufs Klo hatte helfen müssen. Kurz darauf war sie taumelnd aus dem Badezimmer gekommen und hatte klar zu verstehen gegeben, dass Laurie da nicht wieder hineingehen sollte. Jetzt schlief sie und umklammerte noch immer Lauries Hand.

Laurie saß da und wusste nicht recht, was sie tun sollte. Jedes Mal wenn sie daran dachte, ihre Hand wegzuziehen, wurde Jess' Griff fester. Die einzige Möglichkeit, es bequem zu haben, war, sich neben sie zu legen. Aus einem instinktiven Schutzbedürfnis heraus schlang Laurie den freien Arm um ihre Cousine. Erst da wurde ihre Hand losgelassen; eine tröstliche Berührung wurde gegen die andere eingetauscht. Und so schliefen sie endlich eng umschlungen ein.

22.30 UHR

Laurie wachte auf und merkte als Erstes, dass sie allein im Bett lag, und als Zweites, dass es dunkel war. Eigentlich sollte doch wohl sie auf sein, während Jess schlief. Das musste ihre Cousine sein, die da in der Küche herumrumorte. Laurie schwang die Füße auf den Boden und ging nachsehen.

Jess saß am Tisch und aß Eiscreme direkt aus der Plastikdose. An den Handgelenken hatte sie dunkle Quetschungen, die Tage brauchen würden, um zu verblassen, aber die Schwellung, über die Laurie vorhin so erschrocken war, war zurückgegangen. Und ihre Stimme war schon fast wieder normal. »Ich dachte plötzlich, Scheiße, was mache ich eigentlich im Bett?«, erklärte Jess. »Da habe ich doch gerade erst fast zwei Tage gelegen, Herrgott noch mal, da will ich doch am allerwenigsten sein.«

»Zwei Tage?« Laurie versuchte gar nicht erst, sich ihren Schock nicht anmerken zu lassen. »Aber ich war doch hier.«

Jetzt war es an Jess, ein verblüfftes Gesicht zu machen. »Ich habe seit Samstagmittag auf diesem Bett gelegen. Heute Morgen habe ich dich zum ersten Mal in der Wohnung gehört. Ich dachte, du bist bei deinem Dad.«

»Ich habe im Büro festgesessen.« Laurie hielt kurz inne. »Möchtest du darüber reden?«

»Da gibt's nicht viel zu reden, oder nicht viel, woran ich mich erinnern möchte. Nigel ist nach Australien zurückgeflogen, also habe ich mich von ihm verabschiedet. In deinem Zimmer war ein Mann. Ich dachte, der gehört zu dir, allerdings kann ich nicht behaupten, dass ich von deinem Geschmack sehr angetan war. Jedenfalls stand ich vor deiner Zimmertür und wollte gerade etwas sagen, als ich eins über den Schädel gekriegt habe. Bin so aufgewacht, wie du mich gefunden hast.« Sie erschauerte – ein unwillkürliches Schaudern, das ganz kurz das Grauen in ihrem Innern offenbarte – und verstummte dann.

Laurie streckte den Arm aus und ergriff die Hand ihrer Cousine. »Jess …«, setzte sie an. Doch was sollte sie als Nächstes sagen?

Jess warf Laurie einen Blick zu und fuhr fort: »Die haben mir das Kleid zerrissen; einer von denen … hat mich begrapscht …«

In der Pause, die darauf folgte, arbeitete Lauries Verstand fieberhaft. Sollte sie mehr tun, um sie zu trösten? Sie zum Reden ermuntern? Dazu, das Trauma herauszulassen? Doch es war Jess, die das Schweigen schließlich brach. »Die sind noch eine ganze Weile geblieben. Ich konnte hören, wie sie in der Wohnung rumgelaufen sind. Die ganze Zeit habe ich gedacht, gleich kommen sie wieder … Es war, als wollten die mich bloß so sehen … als sollte ich merken, wie hilflos ich war. Dann sind sie gegangen. Ich dachte, es ist okay, du kommst bestimmt bald nach Hause. Dann wurde es allmählich ungemütlich. War echt eine Erleichterung, als ich eingeschlafen bin.«

Wenn das alles war, was Jess ihr erzählen wollte, dann würde Laurie sie nicht drängen. Sie drückte die Hand, die sie bereits in der ihren hielt. »Was kann ich jetzt tun? Bist du sicher, dass du nicht ins Krankenhaus willst? Ich könnte uns ein Taxi rufen. Hast du die Polizei angerufen?«

Jess zog ihre Hand auf eine Art und Weise weg, die von Entschlossenheit kündete – mehr um zu zeigen, dass sie nicht hilfsbedürftig war, als um auf Distanz zu Laurie zu gehen. »Ich gehe nicht ins Krankenhaus. Das ist was für Kranke, und ich bin nicht krank. Wenn ich das tue, dann wollen sie da doch wissen, was passiert ist. Ich habe im Moment keine große Lust, darüber zu reden, deswegen will ich auch nicht, dass die Polizei da mitmischt. Ist ja nicht so, als hätte ich 'ne Versicherung für das, was die geklaut haben.«

Jess hielt inne, und Laurie wartete. Sollte sie widersprechen? Versuchen, sie zu überreden, das Richtige zu tun? Was war das Richtige? Das wusste Jess doch bestimmt. Sie wohnte schließlich schon seit Jahren in London. Jetzt war eindeutig nicht der richtige Moment, sie nach den Handschellen zu fragen.

»Na ja, okay, wenn du dir sicher bist.« Prüfend betrachtete Laurie ihre Cousine, konnte jedoch kein Anzeichen von Unsicherheit entdecken. »Fehlt denn viel?«

»Ich habe noch nicht nachgeschaut, aber das sollten wir wahrscheinlich beide tun. Und wir sollten lieber so schnell wie möglich einen Schlosser kommen lassen. Ich will nicht, dass die noch mal hier aufkreuzen.« Jess' Stimme schwankte ein ganz klein wenig. Wieder überlegte Laurie, ob sie ihr widersprechen sollte, und wieder entschied sie, es nicht zu tun.

Jetzt, wo ihr die Möglichkeit bewusst war, konnte Laurie sehen, dass jemand ihre Schubladen durchsucht hatte. Die Vorstellung, wie eine fremde Hand ihre Kleidungsstücke durchwühlte, war schlimmer, als sie erwartet hatte, aber anscheinend fehlte nur ihr Laptop. Nicht weiter überraschend, er war das einzig wirklich Wertvolle, was sie besaß – nicht dass die Typen viel dafür kriegen würden. Wenigstens waren all ihre Fotos und dergleichen in der Cloud gespeichert.

Jess bewegte sich noch immer langsam und brauchte beim Suchen länger. Ihr war mehr geklaut worden: nicht nur ihr Laptop, sondern auch ihr iPad und ihr Handy. Im Großen und Ganzen schien sie eher erleichtert zu sein, als sich nach einem Augenblick des panischen Herumsuchens herausstellte, dass die Kerle ihren Schmuck nicht gefunden hatten. »Ich wusste doch, dass es richtig war, die Klunker nicht schön einzeln einzusortieren.«

Laurie musste trotz allem lächeln, als sich ganz kurz die Jess zeigte, die sie kannte.

Ohne Computer waren sie gezwungen, die Notruf-Nummer für Handwerkerdienste anzurufen, um einen Schlosser aufzutreiben, der rund um die Uhr im Einsatz war. Er kam nach noch nicht einmal einer halben Stunde und war eine weitere halbe Stunde später fertig, sogar einschließlich des langen Aufenthalts im Bad, von dem Jess später schwor, dass Handwerker das immer so machten: »Wie Hunde, die ihr Revier markieren.« Zwischendurch hatte er Jess einen Vortrag darüber gehalten, wie dürftig das Schloss war, das er gerade auswechselte: »Dann können Sie genauso gut 'n Schild mit ›Einbrecher willkommen‹ draußen aufhängen.« Und sie hatte widerstrebend eingewilligt, etwas Stabileres einbauen zu lassen.

Die Matratze auszutauschen war zu dieser späten Stunde jedoch auch mit Geld nicht zu bewerkstelligen. Also schliefen Laurie und Jess Fuß-bei-Kopf, wie zwei Neunjährige auf Verwandtenbesuch.

DIENSTAG, 4. AUGUST

7.30 UHR

Der Wecker hatte keinerlei Wirkung bei Jess. Als Laurie die Wohnung verließ, lag sie immer noch da, den Kopf ein wenig schief und mit offenem Mund, schnarchte leise und sah plötzlich zehn Jahre jünger aus.

Michael dagegen schien der freie Tag wenig genützt zu haben. Vielleicht waren die Ringe unter seinen Augen nicht mehr ganz so dunkel? Auf jeden Fall hatte er sich anscheinend wieder in die Arbeit gestürzt: ein Riesenhaufen Formulare, der ihm keine Zeit ließ, mit Laurie zu reden. Allerdings blickte er auf und lächelte, als sie sich an ihren Schreibtisch setzte. Hin und wieder stand er auf und ging in Henrys Büro, um etwas zu fragen oder sich eine Unterschrift zu holen. Was Laurie betraf, so sagte ihr eine Diktiergerät-Kassette auf ihrem Schreibtisch, dass Henry seit gestern Nachmittag sehr fleißig gewesen war und dass sie es jetzt ebenfalls sein würde.

Es war Mittag, bis Laurie wieder an ihr Handy dachte. Sie rief beim Empfang an: Ja, heute Morgen sei ein Päckchen gekommen. Na endlich! Wer brauchte schon ein Mittagessen? Damit würde sie ihre freie Zeit viel besser verbringen.

Eifrig eilte Laurie zurück an ihren Schreibtisch, schob SIM-Karte und Akku in das Telefon, steckte das Ladekabel ein und wartete darauf, dass das Handy zum Leben erwachte. Dabei bekam der Ausdruck »sich in Geduld fassen« für sie eine ganz neue Bedeutung. Jedenfalls schien es eine Ewigkeit zu dauern, bis das Handy allmählich mit diversen Piep- und Brummtönen zu sich kam, um eingegangene SMS und Sprachnachrichten anzuzeigen, die darauf warteten, dass sie sich mit ihnen befasste.

Die drei SMS waren alle von O_2. Man bedauerte den Verlust ihres letzten Handys, legte ihr nahe, dass sie ihr Mobiltelefon künftig zum Sonderpreis von monatlich £4,99 versicherte, hieß sie in ihrem neuen Ratenzahlungsplan willkommen und teilte ihr mit, dass sie jetzt 300 Minuten Sprechzeit, 3000 SMS und 1 GB Daten zur Verfügung habe und dass das nächste Update in einem Monat anstehe. Alles in dieser Reihenfolge.

Und es gab nur zwei Sprachnachrichten. Am Montag hatte Dad angerufen, um zu fragen, wie es ihr gehe. Seine Nachrichten waren immer kurz; diese war keine Ausnahme, doch sie hatte etwas eindeutig Besorgtes. Laurie hatte ihn vernachlässigt; das würde sie in Ordnung bringen müssen. Zunächst aber nahm sie sich die zweite Nachricht vor: »Hi, hier ist Paul. Mache mir ein bisschen Sorgen, weil du dich noch nicht gemeldet hast. Hoffe, ich habe dich nicht gekränkt. Wenn doch, tut's mir leid, aber ruf mich trotzdem an.«

Na bitte! Hastig klickte Laurie auf den Absender, um an die Nummer zu kommen. »Diese Nachricht wurde … heute um … acht Uhr dreißig … empfangen. Nummer unterdrückt.«

Was? Keine Nummer? Wie sollte sie ihn denn jetzt erreichen? Und wenn er nun nie wieder anrief?

Genau in diesem Moment wurde das neue Handy lebendig. Dad! Sobald er zu reden begann, war Laurie klar, dass es Ärger geben würde.

»Lauren Miranda Bateman, du weißt wirklich, wie du deinen liebenden Vater zur Weißglut treiben kannst.«

»Dad! Entschuldige. Es ist nur – bei der Arbeit ist gerade die Hölle los. Ich habe eben erst mein neues Handy bekommen und deine Nachricht abgehört.«

»Du solltest keine Nachricht abhören müssen, um zu wissen, dass dein Dad sich langsam ein bisschen Sorgen macht. Alles, was ich kriege, ist ein Anruf, dein Handy wäre gestohlen worden, und dann totale Funkstille. Was weiß denn ich, du hättest ja auch gestohlen worden sein können.«

»Dad, ich kann jetzt nicht richtig reden, aber es waren doch nur zwei Tage.«

»Zwei Tage, in denen bei euch eingebrochen worden ist, wie sich herausstellt.« Dad hielt einen Moment inne, als warte er auf eine Antwort, ehe er fortfuhr: »Dachte ich mir, dass dir das die Sprache verschlägt. Ich habe Jess angerufen, nur um zu fragen, ob es dir gut geht, und sie hat die Katze aus dem Sack gelassen. Nimm's ihr nicht allzu übel. Sie hat versucht zu erklären, warum du gestern nicht angerufen hast.« Ein Anflug von Belustigung lag in seiner Stimme; Dad wusste, wie sehr es Laurie ärgern würde, dass er Erkundigungen über sie einholte.

»Okay.« Laurie gab sich geschlagen. »Was hat sie dir erzählt?«

»Dass bei euch eingebrochen worden ist und eure beiden Laptops weg sind.«

»Tja, na ja, so ist das eben in London.« Laurie hoffte, dass sie angemessen abgeklärt klang.

Dad ließ sich nicht täuschen. »London oder nicht, dir wird doch nicht das Handy geklaut, und keine achtundvierzig Stunden später bricht einer bei euch ein, wenn da nicht was im Busch ist. Ich bin heute Abend da.«

Dad! In London? Bei dem Gedanken hatte Laurie Mühe, Worte zu finden. Das Beste, was ihr nach einer Pause, die Dad kaum entgangen sein dürfte, einfiel, war: »Aber wer kümmert sich denn dann um Roxanne?«

»Das regele ich schon. Du bist wichtiger. Ich bin so gegen sieben bei euch. Hab dich lieb.« Dad legte auf.

So was nannte man eine Überreaktion! Ein kleiner Zwischenfall, und Dad verwandelte sich in einen Patriarchen aus Queen Victorias Zeiten. Seit er sie aus Cambridge nach Somerset geschleift hatte, war er ihr gegenüber nicht mehr so nachdrücklich gewesen.

Hätte sie doch nur daran gedacht, ihn gleich heute früh anzurufen. Dann hätte er nicht mit Jess gesprochen, und alles wäre gut. Ein Glück, dass sie Jess nichts von ihrem unterirdischen Ausflug letzte Woche erzählte hatte. Man stelle sich vor, er würde davon erfahren! So wie die Dinge lagen, sah sich Laurie vor das Problem gestellt, Dad in London irgendwie zu beschäftigen, und zwar so lange, wie er eben zu bleiben beschloss. So lange würde das schon nicht sein, oder? Nicht im Hochsommer. Bis dahin jedoch rückte jegliche Aussicht darauf, sich mit Paul zu treffen, in weite Ferne.

Sich mit Paul treffen? Konnte sie ihn denn überhaupt anrufen? Wäre ihr Laptop nicht geklaut worden, hätte sie seine Nummer darin finden können; es synchronisierte sich jedes Mal automatisch mit ihrem Handy, wenn dieses in Bluetooth-Reichweite war.

Moment mal! Das hieß doch bestimmt auch, dass der Laptop die Nummer in der Cloud abgespeichert hatte, zusammen mit all ihren anderen Daten?

Mit vor Aufregung heftig pochendem Herzen loggte Laurie sich in ihr Gmail-Konto ein, um nachzusehen. Jawohl, dort gab es eine Datei »Kontakte.pst«, doch sie brauchte einen Computer mit Outlook, um ihn zu öffnen. Mit ein bisschen Glück war Dad noch nicht losgefahren. Sie bekam ihn gerade noch zu fassen. »Ja, den wollte ich sowieso mitbringen. Bis später, Schatz.«

Und jetzt Jess anrufen und sie fragen, warum in aller Welt sie Dad von dem Einbruch erzählt hatte. Ganz zu schweigen davon, dass sie dafür sorgen musste, dass sie beide dieselbe Geschichte erzählten, wenn es darum ging zu schildern, was am Wochenende passiert war. Es brachte doch nichts, Dad noch mehr aufzuregen als ohnehin schon.

Sobald Laurie das erste Wort gesagt hatte, legte Jess mit ihrer Entschuldigung los. »Es tut mir leid, ich hatte ja keine Ahnung, dass David so ausflippen würde. Mir kam er immer ziemlich entspannt vor. Ich habe nur versucht, zu erklären, warum du ihn gestern Abend nicht angerufen hast. Er hatte sich wohl sowieso schon Sorgen gemacht, und die Vorstellung, dass bei uns eingebrochen worden ist, war da nicht hilfreich.«

»Was hast du ihm denn davon erzählt?«

»Nur, dass hier jemand eingebrochen ist und das Übliche hat mitgehen lassen, aber nichts, was sich nicht ersetzen lässt.«

»Hat er gefragt, ob wir die Polizei verständigt haben?«

»Ja, aber anscheinend hat's ihn nicht weiter gestört, nachdem ich ihm gesagt habe, dass wir nicht versichert sind.«

»Hört sich gar nicht nach Dad an. Aber bestimmt ist dir das ganz recht. Offenbar bist du besser darin, ihn zu beruhigen, als ich. Was ist mit der Matratze und all dem anderen Kram? Hast du das alles schon geregelt?«

Jetzt klang Jess sehr zufrieden. »Heute Morgen neue Matratze gekauft und im Taxi nach Hause geschafft. Bettwäsche und so weiter ist gewaschen und trocken. Und wenn du mit ›all dem anderen Kram‹ den Inhalt meiner Nachttischschublade meinst, also, sagen wir einfach, der ist geringfügig editiert worden. Ich bin nicht sicher, ob ich den Anblick noch mal ertragen könnte.«

»Jess ...«, setzte Laurie an und hielt dann inne. Alles, was sie sagen könnte, würde entweder tadelnd oder prüde klingen. »Jess, bist du sicher, dass alles okay ist?«

»Um ehrlich zu sein, es ist mir schon besser gegangen, aber ich werd schon wieder. Es hat mir gutgetan, das alles zu erledigen. Eigentlich bin ich ganz froh, dass David herkommt. Ich bin mir nicht sicher, ob ich's schaffe, morgen zur Arbeit zu gehen, aber es wird schön sein, Gesellschaft zu haben.«

War bei Jess wirklich alles in Ordnung? Sollte Laurie mehr unternehmen, um ihr zu helfen? Dad würde das natürlich wissen, aber wenn sie ihn fragte, würde sie ihm erzählen müssen, was passiert war, und das kam überhaupt nicht infrage. Jemanden zu fesseln, ihn auszuziehen und ihn dann zurückzulassen, anscheinend ohne sich darum zu kümmern, ob er jemals gefunden werden würde, das hatte etwas sehr Berechnendes. Was für ein Mensch tat so etwas?

Vor ihr auf dem Schreibtisch fiel Lauries Computer von Neuem in Winterschlaf. Da war Paul und sah sie an, und das machte sie so glücklich. Heute Abend würde sie mit ihm sprechen. Und mehr noch, wurde Laurie klar. Das hier war das einzige Foto auf ihrem Handy, das nicht über ihren Laptop abgespeichert worden war, aber durch puren Zufall hatte sie es auch gerettet. Sie brauchte nur einen Augenblick, um eine Kopie davon an ihre Gmail-Adresse zu schicken, dann mit ihrem neuen Handy darauf zuzugreifen und es auch dort als Displayhintergrund zu installieren.

Mit dem Gefühl, ihre Sache gut gemacht zu haben, wandte sich Laurie wieder Henrys Diktat zu. Sie sah bereits, dass sie das Büro erst verlassen würde, wenn Dad schon da sein müsste. Wie immer würden ihr die Überstunden gerade recht sein.

19.30 UHR

Das wirklich Tolle an Dads Besuch wurde deutlich, sobald Laurie zur Tür hereinkam. Es war doch verblüffend, wie köstlich angebratene Zwiebeln riechen konnten. Er machte gerade eins seiner Spezial-Omeletts – ausschließlich mit Zutaten aus eigener Produktion – und hatte nur auf Lauries Heimkehr gewartet, bevor er die Eier in die Pfanne kippte. Minuten später saßen sie mit Jess zu dritt um den kleinen Küchentisch herum, was sich sofort sehr gemütlich anfühlte.

Jess schien es wirklich gutzutun, dass Dad da war, es sei denn, sie tat ihm zuliebe nur so. Natürlich hatten die beiden sich schon immer gut verstanden. Deswegen hatte Jess nach Mums Tod auch Kontakt zu Laurie und ihrem Vater gehalten, und deswegen hatte sie Laurie angeboten, bei ihr zu wohnen. Jedenfalls war es schön zu sehen, wie jemand anders Spaß an der trockenen Art hatte, mit der Dad seine Dorfgeschichten erzählte. Hinterher durften »die Mädels« abwaschen, während er sich das Kreuzworträtsel vornahm. Betreten stellte Laurie fest, dass er bereits den Kühlschrank ausgeräumt hatte. Keine Chance, ihm zu verheimlichen, dass sie nicht einmal die Hälfte der Vorräte verbraucht hatte, die er ihr vor zehn Tagen mitgegeben hatte.

Erst danach konnte sich Laurie ein paar Augenblicke mit Dads Laptop befassen. Da war ihr User-Account; das Passwort war seit fünf Jahren unverändert. Laurie loggte sich ein, gab den WLAN-Code ein, loggte sich bei Gmail ein und lud die Datei mit den Kontakten herunter, um sie unter »alter Laptop« in ihrem Gmail-Konto abzuspeichern. Dann klickte sie Outlook an und öffnete die Datei. Ja! Da waren all ihre alten Kontakte, und da war auch Paul, unter »P« – sie war nicht dazu gekommen, seinen Nachnamen einzufügen. Laurie tippte die Nummer in ihr neues Handy.

»Ich gehe mal kurz spazieren.« Genauso gut hätte Laurie in ein leeres Zimmer hineinsprechen können. Dad nickte geistesabwesend, während Jess nicht einmal von ihrem neuen iPhone aufblickte.

Während sie die Treppe hinunterlief, wählte Laurie Pauls Nummer. Er meldete sich nach dem dritten Klingeln. »Laurie?«

Laurie hörte die Unsicherheit in seiner Stimme, und ihr Herz machte einen Satz. »Paul! Ist das schön, deine Stimme zu hören. Es tut mir leid, dass du mich nicht erreichen konntest, aber mir ist mein Handy abhandengekommen. Und dann, ist das zu fassen, ist mein Computer gestohlen worden.«

Dieser letzten Aussage fügte Laurie ein kleines Lachen hinzu, um die Banalität des Vorfalls zu betonen, doch Paul fiel eindeutig nicht darauf herein.

»Gestohlen? Wie, bist du etwa überfallen worden? Ist alles in Ordnung bei dir?«

Wenigstens was das betraf, konnte Laurie ihn beruhigen. »O nein, bei uns ist bloß eingebrochen worden. Der Laptop war das einzige Klauenswerte, was ich hatte; von meiner Mitbewohnerin haben sie ein bisschen mehr mitgehen lassen. Jedenfalls, ich habe eine Weile gebraucht, um wieder an deine Nummer ranzukommen, aber schließlich habe ich sie in der Cloud gefunden.«

Laurie machte eine Pause, um Paul Gelegenheit zum Antworten zu geben, doch sie hörte ihn erst ein paarmal Luft holen. »In der Cloud? Du meinst, du hast ein Backup für alles?«

»Ja, das hat Dad mir für mein Gmail-Konto eingerichtet, als ich nach London gezogen bin. Also, ich wollte fragen, ob wir uns bald mal treffen wollen.«

»Laurie, es wäre toll, dich zu sehen, aber diese Woche ist mal wieder Kinderwoche. In den Ferien wechseln wir uns ab. Kann ich dich nächsten Montag anrufen, wenn ich wieder ein freier Mann bin?«

Laurie gab sich Mühe, sich ihre Enttäuschung nicht anmerken zu lassen. Sie würde sich ja wahrscheinlich auch den größten Teil der Woche mit Dad beschäftigen müssen, ermahnte sie sich. »Oh, okay, ich ruf dich nächsten Montag an. Bis bald, mach's gut.« Fest entschlossen, ganz locker zu bleiben, drückte Laurie die Auflegetaste, ohne Pauls Antwort abzuwarten.

Alles in allem war das kein wahnsinnig befriedigendes Gespräch gewesen. Und es würde Tage dauern, bis sie es noch einmal versuchen konnte. Was dachte sie sich eigentlich? Laurie marschierte gerade grübelnd um den Block, als ein *Ping* das Eintreffen einer SMS verkündete. *Schick mir eine SMS, wenn Du Zeit hast. Px*

Hm, nur ein x? Laurie lachte über sich selbst, weil sie da eine Sorge ganz anderer Art erkannte. Wie dem auch sei, sie konnte ihm ja zeigen, wie das ging: *Xoxoxoxoxoxox.* Wann hatte sie das

das letzte Mal gemacht? Auf einer »Gute Besserung«-Karte für Mum? Laurie stellte fest, dass sie daran denken konnte, ohne zurückzuzucken. Es war schön, ab und zu mal kindisch zu sein.

In der Wohnung saß Dad allein da und wartete auf sie. »Also, dann erzähl doch mal, was alles so los war, seit wir uns zuletzt gesehen haben.«

Laurie erzählte ihm nicht alles – nur gut, dass Jess nicht da war, um ihr vielsagende Blicke zuzuwerfen, als sie einige Details ausklammerte –, aber genug: davon, wie sie den Schlüssel gefunden hatte (von dem sie sagte, er habe ganz dicht am Bahnsteig gelegen – noch einmal, es brachte nichts, Dad unnötig mit Einzelheiten zu belasten). Dass das Schließfach in der British Library, zu dem er gehörte, leer gewesen war. Von der Arbeit, von dem Jogger, der sie vorgestern Morgen angerempelt hatte, von dem Einbruch. Davon, zur Polizei zu gehen, sagte sie natürlich nichts, rechnete jedoch halb damit, dass Dad sich bei ihr nicht so bereitwillig damit zufriedengeben würde wie bei Jess. Stattdessen stellte er eine Frage, die überhaupt nichts damit zu tun hatte: »Was weißt du über den Mann, der vor den Zug gefallen ist?«

»Gar nichts, bis auf das, was der Schlüssel mir verraten hat: dass er gern in der British Library rumgehangen hat. Ich kenne nicht mal seinen Namen. Ich habe versucht, im Internet zu suchen, aber das hat nichts gebracht. Warum?«

»Ich muss doch was zu tun haben, wenn du arbeitest. Also dachte ich, ich versuche vielleicht mal, was darüber rauszufinden, da du anscheinend das Interesse verloren hast.«

Laurie war ein wenig irritiert; zum Teil über die Scharfsichtigkeit, die Dad an den Tag gelegt hatte, als er darauf tippte, dass sie das Interesse verloren hätte. Und zum Teil darüber, dass er offenbar dachte, er könnte Erfolg haben, wo sie gescheitert war. Sie beschloss, ein wenig von ihren Gefühlen zu zeigen. »Ich dachte immer, ich bin ganz gut darin, alles Mögliche rauszufinden. Ich hätte es nicht gern, wenn du deine Zeit verschwendest.«

»Ich muss zugeben, Schatz, dass du das sagst, spornt mich nur noch mehr an. Sagen wir einfach, ich habe die Herausforderung erkannt, die du gerade ausgesprochen hast, und ich nehme sie an.«

Laurie musste lachen. Sie sah zu, wie Dad in der Tasche herumwühlte, die er aus Somerset mitgebracht hatte, und schließlich eine oft geflickte Luftmatratze hervorholte, an die sie sich von Familien-Campingurlauben her erinnerte. Irgendwie kam bei diesem Anblick die Erkenntnis, die schon den ganzen Abend lang in ihr gewachsen war: Trotz all des Ärgers war es schön, ihn hierzuhaben.

MITTWOCH, 5. AUGUST

7.30 UHR

Laurie hatte so viele Kindheitserinnerungen daran, wie Dad sie mühsam geweckt, sie nach unten geschleppt und ihr praktisch mit Gewalt Essen in den Mund geschoben hatte, damit sie es pünktlich in die Schule schaffte. Da war es merkwürdig, morgens auf Zehenspitzen um ihn herumschleichen zu müssen. Sie konnte sich kaum erinnern, ihn jemals schlafen gesehen zu haben. Ganz plötzlich kam sie sich unerwartet erwachsen vor, sah kurz eine Zukunft vor sich aufblitzen, in der sie tatsächlich diejenige sein würde, die bestimmte, die für ihn sorgte. Sie gab sich besondere Mühe, die Wohnungstür so leise wie möglich zu schließen.

Im Büro war wieder die normale Routine eingekehrt. Michael war so einsilbig wie eh und je und arbeitete mit gesenktem Kopf daran, die Handelsstrategie zu implementieren, bei deren Modell sie ihm geholfen hatte. Und Henry war – nun ja – so wie immer, durchaus in der Lage, genug Arbeit zu generieren, um einen vollauf mit banalen Aufgaben zu beschäftigen, die wenig oder gar kein Nachdenken erforderten. Noch vor ein paar Wochen hatte Laurie wirklich geglaubt, dass es ihr so lieber wäre: ein Job, den sie jeden Tag hinter sich lassen konnte, ein Leben frei von Ambitionen. Jetzt jedoch musste sie zugeben, dass sie sich langweilte.

Es erschien ihr also wie eine willkommene Abwechslung, als Henry zu ihrem Schreibtisch kam und fragte, ob sie in sein Büro kommen könne, es gebe da »etwas zu besprechen«. Anders als sonst war die gläserne Trennwand zwischen seinem Büro und dem Großraumbüro verhängt; offenbar erforderte diese Besprechung Privatsphäre. Trotzdem war Laurie verblüfft, als sie eintrat und Tom Spencer dort vorfand. Als Fitzalans Verwaltungsdirektor war er offiziell Lauries Boss, allerdings hatte sie innerhalb weniger Tage gemerkt, dass es die Partner wie Henry waren, die hier wirklich sagten, wo es langging.

Tom verschwendete keine Zeit mit irgendwelchen Nettigkeiten. »Ich will gleich zur Sache kommen, Laurie. Sie kennen ja die Regel, dass keinerlei Dateien aus dem Büro verschickt werden dürfen.« Er wartete nicht, bis sie nickte. »Also, unser E-Mail-Verlauf zeigt, dass gestern Nachmittag um vierzehn Uhr vierunddreißig von Ihrem Computer aus ein großer Anhang an Ihr Gmail-Konto verschickt worden ist. Ich nehme doch an, Sie behaupten jetzt nicht, dass Sie das nicht waren. Wir können jederzeit die Aufnahmen der Überwachungskameras überprüfen.«

Laurie schüttelte den Kopf und sah Henry an. Er wich ihrem Blick aus.

»In diesem Fall sind Sie ohne Bezahlung freigestellt, während wir diesen Verstoß gegen die Sicherheitsvorschriften untersuchen. Ich begleite Sie zu Ihrem Schreibtisch, damit Sie Ihre Sachen holen können. Ich muss Sie daran erinnern, dass Sie nach wie vor der Vertraulichkeit unterliegen, wie es in dem Vertrag festgeschrieben ist, den Sie unterzeichnet haben, als Sie hier angefangen haben. Falls Sie versuchen, diesen Fall mit irgendjemandem außerhalb dieses Raums zu erörtern, werden wir das als Vertragsbruch betrachten und Sie dafür verklagen.«

Laurie spürte, wie sie vor Schreck rot anlief. Sie sollte hier wie eine Kriminelle behandelt werden? Wo war da die Gerechtigkeit? Als sie schließlich etwas sagte, kam es fast als Aufschrei heraus. »Aber es war doch nur ein Foto!«

Diesmal fing sie Henrys Blick auf, doch sie konnte keine Reaktion darin sehen, kein Mitgefühl. Es lag etwas Verächtliches darin. Im Geiste hatte er sie bereits abgehakt.

Jetzt war Laurie wütend. Sie hatte eine bessere Behandlung verdient als das hier. Unwillkürlich hob sie die Stimme, wusste, dass man sie wahrscheinlich draußen hören konnte, war jedoch zu wütend, um sich darum zu scheren.

»Henry, ich habe gerade das ganze Wochenende für Sie durchgearbeitet. Das Mindeste, was Sie tun können, ist, mit mir zu reden.«

Doch es war Tom, der antwortete: »Was Sie an Überstunden geleistet haben, wird Ihnen ausgezahlt.« Dann erhob er sich und nahm Laurie am Ellenbogen, wollte sie aus Henrys Büro lotsen. Laurie machte sich mit einem halblauten »Pfoten weg, Perversling!« los und marschierte zu ihrem Schreibtisch hinüber. Sie raffte ihr Handy und ihre Fahrradsachen zusammen und verließ das Büro, gefolgt von Tom und gefühlt hundert Augenpaaren.

In ihrer Fahrradkluft stand Laurie mit dem Rad auf der Straße. Ihre erste Wut war einem unterschwelligen Groll über die Ungerechtigkeit des Ganzen gewichen. Selbst der war schwer aufrechtzuerhalten, als sie in der Sommersonne stand und zur Kenntnis nahm, wie schön es war, mitten am Tag draußen zu sein. Was sollte sie jetzt tun? Die Jobagentur anrufen? Nicht vor morgen, frühestens. Die Wohnung würde im Moment kein Refugium sein – sie konnte den Gedanken nicht ertragen, Dad erklären zu müssen, was passiert war –, aber London war keine Stadt, in der man ziellos mit dem Fahrrad umhergondelte. Sie schob das Rad gerade in Richtung Oxford Street und suchte nach einem Zeitungskiosk, um sich eine Zeitschrift zu kaufen, als ihr die Stunde einfiel, die sie in der British Library verbracht hatte. Dort hatte sie sich wie zu Hause gefühlt. Wie schwer wäre es wohl, sich einen Bibliotheksausweis zu besorgen und Zugang zum Wissen der ganzen Welt zu haben, oder zumindest zu dem

Teil davon, der seit 1852 oder seit wann auch immer in Großbritannien publiziert worden war?

In gut zehn Minuten war Laurie an der Euston Road. Dort folgte sie den Schildern zu den Fahrradständern, die so voll waren, dass sie nur hilflos dastehen konnte. Ein anderer Fahrradfahrer zeigte ihr, ohne es zu wissen, den Weg, indem er sein Rad um die Ständer herum zu einem behelfsmäßigen Abstellplatz schob, wo wenigstens noch ein bisschen Raum war. Sie schlossen ihre Räder nebeneinander an und betraten Seite an Seite die Bibliothek, ohne einen Blick oder ein Wort zu wechseln.

Laurie fühlte sich sicherer als bei ihrem ersten Besuch hier. Niemand hier wusste etwas über ihr Leben. An diesem Ort konnte sie die Laurie sein, der ein Schulabschluss mit Auszeichnung prophezeit worden war, die davon geträumt hatte, in Cambridge in die Fußstapfen ihres Vater und ihrer Mutter zu treten. Nicht die Laurie, die sich plötzlich überhaupt nicht mehr für die Schule interessiert hatte, die auf Gott weiß was für eine Zukunft zugesteuert war, bevor ihr Vater sie nach Somerset verfrachtet hatte. Dieses Gefühl trug sie voran, vorbei am Informationsschalter und ins Registrierbüro.

Laurie hatte sich auf eine Art hochnotpeinliche Befragung gefasst gemacht: warum sie Zugang zu den Sammlungen der Bibliothek wünschte, wo sie es sonst noch versucht habe, was für Qualifikationen sie habe. Also erzählte sie von sich aus, erinnerte sich an etwas, das sie Michael zu Henry hatte sagen hören, und behauptete, sie recherchiere über Zinsschwankungen und ihre Auswirkungen auf die Ertragskurve. Der Mann, der ihr Fragen stellte, war vielleicht beeindruckt, oder vielleicht hatte er es auch einfach nur eilig. Jedenfalls lautete sein einziger Kommentar: »Dann wollen Sie also ins Business- und IT-Center.« Alles, was er von Laurie wollte, war irgendein Ausweis. Ihr Führerschein – das einzige echte Zeugnis, das sie nach Jahren in Somerset vorweisen konnte, in London jedoch so gut wie irrelevant – reichte dafür. Zwei Minuten später hatte sie einen brandneuen Bibliotheksausweis, mit Foto und allem Drum und Dran, Gültigkeitsdauer einen Monat. Das Ganze war irgendwie erhebend gewesen, eine Bestätigung, dass sie einen Wert und ein paar Rechte hatte, trotz der Art und Weise, wie sie erst vor einer Stunde aus dem Büro geschmissen worden war. Lauries Schritte federten, als sie zu den Schließfächern ging, um ihre Sachen einzuschließen, und selbst das Anstehen nach einem Fach konnte dem nichts anhaben.

Das kurze Gespräch bei der Registrierung hatte Laurie eins beschließen lassen: Sie würde sich nicht im Business- und IT-Center einnisten. Wie es dort war, konnte sie sich vorstellen; lauter Typen wie Michael, die vor Bildschirmen hockten. Doch wo sollte sie hin? Seltene Bücher und Musik? Sie war sich nicht sicher, ob sie dafür schon bereit war. Die meisten Leute ihres Alters strebten auf eine Tür zu, an der *Geisteswissenschaften I* stand; sie folgte ihnen.

Also, eine Party war da drinnen allerdings nicht im Gange. Selbst in dieser Abteilung, stellte Laurie fest, waren Laptops fast essenziell. Der Raum war riesig. Hier saßen bestimmt zweihundert Menschen, jeder an einem eigenen Arbeitstisch, doch sie konnte nur ein paar leise Stimmen hören, und die kamen von dem Auskunftstresen vor ihr. Fast tat es Laurie weh, all das zu sehen; wenn sie nicht solchen Mist gebaut hätte, nachdem Mum umgekommen war, wäre sie vielleicht an einem ähnlichen Ort gelandet. Dann fiel ihr noch etwas auf: eine Spannung unter der allgemeinen Aura der Emsigkeit. Köpfe hatten sich bei ihrem Eintreten gehoben; manche Blicke suchten den ihren, andere schienen fast zu wild entschlossen zu sein, sich nicht von der Buchseite zu lösen. Das Gefühl, auf dem Präsentierteller zu sitzen, beurteilt zu werden, war zugleich schmeichelhaft und beklemmend. Laurie tat ihr Bestes, es zu ignorieren. Sie suchte sich einen freien Computer und fing an, durch den Bibliothekskatalog zu surfen. Die hatten hier alle Bücher von Georgette Heyer; welche hatte sie noch nicht gelesen? Zwei Minuten später ertappte sie sich dabei, wie sie aufblickte, um den nächsten Neuankömmling im Lesesaal in Augenschein zu nehmen.

19.45 UHR

Laurie spürte eine Berührung an der Schulter. »Der Lesesaal schließt jetzt.« Überrascht schaute sie von ihrem Buch auf. Die Durchsagen hatte sie vage mitbekommen, hatte jedoch nicht weiter darauf geachtet, seit die Bücher gekommen waren, die sie bestellt hatte. *Skandal im Ballsaal* war längst ausgelesen, jetzt war sie in *Brautjagd* vertieft.

Laurie stellte sich an, um ihre Bücher zurückzugeben – ja, könnte sie dieses eine hier bitte reservieren? –, und dann noch einmal vor der Tür des Lesesaals, wo sie wartete, während der Sicherheitsdienst die Sachen der Leute vor ihr überprüfte. Rasch schaute sie zur Uhr hinauf: schon fast acht! Dad würde auf sie warten. Sie fürchtete sich vor den unvermeidlichen Erklärungen. Wie würde er sich verhalten? Natürlich würde er auf ihrer Seite sein, doch sie konnte den Gedanken an sein Mitgefühl nicht ertragen. Vielleicht war dies ja ein guter Zeitpunkt, es bei Paul zu versuchen? Sobald sie draußen war, holte Laurie ihr Handy hervor und rief ihn an. Nichts zu wollen; die üblichen vier Klingeltöne, dann sprang die Mailbox an. Sollte sie ihm eine SMS schicken? Irgendwie konnte sie sich nicht dazu durchringen.

Ein paar Nachzügler verließen gerade den Raum mit den Schließfächern, als sie dort unten ankam. Lange Reihen Fächer standen offen. Sie wühlte den Schlüssel aus der Tasche, sah nach der Nummer. 592. Es war eins von nur zwei oder drei Fächern, die noch zu waren. Als Laurie ihre Sachen herausholte, erschienen zwei Leute vom Sicherheitsdienst. Sie machten sich daran, die Reihen der Fächer abzuschreiten, überprüften, ob sie leer waren, und holten die ein oder andere Ein-Pfund-Münze aus dem Schlossfach, die ein vergesslicher Leser dort hatte liegen lassen.

»Was machen Sie mit den abgeschlossenen?«, erkundigte sich Laurie.

»Die leeren wir«, antwortete einer der Wachleute, eine dicke Frau, deren offene Freundlichkeit ein deutlicher Kontrast zur Maulfaulheit ihres Kollegen war. »Wir können sie doch nicht so lassen, weil, da könnte ja 'ne Bombe drin sein!« Letzteres war begleitet von einem Lachen, das Laurie aufforderte, sich ihrer Meinung über diese lächerliche Vorstellung anzuschließen.

Unwillkürlich lächelte Laurie zurück. »Na ja, dann kriegen Sie ja wohl wenigstens das Pfund.«

»Das kommt in die Sammelbüchse«, erwiderte die Frau. Als wolle sie das Gespräch nicht abreißen lassen, fügte sie hinzu: »Das Komische ist, dass die Fächer selbst oft leer sind.«

»Was?«, fragte Laurie. »Sie meinen, die Leute nehmen die Schlüssel mit nach Hause, auch wenn sie da gar nichts dringelassen haben?«

»Ja. Hab mal einen von denen erwischt. Hab ihn gefragt, was das werden soll. Er hat gesagt, es wär ihm ein Pfund wert, sicher zu sein, dass er morgen ein Fach hat. Dem hab ich vielleicht was erzählt, kann ich Ihnen sagen.«

Laurie grinste, winkte und machte sich auf den Weg; innerlich jedoch war sie hocherfreut über die Wendung, die das Gespräch genommen hatte. Es war vielleicht nicht die Antwort auf die Frage, warum der Mann, der vor den Zug gefallen war, einen Schließfachschüssel der British Library bei sich gehabt hatte, aber es war wenigstens eine plausible Erklärung. Eine Frage weniger, deretwegen sie sich den Kopf zerbrechen musste. Das glich das miese Gefühl, vorhin praktisch gefeuert worden zu sein, verblüffend gut aus. Sie war unerwartet wohlgelaunt, als sie ihr Fahrrad aufschloss und losfuhr, hügelaufwärts nach Tufnell Park.

Als sie die Wohnung betrat, hörte Laurie Gelächter und folgte dem Geräusch in die Küche. Dad und Jess lieferten sich gerade eine Art Wettschneiden. Dad hatte ihr offensichtlich seine Technik gezeigt – die, bei der man das Messer auf der Spitze drehte; Laurie erinnerte sich, dass er ihr das vor Jahren ebenfalls beigebracht hatte. Das mit der Geschwindigkeit schien Jess hinzubekommen, nicht aber die Genauigkeit. Die Dicke der Zucchinischeiben auf ihrem Schneidebrett variierte zwischen einem Millimeter und über zwei Zentimetern. Laurie fand es irgendwie ein wenig kränkend, sie so zu sehen, doch sie unterdrückte den Drang, eine spitze Bemerkung darüber zu machen, wie gefährlich es sei, mit Messern herumzuspielen.

Sie hörten auch sofort auf, als sie sie in der Tür stehen sahen. Dad lächelte breit. »Hallo, Schatz. Heute Abend gibt's Gemüsepfanne, wenn dir das recht ist. Im Kühlschrank ist Wein. Wir feiern meinen Triumph.«

In der Flasche Gewürztraminer war gerade noch genug für ein Glas. Laurie schenkte sich ein und setzte sich. Dad und Jess brauchten anscheinend keine Hilfe. Und dies schien nicht der richtige Moment zu sein, das Thema anzuschneiden, wo sie den Tag zugebracht hatte. Stattdessen nutzte sie den Aufhänger, den Dads Bemerkung ihr geliefert hatte. »Deinen Triumph?«

Dad schaute vom Küchentresen auf, wo er gerade Jess' Zucchinischeiben auf eine einheitliche Dicke zurechtschnitt, und lächelte. »Der Mann, den du vor den Zug hast fallen sehen, hieß William Pennington. Er war sechzig Jahre alt und hat in Watford gewohnt. Bist du beeindruckt?«

William Pennington? Es war gut, dem Gesicht einen Namen zu geben. Ja, dachte Laurie, er hatte ausgesehen wie ein William. So würde sie jetzt an ihn denken. »Mr Pennington« war zu förmlich für jemanden, den man hatte sterben sehen, und »Billy« oder »Will«, das ging einfach nicht. Derweil wartete Dad auf eine Antwort; sie musste ihm eine geben. »Na los, sag, wie du's rausgefunden hast.«

»Du hast wohl noch nie das *Camden New Journal* gelesen, oder?« Bestimmt machte Laurie ein angemessen verständnisloses Gesicht. »Das ist eure Lokalzeitung. Unten im Flur liegt die stapelweise rum. Ich dachte, das sind vielleicht die Leute, die Bescheid wissen oder die mir wenigstens sagen können, wo ich suchen soll. Also war ich bei denen in der Redaktion; die ist in Camden, gleich neben der Bushaltestelle. Habe mich da mit einem netten Mann unterhalten; der schien sich zu freuen, dass ihm mal jemand eine richtige Frage stellt. So hat man früher als Zeitungsreporter angefangen – bei einem Lokalblatt, und dann weiter zu den Überregionalen. Würde mich nicht wundern, wenn der einfach nicht weitergekommen ist. Jedenfalls, das ist so ein richtiger altmodischer Enthüllungsjournalist, mit der passenden Aktenablage. Hat fünf Minuten gebraucht, um deinen Mann aus der U-Bahn zu finden, in einem Bericht, dass die Anhörung darüber verschoben worden ist, bis der psychiatrische Bericht vorliegt. Er sagt, das heißt, er ist gesprungen.«

Laurie seufzte. Ihre Aussage hatte überhaupt nichts bewirkt. »Aber ich hab doch gesehen, wie er gefallen ist. Das habe ich der Polizistin auch gesagt.«

»Allem Anschein nach gibt es in der U-Bahn weniger als einen tödlichen Unfall pro Jahr. Immer wenn's aussieht, als sei jemand vor den Zug gefallen, stellt sich am Ende raus, dass er gesprungen ist.«

»Aber ich hab's doch selbst gesehen.« Laurie konnte sich nur wiederholen. Es war dermaßen frustrierend.

»Bist du dir da wirklich sicher? Selbst wenn er nicht gesprungen ist, was ist, wenn er geschubst wurde?«

»Dad – das ist doch lächerlich. Wie wahrscheinlich ist das?«

»Na ja, offenbar wahrscheinlicher, als dass er einfach gefallen ist. Wie auch immer, ich dachte, ich fahre morgen vielleicht mal nach Watford rauf und besuche Mrs Pennington. Mal sehen, ob die mir ein bisschen was erzählen kann.«

»Dad! Du kannst doch da nicht einfach so reinschneien, zwei Wochen nachdem ihr Mann gestorben ist. Dann wärst du wie so ein Boulevard-Reporter, der ihre Trauer nicht respektiert.«

»Also, allzu verstört kam sie mir nicht vor, als ich vor ein paar Stunden mit ihr telefoniert habe. Sie schien sich sogar ziemlich zu freuen, dass mich das Ganze interessiert.«

»Du hast sie doch nicht etwa angerufen! Was hast du dir denn dabei gedacht?«

»Ich hätte ihr natürlich lieber geschrieben. So sollte man das nach einem Todesfall machen, aber dafür haben wir keine Zeit.«

»Dann war er also verheiratet«, überlegte Laurie laut. »Warum auch nicht. Ich komme mit, wenn dir das recht ist.«

Während des ganzen Gesprächs hatte Jess weitergeschnippelt. Doch sie hatte eindeutig zugehört, wie ihr erster Gesprächsbeitrag zeigte: »Ist bei der Arbeit immer noch nicht viel los?«

Na schön. Irgendwann musste sie es ihnen ja sagen. »Wie es aussieht, wird das wohl nicht das Problem sein.« Laurie machte sich daran, ihren Tag zu schildern.

Jess' Antwort war äußerst wortgewandt, sie brachte genau die Mischung aus Mitgefühl und Entsetzen zum Ausdruck, die Laurie brauchte, lieferte aber auch gleich den nötigen Trost mit. »Du weißt doch, dass du kein Problem haben wirst, was Neues zu finden, oder?« Dad dagegen war viel zurückhaltender. Nur die Art und Weise, wie er auf jene letzte Bemerkung ansprang –»Ja, das stimmt!« –, verriet, dass er besorgt war.

Jess bemerkte Dads Tonfall ebenfalls und machte sofort einen Vorschlag, damit sich die allgemeine Stimmung hob. »Wisst ihr was? Wir schauen uns eine Folge *University Challenge* an. Ich habe mehrere in der Mediathek, die ich noch nie gesehen habe, ich versprech's. Ein bisschen Frage-und-Antwort-Wettbewerb zum Ablenken.«

Dad war sichtlich perplex, doch Laurie musste lächeln. »Ich weiß, mich wirst du schlagen, aber wenn du Dad herausforderst, dann hast du dir vielleicht ein bisschen viel vorgenommen. Als ich klein war, habe ich gedacht, er weiß alles. Und ich bin mir nicht mal jetzt ganz sicher, dass ich mich da geirrt habe.« Dann wandte sie sich ihm zu, um ihm die Sache zu erklären. »Das ist eine von Jess' kleinen Marotten. Tu ihr den Gefallen. Wenn du die Antwort weißt, schrei sofort los, aber es zählt nur, wenn du was sagst, bevor jemand auf dem Bildschirm den Summer drückt.«

Also scrollte Jess nach dem Abendessen durch die Mediathek, und die Titelmelodie von *University Challenge* ertönte.

»Meine Güte, ich dachte, das läuft schon seit Jahren nicht mehr«, bemerkte Dad.

Dann begannen die Fragen. Genau wie Laurie prophezeit hatte, wusste Jess viel mehr als sie. Beim ersten Mal hatte sie erklärt, warum. »Ist wohl das Ergebnis einer klassischen Schulbildung, kombiniert mit dem Allgemeinwissen, das sich mit dem Alter einstellt.« Laurie punktete ein paarmal mit Kopfrechnen und einem Glückstreffer, basierend auf etwas, was sie von Mum her noch halb in Erinnerung hatte, aber damit hatte es sich. Jess schien auf einen leichten Sieg zuzusteuern. Und dann kam Dad in Fahrt. Am Ende der ersten Folge war er Jess dicht auf den Fersen. Während der zweiten wusste er anscheinend die Antwort auf jede einzelne Frage. Jess nahm ihre Niederlage mit Würde hin, wollte aber trotzdem noch eine Revanche. Dad war ebenfalls ganz wild darauf – Laurie wusste nicht mehr, wann sie ihn das letzte Mal so aufgekratzt erlebt hatte. Doch sie zumindest hatte genug und ließ die beiden allein weitermachen.

Aber Jess hatte mit ihrem Vorschlag richtiggelegen. Es hatte Spaß gemacht – besonders wie Dad darauf eingestiegen war. Das Ganze hatte Laurie so aufgemuntert, dass sie sofort ihren Lebenslauf hervorsuchte und überlegte, wie sie den für die Agentur aufpeppen könnte.

Dann suchte sie online nach der besten Route nach Watford: nicht weiter überraschend, stellte sich heraus, dass es mit einem Zug von Euston Station aus am schnellsten ging. Ihre E-Mails herunterzuladen dauerte eine Weile. Wie konnten sich in zwei Tagen hundertneununddreißig Mails angesammelt haben? Mail Nummer 53 war das Problem. Da war eindeutig ein großer Anhang dran; dauerte eine gefühlte Ewigkeit, bis der Computer wieder anfing, schnell zu zählen, 54, 55, 56 und weiter. Laurie erschrak unterdessen kurz, als ihr klar wurde, dass die Nachricht, die alles aufgehalten hatte, von ihr selbst kam. Da war sie: die E-Mail, die den ganzen Ärger verursacht hatte. Es konnte wohl nicht schaden, die an Henry weiterzuleiten, als Beweis dafür, dass sie nichts Schlimmes getan hatte.

Dad und Jess sahen immer noch fern und schrien den Bildschirm an, als Laurie ins Bett ging.

DONNERSTAG, 6. AUGUST

10 UHR

Laurie und Dad gingen zusammen zum U-Bahnhof Tufnell Park. Beide hatten sich für diesen Anlass ordentlich angezogen; Laurie trug ihr Kleid von Zara und sah aus, als sei sie auf dem Weg zur Arbeit. Dad war so elegant aus dem Bad gekommen, wie sie ihn schon lange nicht mehr gesehen hatte, in einem braunen Leinenanzug, der so knitterfrei war, dass er nur neu sein konnte. Er hatte ein betretenes Gesicht gemacht, als Laurie bei dem Anblick die Brauen hochzog. »Ich dachte, alte Klamotten sind nicht ganz das Richtige für eine trauernde Witwe. Jess war mit mir einkaufen. Gefällt er dir?«

Laurie hatte, fast ohne nachzudenken, Ja gesagt, jetzt jedoch, als sie Seite an Seite dahingingen und sie kurz zu ihm hinüberschielte, fiel ihr plötzlich auf, wie gut Dad eigentlich aussah. Natürlich hatte er sich immer seine schlanke Figur bewahrt; das war wohl ein Vorteil des Landlebens. Sie hakte sich bei ihm ein und drückte ihm einen Kuss auf die Wange.

In der Northern Line war es so heiß und stickig wie eh und je. Dads Anzug sah allmählich nicht mehr so makellos glatt aus. Später, als er Laurie in dem leeren Zug von Euston Station aus gegenübersaß, zog er eine Krawatte aus der Tasche und schlang sie mit der geübten Leichtigkeit eines Mannes, der das jeden Morgen tut, zu einem Knoten. Vermutlich war das etwas, was man nie mehr verlernte, wenn man es einmal konnte. Die Krawatte kannte Laurie nicht – recht nüchtern, eckig und mit waagerechten Streifen in gedämpftem Grün und Blau. Tatsächlich stand sie Dad ausgezeichnet. Sie überlegte, ob die wohl auch neu war, doch das Auftauchen des gestrigen Kreuzworträtsels aus einer anderen Tasche verhinderte jegliche Frage. Sie begnügte sich damit, aus dem Fenster zu schauen. Erst als der Zug in Watford Junction einfuhr, versuchte Dad, eine Unterhaltung in Gang zu bringen. »Ich dachte, wir improvisieren bei Mrs Pennington ein bisschen. Alles, was ich ihr bisher erzählt habe, ist, dass du mit ihm auf dem Bahnsteig warst. Ich weiß nicht, wer von uns bei dem Gespräch die Führung übernehmen soll – das kommt ein bisschen darauf an, in was für einer Verfassung sie ist.«

»Dann weiß sie also eigentlich gar nichts über uns?« Laurie konnte Dads Chuzpe nur bewundern. »Woher weißt du, dass sie uns nicht sofort rausschmeißt, wenn wir da aufkreuzen?«

»Ich weiß es eben nicht, aber ein Versuch schadet doch nie, nicht wahr?«

Dad hatte sich den Weg offenkundig genau eingeprägt. Sie gingen an Häusern vorbei, die durch Auffahrten und unkrautfreie Rasenflächen von der Straße getrennt waren. Ein paar Kinder rannten, unterwegs auf irgendeinem unbekannten Botengang, an ihnen vorbei; ihr Gelächter hing noch lange in der Luft, nachdem sie fort waren. Zwischen Lauries Schulterblättern begann es zu kribbeln. Sie stellte sich vor, wie sich die Gardinen regten, wenn sie vorbeigingen.

»Dad«, fragte sie plötzlich, »warum machst du das?«

Dad blieb stehen und sah sie an. »Was meinst du?«

»Du weißt, was ich meine. Du fährst nie weg, schon gar nicht im Sommer. Du hasst London. Und trotzdem bist du plötzlich hier und hast dich in Sherlock Holmes verwandelt. Und erzähl mir bitte nicht, dass du dich bloß um mich sorgst. Das erklärt vielleicht, warum du zu Besuch kommst – gerade eben so –, aber ganz bestimmt nicht all das hier.« Mit einer Geste deutete Laurie auf die Vorortidylle um sie herum.

»Na ja, vielleicht wird's ja Zeit, dass ich mal ein bisschen mehr rauskomme.«

»Dad!«, warnte Laurie. Mit so einer Antwort würde sie ihn nicht davonkommen lassen.

»Okay.« Dad zögerte kurz. »Weißt du noch, wie wir im Fernsehen *True Grit* gesehen haben, als du klein warst? Ein Western mit John Wayne. Das war einer von Mums Lieblingsfilmen.«

Daran erinnerte sich Laurie. Sie nickte.

»Also, da gibt's eine tolle Textzeile. Der alte Scout schaut das Mädchen an, das partout nicht zurückbleiben will; ich glaube, sie zwingt ihr Pferd, durch einen Fluss zu schwimmen. Jedenfalls schaut er sie an und sagt: ›Sie erinnert mich an mich.‹ Daran musste ich denken, als du unbedingt nach London zurückwolltest, um dem nachzugehen, was dir zu William Pennington eingefallen war. Und dann habe ich noch ein bisschen länger darüber nachgedacht – als du weg warst –, und mir ist klar geworden, dass du mich vielleicht nicht so siehst. Auf jeden Fall habe ich mich die letzten paar Jahre bestimmt nicht so verhalten. Jedenfalls, was ich sagen will, ist wohl, dass du mich in nächster Zeit öfter in London sehen wirst.«

Laurie dachte über diese Antwort nach, während sie weitergingen; sie war verblüfft, wie gut sie sich dabei fühlte. Dad war in jeder Darreichungsform toll, aber in einer, die ein bisschen von der alten Dynamik hatte? Das wäre wunderbar.

In der Chestnut Avenue gab es nur Einfamilienhäuser, stabil aus mattrotem Backstein gebaut: Häuser, in denen man, umgeben von Mittelklassekomfort, eine Familie gründen konnte. An der Ecke stand sogar eine altmodische Telefonzelle. Das Haus mit der Nummer 37 schien weniger Modernisierungen mitgemacht zu haben als seine Nachbarn: Die Garage war nicht vergrößert worden, das Erkerfenster war anscheinend noch immer mit den ursprünglichen kleinen Rautenscheiben in Bleifassung verglast, und die Haustür war relativ schlicht; eine Holztür ohne nachträglich angebaute Veranda. Dad klingelte. Während der darauffolgenden Pause rückte er seine Krawatte zurecht und fuhr sich mit der Hand übers Haar. Laurie war seltsam nervös. Was taten sie hier? Wie mussten sie aussehen? Dann hörten sie, wie ein Riegel zurückgeschoben wurde; eine Frau in Jeans und einem gestreiften Baumwollhemd, dessen Ärmel bis zu den Ellenbogen hochgekrempelt waren, öffnete die Tür. Ihr graues Haar passte nicht ganz zu ihrem Gesicht, das einer jüngeren Frau zu gehören schien: relativ faltenfrei, aber so lebendig, dass Botox nicht der Grund dafür sein konnte. Sie hätte in jedem Alter zwischen vierzig und sechzig sein können. Fragend sah sie sie an.

»Mrs Pennington?« Auf ein bestätigendes Nicken hin fuhr Dad fort: »Mein Name ist David Bateman, und das ist meine Tochter Laurie. Wir haben gestern telefoniert.«

»Ach ja.« Die Stimme der Frau war überraschend tief und kräftig. Laurie betrachtete sie mit neuem Interesse. Mrs Pennington jedoch schaute an ihnen vorbei.

Laurie drehte sich um und folgte ihrem Blick. Auf der anderen Straßenseite fuhr gerade ein Auto weg; die Sonne spiegelte sich auf getönten Scheiben, die nur an einem Tag wie heute nötig sein konnten. Vermutlich hatte das helle Aufblitzen Mrs Penningtons Aufmerksamkeit erregt. Vielleicht dachte sie, das sei das Taxi von Dad und Laurie? Es konnte nicht schaden, sie da eines Besseren zu belehren. »Wir sind mit dem Zug gekommen.«

»Sicher. Kommen Sie lieber rein. Ich hoffe, meine Gartenklamotten stören Sie nicht.« Mrs Pennington trat von der Tür zurück, um sie vorbeizulassen, und fingerte am obersten Knopf ihres Hemds herum. Dabei spielten Muskeln an ihrem Unterarm, was ihr ungeachtet ihres hübschen Gesichts etwas leicht

Maskulines verlieh. Sie bemerkte Lauries Blick, schien ihn aber falsch zu interpretieren. »Das ist ein altes Hemd von meinem Mann.« Mehr war nicht nötig. Ohne Vorwarnung gab sie einen seltsamen klagenden Laut von sich, ein Vorbote des heftigen, krampfhaften Schluchzens, das gleich darauf ihren Körper schüttelte, und der Tränen, die über das plötzlich verzerrte Gesicht strömten.

Dad übernahm die Regie; er lotste Laurie und die Trauernde in einen Wintergarten mit Korkfußboden und machte Tee. Unsicher saß Laurie neben Mrs Pennington auf einem Rattansofa und hielt ihre Hand, während das Schluchzen langsam nachließ. Sie wusste nicht, was sie sagen sollte. Wie tröstete man eine Wildfremde, jemanden, der alt genug war, um ihre Mutter zu sein? Am Ende blieb sie stumm; ihre Gegenwart allein schien Trost genug zu sein.

Als Mrs Pennington schließlich wieder etwas sagte, war ihr Ton gefasst. Sie hatte sich wieder unter Kontrolle. »Wir haben keine Kinder – hatten eigentlich nie das Bedürfnis. Ich hatte mein Yoga – wissen Sie, ich unterrichte Yoga – und den Garten. Er hatte seine Arbeit und sein altes Auto.« Ihre Stimme war wirklich kräftig, wie die einer Sängerin, doch sie klang, als hätte sie einen Sprung. Sie hielt inne. Rasch schaute Laurie zu ihr hinüber. Mrs Pennington sammelte sich wieder und schien es nicht eilig zu haben, ihre Hand wegzuziehen. »Sie haben sich das mit dem Hemd schon gedacht, nicht wahr? Wegen der Knöpfe? Sehen Sie, es riecht immer noch nach ihm. Ist das albern?«

Laurie schüttelte den Kopf, und Mrs Pennington sprach weiter. »Jetzt hat sich herausgestellt, dass er im Juni seinen Job verloren hatte. Er hat es mir nicht gesagt, ist einfach weiter morgens aufgestanden, hat seinen Anzug angezogen und ist losgegangen. Ich meine, warum hat er das getan?«

Laurie versuchte gar nicht erst zu antworten.

»Und dann wirft er sich vor einen Zug. So etwas Unnatürliches. Ich verstehe das nicht. Wir hätten das doch hinbekommen. Mit seiner Rente und meinen Yogastunden, da hätten wir doch mehr als genug zum Leben gehabt. Ich dachte, ich kenne ihn. Es fühlt sich an, als hätte ich all die Jahre mit einem Fremden verbracht.«

Jetzt hatte Laurie doch das Bedürfnis, etwas zu sagen. »Er hat sich nicht vor den Zug geworfen. Ich war da, ich habe ihn fallen sehen.«

»Sie waren da? Ach ja, natürlich. Wie hat er ausgesehen?«

»Gut. Sogar recht glücklich. Er hat mich angelächelt. Ich glaube, er wollte mir sagen, dass ich Schmutz auf der Nase hatte. Er hatte einen wunderschönen Anzug an.«

»Den habe ich ihm gekauft – war eigentlich gar nicht sein Stil, um die Wahrheit zu sagen. Ich denke, wahrscheinlich hat er den angezogen, weil er mit mir in die Stadt gefahren ist.«

Ohne dass Laurie die Frage stellen musste, mit deren Formulierung sie sich schwertat, fuhr Mrs Pennington fort: »Ich fahre nicht oft nach London. Wenn doch, dann fahre … dann bin ich immer gern mit William gefahren. Wir haben zusammen den Zug genommen. Ich bin in die Northern Line gestiegen; ich wollte zu der chinesischen Ausstellung im British Museum. Er hat die Victoria Line genommen, so wie immer. Das war das letzte Mal, dass ich ihn gesehen habe – unten an der Rolltreppe zwischen den Bahnsteigen.«

Mrs Penningtons Stimme hob sich bei diesem letzten Satz ein wenig; so tief sie auch war, bekam sie dadurch ein fast sprödes Timbre. Laurie merkte, dass sie sich verzweifelt bemühte, nicht noch einmal zusammenzubrechen. Instinktiv unternahm sie keinen Versuch, die Ältere zu trösten. Stattdessen ließ sie sie Luft holen, ließ ihr Zeit, ein wenig Fassung zurückzugewinnen, ehe sie selbst ihre Behauptung von eben wiederholte. »Er hat sich nicht umgebracht, er ist gestürzt. Ich bin mir sicher, ich habe direkt neben ihm gestanden. Ich habe es gesehen.« Dann hielt sie inne; ihr war nur allzu bewusst, was sie mit »es« meinte und was ihre Worte für die Witwe des Toten bedeuten mochten.

Mrs Pennington jedoch sah ihr unverwandt in die Augen. »Ich wünschte, ich könnte Ihnen glauben. Aber es steht außer Frage, was die Polizei denkt, auch wenn sie's mir nicht ins Gesicht gesagt haben. Ich hatte den Eindruck, die erleben so was andauernd: Menschen, die arbeitslos geworden sind und es nicht über sich bringen, es ihren Ehefrauen zu sagen. Bei der Anhörung wird vielleicht auf ungeklärte Todesursache entschieden, aber das ist doch nur Schönfärberei.«

Sofort dachte Laurie an Mum. Dad hatte doch mehr oder weniger offen gesagt, dass es auch bei ihr Schönfärberei gewesen war. Was würde sie dafür geben, dass ihr jemand sagte, er wüsste, dass es ein Unfall gewesen sei? Nun, das zumindest konnte sie für Mrs Pennington tun. »Ich habe ihn fallen sehen. Der Bahnsteig war total voll. Er hat sich vorgebeugt, um mich anzusprechen. Da hat er das Gleichgewicht verloren.« Noch während sie sprach, überwältigten sie die Erinnerung an den Unfall und ihre Trauer um Mum. Jetzt war sie diejenige, die weinte. Warum glaubte ihr niemand?

»Das stimmt.« Dad war aus der Küche gekommen und stand in der Tür. »Zumindest hat Laurie das gesagt, als sie mich gleich danach angerufen hat. Sie war sich damals sicher, und es sieht so aus, als wäre sie die einzige wirkliche Zeugin. Sie ist nicht der Mensch, der sich so was ausdenkt.«

Mrs Pennington holte tief Luft und schloss die Augen. Als sie sie wieder öffnete, schien sie eine ganz neue Ruhe gefunden zu haben, fast schon ein Akzeptieren dessen, was kommen würde. Jetzt war sie es, die nach Lauries Hand griff. »Ich glaube, wir trinken am besten mal eine Tasse Tee, finden Sie nicht?«

Der Wintergarten war nicht der richtige Ort für ein vertrauliches Gespräch, also setzten sie sich um den Küchentisch. Dies war der Teil des Hauses, in dem alles Wichtige ablief. Laurie konnte Mrs Pennington – oder Margaret, wie sie sie bald anzureden lernte – direkt ins Gesicht sehen, während sie sagte, weswegen sie gekommen war. Dad saß zwischen ihnen am Kopf des Tisches. Er hatte die Geschichte natürlich bereits gehört und war es zufrieden, stumm dabeizusitzen, während Laurie jenen Morgen aufs Neue durchlebte. Doch auf sein Stichwort hin erzählte Laurie auch von ihrem Gespräch mit Sergeant Atkins. Das traf einen Nerv. »Also, anscheinend haben wir beide ganz ähnliche Erfahrungen mit dieser grauenhaften Atkins gemacht. Nicht, dass sie unhöflich zu mir war, aber als wir uns getroffen haben, hatte ich das Gefühl, sie liest aus einem Handbuch für den Umgang mit den Witwen von Selbstmördern vor. Auf jeden Fall hatte sie keine Lust, mir zuzuhören. Hat irgendeine Statistik runtergebetet, von wegen in der U-Bahn gäbe es weniger als einen tödlichen Unfall im Jahr, und dabei vor Anteilnahme nur so getrieft. Ich muss sagen, so von oben herab hat mich in meinem ganzen Leben noch niemand behandelt. Das war ein fürchterlicher Vorgeschmack darauf, wie es sein wird, wenn ich alt bin.« Sie machte eine kurze Pause, bevor sie hinzufügte: »Und von einer Zeugin hat sie ganz sicher nichts gesagt.«

»Glauben Sie, es gibt da eine Art Voreingenommenheit, sodass Unfälle eher als Selbstmord verzeichnet werden?«, wollte Laurie wissen. »Wie so ein Teufelskreis: Weniger als eine Person pro Jahr kommt in der U-Bahn durch einen Unfall ums Leben, also wird bei jedem Todesfall angenommen, dass er durch vorsätzliches Handeln zustande gekommen ist, also weist die Statistik weniger als einen Unfall pro Jahr aus.«

Ein kurzes Schweigen folgte auf diese Bemerkung, lange genug, dass Laurie ihre Worte ein wenig peinlich wurden. Vielleicht war jetzt ja nicht der richtige Zeitpunkt, um nach Mustern zu suchen; für Mrs Pennington war das Ganze doch etwas viel zu Persönliches. Es war Dad, der das Gespräch wieder auf ein spezifisches Thema lenkte. »Würden Sie uns etwas über Ihren Mann erzählen?«

Mrs Penningtons Antwort war etwas indirekt. »Sergeant Atkins schien davon auszugehen, dass es für ihn zu schwer zu ertragen war, als er seinen Job verloren hat, bloß weil er über vierzig Jahre bei derselben Firma gearbeitet hat. Ich weiß nicht. Natürlich gab es auch noch schlimme Neuigkeiten. Zumindest hat er mir das erzählt.«

»Schlimme Neuigkeiten?«, fragte Dad behutsam.

»Nur eine Woche vorher. Ein ehemaliger Kollege von William, er hat sich erhängt. Keine Frau, keine Kinder. Er hat eine Art Abschiedsbrief hinterlassen, aber es hat eine Weile gedauert, bis er gefunden wurde. Sergeant Atkins dachte anscheinend, das hätte William den Rest gegeben.«

»Ein ehemaliger Kollege? Haben sie sich sehr nahegestanden?«

»Ich weiß nicht. Auf jeden Fall haben sie sich sehr lange gekannt. Roger hat ein paar Jahre nach William bei Sanderson's angefangen. Er war Leiter der Finanzabteilung – so was in der Art. William war Vertriebsleiter. Die Firma vermittelt Mitarbeiter; William hat gleich nach der Schule da angefangen, da war's noch ein Ein-Mann-Betrieb. Die sind auf IT spezialisiert. William hat immer gesagt, Computer sind die Zukunft. Und sehr lange hat es ausgesehen, als hätte er recht.« Margaret verstummte, verlor sich in Erinnerungen.

»Erzählen Sie weiter«, drängte Dad.

»Nun ja, William hat immer gesagt, es wäre der Millennium Bug gewesen – nur eben nicht so, wie alle gedacht haben. Damals herrschte der absolute Boom, wissen Sie. Es gab nicht genug Programmierer. Headhunter konnten verlangen, was sie wollten. Sanderson's hat expandiert, um mit der Nachfrage mitzuhalten. Und dann ist das Ganze natürlich vor die Wand gefahren. Neujahr 2000: Die Welt war nicht untergegangen, all die Programmierer waren plötzlich überflüssig.«

»Wieso heißt die Firma Sanderson's?«, erkundigte sich Laurie.

»Peter Sanderson hat sie gegründet. Er ist schon seit ein paar Jahren tot und hatte die Firma auch schon an Dominic übergeben.« Margarets Tonfall veränderte sich, als sie den Namen aussprach.

»Und wer hatte 2000 die Leitung?«

»Das war damals schon Dominic.« Margaret schürzte die Lippen. »Er war noch nicht mal dreißig und musste all die Leute entlassen. William war ziemlich beeindruckt von seiner Entschlossenheit, und dann hat er allmählich befürchtet, dass es ihm Spaß gemacht hat. Jedenfalls haben die beiden die Firma am Laufen gehalten, aber sie ist jetzt sehr viel kleiner als früher.«

»Warum hätte er William dann jetzt entlassen sollen?«

»Das müssen Sie Dominic fragen, aber ich glaube nicht, dass Sie eine ehrliche Antwort kriegen würden. Er hat mir nach Williams Tod geschrieben, um mir sein Beileid auszusprechen. Aber entschuldigt hat er sich nicht. Hat es als ›Frührente‹ bezeichnet. Ich habe den Brief zerrissen. Der Mann war schon immer irgendwie seltsam.«

»Stand William kurz vor der Rente?«

»Ein paar Jahre hätte es noch gedauert. Wissen Sie, er war erst sechzig. Und zu mir hat er ganz bestimmt nichts davon gesagt, dass er aufhören wollte zu arbeiten.«

Damit hätte Laurie es bewenden lassen. Sie waren wieder da, wo sie angefangen hatten. Es war doch sinnlos, weiter zu stochern. Sie wollte woanders sein, weit weg von diesem Vorort-Trauerhaus. Ganz plötzlich dachte sie an Paul. Sie kostete den

Moment aus, stellte sich vor, was sie wohl tun würden, wenn sie sich das nächste Mal trafen. Als sie Dads Blick auffing, merkte Laurie, wie sie rot wurde. Konnte er ihre Gedanken lesen? Dann wurde ihr klar, dass er sprach, dass er etwas fragte: Ob Mrs Pennington eine Ahnung habe, was ihr Mann gemacht hatte, wenn sie geglaubt hatte, dass er zur Arbeit ginge.

Auch um ihre Verlegenheit zu verbergen, mischte Laurie sich ein: »Könnte er vielleicht in die British Library gegangen sein? Ich habe nämlich einen von den dortigen Schließfachschlüsseln gefunden, ganz nahe bei der Stelle, wo er gestürzt ist.«

Mrs Pennington sah ein bisschen erschrocken aus, dann schien sie sich an etwas zu erinnern. »Er hat immer gesagt, dort drin wäre die Antwort auf jede Frage zu finden. Ich habe ihn nie so aufgekratzt erlebt wie an dem Tag, als er den Brief mit der Zusage für seinen Bibliotheksausweis bekommen hat.« Sie hielt gerade lange genug inne, dass Laurie daran denken konnte, wie sie sich gestern gefühlt hatte, dann fuhr sie fort: »Das ist schon ein paar Jahre her. Er hatte diese Idee, ein Buch darüber zu schreiben, ob in Zentralasien noch Nachfahren von Alexander dem Großen leben.« Sie lachte kurz auf und schüttelte den Kopf. »Na ja, so hatte er samstags etwas zu tun. Dann musste er sein halbes Team bei Sanderson's entlassen und abends länger arbeiten. Am Wochenende war's das Letzte, was er wollte, wieder in die Stadt zu fahren, um etwas über Afghanistan zu lesen. Ich dachte, er hätte das Ganze vergessen.«

Alexander der Große und Afghanistan! Die Idee war verrückt, aber auch toll. Wie würde man so etwas aufziehen? Und William Pennington hatte sich genauso über seinen Bibliotheksausweis gefreut wie Laurie. Sie dachte an sein Lächeln und seinen Anzug. Okay, vielleicht hatte er den ja als Täuschungsmanöver angezogen, damit seine Frau weiter glaubte, er führe zur Arbeit, aber deswegen war er ja nicht weniger elegant. Diesen

Mann hätte sie gern gekannt. »Ich kann mir vorstellen«, sagte sie, »dass es gar nicht so schwer wäre herauszufinden, was er in der Bibliothek gemacht hat. Die haben da doch bestimmt irgendwo gespeichert, welche Bücher sich die Leser bestellt haben.«

Mr Penningtons Brieftasche sowie die anderen persönlichen Gegenstände, die bei seiner Leiche geborgen worden waren, lagen noch immer bei der Polizei. Laurie spielte mit dem Gedanken vorzuschlagen, dass Dad sich als der Tote ausgeben könnte. Bestimmt wäre es nicht allzu schwierig, die Bibliothek dazu zu bringen, ihm einen neuen Ausweis auszustellen, wenn er mit dem richtigen Pass und so etwas wie einer Stromrechnung ankam. So genau würden die sich das Foto doch sicher nicht ansehen. Doch bald gab sie diesen Plan auf. Wie sollte sie Margaret so etwas vorschlagen? Außerdem wäre ein neuer Ausweis ohne das Passwort ihres Mannes immer noch nutzlos. Das zumindest war etwas, was sie ansprechen konnte. »Selbst wenn wir seinen Bibliotheksausweis hätten, bräuchten wir natürlich auch sein Passwort.«

»Also, zumindest damit kann ich wahrscheinlich helfen«, meinte Margaret. »William hatte immer eine Liste mit all seinen Passwörtern in der Schreibtischschublade.« Sie verschwand kurz und kam mit einem DIN-A4-Blatt wieder. »Also, William war ziemlich kryptisch, als er die aufgeschrieben hat. Was glauben Sie, wonach ich suchen soll?«

Laurie registrierte das »ich« und versuchte nicht, Margaret über die Schulter zu schauen, als diese die Liste überflog. Stattdessen holte sie ihren eigenen Bibliotheksausweis hervor. Über dem Ablaufdatum war ein Code, gleich rechts neben dem Foto. »Vielleicht nach einer Art Mitgliedsnummer? Meine ist sechsstellig.«

»Ah ja. Hier haben wir's. Drei-sechs-vier-fünf-eins-eins.« Laurie widerstand dem Bedürfnis, sich die Nummer aufzuschreiben. »Und daneben hat er ›d-n-u-l-l-g‹ getippt. Das ist bestimmt das Passwort.«

Laurie überlegte. Dnullg? Konnte das ein Passwort sein? Mussten die nicht mindestens sieben Zeichen haben? Wie viele Fragen konnte sie noch stellen? Dann erhob sich Dad. »Margaret, das war wirklich nett von Ihnen. Aber ich glaube, jetzt gehen wir lieber, es sei denn, Sie wollen, dass wir bleiben. Wir haben Sie lange genug belästigt.«

Er hatte genau den richtigen Augenblick erwischt. Mrs Pennington machte keinen Versuch, sie am Gehen zu hindern. Ein paar Minuten später waren sie draußen und machten sich auf den Weg zurück zum Bahnhof.

»Danke, dass du auch gesagt hast, er wäre gefallen«, sagte Laurie.

»Na ja, letzten Endes schien es mir nicht richtig, zu fragen, ob er vielleicht geschubst worden sein könnte. Zunächst einmal bin ich dir zuliebe für alles offen, was das angeht.«

Laurie überlegte gerade, ob es sich lohnte, noch einmal zu bekräftigen, dass sie sich sicher war, als Dad das Thema wechselte. »Ich frage mich ja, ob sie das alles je bis zum Ende durchdenken wird.«

»Wie meinst du das?«

»Na, von Euston Station bis zur British Library sind es doch nur fünf Minuten zu Fuß.«

»Und?«, erwiderte Laurie, ohne nachzudenken. Dann wurde ihr die Bedeutung schlagartig klar. »Ich verstehe, was du meinst. Wieso hätte er in die U-Bahn steigen sollen, um da hinzukommen?«

»Ich fürchte sehr, er hat das nur getan, weil seine Frau bei ihm war. Und ich dachte, wir gehen lieber, ehe sie zu demselben Schluss kommt.«

»Stimmt«, meinte Laurie. »Aber schade war's schon, gerade als wir angefangen haben, Fortschritte zu machen.«

»Oh, ich glaube, wir haben so viel herausgefunden, wie es bei einem ersten Besuch möglich war.«

»Hm.« Lauries Zustimmung war definitiv halbherzig. »Weißt du, bei dem Passwort, das sie da gefunden hat, bin ich mir nicht sicher. Ich habe gestern auch eins festgelegt; die müssen mindestens sieben Zeichen haben. Das, was sie uns gesagt hat, hat nur sechs.«

»Richtig.« Dad konnte den triumphierenden Tonfall nicht unterdrücken. Aber wo du ›d-n-u-l-l-g‹ gehört hast, habe ich ›d-null-g‹ gehört. Margaret sagt, er war kryptisch. Das war einfach seine Art, ›dog‹ zu schreiben – Hund.«

Laurie fielen alle möglichen Antworten auf dieses Hirngespinst ein, doch sie beschränkte sich auf ein einsames, nicht völlig ablehnendes »Und?«.

»Und in der Küche steht ein Hundenapf auf dem Boden. Da steht ein Name drauf: Freddie. Da hast du deine sieben Zeichen.«

16 UHR

Es war rührend, wie aufgeregt Dad war, als sie sich an seinen Computer setzten. Er bestand darauf, dabei zu sein, als Laurie auf der Website der British Library suchte, bis sie *Einloggen als Bibliotheksausweisbesitzer* fand. Hatte sie sich sein zustimmendes Brummen nur eingebildet, als sie *364511* eingab? Es bestand kein Zweifel, dass sie ihr Zahlengedächtnis von ihm hatte. Hätte sie die Ziffernfolge vergessen, die Mrs Pennington vorgelesen hatte, so hätte er mit Sicherheit bereitgestanden, die Lücke zu füllen. Und jetzt das Passwort. Zuerst versuchte sie es mit *fred-*

die, alles kleingeschrieben. Falsch: die rote Fehlermeldung oben auf dem Bildschirm war unmissverständlich. *Freddie* zeitigte dasselbe Ergebnis.

»Versuch mal, den Großbuchstaben in dem Wort zu verschieben, von vorn nach hinten«, schlug Dad vor. *fReddie, frEddie, freDdie, fredDie, freddIe* und *freddiE* waren alle gleichermaßen erfolglos. Nur so zum Spaß versuchte Laurie es mit *dnullg*. Vergeblich.

»Das Problem ist«, meinte Laurie, »selbst wenn du mit ›freddie‹ recht hast, könnte er das Wort irgendwie manipuliert haben, auf eine Art und Weise, die nur er kennt.«

»Nein«, erwiderte Dad mit verblüffender Gewissheit. »Dann hätte er es sich nämlich merken müssen. Es muss etwas Einfaches sein.«

»Und wenn er noch einen anderen Hund hatte, einen, der gestorben ist? Oder ein Stofftier, als Kind?«

»Das ist alles möglich«, gab Dad zu. Er klang ernüchtert oder zumindest nachdenklich.

Laurie versuchte, sich mit ihren eigenen Daten einzuloggen. Es war ganz einfach. Sie konnte, wie sie feststellte, von zu Hause aus bequem jedes Buch bestellen, das sie wollte, und es würde im Lesesaal auf sie warten, wenn sie dort ankam. Und was noch wichtiger war, es gab da einen Button oben auf der Seite: *Meine Lesesaal-Bestellungen*. Sie klickte darauf, gab noch einmal ihre Daten ein und landete direkt auf einer Seite mit drei Tabs. *Laufende Bestellungen* und *Erfolglose Bestellungen* waren leer, *Frühere Bestellungen* jedoch zeigte in aller Deutlichkeit die Aktivitäten des gestrigen Tages. Hinter ihr brummte Dad: »Es gibt doch nichts Besseres gegen Weltschmerz als ein bisschen Georgette Heyer.«

Laurie schloss die Seite und stand auf. »Ich gehe spazieren«, verkündete sie. »Den Kopf freikriegen.« Sie musste eine Weile weg von Dad. Es war schön, den Tag mit ihm zu verbringen, aber er kannte sie zu gut. Außerdem wäre das heute ihre erste Chance, Paul anzurufen. Vielleicht würde sie ja in fünf Minuten mit ihm sprechen!

»Hi, hier ist Paul. Ich kann gerade nicht ans Telefon kommen, aber wenn Sie eine Nachricht hinterlassen, rufe ich zurück.«

Das war zwar Pauls Stimme, aber kein Ersatz für ein Gespräch mit dem echten Paul. Laurie gab sich alle Mühe, nach dem Signalton positiv rüberzukommen. »Hi, hier ist Laurie. Ruf mich an, wenn du kannst. Ich würde echt gern mit dir reden.« Vielleicht lag sein Fitnessstudio ja im Souterrain, überlegte sie. Das würde erklären, warum sie immer gleich bei der Mailbox landete. Sie ging weiter.

Als sie um die Ecke bog, fiel Laurie plötzlich wieder der Streit ein, den sie vor ein paar Tagen mit angesehen hatte. Wie kam sie denn jetzt darauf? Der Mann hatte mit Schimpfwörtern nur so um sich geworfen. Also, mit einem Schimpfwort, aber dann hatte er sich merkwürdig geziert, das Wort »Kacke« auszusprechen. Wie hatte er das gemacht? »K-vier-c-k-e«. Laurie gefiel die Vorstellung, ein Wort zu verfremden, indem man einen Vokal durch eine Ziffer ersetzte. Genau das hatte William Pennington laut Dad mit dem Wort »Dog« gemacht – er hatte einfach nur das »o« durch eine Null ersetzt, als er den Hinweis auf das Passwort aufgeschrieben hatte. Eigentlich konnte man das ja mit jedem Vokal machen: »A« wäre »4«, »E« wäre »3«. Laurie kam nicht mehr dazu, zu überlegen, was »U« wäre. Sie hatte eine Idee. Nichts wie nach Hause.

fr3ddie: Das war's! Laurie hatte sich als jemand anders auf der Website der British Library eingeloggt. Tat sie hier etwas Illegales? Sollte sie sich so freuen? Wen kümmerte das? Während Dad zusah, klickte sie auf *Meine Lesesaal-Bestellungen* und gab abermals Benutzernummer und Passwort ein. Genau wie bei ihr war die Seite *Laufende Bestellungen* leer. Sie klickte auf den Tab für *Frühere Bestellungen*, gab als Zeitrahmen das ganze Jahr ein, und augenblicklich hatte sie die vollständige Liste mit allem, was William Pennington gelesen hatte, vor sich.

Titel wie *The Greek Kingdom of Bactria from Alexander to Eucratides the Great* und *A History of the Moghuls of Central Asia* sprangen ihr ins Auge. Was hatte Margaret noch mal gesagt, wofür ihr Mann sich interessiert hatte – dass es in Afghanistan vielleicht Nachkommen von Alexander dem Großen gab? Also, keine Ungereimtheiten festzustellen: William Pennington nahm seine Recherche ernst. Dad zeigte auf das Datum neben den ersten Titeln auf der Liste. »Es scheint, als hätte er die da am Tag vor seinem Tod bestellt. Sieht mir nicht nach einem Mann aus, der sich das Leben nehmen will.«

»Nein«, pflichtete Laurie ihm bei, »aber ich weiß nicht, ob die Polizei das auch so sehen wird. Wenn wir uns seine erfolglosen Bestellungen anschauen, sehen wir wahrscheinlich, ob er sich Bücher für die Tage danach bestellt hat.« Sie klickte den entsprechenden Tab an und gab dieselben Daten in die Suchkästchen ein. Nur drei Bücher waren aufgeführt, und alle waren Monate vor William Penningtons Tod bestellt worden.

»Na schön«, meinte Dad. »Gibt ja wohl auch keinen Grund, warum er Bücher im Voraus bestellen musste.«

Laurie schwieg eine Weile und betrachtete die Titel der Bücher, die er nicht mehr hatte lesen können. Bei zweien ging es eindeutig ebenfalls um Zentralasien, doch es war der dritte Titel, der ihr auffiel: *Rentenfondsdefizite und Mindestdotierungsverpflichtungen.* War das nur ein Ausreißer, das einzige Mal, dass sich William Pennington auf dieses spezielle Gebiet verirrt hatte? Nein, eine rasche Überprüfung von *Frühere Bestellungen* zeigte, dass er ungefähr um dieselbe Zeit eine ganze Anzahl ähnlicher Titel geordert hatte und zumindest auch dazu gekommen war, diese Bücher abzuholen. Tatsächlich, stellte sie fest, waren das die ersten Bücher gewesen, die er sich dieses Jahr bestellt hatte, fast als hätte ihn der Wunsch, mehr über Renten zu erfahren, wieder in die British Library zurückkehren lassen. Was hatte er herausfinden wollen?

FREITAG, 7. AUGUST

8.30 UHR

Da könnte man ja genauso gut gegen Wände reden! Ich weiß, die Jugend kommt angeblich morgens schwer in Gang, aber es ist doch nun nicht gerade unchristlich früh.«

Erschrocken blickte Laurie von ihrem Teller auf. Ihre Gedanken waren abgeschweift, das stimmte: zu Paul und wann er wohl anrufen würde. Zur Arbeit und ob sie dort je wieder hingehen würde. Und dann zu William Pennington und seinen komischen Bibliotheksbestellungen. Alles in allem, fand sie, hatte sie guten Grund, nicht besonders gesprächig zu sein. Gerade wollte sie etwas Entsprechendes äußern, als ihr klar wurde, dass Dad eigentlich gar nicht von ihr sprach.

Laurie hatte mitbekommen, dass Jess vor ein paar Minuten zum Frühstückstisch geschlurft gekommen war, doch erst jetzt, als sie Dads Blick folgte, fiel ihr auf, wie sie aussah. Nämlich furchtbar; es gab kein anderes Wort dafür. Ihre Haut war von wächserner Blässe, die die Sonne draußen Lügen strafte. Tiefe Ringe unter den Augen, die sie auf eine Art und Weise alt wirken ließen, wie Laurie sie noch nie gesehen hatte. Zusammengekrümmt saß sie vor einem Teller, der nicht angerührt worden war, zog ihren Morgenrock enger um die Schultern und starrte ins Leere. Normalerweise hätte Laurie auf einen Kater getippt, doch sie wusste, dass Jess gestern Abend früh ins Bett gegangen war. Da hatte sie irgendetwas davon gemurmelt, sie müsse früh raus, wegen der Arbeit. Da war etwas dran; Laurie hatte vielleicht keinen Arbeitsplatz mehr, an den sie zurückkehren würde, Jess dagegen schon. Was war hier los?

Jess schaute auf und begegnete Lauries Blick, dann sah sie Dad an, als sei ihr gerade erst klar geworden, dass er mit ihr gesprochen hatte. »Tut mir leid«, sagte sie so leise, dass sie sich Mühe geben mussten, sie zu verstehen. »Mir geht's heute nicht besonders.« Damit stemmte sie sich hoch, machte kehrt und ging wieder in ihr Zimmer. Die Art und Weise, wie sie die Tür zumachte, zeigte deutlich, dass sie in Ruhe gelassen werden wollte.

Laurie sah ihr nach und dachte daran, was sie hinter dieser Zimmertür vorgefunden hatte. Sie merkte, wie sie rot wurde. War das wirklich erst diese Woche gewesen? Wenn jemand das Recht hatte, mies drauf zu sein, dann war es Jess. Laurie war ihr eine schlechte Cousine gewesen. Aber gestern hatte sie doch noch so fröhlich gewirkt.

»Ich überlege gerade«, begann Dad. »Ich überlege gerade, ob ihr beide vielleicht heute Abend mitkommen wollt? Ich bin zwar kein Fanatiker, der glaubt, die Landluft kann alles kurieren, aber dir schien sie gutgetan zu haben, als du das letzte Mal unten in Somerset warst.«

Heute Abend? War denn schon Freitag? Es war verblüffend, wie schnell Laurie ohne die Büroroutine die Tage aus den Augen verloren hatte. Wie auch immer, was war jetzt mit Dads Angebot? Sie lächelte ihn an. »Gute Idee. Du weißt ja, wie schön Jess es bei dir findet. Wann wolltest du denn losfahren?«

»Nicht zu spät nach dem Mittagessen. Wenn's geht, möchte ich vor der Rushhour weg sein. Ich habe den Shillings gesagt, dass ich zum Abendessen zu Hause bin.«

»Schön. Ich dachte, ich gehe den Vormittag über in die British Library, wenn das okay ist. Ich möchte mir mal ein paar von den Büchern ansehen, die William Pennington bestellt hat, schauen, ob ich schlau daraus werde. Du könntest bestimmt auch mitkommen, wenn du dir irgendwie einen Ausweis besorgen kannst. Zwanzig Jahre als Dozent in Cambridge, das muss doch für irgendwas gut sein, würde ich meinen.«

»Da meinst du richtig. Ich bin schon in die British Library gegangen, bevor du geboren warst.« Das hätte eine Abfuhr sein können, doch Dad hatte diese Bemerkung mit gespielter Altmännerstimme gemacht, die deutlich zeigte, dass er scherzte und dass der Scherz auf seine Kosten ging und nicht auf die seiner Tochter. »Nicht, dass ich meinen Ausweis dabeihätte«, fuhr er mit normalerer Stimme fort. »Und der ist inzwischen auch bestimmt abgelaufen. Als ich das letzte Mal hingegangen bin, war die Bibliothek noch im British Museum. Nein, geh ohne mich. Versuch nur, vor drei wieder da zu sein.«

16 UHR

»Es tut mir leid.« Laurie hoffte, dass sie sich angemessen zerknirscht anhörte. »Ich hatte ja keine Ahnung, dass britische Betriebsrenten so faszinierend sein könnten.«

Laurie hatte noch nie einen Menschen schnauben hören, doch für Dads Reaktion war das die einzig mögliche Beschreibung. Sie sah auf die Uhr. Hatten er und Jess tatsächlich die ganze Zeit dagesessen und auf sie gewartet? Die Taschen, an denen sie im Flur vorbeigekommen war, fielen ihr wieder ein, und sie stöhnte innerlich auf. »Hört zu, es tut mir echt leid. Ich brauche nur fünf Minuten zum Packen.«

Laurie saß hinten in Dads altem Fiesta und kam sich vor wie ein unartiges Kind, das von seinen Eltern nicht beachtet wird. Ihre Bemühungen, Konversation zu machen, waren mit Antworten belohnt worden, deren Kürze keinen Zweifel daran ließ, dass ihr nicht verziehen worden war. Dad widmete seine ganze Aufmerksamkeit der Straße, als wären sekundenschnelle Entscheidungen nötig, obwohl sie im Augenblick im Schritttempo dahinkrochen. Auch das war Lauries Schuld, das wusste sie. Dieser Stau war wohl während der letzten Stunde entstanden; wären sie so losgefahren, wie Dad es gewollt hatte, wären sie inzwischen aus London heraus. Und was Jess betraf, deutete ihre demonstrative Dankbarkeit dafür, dass Dad ihr die Tasche getragen und ihr die Beifahrertür aufgehalten hatte, darauf hin, dass sie sich von ihrem Morgen-Blues einigermaßen erholt hatte. Jetzt jedoch schien sie zu schlafen.

Mit ihren Gedanken allein gelassen, grübelte Laurie darüber nach, was sie an diesem Tag herausgefunden hatte: um genau zu sein, über Defizite in Betriebsrentenfonds und die Verantwortung der Arbeitgeber, diese abzudecken. Sie hatte wirklich nicht geschwindelt, als sie behauptet hatte, dass sie das faszinierend fand. Ein bisschen erinnerte es sie an das, was sie mit Michael gemacht hatte. Doch was war der Grund für William Penningtons Interesse gewesen?

Ein Flugzeug flog über sie hinweg, so niedrig, dass sein Fahrwerk die Bäume neben der Autobahn fast schon zu streifen schien. Ohne dass Laurie es gemerkt hatte, waren sie bereits bis Heathrow gekommen. Auf der Straße war weiterhin viel los, aber wenigstens floss der Verkehr ungehindert. Es bestand immer noch die Chance, dass sie es bis zum Abendessen schafften. Vielleicht erschien ihr die Atmosphäre im Auto ja deswegen etwas weniger unterkühlt. Dad und Jess hatten das Radio angemacht und hörten sich die Nachrichten an. Laurie beugte sich vor, um auch zuzuhören, und streckte den Kopf zwischen den Vordersitzen hindurch. Dad schaute kurz zu ihr her und brummte dann, den Blick wieder auf die Straße gerichtet: »Also, dann erzähl mal, was du herausgefunden hast.«

Die Schärfe in Dads Stimme verriet Laurie, dass ihr noch immer nicht ganz verziehen worden war, doch sie wusste auch, dass er überhaupt nicht gefragt hätte, wenn es ihn nicht interessieren würde, also nahm sie die Frage ernst.

»Betriebsrenten. Ich versuche, dahinterzukommen, warum William Pennington vor ein paar Monaten plötzlich angefangen hat, sich dafür zu interessieren.«

»Planungen für seinen Ruhestand? So was in der Art?«

»Dafür waren die Bücher, die er gelesen hat, zu detailliert. Das war eher etwas, was jemand lesen würde, der für einen Betriebsrentenfonds zuständig ist. Ich frage mich, ob er vielleicht vorhatte, selbst so etwas zu machen.«

Jess lachte, und das war an sich schon ein gutes Zeichen. »Jetzt hör sich einer euch beide an, wie ihr da was von Rente quasselt. Man könnte euch glatt für zwei Pensionäre halten, so wie ihr redet.«

»Entschuldigung, Jess.« Jetzt lächelte Laurie ebenfalls, während sie einen gespielt großspurigen Ton anschlug, »aber es ist nie zu früh, anzufangen, so was zu planen, und Dad hat es ja gar nicht mehr so weit bis zu seiner Gratis-Monatskarte für Senioren.«

»Vielen Dank, Schatz, aber noch ist Leben in mir.«

Laurie wollte schon antworten, doch Jess war schneller. Ihr »Was jeder sehen kann« ließ irgendwie keinen Raum für weitere Bemerkungen.

SAMSTAG, 8. AUGUST

Das Wetter war so schön, dass man einfach gute Laune bekommen musste. Laurie setzte Jess auf Roxanne und führte sie die Wege entlang. Jess schien Spaß daran zu haben – hinterher war sie jedenfalls sehr dankbar –, doch besonders gesprächig war sie nicht. Das gab Laurie Gelegenheit, weiter über William Penningtons geheimnisvolle Lesegewohnheiten nachzudenken.

Das Mittagessen enthielt reichlich Eier und Tomaten – die Produktion von beidem hatte nicht nachgelassen, während Dad in London gewesen war. Am Nachmittag verdonnerte er die beiden Mädels – er bestand weiterhin darauf, sie so zu nennen – dazu, ihm im Garten zu helfen, wo seine Abwesenheit offenbar zu einer noch nie da gewesenen Vermehrung der Unkrautpopulation geführt hatte. Es war harte, schweißtreibende Arbeit, doch besonders Jess schien unter Dads Anweisungen aufzublühen. Am Schluss schaute sie fast schon mit Besitzerstolz auf die Zwiebel- und Salatreihen, die aus einem kleinen Vogelmiere-Dickicht auftauchten.

Den Abend verbrachten sie mit Gießen. Laurie hatte sich keine großen Gedanken gemacht, als Dad das vorhin angekündigt hatte, aber sie hatte das Schlauchverbot vergessen. Sie und Jess bildeten eine Zweierstaffel und schleppten Eimer zu Dad, während dieser bei verschiedenen Pflanzen wartete, die unmäßig viel Wasser zu brauchen schienen. »Es wäre viel schlimmer, wenn ich nicht alles ordentlich gemulcht hätte, bevor ich weggefahren bin«, war Dads einzige Antwort, als Laurie fragte, ob es wirklich nötig sei, so viel Flüssigkeit ins Erdreich zu gießen.

Wie er die Zeit dafür hatte finden können, war nicht klar, aber es stellte sich heraus, dass Dad im Laufe des Nachmittags Brot gebacken hatte. Es passte wunderbar zu der Kartoffel-Lauch-

Suppe, die er aus dem Kühlschrank holte und kalt servierte. Alle nahmen sich noch eine zweite Portion und hätten weitergefuttert, wäre noch mehr Suppe da gewesen. Stattdessen brach Dad den Laib in drei Teile, und sie wischten damit ihre Schalen aus. Danach hatte keiner es eilig, sich vom Fleck zu rühren. Wieder ließ Laurie ihre Gedanken schweifen, in dem sicheren Wissen, dass weder Dad noch Jess sie für unhöflich halten würden, wenn sie keinen Small Talk machte. Doch sie hörte mit halbem Ohr zu, als die beiden eine Unterhaltung fortsetzten, die sie beim Essen begonnen hatten.

»Also«, sagte Jess gerade, »wenn du so kochen kannst, dann darfst du hier wohl ein bisschen einen auf Sklaventreiber machen. Wo hast du das gelernt?«

»Sklaventreiber sein ist eine Naturbegabung. Aber wenn du meinst, wer mir das Kochen beigebracht hat, dann lautet die Antwort wohl Fran.« Dad verstummte einen Moment lang, ehe er fortfuhr: »Ich weiß nicht, ob du dich noch daran erinnerst, aber die Küche war immer ihr Reich. Ich bin so gegen sieben von der Arbeit gekommen, und jeden Tag hat sie mir ein köstliches Essen vorgesetzt. Weiß der Himmel, wie sie das geschafft hat. Vergiss nicht, dass sie auch gearbeitet hat. Ich – wir haben das wohl einfach für selbstverständlich gehalten, bis sie krank geworden ist.«

»Und dann?«, fragte Jess.

»Na ja, das war, bevor sie richtig krank war, du verstehst, was ich meine. Sie musste wegen etwas anderem ins Krankenhaus, ihr musste die Gebärmutter herausgenommen werden. Eigentlich sollte sie nach ein paar Tagen wieder draußen sein. Ich weiß nicht mehr, wie lange das Ganze dauern sollte, aber sie hatte alles vorbereitet: Essen für jeden Tag, an dem sie nicht da sein würde. Hatte alles eingefroren und mir genau gesagt, was ich wann auftauen sollte. Ich hatte meine Vorlesungen so gelegt, dass ich Laurie von der Schule abholen konnte, und dann haben wir zusammen die Mahlzeit des Tages gegessen.«

»Das weiß ich noch«, fiel Laurie ihm ins Wort. »Das war toll, ist mir vorgekommen wie ein richtiges Abenteuer.«

»Ja.« Dad lächelte, doch seine Augen waren traurig. »Ich glaube, du warst zehn. Ich fand's auch ganz toll. Jedenfalls, an dem Tag, bevor Fran nach Hause kommen sollte, gab's Komplikationen. Nichts Ernstes – tatsächlich fand sie es später sogar lustig. Die hatten einen Ballon benutzt, damit während der Heilung alles an seinem Platz blieb, und plötzlich haben sie gemerkt, dass das Ding geplatzt war. Anscheinend war das noch nie vorgekommen. Sie musste einen Tag länger im Krankenhaus bleiben. Das hat all ihre Pläne durcheinandergebracht. Darüber hat sie sich mehr Gedanken gemacht als über alles andere. Was sollten wir denn jetzt essen? Ich musste versprechen, dass ich kochen würde – Spaghetti Bolognese. Sie hat mir genaue Anweisungen gegeben, von wegen die Zwiebeln andünsten und die Karotten reiben und wie das Fleisch vorher richtig angebräunt werden müsste, bevor ich die Tomaten dazugebe. Das mache ich noch heute so, wirklich.«

»Ich auch«, sagte Laurie. »Ich glaube, das war auch das erste Gericht, das du mir beigebracht hast.«

»Ja, nun ja, du mochtest das immer sehr gern. Jedenfalls war ich ziemlich überrascht, aber ich habe festgestellt, dass mir Kochen Spaß gemacht hat: wahrscheinlich die Befriedigung einer gut gelösten Aufgabe. Fran ist nach Hause gekommen und hat das Kochen wieder übernommen, aber als sie dann richtig krank geworden ist … na ja, das war etwas, was ich tun konnte. Es schien ihr zu gefallen, wenn ich nach ihren Rezepten gekocht habe, aber ich habe immer auch ein bisschen herumexperimentiert.«

»Dann hast du nie nach Kochbuch gekocht?«

Jess' Tonfall hatte fast etwas Ungläubiges; Dad konnte nicht umhin, es zu bemerken.

»Oh, ich bin nicht dogmatisch. Manchmal braucht man auch mal ein Kochbuch. Und jetzt haben wir natürlich auch noch das Internet.«

Dad verstummte; sein Gesichtsausdruck sprach Bände. Laurie griff hinüber und nahm seine Hand. Er zuckte ein wenig zusammen und schaute sie an, als hätte er vergessen, dass sie da war. Dann lächelte er wieder.

SONNTAG, 9. AUGUST

10 UHR

Falls Mrs Pennington überrascht war, Laurie am Telefon zu hören, so merkte man es ihrer Stimme nicht an.

»Aber nein, überhaupt nicht«, beteuerte sie, als Laurie sich für die Störung entschuldigte. »Ich wollte mich gerade auf den Weg zur Kirche machen, aber ich muss nicht sofort los.«

Laurie nahm die Aufforderung zu sprechen an, bevor die Gelegenheit dahin war. »Oh, schön«, begann sie. »Ich glaube, das haben wir auch gleich vor.« Das stimmte. Dad und Jess waren in den Flur gekommen, während sie telefonierte, und machten sich ausgehfertig. »Ich habe nur eine ganz schnelle Frage. Könnten Sie mir das Datum sagen, an dem Ihr Mann bei Sanderson's aufgehört hat?«

»Nun ja, ganz sicher bin ich mir nicht, aber jetzt, wo ich angefangen habe, mir unsere Kontoauszüge anzuschauen, sehe ich, dass er ab Juni kein Gehalt mehr bekommen hat.«

Das passte. Genau das hatte Laurie bereits aus William Penningtons Bibliotheksdaten geschlossen: Am 1. Juli hatte er wieder angefangen, Bücher über Zentralasien zu lesen. Die nächste Frage war die, auf die es ankam. »Und Sie wissen wohl nicht zufällig, wie lang die Kündigungsfrist war?«

»Nur sechs Wochen, ist das zu glauben? Ich habe ihn damals danach gefragt, als sie die ganzen Leute entlassen haben, vor ein paar Jahren. Ich habe gesagt, dass wir doch mehr Sicherheit bräuchten. Er hat gemeint, das wäre wohl kaum der richtige Zeitpunkt, so etwas zu fordern.« Mrs Pennington stieß die Luft so heftig durch die Nase aus, dass Laurie vor ihrem inneren

Auge sofort sah, wie sich ihre Nasenflügel blähten. »Natürlich war nie der richtige Zeitpunkt. Ist das alles?«

Laurie nickte bereits, bevor ihr klar wurde, dass Mrs Pennington sie ja nicht sehen konnte. »Ja«, antwortete sie. »Ich glaube schon.«

»Was sollte das denn werden?« Jess wartete immer noch mit Dad an der Haustür.

»Ich versuche bloß, das Timing von Mr Penningtons Bibliotheksbestellungen auszuknobeln«, erwiderte Laurie, während sie aus der Tür traten. »Und ich glaube, ich hab's auch geschafft. Mitte Mai hat er sich all die Bücher über Betriebsrenten angeschaut. Dann gab's eine Lücke, und er ist erst wieder Ende Juni in die Bibliothek gegangen. Mrs Pennington hat mir gerade bestätigt, was ich vermutet habe. Er hat seine Kündigungsfrist abgearbeitet.«

»Das ist doch ein bisschen gemein von denen, oder? Ihn seine Kündigungsfrist auch noch abarbeiten zu lassen, nachdem sie ihn gefeuert hatten? Ich dachte, in der City wird man in Urlaub geschickt, sobald man erfahren hat, dass man seinen Schreibtisch ausräumen soll.« Jess stockte und sah Laurie an. »'tschuldigung. Du weißt ja, ich bin taktlos auf die Welt gekommen.«

»Ist schon okay. Weißt du, je mehr ich darüber nachdenke, desto mehr glaube ich, dass er gar nicht gefeuert worden ist. Ich glaube, er hat gekündigt – er ist wirklich in Frührente gegangen.« Jetzt sah sie Dad an, der im Gleichschritt neben ihnen herging. »Genau wie Mr Sanderson es in seinem Beileidsbrief behauptet hat.«

»Der, den Margaret zerrissen hat? Tja, du könntest wohl recht haben, aber ich verstehe nicht, wieso du dir da so sicher bist. Vielleicht hat er ja gewusst, dass sie ihn zur Kündigung zwingen würden, und ist dann in die Bibliothek gegangen, um zu schauen, wie er danach finanziell dasteht.«

»Nein.« Jetzt war Laurie sich sogar noch sicherer. »Wie Jess gesagt hat: Wenn man jemanden feuert, dann lässt man ihn nicht während der Kündigungsfrist weiterarbeiten. Dann will man denjenigen so schnell wie möglich aus der Firma raus haben. Nur wenn man kündigt, dann halten sie einen noch eine Weile. Und außerdem waren diese Bücher keine Kündigungsratgeber. Da ging es um Betriebsrenten an sich. Du hast es doch gestern Abend selbst gesagt: Man liest Bücher, um etwas herauszufinden. Mr Pennington wollte mehr darüber wissen, wie seine Betriebsrente funktioniert. Was auch immer die Bücher ihm verraten haben, er hat daraufhin beschlossen zu kündigen.«

Dad sah aus, als sammle er seine Gedanken und bereite eine neue Herausforderung vor oder wenigstens eine Frage, als ein »Hallo!« von der anderen Straßenseite ihn daran hinderte. James und Alice Shilling, Dads Nachbarn, waren ebenfalls auf dem Weg zur Kirche.

Alice hatte gerufen, und jetzt war sie es, die das Wort ergriff und in einer Lautstärke einen Redeschwall vom Stapel ließ, die nicht berücksichtigte, dass sie bis auf einen Meter an sie herangekommen war. »David, wie schön, Sie zu sehen – und Lauren auch. Es ist ja immer etwas ganz Besonderes, wenn du herkommst und uns mit deiner Gegenwart beehrst. Und Jessica – schön, Sie wiederzusehen. Lauren wohnt jetzt bei Ihnen, stimmt's? Alice und James, Liebes, falls Sie's vergessen haben. Also, ich habe mich ja heute Morgen nur mit Mühe vom Garten losreißen können. All der Sonnenschein ist natürlich wunderbar, aber uns Gärtnern macht das eine Menge Arbeit, nicht wahr, David? Sie können von Glück sagen, dass Sie zwei junge Helferinnen haben. Ja, ich habe euch gestern draußen gesehen. Sehr schön. Ich meine, wer hätte denn gedacht, dass das alles so schnell ausufert? Ich habe noch zu James gesagt: ›Ist David nicht ein Glückspilz?‹ Von unseren beiden können wir natürlich keine solche Hilfe erwarten; John hat den Hof, und das Melken kann ja nicht warten. Am Wochenende hat er immer am meisten zu tun, wenn der Melker freihat, und ich mag ihn nicht bitten, ins Dorf zu kommen und sich um unseren kleinen Garten zu kümmern. Ich meine, das wäre für ihn doch wie Arbeitsurlaub, oder? Und Katherine hat ja ihre beiden Kleinen. Da bin ich diejenige, die hinfahren und auf die zwei aufpassen muss, während sie sich mal ein bisschen ausruht. Da kann ich wohl kaum erwarten, dass sie mein Unkraut jätet, nicht wahr? Jedenfalls wollte ich heute Morgen beinahe nicht mitkommen, aber dann hat James mich daran erinnert, dass er heute die Lesung macht, und als Frau des Vorlesers kann ich ja wohl kaum wegbleiben, stimmt's? Ich meine, das wäre doch nicht richtig.«

Auf ein jähes »Hmmpf« von Jess hin drehte Laurie sich um. Ihre Cousine hatte offensichtlich alle Mühe, nicht loszukichern. Laurie sah Dad an. Seine Wangen waren hochrot und sein Mund seltsam verkniffen. Entweder ging ihm irgendetwas sehr auf die Nerven, oder es fiel auch ihm schwer, nicht zu lachen. Beide wichen Lauries Blick aus. Mrs Shilling setzte unterdessen ihren Monolog fort. Erst als sie ihre Kirchenbank erreicht hatte – eine Reihe vor ihnen –, hielt sie inne, um Luft zu holen und ein kurzes Gebet zu murmeln. Noch immer unsicher, was eigentlich los war, nutzte Laurie die Gelegenheit, um ihrem Beispiel zu folgen; sie setzte sich hin und legte das Gesicht in die Hände.

Vor langer Zeit hatte Laurie beschlossen, dass sie die Langeweile während der Messe am besten bekämpfen konnte, indem sie so innig wie nur möglich in die Antworten einstimmte, ansonsten jedoch jede Gelegenheit nutzte, ihren Gedanken freien Lauf zu lassen. Die Predigt rauschte daher völlig an ihr vorbei, und hätte Mrs Shilling sich nach dem Gottesdienst erkundigt, wie ihr James denn ihrer Meinung nach vorgelesen hatte, so hätte Laurie lügen müssen. Allerdings hätte keinerlei Risiko bestanden, dass Mrs Shilling eine Antwort abgewartet hätte. Abgesehen davon waren da noch die Kirchenlieder. Laurie hatte kein Problem damit, sich einzugestehen, dass die das Beste am Kirchgang waren. Sie hatte schon immer gern gesungen, und das hier war eine gute Gelegenheit, richtig loszulegen.

Das Prozessionslied war eines ihrer liebsten, »Holy, Holy, Holy«. Laurie begann, wie sie es immer tat, mit voller Kraft. Beim dritten »Holy« jedoch wurde sie bereits etwas leiser; sie hatte Jess' Stimme gehört, die neben ihr sang, klar und rein, vollkommen unbefangen und ohne irgendwie anzugeben, aber absolut engelsgleich. Wo kam das denn her? Laurie schielte zur Seite und bemerkte, dass Dad gerade dasselbe tat. Sogar Mrs Shilling sah aus, als würde sie sich am liebsten umdrehen.

Es war nur ein Moment. Bald hatte Laurie den Autopiloten wieder eingeschaltet und dachte über das Gespräch auf dem Weg zur Kirche nach, das Mrs Shilling unterbrochen hatte. Sie war sich ziemlich sicher, dass sie wusste, was Dad hatte fragen wollen, und als der Gottesdienst endete, wusste sie, wie ihre Antwort lauten würde.

Wie immer endete der Kirchgang mit zahlreichen Begegnungen, bei denen sämtliche Beteiligten vorgestellt und Einladungen zum Tee oder »was Stärkerem« ausgesprochen wurden, und es dauerte einige Zeit, bis sie wieder allein waren und zu dritt nach Hause gingen. Dad entschuldigte sich fast dafür, dass er einige Angebote ausgeschlagen hatte: »Ist ja sehr unfein von mir, euer gesellschaftliches Leben so zu beschneiden, aber ich dachte, wir sollten die Sonne nutzen, solange sie noch scheint. Wer hat Lust auf ein Picknick?«

»Klingt super«, antwortete Jess und wandte sich zu Laurie um.

»Ja-a, stimmt.« Lauries Zögerlichkeit war deutlich zu hören.

»Ich höre da ein ›aber‹«, stellte Dad fest.

»Es ist nur, dass ich an einer Idee dran bin, mit der ich mich gern beschäftigen würde. Geht ihr zwei allein; ich bin sowieso keine gute Gesellschaft, bis ich das ausgetüftelt habe.«

Dad sah Jess an: »Was meinst du?«

»Ich meine, ein Picknick kriegen wir auch ohne deine maulfaule Tochter auf die Reihe – solange wir die Sonntagszeitung mitnehmen, natürlich.«

Damit war es beschlossen. Laurie half ihnen, Sandwiches und Russische Eier zu machen, und behielt von beidem ein paar für sich. Sie sah, wie Dad eine Toblerone in den Picknickkorb steckte – seine Vorliebe für Süßes hatte nicht nachgelassen –, und begleitete sie dann zum Auto. Jess hatte den Wunsch geäußert, den Glastonbury Tor zu besteigen, und Dad war gern bereit gewesen, ihr »zu helfen, Kontakt zu deinem inneren Hippie aufzunehmen«, wie er es ausdrückte.

Laurie konnte sich nicht mehr erinnern, wann sie das letzte Mal allein zu Hause gewesen war. Die Stille, die sie umgab, ließ sie die Geräusche, die von draußen hereindrangen, bewusster wahrnehmen: schrille Rufe der Mehlschwalben, die sie vor dem Fenster hin- und hersegeln sah, gelegentlich ein Auto, das im ersten oder zweiten Gang um die Kurve kam, das fast ununterbrochene Hintergrundgrollen eines Traktors irgendwo auf dem Hügel. Vielleicht war es falsch gewesen, die beiden ohne sie losziehen zu lassen? Nun, jetzt war es zu spät, sich darüber den Kopf zu zerbrechen. Rasch aß sie am Küchentisch ihren Lunch, las dabei die *Times* vom Freitag und überlegte müßig, ob sie Dads Bücherregale nach einer neuen Georgette Heyer absuchen sollte. Dann ging sie ins Wohnzimmer, setzte sich an den Schreibtisch, wo Dads Laptop bereits aufgeklappt dastand, und fing an zu surfen.

Google schickte sie auf kürzestem Weg zum nationalen Handelsregister. Sie sah nach, was dort von Sanderson Recruitment zu finden war. Die schlichte Antwort lautete: alles oder zumindest sämtliche Einreichungen der letzten zehn Jahre, einschließlich der Buchhaltung des Jahres, das letzten Dezember geendet hatte. Das würde reichen.

Vor drei Wochen hätte Laurie nicht gewusst, wo sie anfangen sollte. Jetzt hatte sie zumindest eine Vorstellung davon, wonach sie suchte. Die Details zum Betriebsrentenplan befanden sich in Dokument Nr. 20. Der Text war eng gesetzt und die Sprache nicht gerade für Laien gedacht. Trotzdem war es nicht schwer, Schlussfolgerungen zu ziehen. Am Ende des letzten Geschäftsjahres hatte der Betriebsrentenfonds ein Defizit von über drei Millionen Pfund aufgewiesen, eine Steigerung um eine Million Pfund gegenüber dem Vorjahr. Und dann war da noch ein Satz: *Schätzungen zufolge wird der Arbeitgeberbeitrag zu dem Fonds im nächsten Geschäftsjahr £341 000 betragen.* Für eine Firma, deren Gewinn sich – sie blätterte zurück und sah nach – auf etwas unter £80 000 Pfund belief, schien das eine Riesensumme zu sein. Kein Wunder, dass Sanderson's in den beiden letzten Jahren keine Gewinnanteile ausgezahlt hatte.

Zudem wusste Laurie nach ihrer Lektüre am Freitag, dass das nur ein Teil der Geschichte war. Die Firma würde außerdem noch die Abgabe für den Pension Protection Fund bezahlen müssen; das konnten leicht noch einmal £100 000 sein. Und seit diesen Aufstellungen konnte es nur schlimmer geworden sein. Wahrscheinlich war Sanderson's gar nicht mehr solvent.

Laurie stand vom Schreibtisch auf und ging ein bisschen im Garten spazieren. Die Luft war drückend und feucht. Sie schien den Duft zu verstärken, der von dem Rosenbusch herüberwehte, den Dad am Leben gelassen hatte, als er den Rest des Gartens umgegraben hatte: die süßliche Schwere von zu viel Aftershave. Sie sollte einen Blick auf die BBC-Website werfen, ob Gewitter angekündigt wurden. Auf jeden Fall fühlte es sich so an. Für alle

Fälle holte sie Dads Wäsche von der Leine. Dabei dachte sie die ganze Zeit über die Bedeutung dessen nach, was sie gerade gelesen hatte.

Da war William Pennington, finanziell abgesichert, aber bei Weitem nicht reich. Er hatte jahrelang bei Sanderson's gearbeitet und sich darauf gefreut, sich mit einer Betriebsrente von ebendieser Firma zur Ruhe zu setzen. Irgendwann hatte er zwei und zwei zusammengezählt. Er hatte begriffen, dass das Unternehmen, für das er sein ganzes Leben lang geschuftet hatte, im Begriff war, pleitezugehen und seine Rente dabei mitzunehmen. Also hatte er gekündigt. Das war der nichtintuitive Teil. Vor zwei Tagen hätte das für Laurie keinen Sinn ergeben, doch das war eins der Dinge, die sie am Freitag beim Lesen herausgefunden hatte. Da hatte sie noch gedacht, dass das ja ein bisschen unfair sei: Wenn ein Rentenfonds zusammenbricht, bekommen die Rentenbezieher viel mehr als jene, die noch für das betreffende Unternehmen arbeiten. William Pennington hatte dieselben Bücher gelesen. Er hatte begriffen, dass die einzige Möglichkeit, seine Rente zu retten, darin bestand, sofort zu kündigen, also war er ins Büro gegangen und hatte genau das getan.

Das war eine Erkenntnis, die sich zu teilen lohnte. Laurie rief Dad auf dem Handy an. Sofort sprang die Mailbox an; bei Jess auch. Bestimmt hatten sie kein Netz. Beim zweiten Mal überlegte Laurie, ob sie eine Nachricht hinterlassen sollte, hatte sich aber noch nicht zurechtgelegt, was sie sagen wollte, als es piepte. Sie drückte die Auflegetaste und war ein bisschen enttäuscht. Wem sollte sie jetzt von ihrem Triumph erzählen?

Pauls Handy hörte sie wenigstens klingeln, ehe sich die Mailbox meldete, und es war schön, wieder Verbindung mit ihm zu haben, sogar mit einer körperlosen Stimme. Sie hoffte, dass ihre Nachricht angemessen locker klang: »Hi, hier ist Laurie. Ich weiß nicht mehr, ob du noch bei deinen Kindern bist, aber ich hatte gerade mal Lust zu quatschen. Ich habe noch mehr über den Mann vom U-Bahnhof rausgefunden. Wäre schön, irgendwann mal zu hören, was du davon hältst. Bis bald.«

Und was jetzt? Laurie hatte einen sehr guten Kündigungsgrund für William Pennington gefunden; dadurch erschien es noch unlogischer, dass er sich umgebracht hatte. Das alles machte es doch eher wahrscheinlich, dass sein Tod ein Unfall gewesen war, oder? Sie war sich so sicher gewesen. Sie hatte ihn schließlich fallen sehen, nicht wahr? Was war mit ihrer Gewissheit von damals geschehen? Irgendwie fiel es ihr jetzt, wo sie mehr über ihn wusste, schwerer, den Gedanken, dass er ermordet worden sein könnte, einfach abzutun. Warum? Alles, was sie in Erfahrung gebracht hatte, war, dass er ein harmloser alter Vertriebler gewesen war, der ein makelloses Vorortleben geführt und sich für nichts Heikleres als mögliche Nachfahren Alexanders des Großen interessiert hatte.

Liebe und Geld: Sollten das nicht die beiden einzigen Mordmotive sein? Das hörte sich an wie etwas, das Hercule Poirot sagen würde, und Laurie wurde klar, dass man das mit Vorsicht genießen musste, doch sie wusste nicht, wo sie sonst anfangen sollte. Sie holte sich ein Blatt Papier von Dads Schreibtisch und schrieb die zwei Wörter als Überschriften hin. *Liebe:* War das eine Möglichkeit? Könnte William Pennington vielleicht eine Affäre gehabt haben? Passierte Menschen über sechzig so etwas? Laurie dachte an den Mann zurück, den sie auf dem Bahnsteig gesehen hatte: gut gekleidet, mit einem Lächeln für Wildfremde. Wie wäre ihre Unterhaltung wohl gelaufen? Wenn er sie zum Essen eingeladen hätte, hätte sie Nein gesagt, doch das hieß ja nicht, dass jede andere Frau das auch getan hätte. Widerstrebend, weil sie die Ehre eines Toten nicht beschmutzen wollte, schrieb Laurie zögernd *Geliebte??* in die linke Spalte. Darunter, genauso unsicher, schrieb sie: *Margaret?* Wieder rief Laurie sich den überfüllten Bahnsteig ins Gedächtnis. Könnte Mrs Pennington irgendwo in der Menge gestanden und die Hand ausgestreckt haben, um ihrem untreuen Ehemann einen Stoß zu versetzen, genau in dem Augenblick, als dieser sich Laurie zuwandte und der Zug in den Bahnhof einfuhr? Sie schien eine tatkräftige Frau zu sein, das musste Laurie zugeben. Aber Mord? Und überhaupt, wie sollte man herausfinden, ob William Pennington eine Geliebte gehabt hatte? Vielleicht durch jemanden aus der Firma? Einen Mitarbeiter, der gern tratschte? Die Aussicht gefiel Laurie nicht besonders.

Mit einiger Erleichterung wandte sie sich der rechten Spalte auf ihrem Blatt zu: *Geld*. Wer würde am ehesten von William Penningtons Tod profitieren? Nun, wenn er eine Lebensversicherung abgeschlossen oder keine Lust auf eine teure Scheidung gehabt hatte, dann war die Antwort abermals Margaret Pennington. Vielleicht war sie ja diejenige mit der Affäre? Ihr Name gehörte in beide Spalten, so viel war klar. Wurden nicht die allermeisten Morde von jemandem begangen, der dem Opfer nahestand? Laurie war sich ziemlich sicher, dass das einer echten Statistik entstammte und nichts mit Hercule Poirot oder irgendeinem anderen fiktiven Detektiv zu tun hatte. Sonst noch jemand? Allem Anschein nach keine Kinder. Geschwister? Sehr wahrscheinlich. Könnten die vielleicht im Testament bedacht worden sein? Das war weit hergeholt, aber es lohnte sich, das zu überprüfen.

Laurie saß da und starrte das Blatt Papier an. Viel war das nicht für eine halbe Stunde scharfes Nachdenken, aber sie musste ihre Antworten parat haben, wenn Dad zurückkam. Wo blieben sie überhaupt? Rasch schaute Laurie auf das Handydisplay, um zu sehen, wie spät es war. Dabei klingelte das Handy, doch es war nicht Dad, der ihr sagen wollte, wann sie zurück sein würden. Das Display zeigte das Foto, das sie von Paul gemacht hatte, am Kanal, vor all den Tagen – war das wirklich erst eine Woche her? Er rief an!

»Hey, du«, meldete sich Laurie. »Danke, dass du zurückrufst. Hast du gerade Zeit?«

»Ja, Bethany hat eben die Kinder abgeholt, ich bin also wieder ein freier Mann. Wie geht's dir?«

»Gut, na ja, abgesehen davon, dass ich meinen Job verloren habe. Also eigentlich doch nicht gut, fürchte ich, aber so ist das eben.« Laurie wünschte, sie hätte eben nicht gekichert; sie konnte sich vorstellen, wie sie sich angehört hatte. »Und dir?«

»Mir? Oh, prima. Deinen Job? Ist das schlimm für dich?«

»Na ja, von Luft und Liebe kann ich nicht leben. Aber es ist schon okay, ich glaube, ich habe allmählich gemerkt, dass es sowieso nicht das war, was ich machen wollte.«

»Warum denn nicht? Nein, schon gut. Darauf brauchst du nicht zu antworten. Du hast angerufen, um mir etwas von diesem Mann zu erzählen.«

Wirklich? Wahrscheinlich ja, dachte Laurie. Jedenfalls war es gut, auf festem Boden zu stehen. »Eigentlich war's ja mehr Dad als ich. Er hat den Namen des Mannes rausgefunden – William Pennington. Und wir haben seine Frau in Watford besucht – seine Witwe, sollte ich wohl lieber sagen.«

Eine kurze Pause entstand, bevor Paul bemerkte: »Mann, ihr treibt die Detektivarbeit ja ganz schön weit, oder? Hat sie sich gefreut, euch zu sehen?«

»›Gefreut‹ würde ich's nicht gerade nennen, aber sie hat mit uns geredet. Dad kann so was echt gut.«

»Aber warum in aller Welt seid ihr sie überhaupt besuchen gegangen?« Paul klang ein wenig fassungslos.

»Ich weiß, ich weiß.« Laurie lachte. »Das war natürlich Dad. Er wollte einfach keine Ruhe geben. Gesagt hat er's nicht, aber ich glaube, er ist überzeugt, dass alles, was mir passiert ist, irgendwie zusammenhängt – du weißt schon, dass ich mein Handy verloren habe, und dann dieser Einbruch. Er ist wohl nicht an die Realitäten des Stadtlebens gewöhnt. Jedenfalls hat er beschlossen, sich den Unfall genauer anzuschauen und nach einer Verbindung zu suchen.«

»Was?« Die Ungläubigkeit in Pauls Tonfall hatte sich noch eins höher geschraubt, sodass er jetzt fast schon gereizt klang.

Geduldig verteidigte Laurie ihren Vater sowie die Statistik, die ihn überzeugt hatte, dass William Pennington entweder ein Selbstmörder gewesen oder ermordet worden war. »Aber ich weiß, dass das nicht stimmt«, schloss sie. »Ich habe ihn fallen sehen, ich weiß, dass es ein Unfall war.«

»Eltern gibt's.« Pauls Stimme war verblüffend ausdruckslos. »Was hat denn seine Frau gesagt? Was hast du gesagt, wie hieß er noch mal?«

»William Pennington. Sie war sich ziemlich sicher, dass es Selbstmord war. Er hatte vor ein paar Wochen seinen Job verloren, es ihr aber nicht gesagt. Ich glaube, sie war wütend auf ihn, weil er sie angelogen hat.«

»Na ja, das klingt ziemlich überzeugend.«

»Ja, nur habe ich eben gerade herausgefunden, dass er selbst gekündigt haben muss. Ist eine lange Geschichte, aber im Grunde hat er dadurch seine Rente gesichert. Und die letzten paar Wochen war er oft in der Bibliothek und hat über sein neuestes Steckenpferd recherchiert. Alexander der Große, ist das zu glauben?«

»Wahnsinn. Darauf wäre ich nie gekommen. Woher weißt du das?«

»Habe ich dir schon erzählt, dass der Schlüssel aus der British Library stammt? Ich habe mir angesehen, was für Bücher er da gelesen hat, und versucht auszuknobeln, was das alles zu bedeuten hat.«

»Oh, okay. Und da bist du jetzt also gerade?«

»In der British Library? Nein, ich bin bei Dad. Ist schon irre, was man online so alles machen kann. Jetzt überlege ich gerade, ob jemand ein Motiv hatte, ihn zu ermorden.«

»Du hörst dich an wie eine moderne Miss Marple, die hinter jeder Dorfhecke einen Mord vermutet. Dein Dad wohnt doch in einem Dorf, stimmt's? Wo ist das noch mal?«

»In Somerset, ein kleines Dorf auf den Mendips. Hier passiert nie irgendwas, das ist mal sicher. Die Leute reden immer noch davon, dass Simon Parbrook sechs Monate nach der Hochzeit seiner Eltern zur Welt gekommen ist. Das ist mein Gegengift für London. Solltest du auch mal versuchen.«

Paul schnappte nicht nach dem Köder, den Laurie ihm so verlockend vor der Nase baumeln ließ. Sie unterhielten sich noch ein wenig, doch er erwiderte nichts von der Wärme, die sie in das Gespräch zu legen versuchte. Sie beendete den Anruf, als sie ihn auf einer Tastatur herumtippen hörte.

Laurie legte das Handy weg und fragte sich, was sie falsch gemacht hatte. Es hatte sie beflügelt, dass sie all diese Dinge über William Pennington entdeckt hatte, und ihr Herz hatte wirklich und wahrhaftig einen Satz gemacht, als sie eben Pauls Stimme gehört hatte. Wie schnell ihre Stimmung umgeschlagen war. Sollte sie ihn noch einmal anrufen, noch einmal versuchen, ein normales Gespräch zu führen? Nein – das verhieß Wahnsinn oder mindestens eine Demütigung. Verdammt. Warum brachte ihre Beziehung sie immer so durcheinander?

Die Haustür öffnete sich, und Gelächter war zu hören. Dad und Jess waren vom Tor zurück.

MONTAG, 10. AUGUST

0 UHR

Laurie lag im Bett und fühlte sich ein wenig benommen. Daran war natürlich zum Teil die Gartenarbeit schuld, aber ohne Zweifel hatte sie auch ein bisschen zu viel getrunken. Sie war überrascht gewesen, als Dad die zweite Flasche Wein geöffnet hatte. Normalerweise hielt er sich doch immer so zurück, aber heute Abend war er ungewohnt mitteilsam gewesen. Hatte all die lustigen Geschichten aus seiner Kindheit zum Besten gegeben, bei denen Mum immer gestöhnt hatte, doch zumindest für Jess waren sie neu gewesen. Irgendwann war Jess aufgefallen, dass Laurie Mühe hatte, die Augen offen zu halten, und sie hatte vorgeschlagen, dass Laurie einfach ins Bett gehen und sich keine Gedanken wegen des Abwaschs machen solle. Seltsam, sie waren gar nicht dazu gekommen, über ihre Entdeckung von heute Nachmittag zu reden.

Das Knarren der Treppe weckte sie. Bestimmt war das Jess, die gerade ins Bett ging. Laurie und Dad kannten das Haus gut genug, um die knarrende Treppendiele zu meiden. Mein Gott, es fühlte sich an, als sei es mitten in der Nacht. Wie lange war Jess noch dort unten gewesen? Vielleicht war Laurie ja auch gerade eben erst eingeschlafen. Sie griff nach ihrem Handy, um nach der Uhrzeit zu sehen.

Dann musste sie wieder eingeschlafen sein, doch irgendetwas – ein leises Klicken, die Andeutung eines Luftzugs, irgendeine kaum wahrnehmbare Veränderung der Atmosphäre – weckte Laurie erneut und verriet ihr, dass die Tür ihres Zimmers aufging. »Dad?«, murmelte sie, die Augen noch immer geschlossen. »Wie spät …?« Sie brachte den Satz nicht zu Ende. Mit brutaler Plötzlichkeit pressten ihr zwei behandschuhte Hände die Kiefer zusammen, während eine weitere ihr zuerst den Mund und dann – noch ehe sie Zeit hatte, sie zu öffnen – auch noch die Augen mit Klebeband zuklebte. Laurie betastete das Handy, das sie immer noch in der Hand hielt. Wenn sie nur die Anruftaste drücken könnte, würde sie die letzte Nummer erreichen, die sie angerufen hatte. Welche war das? Pauls?

Es war eine vergebliche Hoffnung. Das jähe Gewicht auf Lauries Becken zeigte, dass sich jemand rittlings auf sie gesetzt hatte und sich über ihre Versuche, den Eindringling abzuwerfen, höchstens lustig machte. Dann packten zwei Paar Hände ihre Arme, ohne sich von ihrer verzweifelten Gegenwehr beirren zu lassen, schnürten sie rasch mit Klebeband zusammen und entwanden ihr dabei das Handy. Noch mehr Klebeband um ihre nackten Beine, von den Knien bis zu den Knöcheln, machte sie vollends bewegungsunfähig. Die Arme vor dem Körper angewinkelt, lag sie auf dem Rücken, wie ein Leichnam, der darauf wartet, in eine Mumie verwandelt zu werden.

Laurie war wacher als je zuvor in ihrem Leben, aber sie war blind und hilflos. Verzweifelt ächzte sie, so laut sie konnte, versuchte, Dad und Jess zu warnen. Dann verstummte sie und mühte sich ab zu hören, was um sie herum vorging. Waren das Schritte von einer Person oder von zweien? Vielleicht waren es ja noch mehr. Geräusche drangen aus der Richtung von Dads Zimmer herüber: Kampfgeräusche, Klebeband, das von einer Rolle abgezogen wurde, dann war es still.

Schritte kamen zurück, die eines einzigen Menschen; ein Klicken und eine Ahnung von Helligkeit, die sie selbst durch das Klebeband und ihre Augenlider hindurch wahrnahm, verrieten ihr, dass das Licht angemacht worden war. Leichtfüßig, aber doch hörbar, kamen die Schritte auf das Bett zu.

Ohne jegliche Vorwarnung fühlte Laurie, wie ihr T-Shirt heruntergezogen wurde, sodass ihre rechte Brust frei lag. Eine behandschuhte Hand streichelte sie und fasste dann die Brustwarze mit Daumen und Zeigefinger. Rollte sie hin und her und zog sie vom Körper weg, sodass Laurie das Spannen spürte, ehe die Hand die Brustwarze mit einem verächtlichen Schnipsen losließ. Missbraucht und geschändet und voller Angst vor dem, was noch kommen würde, spürte Laurie, wie sich jeder einzelne ihrer Muskeln spannte, als auf die Hand ein Mund folgte, ein Mund, der saugte und knabberte und so fest gegen ihre Brust drückte, dass sich Bartstoppeln wie Sandpapier anfühlten.

»Dafür haben wir keine Zeit«, war eine Stimme von der Tür her zu vernehmen. »Durchsuch das restliche Haus.« Das war kein West-Country-Akzent, überlegte Laurie unwillkürlich, während sie Schritte verklingen und dann wieder näher kommen hörte. Mum hätte diese Aussprache als gebildet bezeichnet. Wieder legte sich eine Hand – eine andere diesmal? – über ihre nackte Brust, als wolle sie ihr Gewicht prüfen. Laurie spürte Leder an ihrer Brustwarze. Dann sagte die Stimme, die sie eben von der Tür her gehört hatte: »Schade«, während ihr T-Shirt wieder an seinen Platz gezogen wurde. Ein lautes Ausatmen war zu hören; es war ein Schock, als Laurie begriff, dass sie das gewesen war. Wie lange war es her, seit sie das letzte Mal Luft geholt hatte? Jetzt schien es, als könne sie gar nicht genug bekommen. Hastiges Keuchen half wenig bei dem Versuch, ihre Lunge zu füllen, schien aber nötig zu sein, um Treibstoff für das unkontrollierbare Zittern heranzuschaffen, das ihren Körper befallen hatte.

Zwei Hände mit gestreckten Fingern an ihrem nackten Rücken; sie schoben sich zwischen Laurie und die Matratze, bis sie spürte, wie der Mann, der sich über sie beugte, sie auf die Arme nahm. Dann war sie mit einem Schwung vom Bett herunter und wurde getragen, wie eine Braut über die Schwelle des ehelichen Hauses. Laurie schüttelte den Kopf, um diesen Gedanken abzuwehren, während sie nach unten getragen und dann fallen gelassen wurde. Auf … den Boden? Einen Moment lang, in dem ihr fast das Herz stehen blieb, glaubte Laurie das. Dann hyperventilierte sie vor Erleichterung von Neuem, als sie spürte, wie sie in Kniehöhe auf weichem Plastik landete. Und wieso Plastik? Die mussten Plastikfolie aufs Sofa gelegt haben, bevor sie sie nach unten geschleppt hatten.

»Alles klar?« Da war wieder die vornehme Stimme, sprach dicht neben Lauries Ohr. Einen Augenblick lang dachte sie, der Mann rede mit ihr, doch ein »Jep« von der anderen Seite des Zimmers her erzählte seine eigene Geschichte.

Vermutlich war das Haus nunmehr durchsucht, und Dad und Jess waren ebenso fest verschnürt wie sie.

»Also dann, Schätzchen. Mach dir nicht die Mühe, zu schreien, das macht es nur schlimmer. Verstanden?«

Laurie nickte. Als Reaktion darauf fühlte sie, wie ein behandschuhter Finger an ihrem Kiefer tastete, das Ende des Klebebands über ihrem Mund fand und es mit einem raschen Ruck abriss, ohne sich um das Brennen zu scheren, das darauf folgte. Laurie war klug genug, nicht aufzuschreien, ertappte sich jedoch dabei, wie sie reflexartig versuchte, die Hand zu heben, um den Schmerz wegzureiben. Die jähe Erinnerung, dass ihre Hände noch immer gefesselt waren, verstärkte das Gefühl der Hilflosigkeit nur noch.

»Schön, also dann. Sag uns dein Passwort.«

Wovon redete der? Lauries unwillkürliches Stirnrunzeln hatte ihre Verwirrung bestimmt deutlich gemacht.

Ein Seufzen war zu hören, als wäre es dem Mann lästig, sich mit solch offenkundiger Blödheit befassen zu müssen. »Das Passwort, das du für diesen Laptop benutzt, natürlich.«

»Wieso …?«, setzte Laurie an und verstummte, als sie spürte, wie eine Hand ihr Kinn packte.

Die Stimme kam näher an ihr Ohr heran. »Weil wir dir und deinem geliebten Papa wehtun, wenn du es nicht tust, und zwar sehr weh.«

»roxanne1«, sagte Laurie tonlos. Sie buchstabierte. »Alles kleingeschrieben.«

Sie hörte das Klacken einer Tastatur und einen Laut der Genugtuung. Was war hier los? Auf dem Computer war doch kaum etwas drauf. Und warum hatte der Typ Jess nicht erwähnt? War es möglich, dass die nicht in ihrem Zimmer nachgeschaut hatten? Lag sie vielleicht immer noch in tiefem Schlaf und hatte keine Ahnung, was hier unten vorging? Wie konnte Laurie sie warnen, ohne die Kerle wissen zu lassen, dass noch jemand im Haus war?

Ein Piepen des Computers und dann ein Zischen des Verdrusses von demjenigen, der daran saß.

»Was ist denn los?« Das war eine Frage, die Laurie selbst gern gestellt hätte, doch sie kam von dem anderen Typen. Also waren beide im Zimmer.

»Das Miststück hat für Gmail ein anderes Passwort, aber das verrätst du uns doch, nicht wahr, Süße?«

Laurie wusste, was sie zu tun hatte; sie musste dafür sorgen, dass sie einen Grund hatte, laut zu schreien. Sie schüttelte den Kopf.

»Ich frage dich jetzt noch einmal ganz freundlich.« Die leise Stimme sprach Laurie direkt ins Ohr, und sie hatte nicht einmal gehört, wie der Kerl näher gekommen war. »Wie ist das Passwort?« Laurie verharrte regungslos, wappnete sich innerlich für den Schlag, der gleich kommen würde. Sie holte tief Luft, machte sich bereit, den Schrei loszulassen, der Jess warnen würde. Doch sie bekam ihre Chance nicht. Stattdessen fühlte sie, wir ihr frisches Klebeband über den Mund gepappt wurde.

»Sehr schlau bist du nicht, mein Schatz, nicht wahr?« Und dann, von ihr weg gesprochen: »Geh mal in die Küche und such nach Grillspießen. Ich hole ihren Vater.«

Die Schritte zweier Personen wurden leiser. Einer ging in die Küche, der andere nach oben. Grillspieße? Lauries Haut begann zu kribbeln. Zum ersten Mal fragte sie sich, ob sie wohl sterben würde.

Ein Knistern und ein ersticktes Aufstöhnen neben ihr auf dem Sofa verkündeten Dads Ankunft. Laurie wollte ihn ansehen, sich vergewissern, dass er unverletzt war, einen tröstenden Blick mit ihm wechseln. Die Unfähigkeit, Verbindung aufzunehmen, war eine unerwartete Nebenwirkung ihrer Blindheit. Sie fühlte sich so isoliert, so allein, trotz des sicheren Wissens, dass der Mensch, den sie auf der Welt am meisten liebte, gleich neben ihr war.

»Gehen die hier?« Das war der Mann, der wieder aus der Küche gekommen war.

»Die sind genau richtig. Okay, wir müssen ihre Köpfe ruhig halten. Ich möchte keine Kratzer riskieren. Nehmen wir den Tisch.«

Ein Geräusch war zu hören, das Laurie nur schwer einordnen konnte, seltsam leicht und luftig – und dann das unverwechselbare Ratschen von Klebeband, das von der Rolle abgezogen wird, begleitet von einer einzigen, merkwürdigen Anweisung. »Denk dran, der Lack soll nichts abkriegen.«

Laurie wurde hochgehoben, ein kurzes Stück getragen und auf eine harte Oberfläche gelegt. Wieder war die Unterlage mit Plastikfolie bedeckt – das musste das Geräusch gewesen sein, das sie gerade gehört hatte –, und wieder war sie verblüfft, wie umsichtig diese ganze Operation durchgeführt wurde. Was hatte der Teufel noch einmal in der Wüste zu Jesus gesagt? »Seinen Engeln befiehlt er, dich auf ihren Händen zu tragen, damit dein

Fuß nicht an einen Stein stößt.« Wie war sie denn darauf gekommen?

Noch mehr Klebeband wurde abgerollt. Laurie versuchte zu zappeln. Sie schüttelte den Kopf hin und her, doch als immer mehr Klebeband um ihren Kopf gelegt und auf dem Tisch festgeklebt wurde, büßte sie nach und nach jegliche Bewegungsfreiheit ein. Jetzt war sie wirklich eine Mumie. Nur Ohren und Nasenlöcher waren noch frei. Dadurch wurden ihr auf sonderbare Weise die Geräusche und Gerüche um sie herum bewusst: Bewegung im Zimmer, der Dunst ihres eigenen Schweißes.

Etwas streifte Lauries Bein. Das war Dad, wurde ihr klar, er wurde neben ihr festgemacht, auf ziemlich dieselbe Art und Weise. Seit dem Kommentar über den Lack hatte keiner der beiden Männer etwas gesagt.

Nach einiger Zeit (Wie lange? Fünf Minuten? Eine Stunde?) hörten die Bewegungen auf. Laurie konnte Dad vom anderen Ende des Tisches her atmen hören – sie mussten Fuß bei Kopf liegen –, sonst nichts. Ließen die sie allein? Solle Laurie in ihrer eigenen Angst schmoren, damit sie schneller nachgab? Wenn ja, dann funktionierte das.

Sie waren nicht allein. Plötzlich ertönte die Stimme direkt in ihrem Ohr, nicht viel mehr als ein Raunen, aber nahe genug, dass sie ihr Trommelfell zucken fühlte. »Um die Wahrheit zu sagen, meine Süße, ich hatte ja gehofft, dass du irgendwann ein bisschen widerspenstig bist. Dass wir keine Spuren an dir hinterlassen wollen, macht das Ganze natürlich etwas komplizierter, aber das ist vor allem eine Herausforderung. Jedenfalls, das hier ist jetzt, damit du weißt, was wir mit ihm machen.«

Fast augenblicklich wurde die Stimme von einem merkwürdigen Kitzeln abgelöst, ein Gefühl, das sich sehr schnell in extremes Unbehagen verwandelte. Etwas wurde in ihr Ohr geschoben. Laurie konnte sich denken, was es war. *Nein … nein … nein.*

Die Spitze des Spießes erreichte ihr Trommelfell, und die Furcht, die sich in ihr aufgebaut hatte, löste sich in einem so akuten Schmerz auf, dass er ihr ganzes Sein in Beschlag nahm. Bestimmt war die Membran durchbohrt worden. Wurde der Spieß noch weiter vorangetrieben, durchs Innenohr und ins Gehirn? Konnten Trommelfelle wieder zusammenwachsen? Würde sie für alle Zeiten taub sein?

Plötzlich war der Schmerz nicht schlimmer als die heftigsten Ohrenschmerzen, die man sich vorstellen konnte. Der Spieß war weg. Laurie konnte Bestandsaufnahme machen, konnte wieder Anschluss finden, erst an ihren eigenen Körper und dann an die Welt um sie herum. Erleichtert stellte sie fest, dass sie noch hören konnte, doch sie brauchte einen Moment, um zu begreifen, dass dieses hartnäckige Summen, das ihre Ohren erfüllte, nichts anderes war als ihr eigener Versuch zu schreien, erstickt von dem Klebeband, das noch immer ihren Mund bedeckte. Mit dieser Erkenntnis kam Stille, oder was als Stille galt. Laurie war sich mehr denn je des Geräuschs ihres Atmens bewusst. Dessen Tempo passte zu dem Pochen in ihrem Ohr, während ihr adrenalingetriebenes Herz sich abmühte, mit den Anforderungen Schritt zu halten, die die Angst an es stellte. Dann hörte sie abermals die Stimme.

»Und da wäre natürlich noch die Nase.«

Laurie versteifte sich, als sie fühlte, wie etwas die Härchen in ihrem linken Nasenloch zu kitzeln begann. Wie weit würde er den Spieß schieben? War dort auch irgendeine Membran? Unwillkürlich ertappte Laurie sich dabei, wie sie sich die Schmerzen vorstellte, die sie eben im Ohr gespürt hatte, nur diesmal auf einen Bereich rund um die Nasenwurzel konzentriert. Wie sie sich von dort bis zu ihren Augen ausbreiteten und dann in den übrigen Kopf. Sie konnte spüren, wie die Tränen versuchten, zwischen ihren geschlossenen Lidern hervorzuquellen. Dann hörte sie ein leises Lachen.

»Nur wollen wir ja, dass du bei Bewusstsein bleibst, nicht wahr? Dreimal Grunzen, wenn du bereit bist, zu reden.«

Der Mann hielt inne, als warte er auf eine Antwort. Laurie schaffte es gerade eben noch, nicht die Geräusche zu machen, die er hören wollte. Warum sträubte sie sich? Um etwas zu erreichen, das vielleicht vollkommen sinnlos war und für das sich die Schmerzen ganz sicher nicht lohnten? Aber sie war zu weit gekommen, um jetzt einzuknicken. Sie musste es so weit bringen, dass die ihr das Klebeband vom Mund lösten, dass sie schreien konnte, ohne Verdacht zu erregen. Im Augenblick war Schweigen die einzige Option.

»Hm. So willst du's also haben, ja? Na, schauen wir mal, wie tapfer du bist, wenn's um deinen Dad geht. Reiß das ab, ich will, dass sie es hört.«

Laurie hörte das Abreißen von Klebeband und dann – ganz kurz fühlte es sich wie ein Sieg an – Dads Stimme. »Was machen Sie denn da? Laurie, sag denen nichts. Nein, aufhören. Nein … nein … *nein.*« Falls er noch mehr hatte sagen wollen, so ging das in einem markerschütternden Schrei unter. Laurie war sich sicher, dass sie diesen Schrei niemals vergessen und dass sie sich nie dafür vergeben würde.

Alle Gedanken ans Siegen – an heimliche kleine Ziele – verflogen. Lass es aufhören. Lass es sofort aufhören, bitte. Laurie grunzte und grunzte wieder und grunzte ein drittes Mal. Panik überwältigte sie. Wenn der Mann sie nun nicht gehört hatte. Würde er weitermachen? Wieder grunzte sie dreimal, lauter diesmal. Das musste er doch bestimmt gehört haben? Nach allem, was sie wusste, war er gerade im Begriff, Dad einen Grillspieß in die Nase zu rammen.

Plötzlich hörte sie wieder die Stimme dicht an ihrem Ohr. »Du hast eine Chance: das Passwort. Verstanden?«

Unfähig, zu nicken, konnte Laurie als Antwort nur grunzen. Das reichte. Wieder wurde ihr das Klebeband vom Mund gerissen. Die Schmerzen in ihrem Ohr waren so heftig, dass Laurie unmöglich hätte schreien können, auch ohne die Warnung. Stattdessen konnte sie gerade noch flüstern: »*roXanne123*«, und holte tief Atem, ehe sie fortfuhr. »Genau wie eben, aber mit einem großen X und eins-zwei-drei am Ende.«

Die Tastatur klackte, dann herrschte Stille. Laurie wartete, konzentrierte sich auf ihre Schmerzen, und wieder wuchs die Panik in ihr. Wenn sie sich nun vertan hatte. Was würde er als Nächstes tun? Wie ging es Dad? Alles, was sie von ihm hören konnte, war hastiges Atmen.

Dann sprach der Mann abermals. »Okay, mach die hier sauber und leg sie wieder genau dahin zurück, wo du sie gefunden hast. Ich mache hier weiter.« Er hielt kurz inne, ehe er – zumindest in Lauries Fall unnötigerweise – hinzufügte: »Noch ein Mucks von einem von euch, und es wird euch leidtun.« Das Klacken begann von Neuem. Sie hatte das richtige Passwort genannt. Bestimmt würde das alles bald vorbei sein.

Geräusche drangen aus der Küche herüber. Der Mann, der an ihrer Brustwarze gesaugt hatte, begriff Laurie, war gerade dabei, die Folterinstrumente abzuwaschen. Was würden ein laufender Wasserhahn und eine Spülbürste fortan für sie bedeuten? Würde sie je wieder einen Grillspieß ansehen können? Natürlich war es nicht wahrscheinlich, dass das eine Rolle spielen würde. Bitte, Gott, sie sollten sie schnell umbringen. Die Küchenschublade wurde mit einem dumpfen Laut geschlossen, zurückkehrende Schritte zeigten, dass der Mann seine Arbeit beendet hatte. Warum hatte er den Wasserhahn nicht zugedreht?

Rummms! Was war das? Laurie mühte sich ab, das, was sie gerade gehört hatte, einzuordnen. War ihr Laptop heruntergefallen? Das Klacken hatte aufgehört. Dann vernahm sie zwei weitere dumpfe Schläge, kurz nacheinander. Der letzte ging mit einem knackenden Laut einher, bei dem Laurie sofort an ihren

Sturz von Roxanne und an das gebrochene Schlüsselbein denken musste. O Gott! Hatten die etwa angefangen, Dad zu verprügeln? Nein, das Geräusch war weiter entfernt.

War das ein Stöhnen? Wo kam das her? Aus der Küche? Schritte rannten aus dem Zimmer, und es folgten drei weitere rasche Schläge, dann ein Klappern – etwas Hölzernes war zu Boden gefallen –, gefolgt von einer Reihe leiserer dumpfer Laute, begleitet von Jess' Stimme, die bei jedem dieser Laute »Ihr Schweine, ihr Schweine, ihr Schweine« wiederholte. Dann herrschte Stille, unterbrochen von gelegentlichem Aufschluchzen.

»Jess.« Laurie versuchte zu sprechen, kam jedoch nicht weiter, denn der Schmerz in ihrem Ohr schwoll abermals an. Hatte Jess sie gehört? Ja – zurückkehrende Schritte waren zu hören, begleitet von lauten, tiefen, hastigen Atemzügen. Doch sie kamen nicht zum Tisch. Stattdessen hörte Laurie ein Rascheln. Zog Jess etwa die Plastikfolie vom Sofa? Bestimmt sollten sie doch alles möglichst unverändert lassen, für die Polizei? »Jess«, versuchte Laurie zu flüstern, »was machst du denn?«

Die Antwort kam von Dad, und er hörte sich ganz normal an – er hatte keinen Grund zu flüstern. »Sie weiß, dass wir hier sind, Liebling. Wie geht's dir?«

Dad! Laurie hätte vor Erleichterung losheulen können, als sie seine Stimme hörte. »Dad! Bist du okay?«

»Mach dir wegen mir keine Sorgen, Schatz. Die wollten, dass du mich schreien hörst. Sagen wir einfach, ich habe ihnen gegeben, was sie wollten, ohne einen Grund abzuwarten.«

Trotz des allumfassenden Schmerzes in ihrem Ohr, trotz des Entsetzens, das sie gerade durchlebt hatten, trotz der Unsicherheit, als sie so dalagen, blind und bewegungsunfähig, gönnte Laurie sich unwillkürlich ein Gefühl des Triumphs. Man konnte sich darauf verlassen, dass Dad allen anderen immer einen Schritt voraus war.

Inzwischen war Jess in der Küche zugange gewesen. Was machte sie da? Dieses Klicken, verbunden mit einem Rauschen, das hörte sich an, als öffne sie die Tür, die ins Freie führte. Der darauffolgende Luftzug bestätigte das. Dann herrschte Stille; sie dauerte so lange an, dass Laurie es wieder mit Flüstern versuchte – »Dad?« –, doch ehe er antworten konnte, hörte sie draußen ein Auto vorfahren. War das die Polizei? Vielleicht hatte Jess sie ja doch gerufen.

Die Tür des Autos öffnete sich. Jemand stieg aus und kam durch die offene Tür herein, marschierte geradewegs zum Tisch. Etwas fiel zu Boden. Dann sagte Jess endlich etwas, in einem völlig unpassenden, spielerischen Tonfall. »Entschuldigt, dass es so lange gedauert hat, meine Süßen. Laurie, Schätzchen, ich hoffe, du hast nichts dagegen, aber ich glaube, es ist wahrscheinlich besser, wenn ich zuerst deinen Dad losmache.«

Laurie war nicht in Stimmung, Fragen zu stellen, und sie hatte es nicht eilig, sich zu bewegen. Wie sich ihr Ohr anfühlen würde, wenn sie das tat, das konnte sie sich vorstellen.

Regungslos wie eine Mumie lauschte Laurie darauf, wie Jess Dad befreite. Wenn der genauso mit Klebeband umwickelt war wie sie, dann sollte sie sich nicht wundern, wie lange das dauerte. Abgesehen von einem einzigen »Danke« sagte Dad nichts. Wenigstens wusste sie, dass es ihm gut ging. Schließlich zeigten ein Knarren des Tisches und ein gedämpftes Auftreten auf den Boden an, dass Dads Bewegungsfreiheit wiederhergestellt war. Die Schritte, die folgten, mussten seine sein, denn jetzt spürte Laurie, wie Finger an dem Klebeband pulten, mit dem sie fixiert war. Im Gegensatz zu ihrem bisherigen Schweigen wurde Jess plötzlich redselig. »Dein Dad ist nur mal kurz nach oben gegangen. Ich glaube, es ist am besten, wenn ich zuerst deine Hände losmache, dann kannst du ganz in Ruhe den Rest von dem Zeug abmachen.«

Es war Lauries linke Hand – die, die näher an der Tischkante war –, die Jess als Erstes freibekam. Laurie bog und streckte behutsam die Finger, fühlte das Kribbeln und Stechen, als die Durchblutung wieder in Gang kam, und hob sie dann ans Gesicht. Obgleich sie doch wusste, dass sie sich selbst berührte und den Druck auf ihren Wangen durch das Klebeband hindurch fühlen konnte, das sie bedeckte, war es schwer, das mit dem toten Gefühl in Einklang zu bringen, das von den noch immer tauben Fingerspitzen herrührte. Sie fühlte sich seltsam losgelöst von ihrem Körper. Wie sah sie wohl aus, an den Tisch gefesselt wie Gulliver in Liliput? War sie überhaupt angezogen? Sie fuhr sich mit der Hand am Hals hinunter und spürte den leichten Widerstand elastischen Stoffs: Ja, natürlich, sie hatte noch immer das T-Shirt an, in dem sie ins Bett gegangen war. Und was war mit Dad? Hatte er nackt neben ihr auf dem Tisch gelegen? Hatte Jess ihn so gesehen? Das würde erklären, warum er nach oben gegangen war.

Jetzt war auch Lauries andere Hand frei. Sie klatschte beide Hände zusammen, verblüffte sich selbst mit einem Geräusch, das in keinerlei Beziehung zu den leblosen Klötzen stand, die sie am Ende ihrer Arme spürte. Dann schüttelte sie sie und rieb sich die Handgelenke. Nach und nach kehrten Kraft und Gefühl in die Finger zurück. Jetzt konnte sie das Klebeband von den Augen lösen; Jess führte ihre Hand zu dessen Ende. Laurie packte es, wappnete sich und zog es langsam ab.

Nach all der Vorbereitung und all der Beklommenheit tat es eigentlich kaum weh – jedenfalls war es nichts im Vergleich zu dem, was Laurie vorhin gefühlt hatte, als der Knebel abgerissen worden war. Beim Gedanken daran kribbelte die Haut um ihren Mund herum noch immer. Dass es nicht so wehtat, kam wahrscheinlich daher, dass sie es selbst machte. Gute alte Jess. Trotzdem dauerte es eine Weile, bis Lauries Augen sich an das Licht gewöhnten; blinzelnd sah sie die schemenhafte Silhouette ihrer Cousine vor sich, die behutsam die anderen Klebestreifen löste, die sie an den Tisch fesselten.

Allmählich nahm Laurie auch andere Einzelheiten wahr. Jess trug ein schlichtes weißes T-Shirt, das Laurie als ihr Lieblings-Schlafshirt erkannte. Die roten Flecken darauf waren unverkennbar. Das Ding wird sie in kaltem Wasser einweichen müssen, schoss es Laurie durch den Kopf, ehe sie sich mit einer offenkundigeren Sorge befasste: Waren die auch auf Jess losgegangen? Es waren keinerlei Verletzungen zu sehen, und sie bewegte sich anscheinend ganz normal.

»So, ich glaube, das war's.« Jess trat von dem Tisch zurück.

Laurie war frei. Sie dachte an ihr Ohr und merkte, dass der Schmerz ein wenig nachgelassen hatte. Versuchsweise hob sie den Kopf und bewegte ihn ein bisschen hin und her. Keine jähen Schmerzstiche, nur so ein schwaches Gefühl, als würde ihr gleich schwindlig werden. Genug, dass sie sich sehr vorsichtig aufsetzte, mehr aber auch nicht. Langsam stemmte sie sich auf beide Ellenbogen und dann vom Tisch hoch und schwang die Beine herum, sodass sie über die Kante hingen. Einen Augenblick lang kniff sie die Augen fest zu und wartete auf den Blutandrang in den Schläfen, der anzeigte, dass die Gefahr, ohnmächtig zu werden, vorbei war. Als sie sie wieder öffnete, konnte sie sich zum ersten Mal richtig umschauen.

Jess stand vor ihr, den Kopf zur Seite geneigt, blass und mit weit aufgerissenen Augen. Zu dem T-Shirt trug sie Jeans; bestimmt hatte sie sie rasch angezogen, bevor sie heruntergekommen war. Laurie runzelte die Stirn, versuchte, das alles zu verstehen. Hatten die Männer denn nicht in ihr Zimmer geschaut und es leer vorgefunden?

»Tee, das ist es, was du jetzt brauchst.« Mit einem Kopfnicken bestätigte Jess ihre eigene Diagnose und machte sich auf den Weg in die Küche, sodass Laurie nun auch den Rest des Zimmers sehen konnte. Der Grund für das Blut auf Jess' T-Shirt war offensichtlich. Der Mann, der Laurie gefoltert hatte, saß immer noch da, das Gesicht über die Tastatur von Dads Laptop gebeugt. Sie konnte eine behandschuhte Hand neben ihm herabhängen sehen; schon dieser Anblick brachte Erinnerungen mit sich, bei denen sie unwillkürlich zusammenzuckte. Doch es war sein Hinterkopf, der ihren Blick auf sich zog: nicht nur das blutverklebte Haar, sondern auch die unnatürlich abgeflachte Form, als zöge sich sein Nacken in einer einzigen geraden Linie von den Schultern bis zum Scheitel. Wie gebannt, wider bessere Einsicht von der Szene angezogen, rutschte Laurie vom Tisch und ging hin, mit ganz kleinen Schritten, wie eine Neunzigjährige, um sich das genauer anzusehen. Das war gar kein Haar, begriff sie jetzt – tatsächlich war der Kopf des Mannes, soweit sie sehen konnte, glatt rasiert –, es war ... was? Geronnenes Blut? Ein anderes Wort dafür gab es nicht. Jedenfalls bestand kein Zweifel, dass er tot war.

Jess erschien mit einem Becher in der Küchentür. »Ich habe zwei Stück Zucker reingetan. Sollte eigentlich mehr sein, aber dann trinkst du ihn ja nicht, was bringt das also?«

»Was ist mit dem anderen?«, wollte Laurie wissen.

»Der ist hier in der Küche.«

»Und ...?« Fast scheu ließ Laurie die unausgesprochene Frage zwischen ihnen in der Luft hängen.

»Auch tot.« Ein trotziger Unterton schwang in Jess' Antwort mit, als fordere sie Laurie auf, Einwände zu erheben. Mit dem Teebecher in der Hand, der ein klein wenig zitterte, kam sie auf Laurie zu; ihre weißen Fingerknöchel zeigten, wie fest sie ihn umfasst hielt. Vielleicht war es ja gar kein Trotz. Unter was für einer Spannung musste sie stehen!

Laurie wusste, dass sie sich hinsetzen und den Tee trinken sollte, dass sie ihre Cousine umarmen sollte, die ihn ihr gebracht hatte. Doch sie musste das mit eigenen Augen sehen. Mit einem zaghaften Lächeln, das ihre Retterin um Verzeihung bat, ging sie zur Küchentür hinüber. Ein zweiter Mann lag auf dem Küchenboden oder vielmehr auf einer durchsichtigen Plastikplane. Laurie blickte zum Sofa zurück: Ja, das war es, was sie vor ein paar Minuten gehört hatte – wie Jess die Plane heruntergezogen hatte. Bestimmt hatte sie den Leichnam gleich daraufgerollt. Warum, um alles in der Welt? Dann sah Laurie das Gesicht des Mannes. Dort hatten ihn die tödlichen Schläge getroffen: drei einzelne senkrechte Dellen auf der Stirn. Sie erinnerte sich an die knirschenden, dumpfen Laute, die diese Dellen erzeugt hatten. Und neben dem Mann konnte sie die blutverschmierte Waffe liegen sehen, die ihn getötet hatte. Sie stellte sich vor, wie Jess sie umklammerte, als sie in die Küche rannte, nachdem sie gerade den Mann am Laptop niedergestreckt hatte, bereit, es auch dort zu Ende zu bringen.

»Mum hat immer geschworen, das wäre das beste Nudelholz, das man für Geld kaufen könnte.« Hatte sie das laut gesagt? Plötzlich war ihr das alles zu viel. Laurie merkte, wie die Tränen in ihr aufstiegen und der Schwindel sie übermannte. Sie setzte sich an den Küchentisch, legte den Kopf in die Armbeuge und überließ sich der Erschöpfung.

5 UHR

Lauries Ohr tat weh, aber nicht allzu sehr. Der steife Nacken und die tauben Arme waren Anzeichen dafür, wie lange sie geschlafen hatte, ebenso das graue Licht, das durchs Küchenfester drang. Es war sehr still. Sollte es im Haus nicht vor Polizisten wimmeln? Ein brutaler Überfall verdiente doch bestimmt Aufmerksamkeit – vor allem wenn auch noch Leichen dazugehörten. Leichen? Laurie schaute zu der Stelle vor dem Spülbecken hinüber; bei der Erinnerung an das zerschmetterte Gesicht des Einbrechers graute ihr ebenso sehr wie bei dem leibhaftigen Anblick Stunden zuvor. Dort war nichts. Dann sah sie den Zettel mit Dads Handschrift, der neben ihr auf dem Tisch lag. *Keine Sorge, sind bald wieder da. Mach noch ein bisschen sauber, wenn du kannst.* Daneben, nicht zu übersehen, lagen sein und Jess' Handy; die Bedeutung war klar: Sie wollten nicht angerufen werden.

Laurie reckte sich vorsichtig, stand auf und ging ins Wohnzimmer. Dads Laptop stand auf dem Tisch, doch von dem über der Tastatur zusammengesackten Leichnam, an den sie sich so lebhaft erinnern konnte, war nichts zu sehen. Das war doch bestimmt nicht alles nur ein Traum gewesen. Der Restschmerz in ihrem Ohr sagte Nein. Sie betrachtete den Laptop. Er hatte in den Ruhemodus geschaltet. Auf den Tasten waren merkwürdige braune Spritzer, und eine ganz ähnliche Schliere auf dem Bildschirm. Es war nicht schwer zu erraten, was das war. Laurie schreckte vor dem Gedanken zurück. Würde Dad den Computer je wieder benutzen können? Dann setzte sie sich hin, während sie die Tragweite des Ganzen durchdachte.

Aus irgendeinem Grund hatten Dad und Jess nicht die Polizei gerufen. So viel war klar. Warum nicht? Laurie war sich sicher, dass sie das getan hätte, so sicher, dass sie eigentlich gar nicht besonders darüber nachdenken musste. Sosehr sie sich auch über die Sergeant Atkinsens dieser Welt geärgert hatte, das wäre ihre automatische Reaktion gewesen. Und doch handelte Dad auf eine Art und Weise, die in völligem Widerspruch zu dem stand, was sie über ihn zu wissen glaubte. Das ergab keinen Sinn.

Also, was sollte sie jetzt tun? Sie konnte das Versäumnis nachholen und selbst die Polizei verständigen. Und Dad und Jess ins Messer laufen lassen? Nein, natürlich nicht. Sie würde warten, bis sie zurückkamen, würde es mit ihnen ausdiskutieren. Die Vorstellung, untätig an einem halb gereinigten Tatort herumzuhängen, war nicht besonders reizvoll. Lauries heftiges Schaudern bei diesem Gedanken machte ihr klar, wie nahe sie einem Zusammenbruch war, auch wenn ein paar Stunden Schlaf das Grauen etwas gemildert hatten. Sie musste sich beschäftigen, und das hieß, Dad vertrauen und tun, was er sagte.

Und wie bekam man Blutflecken von einem Laptop? Man musste etwas benutzen, das nicht leitete; das Letzte, was Laurie wollte, war, einen Kurzschluss in der Tastatur auszulösen. Nach kurzem Überlegen ging sie hinauf ins Badezimmer, um ihren Nagellackentferner und Watte zu holen.

Zurück im Wohnzimmer, verbrachte Laurie die nächsten Minuten damit, den Laptop sorgfältig zu reinigen. Zur Sicherheit rieb sie auch noch den Schreibtisch darum herum ab. Das Putzen half; es hielt sie davon ab zu überlegen, was Dad und Jess wohl gerade machten, und an die entsetzlichen Ereignisse der vergangenen Nacht zu denken. Aber schließlich musste sie doch zum Tisch hinüberblicken. Dabei verspürte sie ein reflexartiges Stechen im Ohr.

Die Plastikplane war verschwunden. Nur ein paar klebrige Rückstände zeigten, was geschehen war. Laurie rubbelte sie mit noch mehr Watte und Nagellackentferner weg. Und was jetzt? Sie könnte den Küchenboden wischen, doch dann könnte Blut an dem Wischmopp kleben bleiben. Laurie betrachtete die Wattepackung: Gut, dass es eine fast neue Großpackung war, sie würde nämlich alles brauchen.

Eine Stunde später war die Packung leer, und der durchdringende Geruch von Azeton waberte durch beide Räume, doch alles, was Laurie in den Sinn gekommen war, hatte sie sauber gewischt: Böden, Arbeitsplatte, Spülbecken und Wasserhähne. Und es war auch klar, was sie mit der Watte machen sollte. Sie öffnete die Klappe des Holzherdes und merkte dabei, dass er immer noch warm war. Im Innern konnte sie ein paar geschwärzte Überreste und etliche glühende Kohlen sehen. Mit einem Schmerz der Trauer erkannte Laurie ein Stück gedrechseltes Holz, ein Überbleibsel des Nudelholzes. Und war das da ein Stück von Jess' T-Shirt? Gute Idee. Laurie streifte ihr eigenes Top ab, legte es zu der mit Azeton getränkten Watte und ein paar Fetzen Klebeband, die sie unter dem Tisch im Wohnzimmer gefunden hatte, und stopfte alles in den Herd. Sie bekam die Klappe gerade noch rechtzeitig zu. Mit einem beeindruckenden Fauchen ging das ganze Sammelsurium in Flammen auf.

Die darauffolgende Dusche war frisch und reinigend. Es war nicht das lange, entspannende Vollbad, das Laurie vorgezogen hätte, aber sie wollte auf den Beinen sein, wenn Dad und Jess zurückkamen. Außerdem musste sie sich früher oder später den Computer vornehmen. Warum waren ihre Passwörter so wichtig gewesen?

7 UHR

Der Geruch nach Nagellackentferner hatte sich mehr oder weniger verflüchtigt. Nur eine schwache Andeutung war von dem betäubenden Dunst geblieben, der eine halbe Stunde zuvor das Zimmer erfüllt hatte. Laurie ging zu dem Laptop hinüber. Der war schon seit Stunden an; als Erstes musste sie den Akku aufladen. Also trug sie den Laptop zum Küchentresen hinüber, steckte das Ladekabel in die Steckdose und drückte auf die Starttaste. Wie gewöhnlich dauerte es eine gefühlte Ewigkeit, aber schließlich öffnete sich das übliche Fenster mit der Aufforderung, das Passwort einzugeben. Sie loggte sich mit ihren Daten ein, genau so, wie es der Mann vor etlichen Stunden getan hatte. Dennoch zögerte sie, bevor sie lostippte. Wenn er nun die Gelegenheit genutzt hatte, sie auszusperren? Was hatte er vorgehabt?

Die Erleichterung, die Laurie empfand, als die Seite auf *roxanne1* reagierte, verschwand fast augenblicklich, als sie sah, was da auf dem Bildschirm erschien. Sie – oder vielmehr ihr Benutzerkonto auf Dads Laptop – war in einen Chatroom eingeloggt: ein Selbstmordforum. Ihr Username war lonelygirl73, und anscheinend war sie an einem Chat mit dem Titel *Meinem Dad geht's genauso* beteiligt. Der letzte Kommentar war vor ein paar Stunden von Freund-in-der-Not7 gepostet worden und lautete: *Hey Laurie. Mach mir allmählich Sorgen. Lass uns wissen, ob bei Euch alles ok ist.*

Mit hämmerndem Herzen scrollte Laurie zum Anfang des Chats zurück. Wie vermutet, hatte lonelygirl73 ihn heute Nacht um 1.30 Uhr begonnen: *Hi alle zusammen – ich bin's mal wieder. Würde gern ein bisschen quatschen, wenn irgendwer da ist. Habe mit meinem Dad geredet, und wie sich rausgestellt hat, geht's ihm genauso – und zwar seit Mum gestorben ist. Bin ein bisschen down. Lauriexxx* Die Posts, die daraufhin von anderen Usern eingegangen waren, waren vor lauter Emoticons und anscheinend fast obligatorischen Mottos nicht leicht zu lesen (das Motto von lonelygirl73 lautete: *Liebe ist einfach, nur mit dem Leben tue ich mich schwer,* wie Laurie feststellte). Doch im Wesentlichen streckten sich hier helfende Hände von einem Fremden zum anderen durch den Äther.

Die letzten paar Nachrichten jedoch klangen besorgt, ganz ähnlich wie die, die Laurie zuerst gelesen hatte. Keiner der User sagte klar und deutlich, weswegen er oder sie sich sorgte, und auf jeder Seite des Forums war eine strenge Regel vermerkt, dass explizite Selbstmörder-Abschiedsbriefe nicht toleriert werden würden – zum Wohle der anderen User –, doch den Post von lonelygirl73, den sie gerade gelesen hatte, konnte man durchaus als solchen interpretieren. Hätte man irgendwann in den nächsten Tagen ihren Leichnam (und den von Dad) an irgendeinem passenden Ort gefunden – zum Beispiel im ersten Stock am Treppengeländer hängend –, so wäre jeder, der den Laptop untersuchte, zu diesem offenkundigen Schluss geführt worden.

Laurie war überrascht, als sie merkte, dass sie vor allem erleichtert war. Und zwar nicht, weil sie vor dem, was diese Wahnsinnigen mit ihr vorgehabt hatten, sicher war – schließlich war sie ja nicht unbedingt sicher, nicht wahr? –, sondern weil Jess' blutiges Einschreiten so absolut gerechtfertigt gewesen war. Ohne sie wären sie und Dad jetzt ganz sicher tot.

Die Website des Forums warf ihren Widerschein auf Lauries Gesicht. Es waren keine weiteren Posts eingegangen; der Thread schien tot zu sein. Laurie war versucht, sich auszuloggen, ihre Suchchronik zu löschen, zu vergessen, dass lonelygirl73 jemals existiert hatte, doch irgendetwas ließ sie zögern. Sollte sie einen Post hinterlassen, damit alle wussten, dass es ihr gut ging? Wenn nun ein gefährdeter Leser dem Beispiel von lonelygirl73 folgte? Wäre das irgendwie ihre Schuld? Wie kam es, dass all diesen Leuten jemand wichtig zu sein schien, der doch letzten Endes eine reine Fiktion war? Was hatte lonelygirl73 für eine Geschichte? Laurie setzte sich vor den Laptop und machte sich daran, dem nachzugehen.

Das Erste, was Laurie herausfand, war der allergrößte Schock für sie. Lonelygirl73 war seit beinahe einem Jahr Mitglied in diesem Forum. Hatte jemand schon so lange geplant, sie umzubringen? Es war fast nicht zu begreifen. Laurie klickte sich durch das Profil von lonelygirl73. Das brachte nicht viel. Da war das Motto, das sie bereits gelesen hatte, und sie hatte sich eine Katze als Avatar ausgesucht. Sämtliche Posts, die sie gesehen hatte, hatten ähnlich anonyme Absender. Das Benutzerkonto war unter dem offenkundig falschen Namen »Jane Smith« registriert, mit einer gleichermaßen nutzlosen E-Mail-Adresse (lonelygirl73@gmail.com). Es war auch eine Adresse angegeben, die echt zu sein schien, doch die Suche auf einer anderen Internetseite bestätigte Lauries Verdacht, dass die Gauden Road in London SW4 zwar tatsächlich existierte, die Adressen dort aber nur bis Hausnummer 204 gingen. Laurie bezweifelte, dass sich lonelygirl73 in dieser Hinsicht sehr von vielen anderen Usern in diesem Forum unterschied. Wer würde in einer Welt, wo Arbeitgeber Bewerber googelten, auf einer Seite wie dieser seinen richtigen Namen und seine richtige Adresse angeben?

Letzten Endes existierte lonelygirl73 also bloß als eine Serie geposteter Beiträge. Sie war mit einem ziemlich üblichen Text eingestiegen: *Hi, bin zum ersten Mal hier, fühle mich ziemlich mies und bin auf dieses Forum gestoßen. Ich glaube, das ist genau das, was ich brauche.* Darauf waren eine Reihe aufmunternder Willkommensgrüße gefolgt, und sie hatte sich sporadisch an verschiedenen Chats beteiligt, mit Kommentaren wie: *Hey, Süße, ich weiß genau, was Du meinst.* Oder: *Halt durch, Du weißt, Du hast hier Freunde.* Kurz gesagt, wenn sie auch nicht gerade zu einer herausragenden Führungsfigur des Forums geworden war, so doch zumindest zu einem allgemein akzeptierten Mitglied. Ein paar Monate nach ihrem ersten Post hatte sie um Rat gefragt und den auch prompt bekommen, und zwar reichlich: *Jeden Tag gehe ich zur Arbeit, und niemand merkt, dass mit mir etwas nicht stimmt. Tut sich sonst noch jemand so schwer damit, den Schein zu wahren? Wie hält man so einen Tag aus?* Das war jedoch das einzige Mal, dass lonelygirl73 etwas über ihr Privatleben preisgab – bis gestern Nachmittag.

Laurie fand die Veränderung frappierend, obwohl ihr klar war, dass ein weniger aufmerksamer Leser vielleicht keinen großen Unterschied bemerkt hätte. Es war das erste Mal, dass einer der Posts ein biografisches Detail enthielt: *Hallo zusammen. Ich brauche im Moment echt Unterstützung. Letzte Woche habe ich meinen Job verloren. Kommt mir vor, als könnte ich echt nichts richtig hinkriegen. Hilfe!* Das hatte eine lange Kommunikation ausgelöst, an der lonelygirl73 lebhaft teilgenommen und nach und nach Details erzählt hatte, die alle auf Laurie zutrafen: der Tod ihrer Mutter, ihre Panik nach dem Unfall auf dem U-Bahnhof, dass sie sich jetzt gerade bei ihrem Vater auf dem Land aufhielt. Der Thread endete damit, dass sie den Rat annahm, sie solle vielleicht mit ihrem Vater darüber reden. Wie Freund-in-der-Not7 es ausdrückte: *Für manche Sachen braucht man seine Familie.*

Laurie stand auf. Sie musste den Kopf freibekommen, das alles genau durchdenken. War es wirklich schon halb zehn? Wo waren Dad und Jess hingefahren? Es erschien ihr nicht mehr wichtig, da zu sein, wenn sie nach Hause kamen. Rasch legte sie einen Zettel mit einer eindeutigen Anweisung – *Nicht anfassen* – auf die Tastatur des Laptops und ging hinaus.

10 UHR

Es war kalt auf dem Hügelkamm, aber nicht kalt genug, dass Laurie es bereut hätte, aus einem spontanen Impuls heraus Roxanne gesattelt zu haben und losgeritten zu sein. Hier, mit dem Wind im Gesicht, konnte sie sich aus der bedrückenden Enge von Chatrooms befreien, den hartnäckigen Nagellackentferner-Geruch abschütteln und sich ihre eigene Blödheit eingestehen. Das Ganze machte sie so wütend – vor allem auf sich selbst. Es gab nur einen Menschen, der all diese Details über sie wissen konnte. Einen Menschen, den sie zu lieben bereit gewesen war, der aber in Wirklichkeit ihren Tod wollte. Wie hatte sie so blind sein können? Im Geiste ging sie die Ereignisse der letzten paar

Wochen durch, dachte an Dads Versuche, sie zu hinterfragen, an ihre eigene sture Nonchalance. Sie war so versessen darauf gewesen, das mit Paul für sich zu behalten, dass sie alle hätten umkommen können. Um ein Haar wäre das ja auch passiert. Sie war eine Idiotin gewesen.

Erst als sie sah, wie Roxannes Ohren zuckten, wurde Laurie klar, dass sie das letzte Wort laut ausgesprochen hatte. »Idiotin!« Sie sagte es noch einmal, schwelgte in dem »d« und in der heftigeren Betonung des »t«. Es war ein tolles Wort – richtig kathartisch. *»Idiotin!«* Ein Starenschwarm stob aus einer nahe stehenden Eberesche empor. Roxanne schüttelte den Kopf, als lache sie über diesen neuesten Unsinn seitens der Frau auf ihrem Rücken.

Na und? Warum denn nicht? Es war doch niemand in der Nähe. *»Idiotin!«* Diesmal ließ Laurie es lautstark raus. Bildete sie sich das Echo nur ein, oder dröhnten ihr von der Wucht des Schreis noch die Ohren, kombiniert mit dem Restschmerz dessen, was der Spieß angerichtet hatte? Jetzt war es an Laurie, den Kopf zu schütteln. Sie hatte Roxanne ordentlich galoppieren lassen wollen, doch das hier reichte vollauf. Warum noch mehr Risiken eingehen? Mit einem ganz leisen Zügelzug und einem leichten Schenkeldruck wendete sie das Pferd, und sie machten sich auf den Heimweg.

Die Straße entlang nach Hause zu reiten erwies sich als Fehler. Mrs Shilling war draußen zugange. Offenbar jätete sie das Blumenbeet vor dem Haus, obwohl es, soweit Laurie sehen konnte, bereits absolut unkrautfrei war.

»Hallo, Liebes. Dann warst du das also doch. Ich dachte, ich hätte jemanden nach einem Hund rufen hören, aber es hat sich angehört wie du, und ich habe gedacht, also, ich hab's sogar zu James gesagt: ›Lauren hat doch gar keinen Hund, oder?‹ Aber er hat gemeint, du wärst jetzt schon wieder in London.« Mrs Shilling hielt mitten im Redefluss inne – etwas sehr Seltenes; sie wartete offensichtlich auf eine Antwort.

Laurie hatte wirklich nicht die Kraft für Erläuterungen, lieferte jedoch ein Erklärungshäppchen, von dem sie hoffte, dass es genügen würde. »Um diese Zeit ist im Büro nicht viel los. Ich dachte, ich nutze das schöne Wetter und mache mal richtig Urlaub.«

»Du Glückliche. Nun, ist bestimmt schön, mal länger hier zu sein. Dein Vater und Jessica sind übrigens wieder da. Sind erst vor ein paar Minuten hier vorbeigefahren. Waren wohl über Nacht weg, wie? Ich muss schon sagen, es ist nett, ihn endlich wieder mit einer Frau zu sehen.«

Wieder entstand eine Pause. Laurie wusste nicht, ob sie über Mrs Shilling lachen sollte, weil sie das Ganze so wunderbar falsch verstanden hatte, oder ob es sie ärgern sollte, dass sie diese Begegnung so durchschaubar eingefädelt hatte, um ihren Klatsch-und-Tratsch-Akku aufzuladen. Na schön, wahrscheinlich schadete es nichts, ein paar Falschinformationen zu verbreiten; besser, als erklären zu müssen, was Dad und Jess letzte Nacht getrieben hatten. »Ja, sie ist toll, nicht wahr? Ist natürlich noch sehr früh, aber ich drücke die Daumen.« War das genug, um Mrs Shilling zufriedenzustellen? Wen kümmerte das? Laurie legte die Waden an den Pferdebauch, winkte fröhlich und setzte ihren Weg nach Hause fort.

Solcherart vorgewarnt, war Laurie nicht überrascht, den Fiesta auf dem Hof stehen zu sehen. Sie stieg ab und band Roxanne auf dem Putzplatz an, gerade als Dad aus dem Haus kam. Als er Laurie erblickte, lächelte er nur und breitete die Arme aus. Gott, war das schön, von ihm gedrückt zu werden.

Doch Laurie brauchte auch Erklärungen. »Was läuft hier, Dad? Warum ist die Polizei nicht da? Warum hast du gesagt, ich soll im Haus sauber machen?«

»Das hast du prima gemacht, Liebling.« Laurie hatte Dad noch nie unaufrichtig erlebt, doch er fühlte sich eindeutig unwohl, als er versuchte, ihre Frage zu beantworten. »Es schien mir das Richtige zu sein. Der Zustand, in dem die Leichen waren; also, da hätte man doch einiges erklären müssen. Jess …« Jetzt hatte Dad Mühe, Worte zu finden. »Na ja, Jess war da sehr eindeutig. Sie hat mir von diesen Männern erzählt, was die mit ihr gemacht haben.« Er hielt inne, um sich zu fassen. So dicht vorm Weinen hatte Laurie ihn das letzte Mal auf Mums Beerdigung gesehen. »Das war ja schon schlimm genug für sie. Sie wollte das *wirklich* nicht der Polizei erzählen. Und um die Wahrheit zu sagen, nach dem, was sie für uns getan hatte, da dachte ich, ihr zu helfen – na ja, das war das Mindeste, was ich tun konnte.«

Laurie dachte darüber nach, erinnerte sich, wie Jess bereits angefangen hatte, die Beseitigung der Leichen vorzubereiten, noch ehe sie sie und Dad von dem Tisch losgemacht hatte. Sie versuchte, sich die geflüsterten Gespräche vorzustellen, die stattgefunden haben mussten, während sie schlief – und was »Jess zu helfen« tatsächlich bedeutet hatte. Bestimmt war es gar nicht so einfach, zwei Leichen zu entsorgen. Doch ein Blick auf Dads Gesicht überzeugte sie, dass dies nicht der richtige Moment für weitere Fragen war. Stattdessen versuchte sie, ihn aufzuheitern.

»Wo ist Jess?« Und dann mit einem Lächeln: »Weißt du eigentlich, dass Mrs Shilling davon ausgeht, dass ihr ein Pärchen seid?«

»Ein Pärchen?« Dad klang verwirrt. »Oh, du meinst …« Er verstummte, dann fuhr er fort: »Sie ist oben und duscht. Das tue ich jetzt auch. Dann können wir reden.«

12 UHR

Dad ließ sich nicht erweichen. »Wir haben das auf dem Rückweg durchgesprochen, und wir sind übereingekommen, dass es besser ist, wenn wir dir nicht erzählen, was wir mit den Leichen gemacht haben. Also frag bitte nicht.«

Laurie war völlig perplex, gar nicht so sehr wegen dem, was Dad sagte – sie erkannte den Sinn darin, war erleichtert, dass ihr die Einzelheiten erspart blieben –, sondern wegen des Gedankens, dass Dad und Jess von jetzt an ein Geheimnis haben würden, an dem sie nicht teilhaben konnte. Dad würde es ihr niemals sagen; es brachte nichts zu versuchen, ihn zu überreden.

Aber warum hatten sie nicht die Polizei gerufen? Das Letzte, was Laurie wollte, war Streit, doch das war etwas, das sie verstehen musste. Sie sprach das Thema so indirekt wie möglich an. »Jess? Die beiden Typen bei uns in der Wohnung? Dad hat gesagt ...« Sie hielt inne, wusste nicht genau, was sie eigentlich fragen wollte. Was war wirklich passiert, während Jess an das Bett gefesselt gewesen war? Die Kerle hatten doch alle Zeit der Welt gehabt.

»Tja«, antwortete Jess knapp, aber nicht unfreundlich, »es wäre doch echt ein sehr unglücklicher Zufall gewesen, wenn uns zwei verschiedene Schlägerglatzenteams auf die Pelle gerückt wären, oder?«

Glatzen? Ja, natürlich, genau wie die beiden Typen mit den rasierten Schädeln, die sie und Paul vor einer Ewigkeit durch die Euston Station gehetzt hatten. Laurie hielt kurz inne, um darüber nachzusinnen, ehe sie abermals ansetzte: »Jess, weißt du, dass du uns gestern Nacht das Leben gerettet hast? Die hatten sich unter meinem Namen auf einer Website eingeloggt, wollten es wie Selbstmord aussehen lassen.«

Es war Dad, der darauf antwortete. »Ich habe mir schon gedacht, dass es so etwas sein müsste. Warum hätten die sich sonst solche Mühe geben sollen, uns keine blauen Flecken zu verpassen?«

Ja, überlegte Laurie, das Vorgehen der Männer war auf grauenvolle, psychopathische Weise logisch. Es war das Verhalten von Dad und Jess, das sie noch immer nicht verstehen konnte. »Wie auch immer«, fuhr sie fort, »soweit es mich betrifft, haben die's verdient draufzugehen. Es ist nur – ich bin mir ziemlich sicher, dass die Polizei das genauso gesehen hätte.«

Dad wich Lauries Blick aus. Sie konnte sehen, dass er ihrer Meinung war, es aber nicht laut sagen wollte. Schließlich war es Jess, die antwortete: »Jetzt, bei Tageslicht, sehe ich ja ein, dass du vielleicht recht hast, aber gestern Nacht war ich felsenfest überzeugt, dass es nicht so wäre. Ich habe mehr als insistiert, und David … na ja, er hat getan, worum ich ihn gebeten habe.«

Jetzt sah Dad Jess an, doch er sagte immer noch nichts. Stattdessen fuhr Lauries Cousine fort: »Da gibt's noch was, das du sehen musst.« Damit zog sie einen Stuhl heran, stieg darauf und griff nach oben auf die Anrichte. Als sie wieder herabstieg, hatte sie eine Plastiktüte in der Hand. Sie ließ sie auf den Tisch plumpsen; dabei fiel ein dünner Packen Fünfzig-Pfund-Scheine heraus. Laurie griff danach und bemerkte das Logo der Bank auf der Banderole: zweitausendfünfhundert Pfund.

»In der Tüte sind noch mal neununddreißig«, sagte Jess auf Lauries unausgesprochene Frage hin.

Allmählich kam Laurie nicht mehr mit. »Das verstehe ich nicht. Wo habt ihr das gefunden? Wofür ist das?«

»Ich hab's im Auto von den Typen gefunden; sie hatten an der Straße geparkt. Und ich denke doch, es ist ziemlich offensichtlich, wofür das ist. Das ist eine Art Honorar – dafür, dich umzubringen, würde ich tippen. Überleg doch mal, was wir alle durchgemacht haben. Was mich betrifft, haben wir die Kohle verdient. Von Rechts wegen gehört das Geld uns.«

Laurie betrachtete die Tüte. Die Polizei wäre nicht der Ansicht gewesen, dass das Geld ihnen gehörte, da war sie sich ziemlich sicher, doch sie konnte Jess' Standpunkt nachvollziehen. Das allein war natürlich kein ausreichender Grund, die Leichen zu verstecken.

In Kombination mit der Angst vor Strafverfolgung jedoch und den direkten Nachwirkungen einer Nacht des Grauens, nun, da konnte sie es gerade eben noch verstehen. Eins war sicher: Damit, diese Entscheidung jetzt anzufechten, war nichts zu gewinnen. Dann kam ihr ein Gedanke. »Und wo ist das Auto der beiden?«

Dad antwortete. Bildete Laurie sich das nur ein, oder war er ein bisschen zu sehr bemüht, das Thema zu wechseln? »Wir haben es wieder bei der Autovermietung in London abgestellt und den Schlüssel in den Briefkasten geworfen. Deswegen hat's auch so lange gedauert.«

Dann griff er in die Tüte und holte zwei Handys hervor. »Die hier haben wir übrigens auch gefunden – wir dachten, das hilft uns vielleicht rauszufinden, warum die hier waren.«

Eins der Telefone erkannte Laurie sofort wieder; es war das neue Handy, das sie erst vor ein paar Tagen bekommen hatte. Das andere war ein billiges Wegwerfhandy von der Sorte, die man sich schnell kauft, wenn man einen Notbehelf braucht. »Habt ihr euch die angesehen?«, wollte sie wissen.

»Das eine ist deins, oder? Mit dem anderen ist nur eine einzige Nummer angerufen worden. Da sind auch ein paar SMS drauf – von derselben Nummer. In einer steht meine Adresse drin.« Dad machte eine Pause, ließ die Bedeutung dessen, was er gesagt hatte, wirken.

»Wann ist die geschickt worden?«

»Gestern Abend.«

»Ist das die letzte?«

»Nein, danach kam noch eine. Da steht nur ›lonelygirl73 mondayblues.‹ Wir versuchen immer noch, daraus schlau zu werden.«

Laurie musste sich schütteln, um die Enge in der Brust zu vertreiben. »Ich glaube, da kann ich euch helfen.«

Dad bestand darauf, dass sie systematisch vorgingen und Datum und Uhrzeit jedes Anrufs und jeder SMS notierten, die von dem Handy verschickt oder empfangen worden war. Laurie erkannte die forensische Natur dieses Unterfangens und war einverstanden damit, allerdings war sie sich nicht sicher, ob sie oder Jess sich das ohne ihn getraut hätten.

Das Handy war ein sehr schlichtes Modell; es zeigte lediglich die letzten zwanzig Anrufe in seiner Liste an, doch selbst diese paar Einträge zogen sich über mehrere Wochen hin. Darunter war ein Anruf, der heute in den frühen Morgenstunden getätigt worden war. Es war für sie alle ein Schock, als sie begriffen, dass dieser Anruf nur erfolgt sein konnte, als Laurie und Dad bereits gefesselt gewesen waren. Eine Minute später war jene »lonelygirl73 mondayblues«-SMS eingetroffen.

Nach und nach gab das Telefon seine Geheimnisse preis. Die SMS waren am erschreckendsten. Außer den beiden, von denen Dad ihr bereits erzählt hatte, waren nur drei weitere gespeichert. Vor jeder war ein Anruf erfolgt, und jede enthielt eine Kombination aus einem Usernamen und einem Passwort. Die erste war ein paar Wochen alt. Eine war von Anfang dieser Woche. Die letzte war nur ein paar Stunden vor der mit Dads Adresse abgeschickt worden. Es war schwer, nicht zu dem Schluss zu kommen, dass die Kerle das bereits dreimal getan hatten. Was getan hatten, wollten Dad und Jess wissen. Also erklärte Laurie es ihnen. »Das, wovon ich euch erzählt habe, was die mit mir gemacht haben. Das hier sind bestimmt Usernamen auf irgendeiner Website für Leute, die über Selbstmord nachdenken. Jemand hat ein Profil angelegt und Beiträge gepostet, die sich anhören, als kämen sie von der Person, die sie umbringen wollen. Und dann sorgen sie nach dem Mord dafür, dass auf dem PC des Opfers diese Website geöffnet ist. Das ist wohl die moderne Version eines Abschiedsbriefs.«

Dad und Jess begriffen, was das bedeutete. »Du meinst«, stieß Jess hervor, »die haben bereits die Selbstmorde von drei anderen Menschen gefakt? Von wem denn?«

»Ich glaube, den Namen von einem kennen wir, oder?«, meinte Dad.

»Wenn du William Pennington meinst, da bin ich mir immer noch nicht sicher. Vom Datum her passt keine dieser SMS zu dem Tag, an dem er vor den Zug gestürzt ist.«

»Die erste war doch nur ein paar Tage vorher«, wandte Dad ein.

»Aber sie passt nicht ins Muster. Man braucht das Passwort doch erst, wenn man vor dem Computer des Opfers sitzt, kurz bevor man dessen Selbstmord vortäuscht. Bei William Pennington war das das Letzte, was die gebraucht hätten. Nicht nur, dass er vor den Zug gefallen ist; Hunderte von Leuten – mich eingeschlossen – haben es gesehen. Nein, wenn du wissen willst, wer die sind, dann musst du mit dem *Warum* anfangen. Vor allem – warum wir?«

Dad und Jess blieben stumm und sahen Laurie an, während sie sich abmühte, das, was sie zu sagen hatte, in Worte zu fassen. Jetzt, da sie im Begriff war, es laut auszusprechen, war sie verblüffend ruhig.

»Ich glaube, wir werden feststellen, dass diese Menschen wegen ihrer Rente umgebracht worden sind.«

»Wie – so wie diese kleinen alten Omas, die wegen dem ausgeraubt werden, was sie in ihrer Handtasche haben?«, fragte Jess ungläubig.

»Nein – es dürften Personen sein, die für den Betriebsrentenfonds von Sanderson's eine große Belastung dargestellt haben. Leute mit langer Firmenzugehörigkeit und hohem Gehalt.« Jetzt wandte sich Laurie direkt an Dad. »Erinnerst du dich nicht mehr? Margaret hat doch gesagt, dieser Finanzmensch – wie hieß er noch mal? – hätte eine Art Abschiedsbrief hinterlassen. Ich wette, der ist einer von denen hier.«

»Und wir?« Jetzt sah Dad Laurie ganz direkt an.

»Ich war gerade im Begriff, das herauszufinden. Als ihr beide gestern Nachmittag unterwegs wart, habe ich jemanden angerufen und ihm das Ganze erzählt.«

»Jemanden?« Jess hatte den Kopf schief gelegt und runzelte die Stirn, während ihr Blick von Laurie zu Dad und wieder zurück huschte.

»Paul.« Laurie atmete den Namen aus, zwang ihn hervor.

Sofort hatte Jess die Arme um sie geschlungen. Laurie wurde von Schluchzen geschüttelt, wollte unbedingt weitersprechen, brachte es aber kaum fertig, formte abgerissene Worte, während ihr Brustkorb sich vor Anstrengung krampfhaft hob und senkte. »Es tut mir leid … es tut mir leid … Es ist alles meine Schuld … was diese Kerle mit dir gemacht haben … was sie Dad angetan haben … Ich war so blöd … Ich habe gedacht, er wäre jemand Besonderes.«

Laurie fühlte sich besser, nachdem sie sich übergeben hatte: zittrig, aber klar im Kopf. Richtiggehend gereinigt, bereit, die Aufgabe anzugehen, herauszufinden, wer »Paul« in Wirklichkeit war. Sie hatte bereits eine ziemlich klare Vorstellung. Dominic Sanderson war der Besitzer der Firma Sanderson Recruitment, derjenige, der durch das Defizit in der Betriebsrentenkasse am meisten zu verlieren hatte. Paul, vermutete Laurie, war vielleicht ein Mittelsmann gewesen oder ein drittes Mitglied des Teams, das Sanderson angeheuert hatte – der Kopf des Teams sozusagen; aber warum nicht zuerst die simpelste Lösung in Betracht ziehen? Es war gar nicht nötig, dass Dad Laurie einen Vortrag über Ockhams Rasiermesser hielt und darüber, dass man sich immer für die Lösung entscheiden sollte, die am wenigsten Mutmaßungen erforderte.

Ärgerlicherweise war das Internet bei der Suche nach einem Bild von Dominic Sanderson ebenso nutzlos wie damals bei ihrer Suche nach Paul Collingwood. Auf Facebook gab es eins, so groß wie eine Briefmarke; es zeigte einen Mann, der einen Jungen und ein Mädchen an sich drückte. Waren das Aidan und Mia? Laurie ertappte sich dabei, wie sie darüber nachdachte, ehe ihr klar wurde, dass »Paul«, selbst wenn er wirklich Kinder hatte, ihr wahrscheinlich ebenso wenig deren richtige Namen gesagt hatte wie seinen eigenen. Auf jeden Fall lag das Gesicht dieses Mannes im Schatten und wurde zum Teil vom Haar seiner Tochter verdeckt. Hatte Laurie mit ihm geschlafen? Diese verstörende Ungewissheit behielt sie für sich. Aus den wenigen Details des öffentlichen Profils konnte sie nicht einmal mit Sicherheit schließen, dass dies der Dominic Sanderson war, nach dem sie suchte.

»Wir könnten doch Margaret Pennington fragen, ob sie Bilder von ihm hat«, überlegte Dad laut.

»Wir könnten noch was Besseres tun«, verkündete Laurie triumphierend. »Ich habe ein Foto von Paul gemacht, oder wie auch immer er heißt. Das könnten wir Margaret zeigen und sie fragen, ob sie ihn wiedererkennt.« Aufgeregt tastete sie nach ihrem Handy und suchte nach dem Bild, das sie am Kanal gemacht hatte.

»Ist das denn nicht auf dem Handy, das geklaut worden ist?«, fragte Dad.

»Ja, aber ich hab es neulich auf das hier rübergezogen.« Es war Laurie ein klein wenig peinlich, das zuzugeben – dieses Bild war ihr so wichtig, dass sie es nicht einfach abgespeichert und vergessen hatte wie so viele andere.

»Nein, das meine ich nicht«, setzte Dad an. »Es ist nur, dabei ist mir gerade etwas eingefallen.«

Laurie schrie empört auf. »Die haben alle Fotos von dem Handy gelöscht – alles, was ich neulich da draufsynchronisiert habe. Alles weg. Ich schau mal in der Cloud nach.«

Zehn Minuten später wurde Laurie klar, dass das hier nicht so einfach werden würde. Nur ihr wäre es aufgefallen, aber irgendjemand hatte ihren Cloud-Account sorgfältig gefilzt. Hatte die E-Mail gelöscht, mit der sie das Bild von Paul an sich selbst geschickt hatte, und das Foto aus dem Ordner entfernt, in dem sie es gespeichert hatte. Deswegen hatten die das Passwort haben wollen, dachte sie und schauderte bei der Erinnerung an die Schmerzen.

Dad nickte unterdessen. Er schien Lauries hilflosen Zorn nicht zu teilen. »Was ist?«, fragte Laurie, unfähig, einen gereizten Unterton zu vermeiden.

»Das erklärt das Ganze doch, oder? Warum dein Handy gestohlen worden ist. Dieser Mann – Paul, Dominic, wie auch immer er heißt – konnte die Vorstellung nicht ertragen, dass du ein Bild von ihm aufbewahrst, dass du eines Tages in der Lage sein könntest, ihn zu finden.«

»Eine besonders tolle Erklärung ist das nicht«, knurrte Jess. In ihrer Stimme lag eine Schärfe, die Laurie daran erinnerte, dass sie damals diejenige in der Wohnung gewesen war. »Was könnte Laurie denn schon mit einem Foto anfangen?«

»Schau mal«, sagte Dad, »das ist ein Mann, der einen Riesenaufwand betrieben hat, um die Morde von wer weiß wie vielen Menschen zu planen, und sie wie Selbstmorde hat aussehen lassen. Das muss doch eine Art Psychopath sein. Der Kerl benutzt anonyme Handys, falsche Namen, damit nichts zu ihm zurückverfolgt werden kann; das ist doch zwanghaft.«

Sosehr sie sich auch bemühte, Laurie konnte nicht anders, als ihn in Gedanken Paul zu nennen. Sie musste an seine Reaktion denken, als sie ihm damals am Telefon erzählt hatte, dass alles auf ihrem Handy schon in der Cloud abgespeichert sei. »Ich denke, Dad hat wahrscheinlich recht.«

»Okay«, meinte Jess bedächtig, »aber wenn das so ist, warum hat er dann überhaupt Kontakt mit Laurie aufgenommen? Ich meine, du bist ein hübsches Mädchen und all so was, aber sehr vorsichtig war das doch nicht, oder?«

Laurie hatte einen Geistesblitz. »Er hat mich mit William Pennington reden sehen und wie ich reagiert habe, nachdem er verunglückt ist. Er musste sich vergewissern, dass ich nichts gemerkt hatte.« Jetzt wurde ihr alles klar. Er musste ihr nach oben gefolgt sein, hatte gesehen, dass sie Probleme mit ihrem Fahrrad hatte, hatte nach einer Möglichkeit gesucht, sie dann später am Abend anzusprechen. Großer Gott, er musste sie am nächsten Morgen sogar absichtlich abgepasst haben. Schwer wäre das nicht gewesen, wenn er wusste, dass das ihre Strecke zur Arbeit war.

»Also«, fragte Dad, »gibst du jetzt zu, dass William Pennington ermordet worden ist?«

Laurie umging es, darauf zu antworten, indem sie laut über etwas anderes nachsann. »Irgendwie denke ich, dass wir doch nur zu Margaret Pennington gefahren sind und all das rausgefunden haben, weil mir mein Handy geklaut worden war. Wenn …« Laurie zögerte kurz. »Wenn Paul keine schlafenden Hunde geweckt hätte, wenn er sich nicht weiter um das Foto geschert und sich nie wieder bei mir gemeldet hätte, dann wäre das alles doch gar nicht passiert. Diese Typen wären niemals gestern Nacht hier aufgekreuzt. Und ich wäre jetzt wahrscheinlich bei der Arbeit.« Laurie ließ den Gedanken, der sämtliche Konsequenzen jenes Besuchs umfasste, unausgesprochen, doch er stand trotzdem im Raum. Konnte Jess es tatsächlich so gelassen hinnehmen, wie es den Anschein hatte, dass sie vor ein paar Stunden zwei Männer erschlagen hatte? Laurie war weiterhin ungeheuer dankbar dafür, dass sie das getan hatte, aber sie sah ihre Mitbewohnerin jetzt definitiv mit anderen Augen.

Dad brach das Schweigen. »Und diese beiden Kerle würden fröhlich weitermorden. Und dein Mr Sanderson würde ungestraft davonkommen.«

»Und außerdem«, fügte Jess hinzu, »hätten wir jetzt nicht hunderttausend Pfund in gebrauchten Scheinen in 'ner Plastiktüte in der Küche liegen.«

13 UHR

Das Wegwerfhandy gab noch ein letztes Geheimnis preis: Offenbar war es für die Männer nicht üblich gewesen, wieder Kontakt zu ihrem Auftraggeber aufzunehmen, nachdem sie jemanden umgebracht hatten. Vermutlich, meinte Dad, seien die Posts auf der Website – und der dazugehörige offene Benutzer-Account – Beweis genug gewesen, dass sie ihre Arbeit gemacht hatten. Laurie dachte an die besorgten Kommentare, die auf den letzten Post von lonelygirl73 gefolgt waren. Könnte einer davon von Paul gewesen sein, der sich vergewissern wollte, dass seine Schläger ihren Job erledigt hatten?

Es bestand also eine minimale Chance, dass der Auftraggeber – es fühlte sich besser an, ihm eine anonyme, funktionelle Bezeichnung zu geben – noch nicht wusste, dass seine geplanten Opfer noch am Leben waren. Das hieß doch bestimmt, dass sie so schnell wie möglich nach London zurückkehren sollten. Wenn sie den Mann, der ihren Tod wollte, ausfindig machen und ihn mit der Tatsache überrumpeln konnten, dass sie noch lebten, dann konnte das für sie doch nur von Vorteil sein.

Laurie wollte sofort aufbrechen, Dad jedoch war vernünftiger. »Das Überraschungsmoment auf unserer Seite zu haben ist das eine, auf der Autobahn einen Unfall zu bauen, weil ich am Steuer eingeschlafen bin, ist das andere. Wir essen schnell etwas zu Mittag und halten dann ein Nickerchen. Ein paar Stunden früher oder später ändern für niemanden etwas.«

Laurie hätte vielleicht widersprochen, doch sie war zu müde, um Energie dafür aufzubringen. Als sie sich nach dem Mittagessen auf ihr Bett legte, schlief sie innerhalb von Sekunden ein. Und als sie ungefähr eine Stunde später wieder nach unten kam, fand sie Jess und Dad im Garten sitzend vor; der Regen am Vormittag hatte ihnen das Gießen abgenommen. Jess' Schultern wirkten locker, ihr Gesicht sah ganz verändert aus. Um ihre Augen herum war die Anspannung sichtbar gewesen, begriff Laurie, etwas, das sie gar nicht bemerkt hatte, bis es verschwunden war. Sie ging hin, umarmte sie und wurde ihrerseits kräftig gedrückt.

Lauries Schläfchen hatte auch ihr etwas gebracht. Ihr war die E-Mail eingefallen, die sie an Henry geschickt hatte, jene, mit der sie hatte beweisen wollen, dass sie nur ein Foto vom Büro aus an ihre eigene Adresse geschickt hatte. Sie war noch da, im Postausgang von Gmail. Laurie musste sich zwingen, sie zu öffnen und den Anhang auszudrucken. Das Foto von Paul am Kanal kam Zentimeter um Zentimeter zum Vorschein. War dieser Mann ein Killer? Hatte er sie ermorden lassen wollen? Die Erinnerung daran, was sie mal für ihn empfunden hatte – was sie mit ihm getan hatte –, hatte sich jetzt so vollkommen in Abscheu verwandelt, dass ihr die Galle in die Kehle stieg, wenn sie ihn nur ansah. Sie wollte ihn finden, sie wollte Rache.

Im Augenblick würde Laurie das Foto auf keinen Fall Dad und Jess zeigen. Sie konnte sich vorstellen, was für Gedanken sie damit auslösen würde, doch sie musste ihnen sagen, dass das

Bild existierte. Dad war angemessen erfreut. »Prima, Schatz. Das heißt, wir können auf dem Rückweg nach London zuerst bei Margaret vorbeifahren.«

Laurie versuchte, Jess nahezulegen, dass sie doch nicht mitzukommen brauche. Sie und Dad seien ja Zielscheibe des Überfalls gewesen, und bestimmt wäre es jetzt am besten, wenn Jess sich so weit wie möglich von dem Ganzen fernhielte. Aber ihre Cousine wollte nichts davon hören. »Und das Finale verpassen? Von wegen! Ich denke, ich stecke da tief genug mit drin, meinst du nicht? Man kann natürlich auch sagen, dass *du* nicht mitkommen solltest. Du bist die Einzige von uns, die der Typ erkennen würde. Warum bleibst du nicht hier und bewachst das Geld?«

Alle drei stiegen in Dads Auto und traten die Rückfahrt nach London an. Die Geldscheinbündel blieben zurück, noch immer in der Plastiktüte am Grunde der Blechtonne, in der Roxannes Winterfutter war. Sie wieherte ihnen vom Auslauf aus nach, reckte sich über das Tor, als wollte sie sagen: »Seid ihr schon wieder weg?« Es war jetzt merklich kühler, ein Vorgeschmack auf den nahenden Herbst. In ein paar Wochen würde Dad sie wahrscheinlich nicht mehr nachts draußen lassen können. Fürs Erste jedoch hatten sich die Shillings abermals bereit erklärt, ein Auge auf sie zu haben.

Auf irgendeine schweigende Übereinkunft hin streckte Jess sich auf dem Rücksitz aus, während Laurie mit Dad vorn saß. War das ein Zeichen, dass sie wieder in seiner Gunst stand, wieder wie eine Erwachsene behandelt werden konnte? Laurie wusste, dass das absurd war: Sie waren ein Team, sie hatten das hier gemeinsam durchgestanden. Dann wanderten ihre Gedanken zu dem letzten Mann, mit dem sie eine Partnerschaft eingegangen war. Ihr Kopf ruckte: ein nervöses Zucken, aber zugleich auch ein körperliches Bemühen, die Erinnerung abzuschütteln. Peinlich berührt schaute sie rasch zu Dad hinüber, ob er es gemerkt hatte.

Seine Hände umklammerten das Lenkrad, sein Blick war fest auf die Straße gerichtet. Fahren war etwas, das Dad stets ernst nahm.

Laurie drehte sich auf ihrem Sitz herum und richtete stattdessen eine Frage an Jess. »Wie hast du's eigentlich geschafft, dich vor diesen Kerlen zu verstecken, als die aufgekreuzt sind? Ich meine, haben die denn nicht bei dir im Zimmer nachgesehen?«

»Hab mich unterm Bett versteckt.«

War es nicht ein absoluter Glücksfall, dass die beiden nicht genauer nachgeschaut hatten, als sie gesehen hatten, dass das Bett benutzt war? Laurie überlegte, ob sie Jess nach ihrer Meinung dazu fragen sollte, doch in diesem Moment wurde ihr noch etwas anderes klar.

»Du hättest das Geschrei also gar nicht zu hören brauchen? Du wusstest schon, dass da was nicht stimmt?«

»Na ja, das hat das Ganze für mich jedenfalls ziemlich dringlich gemacht.« Jess lächelte. Dann schlossen sich ihre Augen, signalisierten das Ende der Unterhaltung. Bald darauf zeigte ein sachtes Schnarchen, dass sie die Gelegenheit nutzte, verpassten Schlaf nachzuholen. Ganz offensichtlich hatte ihr Mittagsschlaf nicht gereicht. Dad war bestimmt auch müde, dachte Laurie. Sie sollte sich wirklich mit ihm unterhalten, um ihm zu helfen, wach zu bleiben.

20 UHR

Laurie öffnete die Augen, als der Wagen anhielt. Wie lange hatte sie geschlafen? Lange genug, dass es sich anfühlte, als hätte ihr jemand Watte ins Gehirn gestopft. »Wo sind wir?«, fragte sie durch ein Gähnen hindurch, aus dem ein Sich-Recken wurde.

»Vor dem Haus der Penningtons«, antwortete Dad. »Schau.«

Laurie schaute. Da waren sie, auf derselben Vorortstraße, an die sie sich von neulich her erinnerte. Im Zwielicht der Abenddämmerung wirkte sie noch stiller. Kein Auto kam vorbei. Die einzigen Lebenszeichen waren das leise Geräusch eines Rasenmähermotors und das Licht in etlichen Häusern.

»Ganz schön unheimlich, nicht?« Jess' Stimme fasste vom Rücksitz her Lauries Gedanken in Worte.

Sie stiegen aus und blickten an dem Haus hinauf. Oben waren an einem Fenster die Vorhänge zugezogen, doch es drang kein Licht zwischen ihnen hervor, ebenso wenig aus den anderen Fenstern. Dad ging zur Haustür und klingelte, wie jemand, der weiß, dass er es versuchen muss, jedoch ohne jede Erwartungshaltung. Mit dem Rücken zur Tür stand er da und sah sich um.

»Sie könnte im Garten sein«, meinte Laurie, die an ihren letzten Besuch dachte. »Vielleicht ist sie das ja, die da den Rasen mäht.«

Daraufhin legte Dad die Stirn in Falten, sagte jedoch nichts, als Laurie ums Haus herumging, auf das Motorengeräusch zu. Es hörte sich nach einem ziemlich großen Gerät an. Hatten diese Häuser wirklich Rasenflächen, die so groß waren, dass sich ein Aufsitzmäher lohnte? Laurie bog um die Hausecke und spähte durch das Tor, das den Zugang zum Garten von der Seite her versperrte. Nein, das Motorengeräusch kam nicht von der Rückseite des Hauses. Tatsächlich schien es schwächer geworden zu sein. Und das war auch kein Rasenmäher. Während der ganzen Zeit, die sie jetzt hier waren, hatte es sich nicht verändert. Laurie konnte spüren, wie sich in ihrem Innern ein kleiner Knoten bildete, als sie kehrtmachte und zur Vorderseite des Hauses zurückging. Da stand Jess, vor der Garage. Dort kam das Geräusch her, und Jess legte gerade die Hand auf den Türgriff.

»Nein!«, schrie Laurie so laut, dass Jess sichtlich zusammenfuhr und Dad von der Haustür her angerannt kam. »Nichts anfassen!«

Mit angstvoller, schrecklicher Gewissheit wusste Laurie, was hinter dieser Tür war. Als sie daran gedacht hatte, sich umzubringen, in jener Zeit der ichbesessenen Qualen nach Mums Tod, da hatte sie es so machen wollen: sich einfach ins Auto setzen, den Motor anlassen und einschlafen. Was wäre leichter? War es nur das Fehlen einer Garage gewesen, das sie davon abgehalten hatte? In dieser hier, das wusste Laurie, lag der zusammengesunkene Leichnam von Margaret Pennington, die Haut durch die Kohlenmonoxidvergiftung kirschrot verfärbt.

Wann hatten sie sie dorthin geschafft? Wenn der Motor noch lief, konnte das nicht allzu lange her sein. Laurie dachte an die SMS zurück, die sie auf dem Handy gefunden hatten, an die, die gestern Nachmittag geschickt worden war, ungefähr um die Zeit, als Dad und Jess ihr Picknick veranstaltet hatten. Das wäre dann etwas mehr als ein Tag. War das möglich? Die beiden könnten bei Margaret gewesen sein, als sie den Anruf von Paul bekamen, der sie in dieser Nacht nach Somerset geführt hatte. Das Geräusch hinter der Tür war der Beweis für das, was ihr und Dad zugestoßen wäre, wenn Jess nicht gewesen wäre. Und irgendwo in diesem Haus, mutmaßte Laurie, würde der Computer auf einer Website eingeloggt sein, mit Posts, die bestätigten, was die Polizei bereits wusste: dass dies hier ein Selbstmord war.

Laurie war sich nicht sicher, wie schlüssig die Erklärung war, die sie Dad und Jess präsentierte, doch zumindest für Dad reichte sie aus. Er nickte nachdenklich. »Das ist nur allzu plausibel, fürchte ich. Der Wagen verbraucht wohl im Leerlauf nicht besonders viel Benzin.« Dann brachen seine Gefühle durch. »Diese Schweine!«

»Aber warum?«, wollte Jess wissen. »Warum sollten sie denn … wie heißt sie noch mal?« Sie runzelte die Stirn; das Sprechen schien sie sehr anzustrengen.

»Witwenrente«, antwortet Laurie knapp. Ihr war ein bisschen schwindlig, als wäre sie nach dem Nickerchen, das sie im Auto gemacht hatte, noch immer nicht richtig wach. »Sie hat's uns selbst erzählt, sie kriegt die halbe Rente ihres Mannes.« Zumindest hatte Laurie das sagen wollen. Sie war sich nicht sicher, ob es richtig herausgekommen war. Heftig schüttelte sie den Kopf, versuchte, die Schmerzen loszuwerden, die sich allmählich hinter den Augen ausbreiteten. Und was machte Jess denn da? Plötzlich war es schwer, sie genau im Blick zu behalten, doch sie schien sich hingesetzt zu haben. War sie etwa auch müde?

Dad brüllte. Was? Weg hier? Er packte Jess und zerrte sie mit. Wenn er nicht aufpasste, würde er ihr noch das Kleid zerreißen. Das würde ihr nicht gefallen. Warum hinderte sie ihn nicht daran? »Dad …«, setzte Laurie an, doch das kam auch nicht richtig heraus. Und was machte der Boden da? Sie konnte ihn gar nicht richtig erkennen. Er schien schrecklich nahe zu sein.

»Es tut mir leid«, sagte Dad gerade. »Daran hätte ich denken sollen, oder ich hätte wenigstens dafür sorgen müssen, dass wir uns vorsehen. Ich hätte nie gedacht, dass die Konzentration draußen vor der Garage gefährlich hoch sein könnte. Ich meine, Kohlenmonoxid ist leichter als Luft. Das Zeug hätte sich einfach verflüchtigen sollen.«

Laurie schaute sich um. Vermutlich war sie schon seit einer Weile wach. Auf jeden Fall benahm sich Dad so, als wäre das der Fall, doch einen Moment lang hätte sie nicht sagen können, wie lange sie schon wieder bei sich war. Wie auch immer, hier war sie nun, saß neben Jess an Dads Auto gelehnt da, blickte zum Haus der Penningtons hinüber und hörte immer noch das Motorengeräusch. Vielleicht waren es ja die Kopfschmerzen, die sie aufgeweckt hatten? Die pochten mit einer Heftigkeit, die sie von jenen verkaterten Morgen damals in Cambridge her in Erinnerung hatte. Ein leises Stöhnen neben ihr zeigte, dass es Jess nicht viel anders ging.

»Das wird schon wieder«, versicherte Dad, mit weniger Überzeugung, als es Laurie lieb gewesen wäre. Sie betrachtete ihre Handflächen. Waren die ganz leicht rosa verfärbt?

»Schön tief durchatmen, das ist das Wichtigste«, hörte sie sich sagen. »Das, und viel Wasser trinken. Ist da eine Flasche im Auto?« Sie trank große Schlucke und sog tief die Luft ein, hielt Jess die Flasche vors Gesicht, damit sie dasselbe tat. Als ihr Kopf allmählich klarer wurde, meldete sich ein anderer Schmerz. Ihre ganze linke Seite tat weh. Da musste sie draufgefallen sein. Jess hatte eine Schramme über dem Auge, wahrscheinlich vom Schleifen über die Erde. Dad dagegen sah völlig unversehrt aus. »Das verstehe ich nicht«, sagte Laurie. »Wieso hat dir das Zeug nichts ausgemacht?«

»Ihr habt ein bisschen länger da gestanden als ich. Und ich bin größer. Vielleicht wart ihr einfach an der falschen Stelle. Schafft ihr es, ins Auto zu steigen?«

»Aber wir können Margaret Pennington doch nicht einfach da drinlassen!«

»Ich dachte, ich rufe von der Telefonzelle da die Feuerwehr an. Die werden wenigstens Atemgeräte dabeihaben; allerdings fürchte ich sehr, dass es für sie zu spät ist. Das Beste, was wir sonst tun können, ist, dafür zu sorgen, dass wir nicht für irgendwen anders zu spät kommen.«

Was immer Dad der Notrufzentrale gesagt hatte, es reichte, dass zehn Minuten später ein Feuerwehrauto vorfuhr. Dad hatte seinen Wagen bereits in diskretem Abstand abgestellt. Zu dritt saßen sie darin und schauten lange genug zu, um Gestalten mit Gasmasken aussteigen zu sehen, dann legte Dad den Gang ein und fuhr los.

Laurie und Jess saßen zusammen hinten und atmeten nach besten Kräften die Luft ein, die durchs offene Fenster hereindrang. Es war zu laut zum Reden, also nutzte Laurie die Zeit zum Nachdenken. Zu spät für irgendwen anders? Was hatte Dad damit gemeint? Die Mörder von Margaret Pennington würden nicht noch mehr als Selbstmord getarnte Morde begehen, dafür hatte Jess gesorgt. Paul war jetzt die einzige Gefahrenquelle, und der war doch sicher der Typ, der andere anheuerte, damit sie für ihn die Drecksarbeit erledigten? Und mit ein bisschen Glück wusste er doch auch noch gar nicht, dass ihm jetzt zwei Auftragskiller fehlten. Soweit es ihn betraf, hatte er mehrere Morde in Auftrag gegeben und war damit davongekommen.

Irgendwann jedoch, vielleicht wenn sie sich gar nicht mehr meldeten, würde Paul klar werden, dass seine Handlanger – unwillkürlich verzog Laurie das Gesicht, als sie dieses Wort dachte – selbst getötet worden waren. Von da aus wäre es nicht weit bis zu der Erkenntnis, dass Laurie noch am Leben war. Dieses potenzielle Risiko würde er beseitigen wollen. Lauries Lächeln ging in ein leichtes Schaudern über, als sie diesem Gedankengang bis zum unvermeidlichen Schluss folgte. War Dad auch schon so weit gekommen? Er war doch mutmaßlich in ebenso großer Gefahr wie sie. Wenn jemand »irgendwer anders« war, dann sie und Dad. Und, überlegte sie weiter, wenn Dad und Jess gestern Nacht die Polizei gerufen hätten, wie sie es hätten tun sollen, dann wären sie gar nicht in Gefahr. Ob Dad das auch dachte?

Laurie schaute aus dem Fenster. Dad parkte gerade, allerdings nicht auf einer Straße, die sie kannte. Das war vernünftig. Was, wenn Paul bereits die Wohnung beobachtete? Aber wo waren sie?

Dad beantwortete ihre unausgesprochene Frage. »Hier habe ich letzte Woche den Wagen stehen lassen; bis zur U-Bahn sind es leider ungefähr zwanzig Minuten zu Fuß. Wenn ich näher ranfahre, sind wir im Anwohner-Parkbereich.«

Finchley? Laurie hatte noch nie darüber nachgedacht, wo Dad bei seinen seltenen Besuchen in London das Auto ließ. Bei dieser Erkenntnis fühlte sie sich unwohl; das war der Beweis dafür, wie sehr sie sich nur um sich selbst gekümmert hatte. Bestimmt war er es am Freitag holen gegangen, als sie in der Bibliothek gewesen war, um abfahrbereit zu sein, wenn sie denn schließlich nach Hause kam. Nun, auf dem Weg zur U-Bahn würden sie Zeit zum Reden haben.

»Ich denke, wir sollten nicht in die Wohnung zurückgehen«, fing sie an. »Ich würde mich sicherer fühlen, wenn wir einfach irgendwo in London untertauchen, wenigstens bis wir rausfinden, ob Paul wirklich Dominic Sanderson ist.«

»Und wie sollen wir das deiner Meinung nach machen?«, wollte Jess wissen. »Zur Rezeptionistin bei Sanderson's gehen, ihr das Foto zeigen und sie fragen, ob sie ihn erkennt?«

»Das wäre doch eine Idee«, gab Laurie zurück. »Wie wär's, wenn wir das Büro beobachten und schauen, ob er rauskommt? Das würde uns doch einen ziemlich guten Anhaltspunkt liefern.«

»Wir würden genauere Angaben bekommen«, wandte Dad milde ein, »wenn wir Dominic Sandersons Haustür überwachen.«

»Du meinst, seine Privatadresse rausfinden?« Laurie überlegte. »Also, vielleicht fällt mir dazu ja was ein. Schließlich ist er ein Firmenchef.« Sie zückte ihr Handy.

Lauries ursprüngliche Idee war nicht von Erfolg gekrönt. Im Handelsregister waren natürlich sämtliche Geschäftsführer von Sanderson's aufgelistet – das war gesetzlich vorgeschrieben –, doch es war für alle dieselbe Adresse angegeben: 28 Great Portland Street, W1; die des Hauptsitzes der Firma, so viel schien klar zu sein. Ganz kurz überlegte Laurie, ob sie ihren ersten Vorschlag aufgreifen und das Gebäude observieren sollten, um zu sehen, wer da herauskam. Rasch sah sie auf die Uhr, es war fast neun. Nicht sehr wahrscheinlich, dass irgendjemand so spät noch arbeitete.

Trotzdem war es keine ganz fruchtlose Suche. Sie ergab nämlich, dass Dominic Sanderson auch Leiter einer anderen Firma war: 74 FS Ltd. Die Adresse dieses Unternehmens lautete 74 Fitzwilliam Street, Surrey CR4. Drei der Geschäftsführer der Firma wohnten dem Eintrag nach an dieser Adresse, nur der schwer ausfindig zu machende Mr Sanderson schien in der Great Portland Street zu residieren. Sie zeigte Dad und Jess, was sie gefunden hatte.

»Sieht für mich aus, als wäre das Firmengebäude Gemeinschaftseigentum«, meinte Jess.

»Was?«

»Bei mir war's genauso. Als ich die Wohnung gekauft habe, habe ich einen Anteil an dem Unternehmen bekommen, dem das Haus gehört. Ich wette, du wusstest nicht, dass ich Firmenchefin bin, wie?«, kokettierte Jess.

»Du meinst also, diese vier haben jeder eine Wohnung in der Fitzwilliam Street Nummer 74, in CR4? Das ergibt doch keinen Sinn. Zumindest glaube ich nicht, dass Paul Dominic Sanderson ist.« Laurie spürte, wie Erleichterung sie durchströmte. Sie hatte ihm unrecht getan. Er hatte diese Schlägertypen nicht in Dads Haus geschickt. Es gab eine andere Erklärung dafür.

»Wieso nicht?« Dad sah sie an, las ihre Gedanken.

»Na ja, CR4 ist doch bestimmt Croydon, nicht wahr, im Süden? Paul wohnt aber im Norden von London. So haben wir uns ja kennengelernt …« Laurie vollendete den Satz nicht; sie überlegte angestrengt, ob sie irgendeinen definitiven Beweis dafür hatte, dass Paul die Wahrheit gesagt hatte. Natürlich, ihre zweite Begegnung, die, bei der sie Kaffee trinken gegangen waren, die war bestimmt inszeniert gewesen. Paul hätte ja behaupten müssen, dass er im Norden der Stadt wohnte, damit das Ganze logisch wirkte.

»Ich sage euch mal, was ich komisch finde«, bemerkte Dad und ersparte es Laurie, sich noch weiter rechtfertigen zu müssen. »Warum soll ein Mann, dem ein einigermaßen großes Unternehmen gehört, in einer Wohnung in Croydon wohnen? Ich meine, ich weiß, dass es Sanderson Recruitment nicht besonders gut geht, aber trotzdem, der könnte sich doch bestimmt etwas Größeres leisten.«

»Nicht, wenn er geschieden ist«, sagte Laurie dumpf; ihr ganzer Elan von eben war verschwunden. »Paul hat gesagt, er sei geschieden – zwei Kinder, die bei ihrer Mum in Oxfordshire leben. Ich frage mich, ob er da mal die Wahrheit gesagt hat.«

»Okay. Hier ist der Plan.« Nun übernahm Dad das Kommando. »Wir suchen uns jetzt ein Hotel und schlafen uns ordentlich aus. Morgen früh gehen Jess und ich los und observieren Dominic Sandersons Haustür.« Er hob die Hand, um den Einspruch abzuwehren, den Laurie erheben wollte. »Du kannst nicht mitkommen. Wenn er dich sieht und dich erkennt, ist alles umsonst. Dank des Fotos, das du gemacht hast, wissen wir wenigstens, wie der Mann, der sich Paul Collingwood nennt, aussieht. Wenn wir den in der Fitzwilliam Street aus dem Gebäude mit der Hausnummer 74 kommen sehen, dann reicht mir das. Dann gehen wir zur Polizei. Die könnten vielleicht ein bisschen unangenehm werden, weil wir nicht sofort Anzeige erstattet haben, aber das müssen wir einfach abwettern. Ich übernehme die Verantwortung.«

Die Erleichterung war so groß, dass sie fast mit Händen zu greifen war. Erst als sie sich löste, wurde deutlich, wie sehr die Angst, die Laurie den ganzen Tag verspürt hatte, sie belastet hatte. Endlich würde Dad das Richtige tun. Was mochte das für Konsequenzen haben? Allermindestens stundenlange Befragungen durch die Polizei, doch das konnten sie schaffen. Sie würden einfach die Wahrheit sagen müssen. Ach ja, die Wahrheit – konnte Dad wirklich die Verantwortung übernehmen? Es war doch Jess gewesen, die die beiden erschlagen hatte, die mit dem Aufräumen angefangen hatte, noch ehe sie Dad und Laurie losgemacht hatte. Und auch Laurie war ja wohl kaum schuldlos, nachdem sie mit Nagellackentferner Beweise vernichtet hatte. Bestimmt gab es doch einen Tatbestand wie das widerrechtliche Entsorgen eines Leichnams. Während sie darüber nachdachte, verflog Lauries Erleichterung immer mehr. Wieso sollte Dad die Schuld für etwas auf sich nehmen, das sie letzten Endes durch ihre eigene Blödheit verursacht hatte?

Jess unterbrach ihren Gedankengang. »Du warst das aber nicht allein, David, bei Weitem nicht.«

»Nein«, pflichtete Laurie ihr bei, »wir müssen alle die Verantwortung übernehmen.« Sie zog das Foto von Paul aus der Gesäßtasche und reichte es ihnen. »Da ist er. Hab nichts dagegen, wenn ich ihn nie wiedersehe.«

Dad nahm den Ausdruck und schob ihn in seine Brieftasche, ohne das Blatt auch nur auseinanderzufalten. Dafür liebte ihn Laurie, wie für so vieles andere.

DIENSTAG, 11. AUGUST

6.15 UHR

Als Laurie erwachte, schien die Sonne. Einen Moment lang wusste sie nicht, wo sie war. Sie schlug die Augen auf und sah sich um. Natürlich, das Ibis Hotel in der Nähe von Euston Station. Das Bett neben ihr war leer. Jetzt, wo sie darüber nachdachte, erinnerte sie sich auch, dass Dad zu einer unchristlichen Zeit gekommen war, um Jess abzuholen. Sie sollte ihn auf der langen Fahrt nach Morden am Ende der Northern Line begleiten, wo, wie sich herausgestellt hatte, die Fitzwilliam Street war. Inzwischen waren sie bestimmt schon lange weg, saßen vor diesem Gebäude und warteten darauf, dass es seine Geheimnisse offenbarte. Vielleicht hatten sie Paul ja schon zu Gesicht bekommen und waren auf dem Rückweg? Sie sollte lieber aufstehen. Es fühlte sich sowieso schon an, als würden die beiden die ganze Drecksarbeit für sie machen; wenn sie zurückkamen und sie immer noch im Bett vorfanden, wäre das nun wirklich zu viel.

Im Zimmer gab es einen Miniwasserkocher. Laurie schaltete ihn ein, duschte und trank dann den Instantkaffee, der dabei herauskam, noch bevor sie sich anzog. Der bittere Nachgeschmack, den er hinterließ, war nichts, womit ein rasches Zähneputzen nicht fertigwürde. Da sah sie die Zeitanzeige, die am unteren Rand des Fernsehers blinkte. 06:37.

Ein wenig beschämt, dass ein paar Sekunden der Panik sie um eine zusätzliche Stunde im Bett gebracht hatten, überdachte Laurie ihre Optionen. Sie war jetzt wach, so viel war sicher. Wieder ins Bett zu kriechen hatte für sie keinen Reiz, und Frühstücksfernsehen schauen, bis Dad und Jess zurückkamen, auch nicht. Es wäre schön, mal hinauszugehen, ein bisschen durch die Straßen zu schlendern, die jetzt relativ leer sein sollten. Der Sonnenschein war zu schön, um ihn zu verpassen.

Bis sie draußen stand, hatte Laurie eigentlich gar nicht darüber nachgedacht, wo sie sich befand. Dann fiel es ihr jäh auf. Die Drummond Street; das indische Restaurant, in das sie und Paul bei ihrem ersten richtigen Date gegangen waren, war gleich um die Ecke. In der Gegenrichtung waren die Fahrradständer, wo sie ihm zum ersten Mal begegnet war. Sollte sie beschließen, sich in Euston Station noch einen Kaffee zu holen, so würde sie wahrscheinlich in dem Coffeeshop landen, in dem sie sich dabei ertappt hatte, wie sie sich in ihn verliebte. Würden verschiedene Stadtteile von London jetzt das für sie bedeuten? Erinnerungen an Zeiten, in denen sie geglaubt hatte, glücklich zu sein? Vor zwei Wochen war sie ganz hingerissen von der Erkenntnis gewesen, dass Hampstead Heath praktisch direkt vor ihrer Tür lag. Würde sie sich je wieder daran erfreuen können? Sie musste weg von hier. Und mehr noch, sie musste ihre Erinnerungen an den Mann korrigieren, der Paul aus North London war. Wenn er Dominic Sanderson aus Morden war, dann sollte es eben so sein, doch sie musste ihn sehen, ihn als das erkennen, was er war.

Ein Marsch von zwanzig Minuten brachte Laurie in die Great Portland Street. Hausnummer 28 erwies sich als hohes, schmales Bürogebäude, das eindeutig schon bessere Zeiten erlebt hatte. Den neben der Gegensprechanlage aufgereihten Klingelknöpfen zufolge befand sich Sanderson Recruitment im dritten und vierten Stock. Ein kleines Teufelchen in Lauries Innern drängte sie, zu klingeln und zu schauen, was dann passierte, doch ein Rest gesunder Menschenverstand erstickte diese Idee im Keim. Außerdem, wer würde denn morgens um sieben schon da sein? Sie musste sich etwas suchen, wo sie warten und den Eingang beobachten konnte, ohne gesehen zu werden. Die SMS von Dad, mit der sie jeden Moment rechnete, würde sie früh genug warnen, wenn Dominic Sanderson unterwegs war.

Laurie schaute über die Straße. Die Fenster einer Starbucks-Filiale stachen ihr ins Auge. Das Café befand sich in bester Lage an der Straßenecke und hatte, wie Laurie von hier aus sehen konnte, noch einen Raum im ersten Stock. Eins von den Sofas dort wäre der perfekte Aussichtspunkt. Und zumindest der Kaffee würde besser sein als dieses Instantzeug, mit dem sie den Tag begonnen hatte.

Laurie hatte ihren Kaffee bezahlt und etliche Minuten damit zugebracht, sich nach der Treppe umzusehen, ehe sie ihren Irrtum bemerkte. Ein kurzes Gespräch mit der Barista bestätigte es: Hier gab es keinen zweiten Raum im ersten Stock. Während sie am Fenster saß und ihren Cappuccino trank, bemühte sich Laurie, das Gebäude gegenüber im Blick zu behalten, musste jedoch bald aufgeben. Der Straßenverkehr wurde bereits dichter, und Nummer 28 war bestenfalls vorübergehend sichtbar. Sie brauchte wirklich einen höher gelegenen Aussichtspunkt. Was waren das für Sofas gewesen, die sie da gesehen hatte?

Draußen vor dem Gebäude blickte Laurie abermals zum ersten Stock hinauf. Das waren gar keine Sofas, sah sie jetzt; das waren Reihen von Fitnessgeräten: Stepper, Laufbänder und Fahrräder. Direkt gegenüber von Dominic Sandersons Büro befand sich also ein Fitnessstudio. Unwillkürlich dachte sie an ihre Gespräche mit »Paul« zurück. Hatte er nicht gesagt, er arbeite in einem Fitnessstudio? War das total gelogen? War das hier bloß ein Zufall? Es gab nur eine Möglichkeit, es herauszufinden. Laurie schaute auf ihr Handy, um sich zu vergewissern, dass noch immer keine SMS von Dad eingegangen war, und marschierte dann auf die Tür rechts von dem Starbucks zu, neben der auf einem kleinen silbernen Schild *Portland Fitness* stand.

Der Eingangsbereich oben an der Treppe war wie bei allen Studios: ein Drehkreuz mit einem Lesegerät für die Leute mit Mitgliedsausweis und eine Schranke, die von der Rezeptionistin geöffnet wurde, für Leute wie Laurie. Vom Lächeln der Frau ermuntert, trat Laurie an den Tresen und war sich noch immer nicht im Klaren darüber, was sie sagen sollte. Dann blieb sie stehen, und ihr Blick fiel auf den Bilderrahmen, der hinter dem Tresen hing. Vier lächelnde Gesichter starrten sie an: die Mitarbeiter des Fitnessstudios.

Und darunter war auch Paul, nur konnte Laurie ihn nicht länger Paul oder Dominic nennen. Anscheinend hieß er Simon Egerton, Studio-Manager. Das Foto sah aus, als wäre es schon vor geraumer Zeit gemacht worden, darauf hatte er längere Haare, und irgendetwas an dem Trainingsanzug, in dem er posierte – war es der Schnitt? –, erinnerte sie an ihren Sportlehrer in der Schule, vor einem Dutzend Jahren. Wie dem auch sei, es bestand kein Zweifel. Sie hatte ihn dort gefunden, wo sie am wenigsten mit ihm gerechnet hatte, wo er den Job machte, von dem er ihr immer erzählt hatte.

Was bedeutete das? Laurie betrachtete das Foto, wollte es mit reiner Willenskraft zwingen, seine Geheimnisse preiszugeben. Dabei wanderte ihr Blick unwillkürlich zu dem Bild direkt darunter: rasierter Schädel, um die dreißig. Brian Smith, Fitness Consultant. Laurie merkte, wie sie eine Gänsehaut bekam, als sie seinen spöttischen Blick erwiderte. In ihrem tiefsten Innern spürte sie eine instinktive Reaktion und hätte sich am liebsten übergeben, wäre am liebsten weggerannt, hätte am liebsten geschrien, hätte irgendwie zu erkennen gegeben, dass dies der Mann war, der vor kaum sechsunddreißig Stunden ihre Brust begrapscht hatte – der sich so daran vergangen hatte, dass sie sich vollkommen hilflos und ausgeliefert gefühlt hatte, noch bevor sein Boss ihr einen Grillspieß durchs Trommelfell gestoßen hatte.

Wie konnte sie sich so sicher sein? Sie hatte ihn doch nie richtig gesehen: ein kurzer Blick in der Schalterhalle von Euston Station, sein fast bis zur Unkenntlichkeit zerschmettertes Gesicht, als er tot auf dem Küchenboden gelegen hatte. Trotzdem, er war es, das wusste sie genau.

Laurie sah wieder die Rezeptionistin an, um die Frage zu beantworten, die diese bestimmt schon vor einer ganzen Weile gestellt hatte. Hellwach und freundlich saß die Frau da, noch immer bereit, Laurie wie eine potenzielle Kundin zu behandeln. »Äh, hallo«, setzte Laurie an, ehe sie innehielt und sich die Lippen leckte. Normalerweise kiekste ihre Stimme doch nicht so, oder? »Ich wollte fragen, ob ich mich mal umschauen darf.«

Das Antwortlächeln wurde noch einen Tick strahlender, als hätte Laurie irgendeinen kleinen Test bestanden. »Wir sind im Moment ein bisschen unterbesetzt; einer von den Consultants ist nicht zur Arbeit gekommen. Aber ich schaue mal, ob ich jemanden finde, der Ihnen helfen kann. Möchten Sie sich setzen?« Sie zeigte auf ein paar Sessel in der Ecke, vor denen ein Couchtisch mit diversen Zeitschriften stand, und tippte etwas in den Computer vor ihr ein.

Laurie fügte sich so weit in das, was sie begonnen hatte, dass sie sich an den Tisch setzte, widerstand jedoch dem Lockruf der alten Ausgaben von *Men's Health* ohne allzu große Schwierigkeiten. Daher konnte sie Pauls Gesicht sehen, als er von der anderen Seite her durch das Drehkreuz kam und sie erblickte. Was hatte sie erwartet? Sprachlosen Schock? Zorn? Einen abgebrühten Versuch, so zu tun, als kenne er sie nicht? Auf jeden Fall nicht diese Schuljungen-Verlegenheit, deutlich zu erkennen an einem hochroten Kopf, der selbst Lauries allerpeinlichste Momente übertraf. Und er stotterte auch noch »L-l-l…«, bis die Rezeptionistin anscheinend neugierig wurde.

Laurie beschloss, ihn aus seiner misslichen Lage zu erlösen. Sie stand auf, ging auf ihn zu und reichte ihm über das Drehkreuz hinweg die Hand. »Hallo. Sind Sie der Manager? Ich wollte fragen, ob ich mich mal ein bisschen umsehen kann.«

Paul fand seine Stimme wieder. »Sicher, es wäre mir ein Vergnügen, Miss, äh …« Fragend sah er die Rezeptionistin an, ob sie einen Namen wüsste, doch eine solche Gelegenheit würde Laurie nicht ungenutzt verstreichen lassen. »Collingwood. Pauline Collingwood.«

»Äh, schön, ja. Würden Sie bitte mitkommen?«

8.15 UHR

Sie begannen in dem Raum, den Laurie von der Straße aus gesehen hatte. Eins der Laufbänder sowie eins der Fahrräder waren bereits besetzt, doch ihre Benutzer, rot und verschwitzt, hatten Kopfhörer aufgesetzt, aus denen wahrscheinlich Musik kam, die zu den Videos passte, die vor ihnen liefen. Sie bemerkten das Paar gar nicht, das in der Tür stand. Sie konnten ihr Gespräch also genauso gut gleich hier beginnen.

Laurie war fest entschlossen, die Kontrolle zu behalten. »Dann muss ich wohl lernen, dich Simon zu nennen.«

»Äh, ja. Tut mir leid. Es schien einfach … na ja, das heißt, es hieß, das wäre … klüger.«

»Klüger?«

»Na ja, ich sollte dich nur, du weißt schon, kennenlernen. Er hat gesagt, es wäre besser, wenn du mich hinterher nicht ausfindig machen könntest. Paul Collingwood war einfach nur der erstbeste Name, der mir eingefallen ist.«

»Er?«

»Was?«

»Der ›Er‹, der gesagt hat, es wäre klüger.«

»Oh – Brian.«

»Du meinst, der Brian da an der Wand?«

»Ja.« Paul/Simon begegnete ihrem Blick und lief rot an. »Ich hatte keine Ahnung, dass er uns nach da unten folgen würde. Ehrlich. Es war schrecklich.«

Eingehend betrachtete Laurie das Gesicht des Mannes, den sie beinahe geliebt hätte. Als sie gedacht hatte, er wäre Dominic, war das alles wenigstens logisch gewesen, auf abartige, grauenvolle Weise. Was sollte sie jetzt glauben: dass er irgend so ein mieser kleiner Player war, eine Schachfigur, die von diesem Glatzen-Freak Anweisungen bekam?

»Können wir hier irgendwo richtig reden? Vielleicht in deinem Büro?«

»Ich hab keins. Das hier ist eigentlich alles, abgesehen vom Krafttraining-Bereich und den Umkleiden. Ist wirklich nur was für die ganz harten Fanatiker.«

»Also kein Swimmingpool?«

»Äh, nein. Das war auch gelogen. Es tut mir leid. Um die Wahrheit zu sagen, ich habe nicht damit gerechnet, dich noch mal wiederzusehen. Und als es doch passiert ist, musste ich mir eben einen Grund ausdenken, warum ich mich nicht gemeldet habe.«

8.30 UHR

Paul/Simon erhob keine Einwände, als Laurie das Starbucks im Erdgeschoss vorschlug. Sein doppelter Espresso war bereits in Arbeit, als sie auf den Tresen zukamen. Laurie wurde ein professionelles, aber sprödes Lächeln zuteil, als sie einen Pfefferminztee bestellte; sie brauchte keine zweite Koffeindosis. Simon betrachtete die Brownies, als erwäge er, sich einen zu bestellen. Verblüfft darüber, wie weh die Erinnerung tat, die die Brownies auslösten, wich Laurie seinem Blick aus, als er sie ansah, nahm aber sein Angebot zu bezahlen mit einem Nicken an. Unterdessen musterte die junge Frau hinter dem Tresen Laurie mit kaum verhohlener Feindseligkeit, als wäre Simon ihr ganz spezieller Freund und Laurie eine mögliche Rivalin. Er hatte ja wirklich etwas.

Dieses Wissen trug noch zu Lauries Entschlossenheit bei, als sie Simon ins Untergeschoss folgte, und es verschaffte ihr einen Gesprächseinstieg. »Also, was bist du eigentlich, so eine Art Gigolo?«

»Nein!« Simons Antwort war so heftig, dass ein Paar am nächsten Tisch die Blicke voneinander löste und zu ihnen herüberschaute. Dann wiederholte er leiser, aber ebenso eindringlich: »Nein.« Laurie ließ das Schweigen andauern, während Simon die Röte in die Wangen schoss. Sein drittes »Nein« war noch leiser und verklang, während sein Blick umherhuschte auf der Suche nach einem Fluchtweg. Endlich rückte er fast widerstrebend mit der genuschelten Antwort heraus, auf die Laurie aus war. »Es war 'ne Wette.«

»Weiter.«

»Wir sind nach der Arbeit was trinken gegangen. Brian hat gesagt, man sollte denken, wir hätten kein Problem damit, Mädchen aufzureißen, wo wir doch so fit sind und so. Ich habe gemeint, ich hätte da auch nie Schwierigkeiten gehabt, und sein Problem sei die Art, wie er sich anzieht. Wer steht denn schon auf einen Typen in Jogginghosen? Er hat gesagt, das wäre bescheuert, und ob ich wirklich behaupten würde, ich könnte jede aufreißen, die ich will, bloß weil ich einen Anzug anhabe? Na ja, das hatte ich nicht behauptet, aber da hatte ich schon ein bisschen was gebechert, also habe ich noch mal gesagt, dass ich nie

Schwierigkeiten gehabt hätte. Und er dann: Ich sag dir was, wir gehen zu Euston Station, ich such das Mädchen aus, und du zeigst mir, was du draufhast. Ich habe gesagt, okay, aber sie muss scharf sein.«

Waren Männer wirklich dermaßen oberflächlich? Die Geschichte war doch unglaublich, oder? »Und um was habt ihr gewettet?«, hörte Laurie sich fragen.

Nachdem er kurzfristig die Sprache wiedergefunden hatte, schien Simon vor Beschämung fast verstummt zu sein. Seine Antwort klang zaghaft und voller Scham. »Um fünfzig Pfund. Ich musste dich innerhalb von zwei Wochen ins Bett kriegen.«

Laurie spürte, wie sich ihr Kiefer verspannte, doch dies war nicht der richtige Moment, ihrer Wut nachzugeben. Sie musste die ganze Geschichte hören. »Und was war dann bei Euston Station?«

»Wir sind ein bisschen draußen herumgelaufen. Brian hat andauernd irgendwelche Mädchen vorgeschlagen, die zu alt waren, zu fett oder offensichtlich verheiratet, wenn du weißt, was ich meine. Du warst die Erste, bei der's gepasst hat.«

Laurie konnte sich den Rest vorstellen, doch es lohnte sich, ihn das bestätigen zu lassen. »Und was hast du gemacht?«

»Na ja, du bist gerade zu deinem Fahrrad gegangen. Ich dachte, es wirkt vielleicht ein bisschen solidarisch, wenn ich mir meine Fahrradklammern anstecke. Dann bin ich zu dir hin, um zu sehen, ob du Hilfe brauchst.«

»Aber dann hast du mich wegfahren lassen, ohne Telefonnummern auszutauschen oder so was. Da bist du doch ein Risiko eingegangen, oder?«

»Na ja, Brian hat gesagt, ich soll dir nicht meine richtige Nummer geben. Er hat gesagt, er besorgt mir ein Prepaidhandy, für den Fall, dass du so 'ne durchgeknallte Stalkerin bist. Und außerdem hatte ich mir deine Nummer von dem Aufkleber an deiner Fahrradtasche gemerkt. Nicht, dass ich sie gebraucht hätte, wie sich gezeigt hat. Ich musste am nächsten Morgen nur zehn Minuten warten, bis du aufgekreuzt bist.«

»War Brian da auch dabei?«

»Nein, an dem Tag hat er gearbeitet. Er hat erst davon erfahren, als ich ihm am nächsten Morgen von unserem Date erzählt habe.«

Simon schwieg. Laurie nahm an, dass auch er an dieses »Date« dachte: an den Kuss, wie er ihr von seiner ersten Ehe erzählt hatte, an die Geschichte mit der nicht angekommenen SMS. Sie musste es wissen. »Und wie viel von alldem war jetzt wahr?«

Simon schlug die Augen nieder, dann blickte er wieder auf und sah Laurie an. »Am Ende alles. Mir ist klar geworden, dass ich dich nicht mehr anlügen wollte.«

War es das, worauf Laurie gehofft hatte? Kam es viel zu spät? War es überhaupt glaubhaft? »Und was heißt das jetzt?«, wollte sie wissen.

Simon nahm die Frage wörtlich. »Also, ich bin geschieden, ich habe zwei Kinder namens Aidan und Mia, ich bin wirklich am nächsten Tag mit ihnen zu meinen Eltern gefahren. Ich habe sogar mal versucht, *Dhosas* zu machen.« Er blickte auf. »Aber die ganze Nummer mit dem Handy, also, das war vorher. Da habe ich noch Brians Rat befolgt. Das Problem war, es ist alles so schnell gegangen, dass ich gar nicht dazu gekommen bin, mir ein neues zu besorgen, wie Brian gesagt hat. Das habe ich ihm überlassen. Als ich am Sonntag nach London zurückgekommen bin, hat es auf mich gewartet.«

»Als du mich angerufen hast?«

»Als ich dich angerufen habe«, bestätigte Simon.

Laurie ließ sich das alles durch den Kopf gehen. Es war immer noch nicht logisch. Er log, bestimmt. »Aber Brian und sein Kumpel waren doch in der Nacht in Euston Station. Woher wussten die das?«

Darauf gab es nur eine möglich Antwort. Simon gab sie ihr. »Ich hab's ihm erzählt. Ich meine, ich wusste ja nicht, dass er da aufkreuzen würde.«

Was? Laurie konnte spüren, wie der Druck in ihr wuchs. War das Wut oder einfach nur Ungläubigkeit? Doch sie sagte nichts. Sollte sich Simon doch aus seinen Lügen selbst einen Strick drehen.

»Er hat mich an dem Abend angerufen, hat gefragt, wie's läuft. Ich hab keinen Grund gesehen, es ihm nicht zu erzählen. Na ja, jedenfalls nicht, bis ich ihn die Rolltreppe habe runterrennen sehen, hinter dir her. Da ist mir klar geworden, dass das Ganze jetzt hässlich wird. Ich meine, die beiden sind einfach an mir vorbeigerannt, aber wie Brian mich dabei angeschaut hat – ich wusste, das war's noch nicht. Ich bin einfach abgehauen, es tut mir leid. Ich hab gemacht, was ich dir erzählt habe, bin nach Mornington Crescent zurück, wieder nach oben, und habe gerade wieder Luft gekriegt, da standen Brian und dieser andere Typ da und haben auf mich gewartet.«

Jetzt weinte Simon beinahe, ob vor Scham oder erinnerter Angst, wusste Laurie nicht. »Die müssen auf ihren Motorrädern von Euston raufgekommen sein, sodass sie eher da waren. Sie hatten den Bolzenschneider gefunden und haben meine Finger da reingeklemmt. Haben gesagt, sie nehmen sie sich alle vor, immer ein Gelenk nach dem anderen. Ich musste ihnen sagen, was du gefunden hattest. Alles, was ich wusste, war, dass es ein Schlüssel war. Sie haben gesagt, ich müsste das Ding finden.«

Jäh fiel Laurie Pauls Benehmen ein, als sie sich wiedergetroffen hatten. Wie er ihr sofort an den Hintern gefasst hatte wie ein notgeiler Teenager. Damals war sie so erleichtert gewesen, dass ihr das nicht merkwürdig vorgekommen war. Hatte er in Wirklichkeit nur nach dem Schlüssel gesucht? Was musste er gedacht haben, als er gemerkt hatte, dass sie ihn nicht bei sich hatte?

Nein … Moment. Das stimmte immer noch nicht. Sie brauchte ihm noch immer nicht zu glauben. »Aber die ganze Nacht damals …«, wandte sie ein und stockte dann. »Der nächste Morgen …«, setzte sie abermals an. Es hatte sich so natürlich angefühlt, so … richtig. Doch das konnte sie nicht sagen. Das konnte sie nicht zugeben – das würde sie nicht zugeben.

»Na ja, ich war wirklich echt müde«, erwiderte Simon. »Und, also, unter solchen Umständen, da, äh. Da sagt man doch nicht Nein. Und am Ende war's ja auch echt schön. Hat sich komisch angefühlt, so mit dir zusammen zu sein, aber trotzdem zu wissen, dass ich an diesen Schlüssel rankommen musste.«

»Bist du aber nicht.«

»Nein, war aber auch gar nicht nötig. Ich hatte das Ding erkannt, sobald ich's gesehen habe, als du's am Bahnsteig aus dem Gleis geholt hast. Weißt du noch, wie ich dir erzählt habe, dass ich mich mal zu eng mit einer Kundin eingelassen habe?«

Laurie nickte, sie traute sich nicht recht, etwas zu sagen. War nicht dieses ganze Gespräch sozusagen ein Eingeständnis gewesen, dass er sich im Laufe der Jahre mit einer ganzen Menge Kundinnen eingelassen hatte?

»Die war so eine Art China-Expertin, hat Jahre da gelebt. Alle möglichen Firmen haben sie als Beraterin bezahlt. Sie hat von der British Library aus gearbeitet. Das fand ich immer ein bisschen komisch; sie war nicht so der Bibliothekstyp, wenn du weißt, was ich meine. Ist Marathon gelaufen und so was. Aber sie hat gesagt, da wären alle möglichen Leute, und wenn sie mal was nachlesen müsste, dann ginge das da auch ganz leicht. Jedenfalls, wir haben uns immer in dem Hotel gegenüber getroffen. Und sie hatte ziemlich oft so einen Schlüssel dabei.«

Simon verstummte kurz, gönnte sich bestimmt einen Augenblick des privaten Erinnerns. Laurie widerstand dem Impuls, ihrer Fantasie in dieselbe Richtung zu folgen. Sie musste entscheiden, was sie als Nächstes tun wollte. In der Zwischenzeit wich sie seinem Blick aus, daher erwischte es sie kalt, als er fortfuhr: »Jedenfalls war da mal ein Nachmittag, da haben wir … na ja, wir sind erst am nächsten Morgen wieder in die Bibliothek rüber. Wie sich herausgestellt hat, war ihr Schließfach vom Wachdienst geleert worden. Sie musste über alle möglichen Stöckchen springen, um ihre Sachen wiederzukriegen, musste ganz genau beschreiben, was in dem Fach drin gewesen ist, ihren Ausweis vorzeigen. In dem Moment, wo ich den Schlüssel in deiner Hand gesehen habe, wusste ich, dass ich alles an Infos hatte, was Brian wollte, oder jedenfalls habe ich das gedacht.«

»Also hast du mich einfach in Euston Station stehen lassen?« Laurie sah zu Simon auf, wollte, dass er die Wucht ihres Blickes spürte. Jetzt jedoch war er es, der wegschaute. Die Selbstsicherheit, die er in den letzten paar Minuten gewonnen hatte, war ihm abhandengekommen, und er schien wieder in sich zusammenzusinken. Laurie sagte nichts. Sie würde sein Unbehagen nicht lindern, indem sie das Schweigen ausfüllte.

Wahrscheinlich war nur eine Minute vergangen, bis Simon abermals das Wort ergriff. »Ich glaube, ich sollte dir lieber mal was zeigen.« Damit zog er ein Handy aus der Tasche und legte es auf den Tisch. Laurie erkannte das Modell: Es war das gleiche wie jenes, das Dad und Jess gestern mitgebracht hatten. Sie sah Simon an, und diesmal hielt er ihrem Blick stand. »Das ist das Teil, das Brian mir gegeben hat.« Damit löste er die Rückseite des Gehäuses und nahm den Akku heraus, sodass man die SIM-Karte darunter sehen konnte – oder jedenfalls sah es auf den ersten Blick so aus. Dann holte Simon auch die aus dem Handy heraus. Jetzt konnte sie sehen, dass es eine Art Adapter war; die eigentliche Karte war kleiner und da hineingeklippt.

»Ich weiß nicht, ob du schon mal in ein iPhone reingeguckt hast«, begann Simon zu erklären. »Deren SIM-Karten sind kleiner als die Standardgröße. Das hier ist eine. Wenn du die in einem anderen Telefon benutzen willst – zum Beispiel in diesem Samsung hier –, dann musst du einen Adapter benutzen. Der sieht aus wie das Ding hier, allerdings glaube ich, das ist nicht nur ein Adapter. Ich denke, das ist noch mehr.«

Laurie zuckte innerlich die Achseln. Das spielte doch keine Rolle. »Was willst du damit sagen?«

»Weißt du noch, wie ich am nächsten Samstagmorgen vorbeigekommen bin? Als ich Croissants mitgebracht habe?«

Laurie nickte. Wie könnte sie das vergessen?

»Na ja, die Sache ist die, ich hatte beschlossen, dass ich dich nicht wiedersehen würde – dass das zu gefährlich war. Ich dachte, wenn ich einfach nicht zurückrufe, dann, na ja, dann verlieren wir uns nach und nach aus den Augen.«

»Du meinst, ich würde dann schon kapieren?«, gab Laurie scharf zurück.

Simon blickte ganz kurz auf, nickte und fuhr fort: »Also bin ich an dem Morgen zur Arbeit gegangen, und Brian war da. Er hatte gar keinen Dienst, und er hat auch gar nicht groß drum herumgeredet; er war wegen mir da.« Einen Augenblick lang herrschte Schweigen, während Simon schluckte. Es fiel Laurie nicht schwer, sich vorzustellen, wie Brian seine Absichten zum Ausdruck gebracht hatte. »Er hat gesagt, er wüsste, dass du mich angerufen hast«, berichtete Simon weiter, »und dass du mehr über den Mann rausgefunden hättest, der vor den Zug gefallen war, und ich müsste rauskriegen, was du weißt. Und wenn nicht … wenn nicht …«

Er hielt inne, blickte Laurie direkt ins Gesicht, sodass sie die Qual in seinen Augen sehen konnte. »Er hat mir ein Foto von Bethanys Haus gezeigt, das ihm am selben Morgen per MMS aufs Handy geschickt worden war. Ich hätte einen halben Tag Zeit, hat er mir gesagt.«

Laurie schloss die Augen. Sie wollte ihm eine knallen, ihm sagen, dass er trotzdem Brians Anweisungen nicht so eifrig hätte befolgen müssen – mit ihr schlafen, sie dazu bringen, dass sie ihn wiedersehen wollte.

»Weiter«, sagte sie schließlich.

»Na ja, du weißt ja, was dann passiert ist. Nachdem du mich hast stehen lassen – da am Kanal –, habe ich Brian angerufen und ihm gesagt, ich hätte mich mit dir getroffen, aber du wärst zur Arbeit abgehauen, ohne mir zu erzählen, was du rausgefunden hast.«

»Und was hat er dazu gesagt?«

»Nichts. Im wahrsten Sinne des Wortes gar nichts. Er hat einfach aufgelegt. Jedenfalls, da habe ich angefangen, mich zu fragen, woher er gewusst hat, dass du mich angerufen hast. Dann habe ich in das Handy geguckt, und da ist mir klar geworden, dass es Zeit ist, das Ganze zu beenden. Ich musste dafür sorgen, dass du mich nicht mehr anrufst.«

Das war ein Schock. Laurie konnte nicht anders, sie musste fragen: »Wie meinst du das?«

Simon antwortete nicht direkt. »Leicht hast du's mir nicht gemacht, das muss ich sagen: an dem Tag so spät nach Hause, Taxi bis vor die Haustür. Ich war ein bisschen verzweifelt. Zum Glück hast du am nächsten Morgen wieder ein Taxi genommen, da konnte ich mich ein bisschen vorbereiten. Konnte dich im Vorbeirennen anrempeln, dafür sorgen, dass du unter dem Hoodie mein Gesicht nicht sehen kannst, und dann wieder abhauen, ohne dass du was merkst.«

Laurie war wie vor den Kopf geschlagen. Konnte es wirklich sein, dass sie ihn nicht erkannt hatte? War das möglich? Sie dachte an jenen Morgen zurück; vielleicht, ganz vielleicht war er es gewesen. Das Einzige, woran sie sich wirklich erinnerte, war das Hoodie. Aber er war da doch ein enormes Risiko eingegangen. Das sagte sie auch.

»Also, eigentlich nicht. Mal angenommen, du hättest mich erkannt. Was dann? Ich war mir ziemlich sicher, dass du nicht zur Polizei gehen würdest. Und selbst wenn, hättest du mich nicht identifizieren können. Alles, was ich getan hätte, wäre, dir einen Grund zu geben, mich zu hassen. Das wollte ich nicht; ich habe gehofft, dass es nicht dazu kommt. Ich dachte, das wäre die beste Methode, den Kontakt abzubrechen, aber ohne dass du Verdacht schöpfst.«

Er hatte recht, überlegte Laurie. Sie hatte keinen Verdacht geschöpft. Dad hatte das getan, und auch nur, weil zur selben Zeit der Einbruch passiert war. Der Einbruch! Diese beiden Männer – Brian und der andere Typ –, die in ihrer Wohnung nach etwas gesucht hatten, die ihren Laptop gestohlen hatten, nur für den Fall, dass da etwas drauf war, das sie mit ihnen in Verbindung hätte bringen können. Hatten sie auch nach dem Schlüssel gesucht? Was hatte sie Paul auf die Mailbox gesprochen, jene Nachricht, die Brian dazu gebracht hatte, ihn zu ihr zu schicken? Dass sie mehr über den Mann herausgefunden hatte, der vor den Zug gefallen war? Würde das Dominic Sanderson reichen – wenn der wirklich hinter alldem steckte –, um seine Jungs loszuschicken?

Sollte sie Simon fragen, wie er darüber dachte? Es gab doch keinen Grund, warum er überhaupt wissen sollte, dass die beiden in ihrer Wohnung gewesen waren, oder? Irgendwie hatte sie keine Lust, ihm das alles zu erzählen.

Tatsächlich, ging es Laurie auf, hatte sie keine Lust, diesem Kerl – Paul, Simon, egal – überhaupt irgendetwas zu erzählen. Sie hatte genug von diesem Gespräch. Sicher, sie könnte ihn weiter ausfragen und ihm dabei mehr sagen, als sie wollte. Könnte Antworten bekommen, die wahr sein konnten oder auch nicht, die bestätigten, dass er bestenfalls ein willensschwacher, egoistischer Arsch war. Oder sie könnte Schadensbegrenzung betreiben, nicht noch mehr Zeit mit diesem alternden Rohrkrepierer verbringen und sich ihrem weiteren Leben zuwenden. Es war Zeit zu gehen.

Laurie tat so, als wolle sie noch etwas fragen, ließ dabei jedoch den Blick zu der Uhr an der Wand hinüberwandern.

»O Gott, es ist ja schon nach neun. Ich muss los, tut mir leid. Hör zu, ich weiß nicht, ob wir uns noch mal wiedersehen, aber ich bin froh, dass wir ein paar Sachen geklärt haben. Ich weiß ja dann wohl, wo ich dich finde.«

Das war's. Bisher hatte Laurie noch nie Anlass gehabt, zu sagen »Ruf mich nicht an, ich ruf dich an«, jetzt jedoch, wo sie es getan hatte, stellte sie fest, dass es ihr einen Mordsschub gab. Damit hatte Simon nicht gerechnet, da war sie sich sicher. Sie spürte seinen Blick auf ihrem Rücken, als sie vom Tisch aufstand und die Treppe hinaufging, und drehte sich nicht um.

9.10 UHR

Als sie wieder auf der Straße stand, schaute Laurie zum Gebäude von Sanderson Recruitment hinüber. Sie stellte sich vor, wie Dominic Sanderson in der Mittagspause rasch über die Straße ins Fitnessstudio flitzte, wie er sich bei seinem Personal Trainer über seine Probleme ausheulte, wie er nach und nach einen Plan schmiedete, bei dem sich fehlgeleitete Genialität mit der Lebensverachtung eines Psychopathen verband. Wer hatte was dazu beigetragen? Brian war ein Widerling; er fuhr auf Gewalt ab, aber er war nicht der Anführer gewesen, da war sie sich sicher. Das war der andere gewesen – der Folterknecht, dem seine Arbeit Spaß gemacht hatte. Wer war er? Waren die Selbstmord-Websites seine Idee gewesen? Wie war er da mit hineingeraten? Durch Brian? Das erschien ihr irgendwie nicht stimmig.

Nein. Moment. Verkomplizierte sie das alles nicht zu sehr? Gestern waren sie alle überzeugt gewesen, dass Paul Dominic Sanderson war. Hatte sie das für das Offensichtliche blind gemacht, nämlich dass Dominic Sanderson tatsächlich sehr viel näher am Zentrum des Ganzen dran gewesen war? War er vielleicht der zweite der beiden Schlägertypen gewesen? Damit würde die Verschwörung sehr viel simpler bleiben. Verdammter Dad und sein verdammtes Ockham'sches Rasiermesser.

Was du heute kannst besorgen, das verschiebe nicht auf morgen. War das auch etwas, das Dad vielleicht sagen würde? Wahrscheinlich nicht, doch das war Laurie egal. Sie ging über die Straße, drückte auf die Klingel und schob die Tür auf, als der Summer ertönte.

Auf dem Schild neben der Klingel stand *Rezeption – 3. Stock*, aber der Fahrstuhl öffnete sich zu einer schlichten, schmuddeligen Lobby mit verschlossenen Türen rechts und links. Die schmale Glasscheibe, die in jede der Türen eingelassen war, gewährte Laurie einen Blick auf ein typisches Büroumfeld: braun furnierte Schreibtische, ein paar davon besetzt, einen Kopierer, ein paar Leute in Hemdsärmeln, und hinter der linken Tür eine Frau, die Laurie bemerkte, auf einen Knopf drückte und sie hereinließ.

»Kann ich Ihnen helfen?«

Zum zweiten Mal an diesem Morgen hatte Laurie das Gefühl, von oben bis unten gemustert zu werden. »Äh, ja, ich suche einen Job in der IT-Branche.«

»Und auf welchem Gebiet genau?«

Jetzt konnte Laurie keinen Rückzieher mehr machen. Sie bemühte sich, selbstbewusst zu klingen. »Systembetreuung.«

»Also, in dem Bereich suchen wir eigentlich keine Leute. Wir brauchen Programmierer.« Die Frau sah Laurie an, schätzte den

Effekt ihrer Worte ab und schien dann zu einem Schluss zu kommen. »Egal, kann ja nicht schaden, wenn Sie Ihre Kontaktdaten dalassen. Setzen Sie sich da hin, ich gebe Ihnen ein Formular.«

»Da« erwies sich als Sessel, der definitiv schon bessere Zeiten gesehen hatte. Laurie nahm darauf Platz, während die Frau in diversen Papierstapeln auf ihrem Schreibtisch herumwühlte, bis sie mit einem Seufzer aufgab. »Francis«, rief sie einem der Männer in Hemdsärmeln zu, der neben etwas stand, was Laurie jetzt als Wasserspender identifizieren konnte, »haben wir noch Neukundenformulare?«

»Ich druck dir welche aus.«

Lauries erfundene Geschichte war lückenlos. Sie hatte auf dem Formular den Namen Tracey Craddock angegeben, als Oberschule die Bristol High School (Hochschulreife mit zwei Zweien und einer Drei), einen Abschluss im Fach EDV-Anwendungen an der Montfort University (das hörte sich einigermaßen glaubhaft an, fand Laurie), Ferienjobs, Mithilfe bei der Buchführung des Studentenwerks und zwei Jahre Erfahrung als »technische Analystin« bei einem von Fitzalan Capitals Konkurrenten. Das war alles so leicht gegangen. Könnte dies die richtige Methode sein, einen neuen Job an Land zu ziehen? Oder würde sich das Ganze in dem Moment in Wohlgefallen auflösen, wenn ein Arbeitgeber nach Referenzen fragte? Sie kritzelte eine halbwegs passende Unterschrift und befolgte dann die Aufforderung »Beachten Sie die Geschäftsbedingungen auf der Rückseite«.

Eng gesetzte Textspalten empfingen sie und beschrieben den Vertrag, den sie allem Anschein nach gerade mit Sanderson Recruitment einging, bis ins Detail. Wenn Laurie wirklich Tracey Craddock gewesen wäre, hätte sie das alles vielleicht auch gelesen, doch sie bezweifelte, dass das viele Leute taten. Stattdessen würde deren Blick, genau wie ihrer, automatisch von der Schlussbemerkung angezogen werden, ganz unten auf der Seite und in größerer Schrift:

> **Unser Versprechen an Sie**
> Für Sanderson Recruitment sind die Kunden der Lebensnerv. Wir versprechen, Sie wie Menschen zu behandeln, uns Ihre Anliegen anzuhören und Sie nur für Stellen zu empfehlen, von denen wir glauben, dass sie zu Ihnen passen. Falls Sie in irgendeinem Stadium Ihrer Geschäftsbeziehung mit uns der Ansicht sind, dass wir dieses Versprechen nicht gehalten haben, sprechen Sie uns an und lassen Sie uns Ihre Bedenken wissen.
>
> *Dominic Sanderson*

Um den Namen mit einem Gesicht zu versehen, war neben der Erklärung ein Foto abgedruckt, das Laurie ohne Schwierigkeiten wiedererkannte. Zum ersten Mal hatte sie ihn oben an der Rolltreppe in Euston Station gesehen, als er sie als »unerwarteten Bonus« bezeichnet hatte. Er war der zweite Eindringling, der Mann, der es so genossen hatte, sie zu quälen, und dessen Blut sie von Dads Laptop gewischt hatte. Sie hatte recht gehabt. Morde delegierte Dominic Sanderson tatsächlich nicht.

Die Frau blickte auf, als Laurie ihr das fertig ausgefüllte Formular reichte. »Danke. Wir melden uns, wenn was reinkommt.« Und dann, als hätte sie das Gefühl, dass eine weitere Erklärung nötig sei: »Tut mir leid, dass Sie auf das Formular warten mussten. Es ist nur, wir haben nicht viel Laufkundschaft, die meisten Leute finden uns über Google.«

»Ja, natürlich. Ich war nur gerade in dem Fitnessstudio gegenüber, und der Trainer da hat gemeint, ich soll doch mal hier vorbeischauen.«

»Hm. Ich mache mir ja gar nichts aus so was. Finden Sie wirklich, dass es sich lohnt, für den Trainer noch was extra zu bezahlen?«

»Das war so eine Schnupperstunde. Es war toll, dass mir mal jemand was Neues gezeigt hat. Er hat so ein bisschen angedeutet, dass viele von Ihrer Firma da hingehen.«

»Bei unseren Gehältern? Nein. Nur der Boss.«

»Ja, Brian hat gesagt, der wäre am eifrigsten.«

Die Frau machte ein verdutztes Gesicht. »Brian? Wer ist denn das?«

»Der Trainer, bei dem ich war. Hat sich angehört, als wären er und Mr Sanderson allerbeste Freunde.«

»Tatsächlich?« Die Frau lächelte. »Also, ich kenne niemanden namens Brian, aber es könnte durchaus sein, dass er diesen Eindruck vermitteln wollte. Nein – mein Boss trainiert beim Leiter des Studios. Das weiß ich, weil ich die Termine für ihn mache. Der Mann heißt Simon, Simon Egerton.«

9.30 UHR

Für den Weg nach unten nahm Laurie die Treppe. Sie dachte an das Bild, das sie sich zu basteln begonnen hatte, von Brian und Dominic Sanderson, die an der Beinpresse Mord und Totschlag planten. Jetzt musste sie Brian vergessen, ihm wieder die Rolle des psychopathischen Handlangers zuweisen, und Simon Egerton – Paul! – wieder ins Team holen, und zwar als mehr als das unschuldige Opfer, das zu sein er vorgegeben hatte. Eigentlich war es ja offenkundig, jetzt, wo sie darüber nachdachte. Dominic Sanderson als den zweiten Mann zu besetzen war nie die Vereinfachung gewesen, die Dad für gut befunden hätte. Es hatte immer einen Dritten gegeben: jemanden, der die Nachrichten an das Handy geschickt hatte, die mit den Passwörtern und mit

Dads Adresse. Das dürfte auch derjenige gewesen sein, der auf die Nummer mit den Selbstmord-Websites gekommen war, der die Zeit dafür aufgebracht hatte, all die fingierten Personen dort einzuführen, der diesen Plan ersonnen haben musste. Tatsächlich hatte es immer nur eine einzige Möglichkeit gegeben, das Ganze nicht unnötig kompliziert zu machen: Simon war der dritte Mann.

Unten in der Eingangshalle blieb Laurie stehen und bemühte sich, die Bedeutung all dessen zu verarbeiten. Sie wusste Bescheid, Dad wusste Bescheid, Jess wusste Bescheid. Aber würde irgendjemand ihnen glauben? Was für Beweise konnten sie vorlegen?

SMS-Nachrichten auf einem Handy? Ihre eigene Geschichte, wie Simon sich an sie herangemacht hatte? Ockhams Rasiermesser? Als sie geglaubt hatten, Dominic Sanderson sei es gewesen, hatte es da wenigstens die Gewinne gegeben, die er machen würde, wenn er seine Betriebsrentenbezieher umbrachte. Diese Verbindung war kompliziert, aber sie war nicht zu leugnen. Bei Simon Egerton hatten sie nicht einmal das. Das Ganze war ein heilloses Durcheinander.

Es war Zeit, mit Dad zu reden. Jetzt brauchte sie ja keine Funkstille mehr zu wahren; er und Jess observierten eine Wohnung, deren Besitzer niemals zurückkommen würde.

Auf vier Freizeichen folgte die vertraute Mailbox-Ansage – die lange Pause, dann: »Hallo? … Äh, hier ist David Bateman. Ich benutze dieses Ding nicht sehr oft, es ist also wohl besser, mich zu Hause anzurufen. Wenn Sie jetzt die Nummer wissen möchten, dann will ich wahrscheinlich gar nichts von Ihnen hören.« Sofort dachte sie an den Streit, den sie gehabt hatten, als Laurie das zum ersten Mal gehört hatte. »So was kannst du doch nicht sagen!« … »Warum denn nicht? Es ist die Wahrheit.« Natürlich hatte er recht gehabt. Niemand Wichtiges war je gekränkt gewesen.

Wenn es darum ging, mit welcher Wahrscheinlichkeit jemand auf seinem Handy erreichbar war, dann bestanden da bei Jess sehr viel bessere Aussichten. Doch da meldete sich auch niemand.

Was jetzt? Zurück ins Hotel und auf sie warten? Laurie machte sich zu Fuß auf den Weg nach Norden, während sie im Geiste ihre Optionen durchging.

Der Verkehr auf der Euston Road hatte in den zwei Stunden, seit Laurie in die Gegenrichtung unterwegs gewesen war, deutlich zugenommen. Als sie zum Hotel abbiegen wollte, hielt sie inne. Ungefähr fünfzig Meter entfernt konnte sie die Bushaltestelle sehen, an der der Mann ihr gesagt hatte, wo der Schlüssel herkam. Das schien eine Ewigkeit her zu sein. War das alles eine völlig falsche Fährte gewesen? Wahrscheinlich. Aber ohne all das wäre es nie zu dieser Situation gekommen. Und was genau war »diese Situation« eigentlich? Das Wissen, dass der letzte Mann, mit dem sie geschlafen hatte, die treibende Kraft hinter einer Serie ganz besonders widerlicher Morde gewesen war. Das Wissen, dass ihretwegen beinahe sie selbst, Dad und Jess umgebracht worden wären, dass kaum Aussicht darauf bestand, diesen Mann irgendwie zur Rechenschaft zu ziehen. Das Wissen, dass Dad keine weiße Weste hatte, dass der Mann, den sie stets bewundert hatte, der Mann, der seine Karriere für sie geopfert hatte, Fehler machen konnte – mehr als Fehler, dass er fähig war, das Falsche zu tun.

Warum hatte sie Simon Egerton wissen lassen, dass sie noch am Leben war? Und dann auch noch in seinem Fitnessstudio. Irgendwann würde er sich das alles zusammenreimen, würde begreifen, dass sie bei Sanderson Recruitment sein musste, um ihre Theorie über die Firma zu überprüfen. Vielleicht sprach er ja sogar mit der Frau dort, brachte in Erfahrung, was Laurie herausgefunden hatte. Dominic Sanderson und Brian waren tot, aber konnte sie sich deswegen sicherer fühlen?

Würde sie sich jemals sicher fühlen? Und wenn sie nun umkam? Kümmerte sie das überhaupt?

Laurie war wieder fünfzehn, durchlitt die überwältigende Verzweiflung, die sie nach Mums Tod empfunden hatte. Schwänzte die Schule, trank billigen Cider, experimentierte mit Drogen und mit Jungen herum, ließ die Jungen mit ihr herumexperimentieren und überlegte die ganze Zeit, ob sie wohl den Mut hatte, sich umzubringen. Damals hatte Dad sie gerettet. Was machte es schon, dass er keine weiße Weste hatte? Sie musste mit ihm reden. Die Adresse kannte sie ja; die beiden sollten nicht schwer zu finden sein.

Die Schalterhalle von Euston Station war eine einzige brodelnde Menschenmenge. So viel dazu, dass London im August leer war. Geistesabwesend stellte Laurie sich hinten an die Warteschlange an, die sich stetig durch die Schranken schob. Dann fuhr sie die Rolltreppe hinunter, die sie im Dunkeln mit Paul hinaufgestiegen war. Die Erinnerung daran – an freudige Erregung, vielleicht auch an einen richtigen Freudentaumel – betonte nur die Leere, die sie jetzt um sich herum spürte.

Automatisch bog Laurie unten an der Rolltreppe nach rechts ab und strebte auf die sogenannte Bank-Strecke der Northern Line zu; so würde sie nicht in Kennington umsteigen müssen. Ein gewölbter Spiegel dicht unter der Decke gewährte ihr einen Blick auf die Menschenmassen, die weiter in den Gang strömten, und auf das Gedränge hinter ihr. Und da war es, sofort ganz deutlich zu erkennen, selbst in dem verzerrten Spiegelbild: das grau melierte, kurze schwarze Haar von Simon Egerton. Er musste ihr von der Great Portland Street aus gefolgt sein. Natürlich! Jetzt würde er sie nicht mehr aus den Augen lassen, bis sie tot war. Und jetzt führte sie ihn zu Dad. Einen Moment lang war die Last der Hoffnungslosigkeit unerträglich.

Hoffnungslosigkeit? Ja, aber Simon so zu sehen machte Laurie auch wütend. Sie war wütend darüber, wie dieser Mann sie behandelt hatte, wie er sie belogen hatte, wie der Gedanke an ihn allmählich ihr Leben zerstörte. Wütend, dass er selbst jetzt noch ihren Tod plante – etwas plante, das sie nur Minuten zuvor selbst in Erwägung gezogen hatte.

Also schön, der konnte sie mal. Wenn das Ganze denn auf eine Konfrontation hinauslaufen musste, dann jetzt, solange sie keine Angst hatte.

9.50 UHR

Der Bahnsteig war so voll, wie Laurie gehofft hatte. In zwei Minuten kam ein Zug, doch es bestand wenig Aussicht darauf, dass Laurie oder irgendjemand von den Leuten, die jetzt auf dem Bahnsteig eintrafen, in diesen würde hineinkommen können. Normalerweise hätte sie das andere Ende des Bahnsteigs angesteuert, jetzt jedoch ließ sie sich auf die Mitte zutreiben, wurde einer der Fahrgäste, die zurücktraten, damit die Leute aus dem einfahrenden Zug aussteigen konnten, und dann nach vorn drängten, um ihren Platz einzunehmen.

Laurie drängte mit, allerdings nicht mit dem Ziel, in den Zug zu kommen. Als er aus der Station ausfuhr, war sie dort, wo sie sein wollte, zwischen der gelben Linie und der Bahnsteigkante, ohne sich allzu offenkundig selbst in Gefahr zu bringen. Gleich würde der nächste Zug kommen. Vorgeblich stand sie gerade richtig, um dort hineinzukommen.

Laurie konnte die Bewegung in der Menge hinter ihr sowohl fühlen als auch hören. Sie schaffte es gerade noch, sich nicht umzudrehen. Stattdessen zog sie ihr Handy heraus, als wolle sie schauen, ob irgendwelche Nachrichten eingegangen waren, benutzte das Display jedoch als Spiegel, hielt Ausschau nach einem Warnzeichen für das, was kommen würde. Fiel da hinter ihr das Licht auf ein vertrautes Profil? Zwischen Lauries Schulterblättern kribbelte es. Alles kam jetzt auf das Timing an und darauf, dass die Statistiken stimmten.

Den Blick noch immer fest auf das Handydisplay geheftet, hörte Laurie, wie sich das Dröhnen im Tunnel veränderte, als der Zug herauskam. Verstohlen schielte sie hinüber, um seine Geschwindigkeit abzuschätzen, als er langsamer wurde, dann schaute sie wieder auf das Display, sah die Bewegung, mit der sie gerechnet hatte, und spürte den Beginn eines Stoßes im Rücken.

Hätte Laurie sich widersetzt, hätte sie versucht, das Gleichgewicht zu wahren, hätte sie sich in irgendeiner Weise so verhalten, wie es von ihr erwartet wurde, dann hätte sie mit Sicherheit keine Chance gehabt. Dafür war der Stoß zu heftig. Es lag Kraft darin, die Kraft eines Mannes, der den ganzen Tag im Fitnessstudio verbrachte, die Kraft eines Mannes, der das hier schon einmal gemacht hatte.

Laurie widersetzte sich nicht. Stattdessen ließ sie sich vor den allmählich langsamer werdenden Zug stoßen, machte einen Schritt seitwärts vom Bahnsteig weg, sodass sie den Fahrer sah, der auf das Signal schaute und die Frau vor sich gar nicht bemerkte, die allem Anschein nach versuchte, sich das Leben zu nehmen. Und dann, als sie sich weiterdrehte, sah sie die Hand, die sie schob, die sich aus der Menge herausstreckte und ihre nunmehr unnötige Vorwärtsbewegung fortsetzte. Und sie packte sie. Sie ließ ihr Handy unter sich fallen und ergriff die Hand mit beiden Händen. Als Laurie in die Selbstmördergrube fiel, nur Zentimeter vor dem bremsenden Zug, wurde ihr die Genugtuung zuteil, den Ausdruck auf Simon Egertons Gesicht zu sehen, als dieser ihr folgte, vorwärtsgetragen von der Kraft seines eigenen Stoßes. Dann war der Zug zwischen ihnen.

9.55 UHR

Laurie lag unter den Gleisen, während der Zug über ihr kreischend zum Stehen kam. Was hatte sie getan? War das das Vibrieren der Schienen, oder rebellierte da ihr Körper in einer Woge hemmungslosen Zitterns? Dutzende winziger Kreaturen schienen über ihre Kopfhaut zu kriechen; das Jucken war fast mehr, als sie ertragen konnte. Ihr Gesicht war ganz taub geworden, wie vor Kälte. Nur die Schmerzen in der Schulter – ob nun von dem heftigen Ruck, als Simons Hand aus der ihren gerissen worden war, oder von ihrem unbeholfenen Sturz in die Selbstmördergrube – verbanden sie noch mit der Realität.

Der Zug hatte angehalten, doch das gellende Kreischen ging weiter, hallte durch Lauries Kopf, als wäre sie selbst die Geräuschquelle. War sie das etwa? Nein. Sie legte die Hand über den Mund, um sich zu vergewissern, dass er geschlossen war; holte sich durch das Gefühl der Handfläche auf den Lippen in ihren Körper zurück. Das waren die Schreie eines Mannes – eines Mannes, der Schmerzen litt. Sofort war sie wieder zu Hause und hörte mit an, wie Dad neben ihr auf dem Tisch gefoltert wurde. Diese Dreckskerle! Wenn das dieser verdammte Simon Egerton war, den sie da hörte, dann war das nicht mehr, als er verdiente.

Die Schreie verstummten. Lauries Ohren sehnten sich schmerzhaft nach Stille, doch stattdessen hörte sie den Lärm der Menge, nur einen knappen Meter entfernt. Eine Stimme übertönte den Rest. »Haben Sie das gesehen? … Sie war direkt neben mir … Er hat versucht, sie zurückzuhalten … Armes Schwein.«

Sie zurückzuhalten? »Nein!«, hätte Laurie am liebsten als Antwort gebrüllt. »Er hat mich geschubst. Er hat es verdient. Versteht ihr?« Ihre Gedanken rasten voraus, zu der Vernehmung durch Sergeant Atkins und ihren Kollegen. Würde irgendjemand ihr glauben? Selbst wenn ihre Polizeiakte gelöscht worden war, würden sie ganz bestimmt ihr Verhalten nach Mums Tod wieder ausgraben. Die ganzen Therapieberichte würden ja irgendwo abgespeichert sein. Und wie sollte sie sie von der Wahrheit überzeugen? Nur indem sie sie erzählte, mit allen Konsequenzen, die das mit sich brächte. Sie musste ihren Plan weiter durchziehen.

Genug Licht drang unter den Zug, dass Laurie gut sehen konnte. Das vordere Ende des Zuges war ungefähr zwanzig Meter voraus zum Stehen gekommen, nicht weit von seinem üblichen Haltepunkt am Ende des Bahnsteigs. Über ihr bewegten sich Schatten im Takt mit dem Schlurfen von hundert Füßen. Im Hintergrund hörte sie gedämpfte Lautsprecherdurchsagen; die Worte waren undeutlich, doch die Bedeutung war klar, als die Leitstelle des U-Bahn-Netzes das gut eingeübte Prozedere, wenn ein Leichnam auf den Schienen lag, in Gang setzte.

Jetzt waren am vorderen Ende des Zuges zwei Beinpaare zu sehen, je eins zu beiden Seiten der Mittelschiene, in Grün gekleidet: Rettungshelfer, mit dem beschäftigt, was dort war. Bestimmt würden sie jeden Moment anfangen, nach einer zweiten Leiche zu suchen. Der Strom musste abgestellt worden sein. Laurie achtete nicht auf ihre protestierende Schulter; sie schnappte sich ihr Handy, das neben ihr lag, und kroch los, auf das hintere Zugende zu.

Lauries Hauptanliegen war es, leise zu sein. Sonst wäre sie schneller vorangekommen, jetzt jedoch bewegte sie sich mit übertriebener Vorsicht, setzte erst eine Hand vor, ehe sie ein Knie nachzog, um bloß kein Risiko einzugehen, das Gleichgewicht zu verlieren, achtete sorgsam darauf, dass sie nichts streifte, was sie verraten könnte. Alle paar Meter stieß sie auf ein kleines Hindernis in Form eines Pfostens, der die Mittelschiene trug. Es war nicht schwer, sich daran vorbeizuquetschen, doch

Laurie hielt jedes Mal den Atem an, zog Stück für Stück ihre Kleidung durch die Lücke, damit nur ja nichts raschelte.

Nach ein paar Minuten verklang das Geräusch der Schritte über ihr. Mehr denn je hatte Laurie das Gefühl, auf sich allein gestellt zu sein. Als sie zurückblickte, konnte sie noch immer die Beine der Menschen sehen, die sich um das vordere Ende des Zuges geschart hatten, hier jedoch, dicht vor dem Ende, war der Bahnsteig verwaist. Gut, genau so wollte sie es haben.

Endlich erreichte Laurie das Ende der Selbstmördergrube. Sie war noch immer unter dem Zug. Offensichtlich ragte der noch ein Stück in den Tunnel hinein, genauso weit, wie er am anderen Ende vor seinem Haltepunkt zum Stehen gekommen war. Sie konnte nichts tun als warten. Bestimmt würden sie den Strom nicht mehr sehr viel länger abgeschaltet lassen.

10.30 UHR

Die Stromschienen begannen zu summen. Sie waren wieder in Betrieb. Das war doch bestimmt ein gutes Zeichen? Dann hörte Laurie Schritte näher kommen, was weniger ermutigend war. Würden die unter den Zug schauen? Könnte sie doch noch entdeckt werden? Sie drückte das Gesicht an die Wand der Selbstmördergrube und versuchte, sich durch schiere Willenskraft unsichtbar zu machen.

Die Schritte kamen bis zu Lauries Versteck, dann veränderte sich das Geräusch, ohne innezuhalten. Der, der da kam, stieg in den Zug und ging zu dem Ende, das noch im Tunnel steckte. Laurie rollte sich ganz klein zusammen und wartete, lauschte auf die Geräusche, mit denen eine U-Bahn wieder zum Leben erwacht: zuerst das rhythmische Pulsieren, als Luft in die Bremssysteme über ihrem Kopf gepumpt wurde, dann das ansteigende Jaulen, mit dem der Motor zu voller Leistung hochfuhr. Endlich ein Fauchen, begleitet von einem dumpfen Schlag; beides wiederholte sich mehrfach den ganzen Zug entlang. Die Türen hatten sich geschlossen. Dann veränderte der Motor abermals seine Tonlage, und der Zug rollte langsam zurück in den Tunnel, aus dem er gekommen war.

Vorsichtig, Zentimeter um Zentimeter, kroch der Zug rückwärts. Den Rücken an die Wand der Selbstmördergrube gelehnt, sah Laurie zu, wie das vordere Ende des Zuges näher kam. Taschenlampen leuchteten unter die Wagen. Wahrscheinlich suchten sie nach ihr, nach einem zweiten Leichnam. Irgendwie hatte sie das nicht erwartet. Sie hatte zu schnell gehandelt, um das alles genau zu durchdenken. Sie konnte nirgendwohin. Laurie zog die Knie bis zur Nase hoch, legte die Arme um den Kopf und wartete.

Im Kokon ihres eigenen Körpers geborgen, stellte Laurie sich das Bild vor, das sie abgab, und war getröstet. Die Entdecker würden Mitleid mit ihr haben und sie nicht verurteilen. Natürlich würde es ein psychologisches Gutachten geben, und peinlich würde das Ganze sicher auch werden. Dad würde sich ebenfalls Sorgen machen, zumindest bis sie ihm alles erklärt hatte. Aber es war ja nicht so, als hätte sie einen Job, den sie verlieren könnte, oder so etwas. Irgendwann würde das System fertig sein mit ihr, und sie würde frei sein, ihr Leben weiterzuleben. Bestimmt würden sie sie doch nicht für eine Mörderin halten? Sie hatte das Gleichgewicht verloren und sich instinktiv an dem Mann neben ihr festgehalten, nur um festzustellen, dass dieser ebenfalls fiel. Ja, so war es: ein grauenvoller Unfall, das Resultat eines überfüllten Bahnsteigs. Einer, mit dem sie kaum fertigwurde. Deswegen war sie auch so weit weggekrochen, wie es nur ging, deswegen hockte sie immer noch in der klassischen Embryonalhaltung eines traumatisierten Opfers da. So entdeckt zu werden wäre doch nicht allzu schlimm, oder?

Da sie die Augen auf die Knie drückte und die Arme über den Ohren hatte, merkte Laurie erst spät, dass der Zug angehalten hatte. Sie erlaubte sich, über ihre Knie hinwegzuschielen. Noch immer hockte sie unter einem Wagen; zwischen ihr und dem Ende des Zuges waren noch mindestens zwei weitere Wagen. Die mussten den Zug nur dreißig Meter oder so zurückgesetzt haben, genug, um die Stelle freizulegen, wo sie gestürzt war, aber nicht viel weiter. Und die Taschenlampenstrahlen waren auch verschwunden. Vermutlich war die Suchmannschaft zu der Erkenntnis gelangt, dass es da doch nichts zu finden gab. Und jetzt?

Wie zur Antwort erwachte der Zug surrend wieder zum Leben und fing an, vorwärtszurollen, weiter, als er vorhin gefahren war, so weit, dass er sich den ganzen Bahnsteig entlang erstreckte. Über ihrem Kopf konnte Laurie das hintere Ende des Zuges erkennen, beinahe genau über dem hinteren Rand der Selbstmördergrube. Da war eine Lücke. War die groß genug, dass sie hinausklettern konnte? Würde man sie vom Bahnsteig aus sehen? Laurie wog gerade im Geist ihre Optionen ab, als der Zug ein paar Zentimeter zurückruckte und die Lücke schloss.

O Gott, o Gott, o Gott! Das wäre ihr Tod gewesen, ohne Zweifel: Laurie spürte den Schmerz in der Körpermitte, fast so, als wäre sie wirklich zerquetscht worden. Das hier war doch verrückt, oder? Sie wollte nicht sterben. Was dachte sie sich eigentlich? Laurie sackte wieder in die Selbstmördergrube zurück und lauschte dem Rauschen des Blutes, das in ihrem Kopf pulsierte.

Unterdessen öffneten sich über ihr die Türen. Laurie konnte Füße – viele Füße – auf dem Bahnsteig hören. Ein paar kamen zum hinteren Ende des Zuges und stiegen ein. Es gab wieder eine Durchsage – eine Entschuldigung für die Verspätung, die Bestätigung, dass dieser Zug nach Morden fuhr, über den Bahnhof Bank –, und dann gingen die Türen zu, das Motorengeräusch veränderte sich abermals, und die Wagen begannen davonzurollen.

Einen Moment lang blieb Laurie, wo sie war, genoss das Licht, das auf sie fiel, während der Zug davonfuhr. Die Fahrerkabine am hinteren Ende war leer. Dann übernahm das Adrenalin das Kommando. Man würde sie binnen Sekunden entdecken. Wenn es je einen richtigen Zeitpunkt für entschlossenes Handeln gegeben hatte, dann war er jetzt gekommen. Sie musste sich bloß vor der Stromschiene in Acht nehmen. Laurie drehte sich zum Ende der Selbstmördergrube herum und zog sich mit einer einzigen Bewegung daraus hoch und hinein in die Dunkelheit des Tunnels, die sie verbarg. Von dort aus riskierte sie einen Blick zurück zum Bahnsteig. Schon traf eine neue Pendlerschar ein. Wenn sie versuchte, auf den Bahnsteig zurückzukehren, würde man sie ganz sicher bemerken. Es war an der Zeit, sich auf ihr Gedächtnis zu verlassen, auf ihre Kenntnis des U-Bahn-Netzes rund um Euston. Sie kroch weiter in den Tunnel hinein.

10.40 UHR

Sekunden später – ungefähr in dem Moment, als sie auf die Beine kam – wurde Laurie klar, wie blöd sie war. Ja, erst vor ein paar Wochen war sie schon einmal durch ganz ähnliche Tunnel gerannt wie diesen hier, doch jetzt waren die Stromschienen eingeschaltet. Sie musste sich dicht an der linken Wand halten und aufpassen, dass sie nicht aus dem Gleichgewicht geriet und irgendetwas berührte, das Strom führte. Dadurch kam sie nur langsam voran, und sie durfte keine Zeit verschwenden, sonst würde sie noch im Tunnel sein, wenn der nächste Zug in Richtung Süden kam.

Vierzig Minuten zuvor hatte Laurie das alles noch so unbedingt beenden wollen, dass sie gewillt gewesen war, russisches Roulette mit einer U-Bahn zu spielen. Der Erfolg hatte einen Sinneswandel ausgelöst. Jetzt wollte sie unbedingt überleben, wollte ihr weiteres Leben genießen. Was tat sie hier eigentlich? Und warum spürte sie noch immer eine feste Wand zu ihrer Linken? All das, was sie im Internet gelesen hatte, besagte doch klar und deutlich, dass jetzt die Abzweigung zu dem alten Bahnsteig kommen müsste – zu dem, den sie damals benutzt hatten, bevor die Victoria Line gebaut worden war. Wo war der?

Laurie schob sich weiter vorwärts, tastete sich dabei mit der linken Hand an der Wand entlang, während Panik in ihr aufstieg. Jeder Schritt führte sie weiter von der Sicherheit des Bahnsteigs weg. Mit jeder Sekunde kam die Ankunft eines anderen Zuges näher. Hatte sich das Hintergrundgeräusch verändert? Klang das allgemeine Dröhnen anders, war es lauter geworden? Bestimmt fingen doch die Schienen an zu klirren? Laurie drehte den Kopf nach links, hielt Ausschau nach ihrem nahenden Schicksal.

Sie hatte recht. Dort war ein Licht; in weniger als einer Sekunde waren daraus zwei einzelne Lichtpunkte geworden. Sie wurden größer und wichen weiter auseinander. Eine vertraute Stimme hallte vom Bahnsteig her den Tunnel herunter: »Bitte treten Sie von der Bahnsteigkante zurück.« Die Luft um sie herum geriet in Bewegung, vorwärtsgepresst vom Kolben des heranrasenden Zuges.

Und die ganze Zeit eilte Laurie den Tunnel entlang, fort vom Bahnsteig – jetzt war er zu weit weg, als dass sie ihn noch hätte erreichen können –, suchte mit der Hand die Öffnung, in der sie der Gefahr entgehen würde. Sie hatte das doch alles geplant: den Tag, den sie auf dem nicht mehr benutzten Bahnsteig verbringen würde, von dem sie im Internet gelesen hatte, dann, wenn erst der Strom ausgeschaltet worden war, die Rückkehr auf vertrautes Gelände, wieder das Gleis hinunter, durch den Bahnhof, in die rechte Abzweigung einbiegen, die die Verbindung zur Piccadilly Line darstellte – jene, die sie neulich aus Versehen genommen hatte –, und dann weiter nach Norden bis zu dem stillgelegten Bahnhof York Way und von dort ins Freie. Das hatte sie doch alles schon einmal gemacht, über weite Strecken ohne Taschenlampe. Das Licht in den Bahnhöfen, einschließlich York Way, hätte gereicht. Aber zuerst musste sie die Abzweigung finden.

Dann stieß ihre Hand auf etwas: nicht auf eine Öffnung, sondern auf eine Barriere. Laurie hatte so gebannt auf die näher kommenden Scheinwerfer geblickt, dass sie einen Moment – einen kostbaren Moment – brauchte, um zu verstehen, was sie da berührte: eine Art Metallkasten, ungefähr sieben bis zehn Zentimeter tief. Die Oberkante war in etwa auf Höhe ihrer Schulter, die Unterkante auf Höhe ihres Beckens. Das war's, es gab keine Möglichkeit, um das Ding herumzukommen, jetzt, wo der Zug nur noch Sekunden entfernt war. Trotzdem gab der Kasten an sich Anlass zur Hoffnung.

Sie hatte keine Zeit nachzudenken, ihre Chancen auszurechnen. Alles, was Laurie tun konnte, war, sich flach gegen die Tunnelwand pressen, den Kopf zur Seite drehen, den linken Arm um dem Kasten schlingen und hoffen, dessen Existenz möge bedeuten, dass genug Platz zwischen ihm und dem Zug war, damit er das, was von ihrem Körper darüber hinausragte, verfehlte.

Und so blickte Laurie dem Zug direkt entgegen, als dieser herandonnerte. Der Windstoß, den er vor sich herschob, war ohrenbetäubend in seiner brutalen Wucht, zwang sie, die Augen zu schließen, gerade als sie einen kurzen Blick auf den Fahrer erhaschte, eine undeutliche menschliche Gestalt, die ganz vorn im

Zug saß. Sie hatte keine Ahnung, ob er (oder sie?) sie gesehen hatte. Ihr Haar flatterte hinter ihr; sie konnte sich gerade so eben an dem Kasten festhalten, klammerte sich einhändig daran. Als der Zug auf einer Höhe mit ihr war, gab es einen dumpfen Laut. Einen Moment lag war sie überzeugt, dass er sie gestreift hatte; wie sonst war das Geräusch zu erklären, die Schläge, die ihr Körper abbekam? Doch der Zug rauschte an ihr vorbei und wurde langsamer, als er in den Bahnhof einfuhr.

Laurie öffnete die Augen. Sie traute sich nicht, den Kopf zu bewegen, doch sie konnte die Schatten, die das Licht im letzten Wagen warf, an der Wand entlang auf sich zukommen sehen. Jeder Fahrgast, der aus dem Fenster schaute, hätte ihren Oberkörper gesehen. Laurie hatte gerade noch Zeit für diesen Gedanken, und dann war der Zug vorbei. Sie drehte den Kopf und sah die Rücklichter am Ende des Tunnels anhalten. Schwarze Punkte umtanzten sie. Fliegen? Nein, die waren nur in Lauries Kopf.

Bei der Vorstellung, dass sie ohnmächtig werden könnte, ruckte Lauries Herz, als hätte sie wirklich die gut einen Meter entfernte Stromschiene berührt. Der Schock sorgte dafür, dass sie wieder klar denken konnte. Vielleicht war sie gesehen worden, vielleicht nicht. Wichtig war, dass sie noch am Leben war, und sie wollte, dass das auch so blieb. Alles andere war zweitrangig. Sie musste zurück auf den Bahnsteig, weg von den Zügen und den Stromschienen und dem blanken Entsetzen. Die Rücklichter dienten ihr als Leuchtfeuer, und das Licht des Bahnhofs ließ die Silhouette des Zuges sichtbar werden, als Laurie sich auf den Weg zurück zu den Menschen machte.

Es schien kaum Zeit gekostet zu haben. Da war sie, stand hinter dem Zug und lauschte dem Schließen der Türen. Das Motorengeräusch wurde lauter; ein Augenblick der Angst: Was, wenn dieser Zug ebenfalls zurücksetzte? Doch dann fuhr er los in Richtung Süden und öffnete eine Lücke zum Bahnsteig rechts von Laurie. Zeit mit Nachdenken zu vergeuden brachte nichts. Mit einem kurzen Blick nach unten, um sicherzugehen, dass sie nicht in die Selbstmördergrube trat, zog Laurie ein Knie an und stemmte sich auf den Bahnsteig. Nach Abschluss dieses Manövers gönnte sie sich ein kleines innerliches Bekenntnis, nämlich dass sie gerade gegen die eine Grundregel verstoßen hatte, an die sie sich von dem Kletterkurs her noch erinnerte, damals, als sie elf gewesen war (»Nicht die Knie benutzen, damit verschiebt ihr euren Schwerpunkt«). Dann stand sie auf und sah sich um.

Ein Stück weiter den Bahnsteig hinauf waren die Rücken der Menschen, die gerade aus dem Zug gestiegen waren und jetzt vor der Rolltreppe Schlange standen, die sie nach oben in die Bahnhofshalle bringen sollte. Zwischen ihnen und ihr war jedoch gerade ein Mann aus dem Gang getreten, durch den man zur Victoria Line kam. Einen Moment lang dachte Laurie, es sei Dad, bis ein Teil ihres Unterbewusstseins diesen Gedanken verwarf: »Natürlich nicht, er ist doch mit Jess zusammen.«

Und das war genug. Dad war mit Jess zusammen. Natürlich. Laurie starrte den Mann an, als ihr das aufging, und achtete nicht auf den merkwürdigen Blick, mit dem er sie seinerseits ansah.

Dann meldete sich ein anderer Gedanke. Dieser Mann war gerade Zeuge gewesen, als Laurie am Ende des Bahnsteigs aufgetaucht war. Wahrscheinlich hatte er sie nicht aus dem Tunnel klettern sehen, und vielleicht würde er nicht einmal dann Alarm schlagen; alles, was er wollte, war, mit so wenig Verzögerung wie möglich in den nächsten Zug steigen. Trotzdem war es wahrscheinlich nicht schlau, sich hier noch länger aufzuhalten. Aus dem Tunnel hinter dem Mann hörte Laurie das Rauschen eines einfahrenden Zuges. Mit einer gemurmelten Entschuldigung schlüpfte sie an ihm vorbei und kam gerade noch rechtzeitig auf dem Bahnsteig der Victoria Line an, um sich zu den Menschen zu gesellen, die darauf warteten einzusteigen.

Noch eine Minute, und Laurie war durch die Tür, hörte, wie sie sich hinter ihr schloss. Sie sah Gott weiß wie aus, beide Arme waren durch das Gedränge bewegungsunfähig, ihr Gesicht war in eine Achselhöhle gepresst, ein Aktenkoffer stieß gegen ihre Schenkel, doch sie hatte noch nie ein unbändigeres Glücksgefühl verspürt, am Leben zu sein.

Sie verließen schon den Oxford Circus, ehe Laurie noch ein Gedanke kam. Eben war sie auf dem Bahnsteig gewesen, auf dem sie vor ein paar Wochen William Pennington hatte sterben sehen. Er war gestoßen worden, dessen konnte sie sich jetzt ziemlich sicher sein, ebenso sicher, wie sie sich zuvor gewesen war, dass er gefallen war. Laurie schaute auf ihr Ich von früher zurück, auf ihre Gewissheiten und ihre Unsicherheiten. Sie hatte sich in so vielen Dingen geirrt, war so mit sich selbst beschäftigt gewesen, dass sie an niemand anders gedacht hatte – dass sie blind für das gewesen war, was doch ganz offenkundig war. Aber sie war noch am Leben. Sie war in der Lage, die Dinge richtigzustellen. Die Frage war nur, wie?

11.05 UHR

Nach der Victoria Station gab es reichlich Sitzplätze. Erst als Laurie sich hinsetzte, wurde ihr bewusst, wie müde sie war. Während die dumpfen Schmerzen in Beinen und Füßen nachließen, betrachtete sie die Karte auf der anderen Seite des Wagens. Ja, genau wie sie gedacht hatte, die Victoria Line und die Northern Line kreuzten sich wieder in Stockwell. Dort konnte sie aussteigen, nach Morden weiterfahren, die Fitzwilliam Street suchen. So schwer sollte es nicht sein, Dad zu finden – vorausgesetzt, dass er noch dort war –

und ihm alles zu erzählen, was heute Morgen passiert war. Ihn entscheiden zu lassen, was sie als Nächstes tun sollten.

Vor zwei Wochen hätte Laurie genau das getan. Selbst jetzt fand sie diesen Gedanken geradezu lachhaft verlockend. Dad würde zuhören, würde verständnisvoll sein, würde sein eigenes Leben zurückstellen, während er das ihre in Ordnung brachte. Doch als der Zug in Stockwell einfuhr, hielt sie außer Erschöpfung noch etwas anderes auf ihrem Platz fest.

Laurie dachte nach. Sie dachte weiter nach, als der Zug in Brixton ankam, achtete nicht auf die Blinklichter, die anzeigten, dass er seine Endhaltestelle erreicht hatte. Blieb sitzen, während sich die Plätze um sie herum allmählich wieder füllten. Als der Zug schließlich nach Norden zurückfuhr, wusste sie, was sie tun musste. Sie würde das Ganze selbst in Ordnung bringen, das Richtige tun – oder etwas, das dem nahekam. Dad – Dad und Jess, um genau zu sein, brauchten damit nicht behelligt zu werden.

Laurie hatte geglaubt, den Weg vom Bahnhof Watford zu kennen, doch das letzte Mal war sie Dad gefolgt und hatte nicht wirklich aufgepasst. Sie zog ihr Handy heraus, um sich die Route anzeigen zu lassen. Irgendwie hatte sie zwei Anrufe verpasst, einen von Jess, einen zweiten von einer unterdrückten Nummer. Das Mailbox-Icon blinkte. Laurie hielt sich im Gehen das Telefon ans Ohr.

Beide Nachrichten waren kurz und sachlich. Sie erkannte Jess' Stimme sofort. »Hallo, wir sind wieder da. Fehlanzeige. Wo bist du?« Das war zu erwarten gewesen, war aber trotzdem tröstlich.

Die zweite war ein Schock, eine Erinnerung an ein Leben, das binnen weniger Tage spurlos verschwunden zu sein schien. »Hi Laurie, hier ist Linda. Könnten Sie bitte im Büro anrufen? Henry versucht, Sie zu erreichen.« O Gott, Henry. Was konnte der denn wollen? Interessierte sie das überhaupt? Verblüfft stellte Laurie fest, dass sie es nicht genau wusste. Ihre einzige Gewissheit war, dass sie nicht sofort zurückrufen musste. Sie konnte sich ein bisschen Zeit zum Nachdenken lassen.

Jess dagegen hatte eine sofortige Antwort verdient. Laurie blieb stehen und tippte. *Alles gut. Ruf Dich demnächst an. Tu nichts, bis wir geredet haben.* Das sollte alles Weitere eine Zeit lang ausbremsen. Ein Gespräch war das Letzte, was Laurie im Moment wollte.

Sie ging weiter, bog in die Chestnut Avenue ein. Dort war das Haus. Ein Polizeiwagen stand davor. Gut, das würde das Ganze einfacher machen. Sie überquerte die Straße und klingelte.

17 UHR

Der Wind und der bedeckte Himmel ließen den Parliament Hill sehr viel weniger einladend wirken als bei Lauries letztem Besuch hier. Oder vielleicht lag es einfach daran, dass es ein Wochentag war. So oder so, es gab keine weiteren Anwärter auf die Bank ganz oben auf dem Hügel. Sie war froh, dass sie Dad vorgeschlagen hatte, sich hier zu treffen. Das würde bedeuten, dass sie Hampstead Heath mit einer Erinnerung verbinden konnte, die nichts mit dem Mann zu tun hatte, der sich Paul Collingwood genannt hatte. Sie hatte am Telefon keine Zeit damit verschwendet, Dad zu fragen, wie der Morgen gelaufen war. Er brauchte sich doch nicht vor ihr zu rechtfertigen. Tatsächlich war es auch das, was sie ihm sagen wollte; sie wollte ihn wissen lassen, dass es okay war, wollte ihm jeglichen Segen geben, von dem er meinte, er bräuchte ihn. Deswegen hatte sie gesagt, Jess solle auch kommen.

Laurie betrachtete die Aussicht. Wenn man erst wusste, wo man hinschauen musste, war der obere Rand des London Eye recht leicht zu sehen; es ragte hinter einem nahen Hochhaus hervor. Hätte sie da schon merken sollen, dass Paul nicht alles war, was er zu sein vorgab, dass er zumindest nicht im Norden Londons wohnte? Jetzt, wo sie darüber nachdachte, hätte so vieles sie misstrauisch machen sollen. Sie erhob sich von der Bank und wanderte umher. Würde sie nicht auf Dad und Jess warten, würde sie ihre Müdigkeit ignorieren und laufen gehen.

Was würde sie den beiden über diesen Morgen erzählen? Sie würde erklären müssen, warum sie sich wegen Dominic Sanderson keine Sorgen mehr zu machen brauchten, was mit »Paul« passiert war, wer er wirklich war. Und, ja, sie würde sie überzeugen müssen, dass es wirklich nichts brachte, zur Polizei zu gehen, dass sie alles gesagt hatte, was gesagt werden musste – es gab keinen Grund für Jess, zuzugeben, was sie getan hatte, oder für Dad, die Verantwortung für irgendetwas zu übernehmen. Sie hatten diese eine Chance auf eine unkomplizierte gemeinsame Zukunft. Laurie würde es sich nie verzeihen, wenn diese Chance vermasselt würde.

Inspector Carmichael hatte es sehr interessant gefunden, dass Laurie eine Verabredung mit Mrs Pennington gehabt hatte. Nicht nur interessant, er war sogar erfreut gewesen, dass sie damit einen Anruf aus einem Haus in Somerset am Sonntagmorgen erklärt hatte; das ersparte es ihm, dem nachgehen zu müssen. Laurie hatte sich auf die Nachricht hin, dass Mrs Pennington tot war, ein paar Tränen gestattet; die waren durchaus echt gewesen, auch wenn ihre Überraschung es nicht war. Und dann hatte sie die Geschichte ans Licht kommen lassen: ihre unmittelbare Nähe zu Mr Pennington, als er gestürzt war, dass sie sicher gewesen sei, dass es ein Unfall war, und dass sie zu Mrs Pennington gefahren war, um ihr das zu sagen. Dass sie am Ende angeboten hatte, sich die Bücher anzuschauen, die er in der British Library bestellt hatte, um zu sehen, ob sie irgendeinen Hinweis auf seinen Geisteszustand boten.

»Und, haben sie das getan?«, hatte sich der Inspector erkundigt, ohne dass Laurie ihn dazu hatte bringen müssen.

»Nun ja, sie haben mir verraten, dass er sich wegen Betriebsrenten gesorgt hat. Mrs Pennington hat mir erzählt, dass ihm eine sehr ordentliche zustünde. Daher dachte ich zuerst, wenn er finanziell gut gestellt sein würde, dann hieße das doch zumindest, dass es weniger wahrscheinlich wäre, dass er sich umgebracht hat. Es könnte sein, dass er in der Bibliothek darüber nachgelesen hat, aber als ich mir die Bücher angesehen habe, ist mir noch etwas anderes aufgefallen.« Hier hatte Laurie kurz innegehalten, wie um ihre Gedanken zu sammeln, ehe sie weitergesprochen hatte. »Ich war mir nicht sicher, ob ich das Mrs Pennington sagen würde, aber es kann wohl nicht schaden, wenn ich es Ihnen erzähle. Versprechen Sie mir, dass Sie mich nicht für übergeschnappt halten.« Dann hatte sie dem Inspector direkt ins Gesicht gesehen und auf seine Zustimmung gewartet, die mit seinem »Nur zu« auch erfolgte.

»Was mir klar geworden ist, war, wie teuer er für seine Firma als Betriebsrentner werden würde. Nur, wo er ja jetzt tot war, wäre das nicht mehr so. Da ist mir eingefallen, dass Mrs Pennington gesagt hat, einer seiner Kollegen hätte sich umgebracht. Das war jemand, der auch gerade in Rente gegangen war. Ich fand das wohl einfach ein bisschen auffällig.«

Das war alles, aber ganz sicher reichte das doch als Hinweis für jeden aus, der ein bisschen neugierig war? Zumindest hatte der Inspector nach den Titeln der Bücher in der Bibliothek gefragt, auch wenn sie in der Aussage, die Laurie schließlich unterschrieben hatte, nicht erwähnt worden waren und auch nicht jene kleine Spekulation, die sie ihm vor die Nase gehalten hatte. Alles, was sie bezeugen konnte, war letzten Endes, dass sie Mrs Pennington am Sonntagmorgen angerufen und sich für Dienstagnachmittag mit ihr verabredet hatte.

Selbst wenn es jetzt keine richtige polizeiliche Ermittlung gab, würde Dominic Sandersons Verschwinden bald auffallen. Würde irgendjemand das mit dem tödlichen Sturz eines Fitnessstudio-Managers von gegenüber in Verbindung bringen? Oder mit dem Verschwinden eines Trainers aus demselben Studio? Man konnte sich nur schwer vorstellen, warum es dazu kommen sollte. Der Tod mehrerer Betriebsrentner der Firma Sanderson Recruitment jedoch war etwas anderes. Wegen des Fehlens einer Leiche konnte die Vermutung nur lauten, dass Dominic Sanderson auf der Flucht war. Mit an Sicherheit grenzender Wahrscheinlichkeit hatte er das Geld abgehoben, das jetzt ganz unten in Roxannes Futtertonne lag. Die Polizei würde von der Abhebung erfahren; das würde den Eindruck eines flüchtigen Kriminellen nur verstärken.

Eins war sicher: Es gab keinen Grund, warum irgendjemand annehmen sollte, dass Dominic Sanderson Dads Haus in Somerset einen Besuch abgestattet hatte. Dieser Teil seiner Geschichte – der von den Umständen seines Todes – würde niemals ans Licht kommen. Dad und Jess waren sicher.

Laurie schaute zu der Bank zurück. Irgendwie waren Dad und Jess aufgekreuzt, während sie in Gedanken gewesen war. Seite an Seite standen sie da, sahen sie an und fragten sich, was sie wohl zu sagen hatte.

Worte konnten warten. Die zwei standen dicht genug nebeneinander, dass Laurie sie beide auf einmal umarmen konnte. Dass sie sie fest an sich und gegeneinanderdrücken und sich mit aller Kraft wünschen konnte, dass ihr Glück von Dauer sein würde.

DANKSAGUNG

Ich bin all den guten Freunden sehr dankbar, die frühe Entwürfe gelesen und mich entweder zum Weitermachen ermuntert oder (häufig durchaus wesentliche) Verbesserungsvorschläge gemacht oder beides getan haben. Charlotte Robertson war zu einem entscheidenden Zeitpunkt eine ganz besonders große Hilfe, und durch sie bekam ich Peter Straus als Agenten. Sein Glaube an dieses Buch war inspirierend, und seine Kommentare waren sehr einfühlsam. Ich bin so froh, dass das Buch von Sarah und Kate Beal vom Verlag Muswell Press angenommen wurde, und ich freue mich auf das Abenteuer, es mit ihnen zu veröffentlichen. Dazu gehören bereits bedeutsame Verbesserungen, zuallererst (und von entscheidender Bedeutung) durch das strukturelle Lektorat von Laura McFarlane und dann durch die Redaktion von Kate Quarry. Wie immer gilt mein größter Dank meiner Frau Amanda, sowohl fürs Lesen als auch für alles andere.

Willkommen auf einem Bootstrip ohne Wiederkehr!

CHRIS McGEORGE

DER TUNNEL

NUR EINER KOMMT ZURÜCK

THRILLER

Sechs junge Leute, seit Jahren beste Freunde, fahren mit dem Boot in Englands längsten Kanaltunnel: ein Abenteuer in beklemmender Dunkelheit. Als das Boot nach über zwei Stunden am anderen Ende des Tunnels wieder auftaucht, sind fünf der Freunde verschwunden. Der sechste, Matthew, ist bewusstlos. Natürlich behauptet Matthew, nicht zu wissen, was sich in der Finsternis zugetragen hat. Doch niemand kennt den Tunnel so gut wie er, der schon zahlreiche Touristen durch Standedge geführt hat. Und möglicherweise war die Freundschaft der sechs schon längst nicht mehr so unschuldig wie in Kindertagen …